Eén minuut voor middernacht

Van dezelfde auteur:

Amos Decker
De geheugenman
De laatste mijl
Het motief
Doodskleur
Verlossing

Atlee Pine
De lange weg naar genade

Aloysius Archer
Een goede daad

Camel Club
De samenzwering
De verzamelaars
De verraders
De rechtvaardigen
Rechteloos

John Puller
De provocatie
Vergeten
De ontsnapping
Niemandsland

King & Maxwell
Onbewaakt ogenblik
Het uur van de zonde
Geniaal geheim
Familieverraad
De zesde man
King & Maxwell

Shaw
Niets dan de waarheid
Verlos ons van het kwaad

Will Robie
Onschuldig
De aanslag
Doelwit
De schuldigen
Eindspel

Overige thrillers
Het recht van de macht
Op eigen gezag
Duister lot
Vuil spel
Onder druk
De laatste man
In het geheim

Wilt u op de hoogte gehouden worden van de thrillers van David Baldacci? Meld u dan aan voor de nieuwsbrief via www.baldacci.nl of volg www.facebook.com/DavidBaldacciFanpage.
Andere leestips zijn te vinden op www.awbruna.nl.

David Baldacci

Eén minuut voor middernacht

A.W. Bruna Uitgevers

Oorspronkelijke titel
A Minute to Midnight

Vertaling
Jolanda te Lindert
Omslagbeeld

Omslagontwerp
Studio Jan de Boer

ISBN 978 94 005 1003 6
NUR 332

Vierde druk, maart 2020

Ter herinnering aan Bob Schule:
Niemand zou een betere vriend kunnen wensen.
Je zult altijd worden gemist,
en nooit worden vergeten.

1

Alweer reed ze in de Vallei des Doods. Alleen lag deze 'vallei' in Colorado, bij ADX Florence, de enige supermaximaal beveiligde federale gevangenis van de Verenigde Staten. De verwijzing naar de dood was heel toepasselijk, want het stonk er door de vele misdaden die de gevangenen daar hadden gepleegd.

Special agent Atlee Pine van de FBI was hier plankgas naartoe gereden in haar moderne versie van een paard: een turkooizen Mustang-cabriolet model 1967 met een stoffen kap. In twee jaar tijd had ze de auto volledig gerestaureerd samen met de oorspronkelijke eigenaar, een voormalige FBI-agent die kort nadat ze haar opleiding aan Quantico had afgesloten haar onofficiële mentor was geworden. Toen de man stierf had hij haar de auto nagelaten en Pine moest er niet aan denken dat ze die moest missen.

Nu, na haar snelle reis, zat ze op de parkeerplaats van de gevangenis moed te verzamelen om één bepaald monster te ontmoeten dat daar te midden van vele andere gruwelijke menselijke wezens was gehuisvest. Het waren stuk voor stuk personages uit nachtmerries. In totaal hadden ze duizenden mensen afgeslacht, zonder ook maar een greintje berouw.

Pine was, op haar witte blouse na, helemaal in het zwart gekleed. Haar glimmende FBI-badge zat aan de revers van haar jasje geklemd. Het kostte haar tien minuten om door de beveiliging te komen, waar ze haar beide wapens moest inleveren: de Glock 23, haar voornaamste wapen, en de 8-schots Beretta Nano, haar reservewapen, uit haar enkelholster. Ze voelde zich naakt zonder haar beide pistolen, maar gevangenissen hadden nu eenmaal bepaalde regels en om voor de hand liggende redenen was een van de belangrijkste daarvan: bezoekers mogen geen vuurwapens dragen.

Ze zat op de harde kruk in een hokje in de bezoekersruimte, met haar lange benen om de metalen poten geslagen. Voor haar was een dik raam. Aan de andere kant van dat raam zou de man voor wie ze hiernaartoe was gekomen algauw verschijnen. Een paar minuten later brachten zes potige bewakers de zwaar geboeide Daniel James Tor naar binnen en maakten zijn boeien vast aan een stalen ring in de vloer. Daarna vertrokken ze, zodat de wet en de wetteloze tegenover elkaar zaten, slechts gescheiden door de tussenwand van polycarbonaat die de meeste kogels kon weerstaan.

Tor was een fysiek bijzonder indrukwekkende man van een meter drieënnegentig die zo'n honderddertig kilo woog. Zijn lichaam, zelfs nu hij in de vijftig was, leek dat van een getrainde atleet. Ze wist dat zijn lichaam onder de tattoos zat, waarvan veel waren aangebracht door enkele van zijn slachtoffers. Tor had kennelijk zoveel vertrouwen in zijn superioriteit gehad dat hij hun een scherp voorwerp had gegeven waarmee ze een einde aan hun nachtmerrie hadden kunnen maken. Maar niet een van hen had dat ooit geprobeerd.

Hij was een geboren freak, zowel fysiek als emotioneel. Hij was een narcistische psychopaat, tenminste volgens de verklaring van alle geconsulteerde experts, en dat was zo ongeveer de meest dodelijke combinatie in een mens. Het was niet zo dat hij moordde uit kwaadaardigheid. Nee, het was veel erger. Hij was niet in staat tot enige empathie voor andere mensen. Hij moordde alleen voor zijn eigen genot. En de enige manier waarop hij die genotzucht kon bevredigen was door de totale vernietiging van andere mensen. Dat had hij minstens dertig keer gedaan; dat waren alleen zijn bekende slachtoffers. Pine en andere wetshandhavers vermoedden dat het daadwerkelijke aantal twee of zelfs drie keer zo hoog was.

Zijn schedel was geschoren, net als zijn kaak en wangen. Hij keek naar Pine met een kille, lege blik, als een nieuwsgierige slang voordat die toeslaat. Hij had de pupillen van een roofdier en dacht alleen aan doden. Pine wist ook dat Tor, de doortrapte bedrieger, elke rol kon spelen die nodig was om zijn slachtoffers naar hun fatale lot te leiden, zelfs de rol van een normaal mens. En dat op zich was al griezelig genoeg.

'Jij weer?' vroeg hij, met een bewust neerbuigende klank in zijn stem.

'Driemaal is scheepsrecht,' antwoordde ze op vlakke toon.

'Je begint me te vervelen. Zorg dus maar dat dit bezoek de moeite waard is.'

'Tijdens mijn vorige bezoek liet ik je een foto zien van Mercy.'

'En ik zei dat ik meer informatie nodig had.'

Hij had wel gezegd dat hij zich verveelde, maar Pine wist dat hij behoefte had aan iemand over wie hij de baas kon spelen, behoefte had aan aandacht om zijn bestaan te rechtvaardigen, en daar wilde ze gebruik van maken. 'Ik heb je alles verteld wat ik weet.'

'Alles wat je dénkt te weten. Dat zei ik de vorige keer al. Ik noemde het huiswerk. Heb je dat gedaan? Of ga je me teleurstellen?'

Pine moest omzichtig te werk gaan. Dat wist ze en, nog belangrijker, Tor wist dat ook. Ze wilde zijn aandacht vasthouden zonder dat ze hem in staat stelde haar volledig onder de voet te lopen. Dát verveelde hem. 'Misschien heb je een paar tips?'

Hij keek haar kwaad aan. 'Je zei dat je tweelingzusje zes was toen ze werd ontvoerd.'

'Dat klopt.'

'Midden in de nacht, uit haar slaapkamer in de buurt van Andersonville, in Georgia. Was jij in diezelfde kamer?'

'Ja.'

'En je denkt dat ik je sloeg, maar je niet doodde?'

'Je hebt mijn schedel gebroken.'

'En ik dreunde een kinderrijmpje op om te besluiten wie van jullie ik zou meenemen?'

'Iene miene mutte.'

'Dus als het rijmpje bij de een begon zou het eindigen bij de ander, door het even aantal woorden.'

Ze leunde naar voren. 'Dus waarom begon je bij mij? Want je wist dat Mercy zou verliezen.'

'Je gaat te snel, agent Pine. We komen nergens als je het niet rustiger aan doet.'

Pine besloot instinctief om terug te slaan. 'Ik heb geen zin om nog meer tijd te verspillen.'

Hij glimlachte en rammelde met zijn boeien. 'Ik heb alle tijd van de wereld.'

'Waarom besloot je mij te laten leven en Mercy niet? Was dat zomaar? Toeval?'

'Je moet je niet door je overlevingssyndroom laten leiden. En ik heb geen tijd voor huilebalken.' Hij glimlachte even en zei: 'Ook al heb ik meer dan dertig keer levenslang.' Hij leek trots op zijn vonnis, en ze wist dat hij dat ook was.

'Oké, maar het is belangrijk voor me,' zei ze rustig.

'Ik brak je schedel, zei je. Je had zomaar dood kunnen gaan.'

'Dat had gekund, maar dat is niet gebeurd. Terwijl jij daar altijd heel zeker van wilde zijn bij je slachtoffers.'

'Besef je wel dat je je eigen bewering dat ik het was die nacht nu tegenspreekt?'

'Nee hoor.'

'Oké, maar kun je één keer noemen waarop ik een kind van zes uit zijn of haar slaapkamer haalde en een getuige liet leven?'

Ze leunde naar achteren. 'Nee.'

'Dus waarom denk je dat ik dat in jullie geval wel deed? Omdat je hypnotherapeut die herinnering heeft opgeroepen? Daar vertelde je me over tijdens je vorige bezoek. Raar gedoe, hoor, hypnotherapie. Dat klopt vaker niet dan wel. Maar je moet me bestudeerd hebben bij de FBI. Jullie allemaal, omdat ik verplichte lesstof was,' voegde hij er terloops aan toe, ook al hoorde ze aan zijn stem dat hij daar trots op was.

'Je zei dat je wist dat ik in die tijd in Georgia opereerde. Dus weet je wat ik denk? Dat die hypnose geen echte herinnering opriep, maar je alleen een conclusie liet trekken die je al hád getrokken op basis van irrelevante informatie.' Hij schudde zijn hoofd. 'Dat zou geen stand houden tijdens een proces. Je hebt me daar gepositioneerd omdat je dat wilde en je geen echte persoon had om de hiaten in je herinneringen mee op te vullen. Je wilde zo graag duidelijkheid dat je bereid bent een onwaarheid te accepteren.'

Ze zei niets, omdat de man daar best eens gelijk in kon hebben.

Terwijl ze daarover nadacht vroeg hij: 'Agent Pine, ben je er nog?' Hij rammelde met zijn boeien. 'Hallo, FBI, mijn belangstelling wordt met de seconde minder.'

'In de loop der jaren heb je je werkwijze veranderd. Niet al je aanvallen waren identiek. Die hebben zich ontwikkeld.'

'Natuurlijk hebben die zich ontwikkeld. In elk beroep is het zo dat je, hoe langer je het doet, daar steeds beter in wordt. Ik ben geen uitzondering. Sterker nog, ik ben feitelijk de regel voor mijn eh... specialiteit.'

Ze slikte om te voorkomen dat de gal vanuit haar maag in haar keel kwam door deze opmerking. Ze wist dat hij haar blik vol afkeer wilde zien doordat hij zijn moordzuchtige handelingen vergeleek met een beroep. Maar die genoegdoening zou ze hem niet geven. 'Toegegeven. Maar nu bevestig je míjn conclusie. Het feit dat je het niet eerder had gedaan betekent niet dat je het nooit zou doen. Je werkwijze veranderde.'

'Weet je dat ik het daarna weer heb gedaan?'

Pine was voorbereid op die vraag. 'We kennen niet al je slachtoffers immers? Dus kan ik die vraag niet met zekerheid beantwoorden.'

Hij leunde naar achteren en grijnsde onwillig door haar gevatte antwoord. 'Je wilt nu toch een antwoord? Was ik het wel of was ik het niet, dat wil je toch weten?'

'Nogmaals, het kost je niets. Ze zullen je er niet voor executeren.'

'Ik zou kunnen liegen en zeggen dat je gelijk hebt. Zou dat genoeg zijn voor je?'

'Ik ben een FBI-agent.'

'Wat bedoel je daarmee?'

'Daarmee bedoel ik dat ik...'

'Dat je het lichaam, of het skelet eigenlijk, na al deze jaren wilt hebben. Klopt dat?'

'Ik heb bevestiging nodig,' zei ze alleen.

Hij haalde zijn schouders op. 'Ik ben bang dat ik niet weet waar al die lichamen zijn begraven.'

'Dus dan vergisten ze zich over je fotografische geheugen?'

'Helemaal niet. Maar ik heb sommige slachtoffers met opzet verdrongen.'

'Waarom?'

Hij leunde naar voren. 'Omdat ze niet allemaal gedenkwaardig waren, agent Pine. En ik geen zin heb om ieder huilerig familielid dat smekend bij me komt bevestiging te geven. Dat is niet bepaald mijn ding, of was je dat niet opgevallen?'

'Herinner je je waar je Mercy hebt begraven?'

'Je zult moeten terugkomen om nog een keer met me te praten. Nu ben ik moe.'

'Maar we zijn net begonnen,' antwoordde ze, met een dringende klank in haar stem.

'Noem me Dan.'

Ze keek hem niet-begrijpend aan. Dat had ze niet verwacht. 'Wat?'

'Dit is onze derde date. Het wordt tijd onze echte namen te gebruiken, Atlee.'

'En als ik dat niet wil?'

Hij klapte zacht in zijn handen. 'Dan blijft die arme, lieve en waarschijnlijk dode Mercy Pine voor altijd een raadsel.'

'Wanneer wil je weer afspreken?'

'Vandaag over een maand… Atlee. Ik ben een drukbezet man. Zeg het dus maar, anders zijn we uitgepraat. Voor altijd.'

'Oké… Dan.'

Pine vertrok, kreeg haar vuurwapens terug en moest zichzelf dwingen niet terug te stormen en een kogel door Dans verdomde kop te schieten.

Ze stapte in haar auto en reed terug naar Shattered Rock, Arizona, waar zij de enige FBI-agent was in een uitgestrekt en zeer dunbevolkt gebied. Toen ze een uur had gereden kreeg ze een amber alert op haar telefoon. Er was een klein meisje ontvoerd. De verdachte reed in een grijze Nissan-pick-up, vlak bij Pines huidige locatie.

In het felle licht van de *hunter's moon* – de vollemaan in oktober – keek de god van recht en gezag glimlachend op haar neer, want vijf minuten later scheurde de pick-up haar tegemoet.

Ze keerde onmiddellijk, waardoor de banden van de Mustang

protesterend rookten en piepten voordat ze weer grip kregen op het wegdek. Pine zette de blauwe zwaailichten aan die ze op de bumper had gemonteerd, trapte het fraaie verchroomde gaspedaal helemaal in en scheurde weg om het leven van een klein meisje te redden.

Pine zwoer deze keer niet te falen.

2

De politie had één belangrijke regel bij amber alerts: zorg dat je zo snel mogelijk bij het slachtoffer en de ontvoerder komt en snijd elke mogelijke ontsnappingsroute af, waarna je de situatie op verschillende manieren kunt afhandelen: met brute kracht of, als dat mogelijk is, door de verdachte er met woorden van te weerhouden het slachtoffer iets aan te doen.

Toen de man de hoofdweg verliet nadat hij had gezien dat de blauwe zwaailichten hem snel achteropkwamen, wist Pine dat ze de situatie snel moest inschatten en een besluit moest nemen. Gelukkig kende ze dit gebied. Pine had een omweg gemaakt en juist deze weg genomen om haar hoofd leeg te maken na haar derde sessie met Tor. Dus wist ze dat dit een ravijn was met steile wanden en dat deze weg doodliep.

Ze nam contact op met de plaatselijke politie, vertelde wie ze was, waar ze was en wie ze achtervolgde. Ze wist dat ze meteen in actie zouden komen. Maar dit was een afgelegen gebied, dus zou de politie er niet binnen een paar minuten zijn. Voorlopig was Pine op zichzelf aangewezen, met haar beide pistolen, gezonde verstand, training en ervaring – bij elkaar de enige hoop voor het kind om dit te overleven.

De schemering ging over in volkomen duisternis terwijl de bochtige weg steeds verder omhoogliep. De weg werd steeds smaller en na elke bocht werd de afgrond steiler.

Ze probeerde de man en het meisje in de cabine van de pick-up te zien, maar zag alleen een paar vage silhouetten. Het kenteken van het amber alert klopte en het was duidelijk dat de bestuurder probeerde te ontsnappen. Pine wist niet of de man wist dat de weg op een bepaald moment ophield, maar ze wist wel dat dit ingewikkeld zou worden. Pine was echter goed opgeleid voor ingewikkelde situaties.

Een kleine kilometer verderop was het punt bereikt waarop er geen weg terug was. Pine blokkeerde de uitweg door haar Mustang dwars op de smalle weg te zetten, met de passagierskant naar de pick-up gericht. Als de man zou proberen haar te rammen, zou ze door de voorruit op hem schieten. Ze haalde haar beproefde Glock tevoorschijn en richtte het vizier door het geopende raampje.

De Nissan keerde en stopte. De man zette de pick-up in de parkeerstand en liet de motor draaien. Pine kon de man bijna zien denken: *zal ik het proberen of niet?*

Toen hij het groot licht aandeed, waarschijnlijk om haar te verblinden, schoot ze de lampen uit. Nu had ze zijn volledige en onverdeelde aandacht, dacht ze. Nadat ze hun huidige locatie weer aan de plaatselijke politie had doorgegeven, bleef ze zitten met haar ene hand om de kolf van haar pistool en haar andere op de portiergreep.

Een tijdlang veranderde er niets.

Toen, tien minuten later, ging het portier van de Nissan open. De man had kennelijk een besluit genomen.

En de schaakwedstrijd begon.

Pine kopieerde zijn handeling met haar portier.

Vier voeten uit de Nissan stapten op de aarde.

Pine zwaaide haar lange benen naar buiten en ging staan, met haar laarzen op het wegdek.

Toen de man en het meisje achter de dekking van het portier vandaan kwamen, richtte Pine haar pistool op zijn brede borst.

'FBI. Het is afgelopen. Ga bij het meisje vandaan staan. Ga op je buik op de grond liggen, met je benen gespreid en je handen gevouwen achter je hoofd. Nu, anders schiet ik.'

De man voerde niet een van haar bevelen uit. In plaats daarvan hurkte hij en zette het meisje voor zich neer.

Oké, dacht ze, deze klootzak wilde het hard spelen en een kind als schild gebruiken. Waarom verbaast me dat niet?

In het licht van de binnenverlichting van de Nissan had Pine gezien dat de man begin vijftig leek. Hij was van gemiddelde lengte, stevig en gespierd, en had een kale schedel met een dunne rand grijzend haar. Zijn gezicht was verweerd, lelijk en gestoord. Hij was hét voorbeeld van een oudere pedofiel. Hij droeg een vies T-shirt waarin zijn opgepompte bicepsen te zien waren en een stoffige corduroy broek met versleten laarzen. Het meisje was een jaar of tien, elf, groot voor haar leeftijd. Ze had een slank, lenig lichaam en twee blonde vlechten aan weerszijden van haar hoofd. Ze droeg een korte voetbalbroek met grasvlekken erop en een bijpassend shirt. Haar knieën waren vies, net als haar kniekousen en haar Adidas-voetbalschoenen. Ze leek bang, logisch natuurlijk, maar Pine kon aan haar blik zien dat ze ook vastberaden was.

Pine wist niet of de man een onbekende was of een familielid. Hij leek te oud om haar vader te zijn, maar dat was moeilijk te zeggen tegenwoordig.

'De politie is onderweg. Doe wat ik zeg, dan loop je hier straks levend vandaan.'

De man keek haar zwijgend aan.

'*Habla inglés*?' vroeg ze.

'Ik ben Amerikaan, trut,' brulde hij. 'Lijk ik soms op een Mexie?'

'Dan is er geen enkele reden om mijn bevelen niet op te volgen.'

Hij haalde een SIG-pistool uit zijn broeksband en drukte de loop tegen het hoofd van het meisje. 'Híérmee loop ik hier levend vandaan. Gooi je pistool weg, anders schiet ik deze prinses door haar kop.'

'Laat je pistool vallen, huur een advocaat in en ga een tijdje zitten.'

'Dat heb ik al eens gedaan. Beviel me niet echt.'

'Hoe heet je?'

'Probeer maar niet de goede agent uit te hangen.'

'Ik weet zeker dat we hier wel uit komen.'

'Shit, denk je soms dat we een deal kunnen sluiten?' vroeg de man ongelovig.

'Laat haar gaan, dan kunnen we daarna proberen een oplossing voor je probleem te vinden.'

'Denk je soms dat ik in die poppenkast trap of zo?'

Nu hoorden ze in de verte sirenes.

'Als het waar is, is het geen poppenkast.'

'Ik sluit geen deal.'

'Hoe wil je hier dan uit komen?'

'Doordat jij je auto verplaatst en me hier laat vertrekken. Ik heb plannen met dit mooie schatje. En ik kan niet wachten.' Hij sloeg zijn andere arm om de luchtpijp van het meisje.

Pines vinger schoof dichter naar de trekker van de Glock. Zou ze een schot wagen? 'Hoe moet het dan met de politie die eraan komt?'

'Praat jij maar met ze.'

'Ik heb niets over hen te zeggen.'

'Luister, stomme trut, ik heb dit meisje. Dat betekent dat ik bepaal wat er gebeurt. Jij doet wat ík zeg, niet andersom.'

'Je vertrekt niet samen met haar.'

'Dan heb je een groot probleem, trut!'

Pine koos voor een andere aanpak. Ze keek het meisje aan. 'Ken je deze man?'

Het meisje schudde langzaam haar hoofd.

'Hoe heet je?'

'Ik heet...'

'Kop dicht!' riep de man en hij drukte de loop tegen het hoofd van het meisje. 'En jij moet ook je kop houden!' schreeuwde hij tegen Pine.

'Ik wil dat we hier alle drie levend vandaan komen.'

'Je bedoelt jullie tweeën. Je geeft geen zak om mij.'

'Ik wil je niet doodschieten, maar als je me daartoe dwingt doe ik dat wel.'

'Als je op mij schiet, is zij dood.'

Pine keek weer naar het meisje, taxerend. Ze deed Pine aan zichzelf denken toen ze zo oud was. Lang, slank. Maar ze was vooral onder de indruk van de rustige blik in haar ogen. Ze keek naar het voetbaltenue, de grasvlekken op de korte broek en de vieze knieën. Dit meisje was een vechtersbaas. Dus misschien, heel misschien, zou dit lukken. Het was riskant, maar Pine had geen opties die dat niet waren. 'Je voetbalt?' vroeg Pine.

Het meisje knikte langzaam.

De man trok haar achteruit naar de rand van de afgrond. Drie meter verder betekende een val van driehonderd meter.

'Zet geen stap meer richting de rand,' beval Pine, terwijl ze zelf naar voren liep.

De man bleef staan.

Pine ook.

De sirenes kwamen dichterbij. Maar als Pine er niet snel een eind aan breide, kon de zaak weleens escaleren zodra de politie er was.

'Mijn geduld is bijna op!' riep de man.

'Ik héb je een optie gegeven, de enige díé ik je kan geven. De gevangenis is niet geweldig, maar veel beter dan een graf. Vanuit je graf kom je niet meer vrij, ook niet voorwaardelijk.'

De man liep verder naar de rand en trok het meisje met zich mee.

'Staan blijven!' brulde Pine. Ze probeerde haar doelwit in het tritium nachtvizier op haar Glock te krijgen. De achterste ring van haar vizier bevatte twee lichtgevende tritium vakjes, terwijl de korrel een tritium deel had omgeven door matte witte lak. Dat was uiterst accuraat, maar ze kon niet vuren, want dan raakte ze het meisje misschien. Of de wijsvinger van de man bewoog als hij werd geraakt door Pines kogel.

De man glimlachte triomfantelijk toen hij Pines dilemma op haar gezicht kon aflezen. 'Je gaat niet schieten. Dus nu bepaal ík wat er gebeurt, dame.'

Pine keek het meisje aan. *Oké, nu of nooit.* 'Ik heb ook gevoetbald. Ik heb ooit één doelpunt gemaakt, via een backkick. De bal schoot precies tussen de benen van de keeper door. En jij bent vast een veel betere speler dan ik was.' Pine bleef het meisje aankijken en vertelde haar met haar blik wat ze niet hardop kon zeggen.

De man riep: 'Hou je kop over voetbal! Oké, ik zeg het voor de laatste keer, leg je...'

Het meisje schopte naar achteren en omhoog, en haar voet raakte de gehurkte man keihard in zijn kruis. Hij liet haar los en klapte dubbel, zijn gezicht vertrok van de pijn, en de SIG viel uit zijn hand. 'S-stomme t-trut die je b-bent,' jammerde hij, terwijl zijn gezicht rood aanliep. Hij viel op zijn knieën en hapte naar adem.

Pine rende naar voren, schopte het wapen van de man weg, pakte het meisje bij haar arm en trok haar in veiligheid.

Daarmee had het afgelopen moeten zijn. Pine had haar pistool, maar hij had én zijn pistool niet én het meisje niet. Ze was vrij. Het was voorbij.

Maar het was niet voorbij. Want toen de man eindelijk was opgestaan, keek hij Pine aan en snauwde: 'Denk je soms dat je me te pakken hebt? Ik heb negen levens!' Hij keek woest naar het meisje, dat hem met een blik vol afkeer aankeek. 'Ik kan me niet eens herinneren hoeveel meisjes zoals zij ik heb gepakt en daarna in stukken gesneden en achtergelaten voor de dieren. En ik kom weer vrij om dat met meer meisjes te doen. Hoor je me, FBI-trut?'

Pine bleef hem lang aankijken en zag iemand anders in de spottende blik van deze man. Ze wist heel goed dat ze niet mocht happen, maar ze zou het toch doen.

Ze keek naar de hemel, waar de hunter's moon zacht geel en rood scheen. *Dit wordt ook wel bloedmaan genoemd, maar de* predator's moon *is een betere naam, en op dit moment ben ik het roofdier.*

Ze stopte haar pistool in de holster en stapte naar voren. In gedachten keek de reus Daniel James Tor haar aan. Pines onverslaanbare tegenstander, de hoofdrolspeler in haar nachtmerries. Maar daar zou ze nu een einde aan maken.

De man grijnsde triomfantelijk. 'Je hebt zojuist een enorm domme fout gemaakt.'

'O, hoezo?' Maar ze kende zijn antwoord al.

'Misschien is het je niet opgevallen, dame, maar ik ben een man.' Daarna stormde hij als een stier op haar af.

Even later wankelde hij achteruit, versuft, met een bebloed gezicht door de vernietigende schop met haar laars maat 44 aan het einde van haar lange rechterbeen. Hij klapte kreunend dubbel.

'Misschien was het jou niet opgevallen,' zei Pine, 'maar ik ga je nu helemaal verrot schoppen.' Ze ramde haar voet tegen zijn kin, waardoor hij overeind vloog. Daarna sloeg ze met haar vlakke hand precies op de brug van zijn neus, waardoor hij het uitgilde van de pijn en achterover op zijn rug viel alsof hij een klap met een moker had gehad.

Daar had het gevecht eigenlijk moeten ophouden, maar Pine sprong schrijlings boven op hem en klemde zijn armen met haar gespierde benen tegen zijn zijden. Daarna deelde ze de ene klap na de andere uit, met haar vuist, elleboog, onderarm, open hand – ze gebruikte elke techniek die ze had geleerd tijdens haar jarenlange MMA- en man-tegen-man-gevechtstraining.

Het was alsof de woede die ze bijna dertig jaar had opgekropt zich nu ontlaadde. Ze voelde kraakbeen en bot in zijn gezicht wijken, maar tegelijkertijd hoorde ze de FBI-engel op haar schouder roepen dat dit tegen elke regel was die het Bureau kende. Toch kon Pine niet ophouden met wat ze deed.

Eerst verzette de man zich nog, maar daarna raakte hij bewusteloos, verslapte hij en veranderde zijn gezicht in een bloederige, pulpachtige massa. Ze rook zijn stank, vermengd met haar eigen zweet – misselijkmakend, maar ook opwindend.

Ten slotte stond Pine langzaam op, uitgeput, bleek en met trillende ledematen. Opeens voelde ze afkeer over wat ze net had gedaan, terwijl de FBI-engel op haar schouder zich opnieuw liet horen. Pine ademde uit, keek naar haar bebloede handen en manchetten, en veegde ze af aan haar broek. Daarna liep ze naar het meisje toe, dat achteruitdeinsde toen ze eraan kwam. Pine bleef staan en schaamde zich omdat het meisje bang voor haar was. 'Ben je in orde? Heeft hij je pijn gedaan? Heeft... hij je iets aangedaan?'

Het meisje schudde haar hoofd.

Terwijl de sirenes dichterbij kwamen keek het meisje naar de man. 'Is hij... Is hij dood?'

'Nee. Alleen... bewusteloos.' Pine wist het eigenlijk niet zeker. Ze ging op haar hurken zitten. 'Hoe heet je?'

'Holly.'

'Holly, dat was heel moedig van je. Je begreep precies wat ik wilde dat je deed. Geweldig!'

'Ik heb drie oudere broers.' Holly glimlachte zwakjes. 'Als ze me pesten, kan ik heel hard schoppen.'

Pine stak haar hand uit en kneep Holly even in haar schouders. 'Ik ben heel blij dat je in orde bent.'

‘Ben je echt een FBI-agent?’

‘Ja.’

‘Ik wist niet dat meisjes dat ook konden worden. Ik dacht dat dat alleen maar… op tv kon.’

‘Meisjes kunnen alles doen wat ze willen. Daar mag je nooit aan twijfelen.’

Pine stond op toen de patrouillewagens een paar meter verderop met piepende remmen tot stilstand kwamen. Ze keek naar de bebloede man die roerloos op de grond lag. Pine haalde haar legitimatie tevoorschijn en liep naar hen toe om uit te leggen wat er was gebeurd, ook waarom ze deze man bijna dood had geslagen.

Dit zou zomaar het einde kunnen zijn van de carrière van de niet zo heel speciale agent Atlee Pine.

3

Pine opende de beveiligde deur van haar kantoor in Shattered Rock, Arizona, het dichtst bij de Grand Canyon gelegen dorp. Dit topografische sieraad was het enige natuurwonder in de wereld binnen Amerika, en Pine had de jurisdictie over elke federale misdaad die daar werd gepleegd.

Haar assistente, Carol Blum, zat aan haar bureau in het voorste kantoor. Blum was in de zestig en werkte al tientallen jaren op verschillende kantoren en in verschillende functies bij het Bureau. Ze had zes kinderen, van wie er niet een in de buurt woonde, en ze begon al vroeg en ging laat naar huis. Ze had Pine verteld dat de FBI tegenwoordig haar leven was, doordat ze geen echte hobby's had. Ze was lang en aantrekkelijk, had een goed verzorgd kapsel, droeg weinig make-up en sieraden, en kleedde zich altijd professioneel.

'Hoe ging uw training?' vroeg Blum.

Pine trainde altijd 's ochtends heel vroeg in een sportschool in het centrum van Shattered Rock. De sportschool was erg in trek bij fanatieke gewichtheffers vanwege de minimalistische fitnessstijl. Er waren geen airco of moderne apparaten en niemand droeg Peloton- en spandex sportkleding. Er waren alleen lange halters, enorme stalen schijven en kreunende mensen die ze enorm fanatiek optilden. En heel erg veel zweet.

'Daar ben ik vanochtend niet aan toegekomen. Ik kwam vannacht later dan verwacht terug uit Colorado en besloot gisteren uit te slapen om wat slaap in te halen. Maar ik heb vannacht slecht geslapen en ben vanochtend te laat opgestaan. Veel aan mijn hoofd.'

Blum keek haar bezorgd aan. 'Wat dan?'

'Kom mee naar mijn kantoor, dan vertel ik je alle "prachtige" details. O, en je krijgt misschien een nieuwe baas.'

Blums blik bleef onveranderd. Pine vond het geweldig dat de vrouw nergens door van slag raakte. Ze had ongetwijfeld alles al meegemaakt gedurende al die jaren bij het Bureau.

'Wilt u koffie?'

'Carol, je hoeft geen koffie voor me te halen. Dat is feitelijk een heel slecht stereotype.'

'Er is niets mis mee als ik u áánbied koffie voor u te halen. Als u een kop koffie had geëist, zou ik daar anders over denken. Ik herinner me een heleboel mannelijke agenten met wie ik daarover in de loop der jaren in aanvaring ben gekomen.'

'Wat deed je dan?'

'Ik heb ze gewoon heropgevoed,' zei Blum opgewekt. Ze liep naar het Keurig-apparaat op de lage kast die tegen de muur stond, zette het aan en haalde tegelijkertijd een koffiepad uit een la.

Toen Blum met een dampende kop koffie Pines kantoor binnen kwam lopen zat Pine al aan haar bureau. Blum zette het kopje neer en ging op de stoel tegenover haar baas zitten.

Het kantoor was onlangs gerenoveerd, hoewel Pine de aannemer opdracht had gegeven de beide deuken in de muur te laten zitten. De eerste was ontstaan toen een getuige die Pine had ondervraagd haar wilde aanvallen. Zijn vuist miste zijn doelwit en raakte in plaats daarvan de muur. De tweede deuk was ontstaan doordat Pine een man met zijn hoofd tegen de muur had gegooid. Het was Blums idee geweest om de muur niet te repareren; volgens haar was een beeld meer waard dan duizend woorden.

'En?' vroeg Blum nieuwsgierig. 'Wat is er gebeurd?'

Pine nam een slok koffie voordat ze antwoordde. 'Toen ik nog in Colorado was kreeg ik een amber alert. Ik kwam die man gelukkig tegen en kon voorkomen dat hij ervandoor ging met Holly, een schattig meisje.'

'Maar dat is fantastisch, agent Pine. Daar zult u een eervolle vermelding voor krijgen.' Ze zweeg even. 'Ik zie het probleem dus niet.'

'Het probleem is dat ik een beetje te ver ging nadat ik hem had overweldigd.'

'Te ver? Hoe dan?'

'Hij ligt nu in het ziekenhuis met onder andere een schedelfractuur.'

'Ik weet zeker dat u deed wat u moest doen.'

'Het was helemaal niet nodig hem verrot te slaan.'

'Waarom deed u het dan?'

'Hij kwam op me af, probeerde me aan te vallen, en... toen reageerde ik mijn frustraties op hem af.'

'Frustraties?'

'Ik was net bij Tor geweest.'

'Dus... Dus misschien viel u Tor aan?'

'Ik had kunnen stoppen. Ik had móéten stoppen.'

'Maar u zei dat hij u aanviel.'

Pine schudde haar hoofd. 'Zodra Holly in veiligheid was besloot ik de zaak te laten escaleren.'

'Toch zal het moeilijk worden om uw handelingen in het veld op dat moment te beoordelen.'

'Het Bureau "beoordeelt" acties in het veld constant, Carol.'

'Dat is waar,' gaf ze toe.

Er werd op de beveiligde buitendeur geklopt.

De twee vrouwen keken elkaar aan.

'Nu al wolven aan de deur?' vroeg Pine.

Even later bracht Blum de man naar Pines kantoor.

Het was Clint Dobbs, het hoofd van de FBI in Arizona. Hij was in de vijftig, ongeveer een meter tachtig, had brede schouders, een beginnend buikje en grijzend haar. Hij stond zo ver boven Pine in de pikorde dat ze de man alleen zag als er een ramp plaatsvond. Ze nam aan dat de huidige situatie zo genoemd kon worden. Maar het verbaasde haar dat hij alleen was. Dobbs werd meestal vergezeld door een groep agenten. Ze vroeg zich af waarom dat deze keer niet het geval was.

Dobbs ging in Blums stoel zitten, tegenover Pine, die was opgestaan toen ze haar meerdere zag. Toen Blum weg wilde gaan, hief

Dobbs zijn hand. 'Je kunt blijven, Carol. Jij moet dit ook horen.'

Blum keek even naar Pine en bleef toen naast het bureau staan.

Dobbs keek Pine weer met een ondoorgrondelijke blik aan. 'Ga zitten, Pine.'

'Ik neem aan dat dit te maken heeft met wat er gisteravond is gebeurd,' zei Pine, terwijl ze weer ging zitten.

'Of je moet nog iemand anders verrot hebt geschopt waar ik niets van weet,' zei hij nors.

'Nee, meneer,' zei Pine zacht. 'Alleen die ene.'

Dobbs knikte. 'De man die je hebt opgepakt was een zedendelinquent, Clifford Rogers. Net zes maanden geleden vrijgekomen. Vervroegd voorwaardelijk vrij na de ontvoering en verkrachting van een kind van negen. Zat maar negentien jaar. Het gevangenissysteem barstte kennelijk uit zijn voegen en de hufterige advocaat van die rotzak vond een technische fout, dus kwam hij ermee weg. Rogers werd ook verdacht van de moord op een kind van acht, twee weken na zijn vrijlating. Maar ze konden haar lichaam niet vinden. Moesten hem vrijlaten. Weet je, datzelfde gold voor vier andere slachtoffers in de afgelopen dertig jaar. De man was een monster, maar de politie kon het niet bewijzen, alleen die verkrachting. Hij ontvoerde het meisje dat jij hebt gered bij een voetbalwedstrijd. Ze zou dood zijn als jij je er niet mee had bemoeid. Maar nu is ze weer thuis.'

'Is Rogers alweer bij bewustzijn?'

'Ja.'

'En?'

'En hij zei dat je hem zomaar bijna doodsloeg.'

'Zei hij dat?'

'En wat is jouw verhaal?'

'Ik deed mijn werk. Een beetje te enthousiast misschien.'

'Ik begrijp het.'

'Beweert hij iets anders?'

'Het kan me niet echt iets schelen wat die vent zegt,' antwoordde Dobbs, wat Pine verbaasde omdat Dobbs zich meestal precies aan de regels hield.

'Heeft hij een klacht over me ingediend?'

'Dat wil hij wel.'

Blum zei: 'Ach, iemand kan van gedachten veranderen.'

Dobbs keek haar scherp aan. 'Wat bedoel je daar precies mee, Carol?'

'Zes jaar geleden, special agent Voorhies uit Tucson.'

'Je hebt een goed geheugen,' zei Dobbs.

'Het punt is dat er een deal werd gesloten. En agent Voorhies deed wat hij moest doen. Sindsdien is hij een productieve agent geweest.'

Pine vroeg: 'Wat deed hij dan?'

'Laten we maar zeggen dat hij te ver ging,' zei Dobbs. Hij leunde naar achteren en dacht na. 'Wat vind je hiervan: zal ik eens met meneer Rogers gaan praten en hem ervan overtuigen dat het indienen van een officiële klacht tegen jou niet in zijn belang is?'

'Ik wil niet dat u problemen krijgt voor iets wat ik heb gedaan, meneer,' zei Pine.

'Maar dat is nu net wat ik aanbied. Je bent een goede agent, ik wil je carrière geen slag toedienen.'

Blum vroeg: 'Denkt u dat hij daarmee zal instemmen?'

'De laatste keer dat hij in de gevangenis zat kreeg hij eenzame opsluiting, omdat hij daarom smeekte. Als hij als bekende kinderverkrachter en -moordenaar naar de *gen pop* gaat blijft hij nog geen vijf minuten in leven. En hij weet dat we daarvoor kunnen zorgen.'

'Gen pop' was slang voor *general population*: het deel van de gevangenis waar de meeste gevangenen zaten.

Blum keek Pine aan en zei: 'Oké. Dat klinkt goed.'

'Maar er zal zeker een intern onderzoek volgen,' zei Pine.

'Je hebt je wapen niet getrokken. De man is niet dood. Rogers gaat geen klacht indienen. Ik hoorde van de plaatselijke politie in Colorado dat de burgemeester je de sleutel van de stad wil overhandigen.'

'Oké,' zei Pine onzeker.

Dobbs ging rechtop zitten. 'Maar ik zal er niet omheen draaien, Pine. Wat jij hebt gedaan, ging veel te ver. Iedereen krijgt van mij één vrijkaart en die heb je hiermee verspeeld.'

'Betekent dit dat er geen disciplinaire maatregelen volgen?'

'Klopt. Déze keer.'

Pine sloeg haar blik neer. 'Dat waardeer ik, meneer. Ik... ik had iets veel ergers verwacht.'

Hij streek over zijn kin. 'Je hebt al ik weet niet hoe lang geen vakantie opgenomen, toch?'

'Een vakantie, meneer? Weet u, ik werd met verlof gestuurd...'

'Dat was geen echte vakantie. Dat weet jij en dat weet ik. Tijdens een vakantie gaan mensen niet verschillende keren bijna dood.'

'Oké, dan is het al een hele tijd geleden.'

'Ik ga elk jaar vliegvissen. Ik vang verdomme nooit iets en geniet van elke minuut.'

'Hoe lang moet mijn vakantie duren?'

Dobbs stond op, knoopte zijn colbert dicht en liep naar de deur. 'Zolang als je nodig hebt, Pine.' Hij keek naar haar. 'Hoe is je bezoek aan ADX Florence eigenlijk verlopen?'

'Dat was niet erg productief.'

'Misschien kun je je vakantie gebruiken om dat productiever te maken.' Hij bleef staan en sloeg zijn blik neer. 'Deed die creep van een Rogers je aan iemand denken?'

'Ja, maar op slechts één manier.'

'Daniel Tor is van een heel ander niveau, lijkt me.'

'Eredivisie versus amateurs.'

'Hij zit levenslang vast. Jij niet. Maar op een bepaalde manier heb ik het idee dat dat toch ook voor jou geldt. Wat denk jij?'

'Ik... Ik moet duidelijk aan een paar zaken werken.'

'Goed antwoord.'

Blum zei: 'En volgens mij moet ik erbij zijn om haar hiermee te helpen.'

Ze keken allebei naar haar.

Dobbs zei langzaam: 'Die beslissing is aan Pine.'

Pine zei: 'Carol, je hoeft niet...'

Blum viel haar in de rede: 'Jawel, dat moet ik wel.'

Dobbs zei: 'Dat zoeken jullie samen maar uit.' Hij knikte de vrouwen toe en vertrok.

Blum keek naar Pine en Pine keek haar assistente aan.

'Het is al heel lang geleden, Carol. Heel erg lang geleden.'

'En ik heb u elke zaak zien behandelen en afsluiten met een oplossing. Misschien is het nu tijd dat u een poging waagt.'

'Ik heb Tor nu drie keer bezocht.'

'Maar het is helemaal niet zeker dat hij iets te maken had met de verdwijning van uw zusje.'

Pine keek naar haar handen. 'Ik... Ik weet niet of ik dat wel aankan, Carol.'

'Ik hoop dat u het niet erg vindt dat ik dit zeg, maar volgens mij dus wel. Ik denk dat u het in elk geval moet proberen. Zoals agent Dobbs al zei, hebt u zojuist uw enige vrijkaart verspeeld. En u kúnt het Bureau niet verlaten, niet onvrijwillig of anderszins. U bent een geboren FBI-agent.'

Pine stond op. 'Maar dit is jouw probleem niet.'

'Ik ben uw assistente. Ik ga u helpen, punt uit.'

Pine keek haar glimlachend aan. 'Dat is heel aardig van je.' Ze kreeg een afwezige blik in haar ogen en zei: 'Nou, dan moeten we onze spullen maar gaan inpakken voor de reis.'

'De reis?'

'De reis terug in de tijd, Carol.'

4

Blum zei: 'Ik weet dat u zei dat we teruggaan in de tijd, maar zo te zien gaan we terug naar het verleden, letterlijk.'

Pine zat achter het stuur van de gehuurde SUV en Blum zat naast haar.

Ze waren naar Atlanta gevlogen en waren daarna in ruim twee uur naar Sumter County in het zuiden gereden. Nu reden ze door de hoofdstraat van Andersonville, Georgia, een dorp met tweehonderdvijftig inwoners.

'Ergens in de jaren zeventig besloten de burgemeester en een paar anderen de klok terug te zetten en Andersonville in een toeristische attractie te veranderen door het eruit te laten zien zoals het eruitzag tijdens de Civil War, de Amerikaanse Burgeroorlog. We zijn nu in Church Street, de hoofdstraat. Het spoor, dat parallel aan deze weg loopt, bracht de gevangenen naar Andersonville Prison. Dat was de laatste reis die velen van hen ooit zouden maken.'

'Is de gevangenis dichtbij?'

Pine stopte en wees naar het wegdek. 'Zie je al die geschilderde voetstappen? Die staan voor de gevangenen die de vierhonderd meter naar de gevangenis liepen. De langste wandeling van hun leven waarschijnlijk.'

Blum rilde. 'Afschuwelijk!'

'Het dorp heeft een gebied van tweeënhalve hectare gereserveerd dat Pioneer Farm heet, iets verderop, met een smederij, een gevangenis, een rokerij, een suikerrietfabriek en andere attracties. Daar zie je het bord met de tekst: WELKOM IN ANDERSONVILLE CIVIL WAR TOWN.'

Blum las het, knikte en zei: 'En een caravanpark en restaurant.'

'Ze krijgen ongeveer tachtigduizend bezoekers per jaar, dus ik neem aan dat het plan van de burgemeester positief heeft uitgepakt. De echt belangrijke gebeurtenis vindt binnenkort plaats.'

'En dat is?'

'Het naspelen van de Civil War-veldslagen. Met een parade en een fanfare die deze kant op komen. Soldaten in blauw en grijs. Nog meer muziekkorpsen, linedansen, wegafzettingen, heel veel eten en drinken. Een echt feest. Mensen die van alles verkopen: uniformen, wapens, vlaggen, zwaarden, kilts en allerlei andere dingen. En de entree is maar vier dollar.'

'Hoe weet u dat?'

'Dat staat op dat bord daar.'

Ze keken elkaar even glimlachend aan.

'Dus alleen daarvoor komen al die toeristen hiernaartoe?' vroeg Blum.

'Nee, ook voor de beruchte Confederate-gevangenis die hier vroeger was.'

'Om een gevangenis te bezoeken? Dat is wel een beetje vreemd.'

'Maar het was de beruchtste gevangenis van de Civil War. Daar zijn ongeveer dertienduizend Union-gevangenen gestorven. Er zijn hier een National Historic Site en een enorme militaire begraafplaats. Ik las dat er ook een soort krijgsgevangenencentrum is. De commandant van de gevangenis, Henry Wirz, is als oorlogsmisdadiger opgehangen.' Ze wees naar een grote obelisk midden in de straat. 'Dat is het Wirz Monument.'

'Wacht eens even, een monument voor een oorlogsmisdadiger?'

'Het is geplaatst door de Daughters of the Confederacy. Volgens mij vonden ze dat Wirz verkeerd is behandeld en alleen maar als zondebok fungeerde.' Pine zweeg even. 'Tor wist dat Wirz is opgehangen. Dat vertelde hij me toen ik hem de eerste keer sprak en zei dat ik uit de buurt van Andersonville kwam.'

'Dus hij wás hier echt?'

'Hij opereerde in de staat toen mijn zusje werd weggehaald. Hij heeft moorden gepleegd in Macon, Atlanta, Columbus en Albany. Daarom dacht ik dat hij iets met Mercy's verdwijning te maken kon hebben. Maar misschien wist hij het van Wirz omdat hij me voor mijn eerste bezoek aan hem heeft nagetrokken.'

'In het vliegtuig vertelde u dat u pas na uw hypnotherapie dacht dat hij uw zusje misschien had meegenomen.'

Pine knikte. 'Maar het is een kip-of-eikwestie. Ik wist het natuurlijk van Tor voordat ik onder hypnose ging, dus misschien was het een soort selffulfilling prophecy dat ik denk dat hij dat deed. Hij wees zelfs op die mogelijkheid tijdens ons laatste gesprek. Maar daar had ik zelf ook al aan gedacht.'

Blum rilde. 'Ik moet er niet aan denken dat ik in hetzelfde gebouw zou zijn als zo'n man, laat staan dat ik met hem praat.'

'Hij is echt een creep. Hij verdraait de dingen die je zegt. Hij lijkt normaal, redelijk zelfs, ook al is hij een monster.'

'Griezelig.'

Pine dacht aan de reus van een vent die zo wreed en gewelddadig een einde aan het leven van zoveel onschuldige mensen had gemaakt. 'Dat woord dekt bij lange na de lading niet.'

'Wat is dit voor dorp? Werkt iedereen in het toerisme?'

'Nee. In de jaren zestig werden een mijn en een raffinaderij geopend. Elke week worden hiervandaan duizenden tonnen bauxiet met vrachttreinen getransporteerd.'

'Bauxiet?'

'Dat wordt gevonden in de kaolienklei hier. Mulcoa is het bedrijf dat het hier opgraaft. Bauxiet werd vroeger gebruikt voor de productie van aluminium, maar tegenwoordig voor de productie van slijpmiddelen en bij fracking voor de olie- en gaswinning. Nu dat zoveel gebeurt, is dat goed voor de bauxietbusiness.' Ze wees naar een etalage waar ze langsreden. 'Drummer Boy Civil War Museum. Daar hebben ze uniformen, vlaggen, wapens en andere objecten uit de oorlog.'

'Nou, fijn om te zien dat bepaalde mensen nog altijd geld kunnen verdienen aan de Civil War. Toen ik jong was heb ik daar niet zoveel over geleerd.'

'In het Zuiden is het een soort tweede Bijbel.'

'Waar woonde u toen?'

'Dat zal ik je laten zien.'

De weg naar haar oude huis was precies zoals Pine het zich herinnerde: voornamelijk zand, vol gaten, bochtig en verlaten.

Blum keek om zich heen. Ze hadden al zeker anderhalve kilometer geen huis meer gezien. 'Hoe speelden u en Mercy in vredesnaam? Ik kan me niet voorstellen dat jullie vaak bij andere kinderen gingen spelen.'

'En onze moeder had geen auto. Mijn vader ging met onze enige auto naar zijn werk in de mijn. Dus we liepen, en toen we ouder waren fietsten we. Maar meestal speelden we gewoon buiten in de tuin. Mijn moeder nam ons in het weekend mee naar Americus om boodschappen te doen en zo.' Ze wees naar een plek voor een oude eik met enorme takken. 'En daar haalde de schoolbus ons op. We zaten in groep één toen Mercy verdween.' Pine kreeg iets in haar keel, kuchte en nam gas terug. Ze deed haar zonnebril omhoog en veegde over haar ogen.

Blum keek haar aan. 'Hoe lang is het geleden dat u hier was?'

Pine had even nodig om zich te vermannen en zette haar zonnebril weer op. 'We zijn vrij kort nadat Mercy was weggehaald verhuisd. Ik ben nooit meer terug geweest.'

'Nooit?'

Pine schudde haar hoofd. 'Hier was niets om naar terug te gaan, Carol.'

'Dat snap ik denk ik wel.' Blum legde vriendelijk een hand op Pines schouder. 'En u zei dat uw vader zelfmoord heeft gepleegd?'

'Op mijn verjaardag. Hij stopte een geweer in zijn mond en haalde de trekker over.'

'Op uw verjaardag? Wat vreselijk!'

'Volgens mij was dat zijn bizarre manier om mij te laten weten dat hij aan me dacht. Weet je, mijn ouders namen het zichzelf kwalijk wat er was gebeurd. Daarna gaven ze elkaar de schuld. Daarom zijn ze later gescheiden. Toen Mercy werd weggehaald en ik werd aangevallen, waren zij allebei kennelijk beneden, dronken en stoned van de hasj.'

Blum schudde haar hoofd. 'Wat zullen ze zich schuldig hebben gevoeld.'

Voorbij de volgende bocht zagen ze aan het einde van een onverharde weg een bouwvallig huis dat op instorten stond, met houten zijgevels.

'Het ziet er verlaten uit,' zei Blum.

'Maar dat is het niet.' Pine wees naar een oude Ford-pick-up die gedeeltelijk achter het huis stond en heel erg verroest was. Op de veranda lag een forse zwarte labrador met een brede rode halsband te slapen.

'Woont daar iemand? Dat huis ziet eruit alsof één harde windvlaag het omver kan blazen.'

Pine fronste. 'En hoeveel vervallen huizen zie je in the middle of nowhere in Arizona? Mensen wonen waar ze maar kunnen.'

'Dat is waar.'

Ze stopten in de voortuin en stapten uit.

Pine keek naar het enige thuis dat ze in de eerste zes jaar van haar leven had gekend. Het was kleiner dan ze zich herinnerde, maar dat was altijd zo, toch?

De voordeur stond open en de veranda was doorgezakt, door houtrot en door de zwaartekracht. Een van de ramen was stuk en de houten zijwanden waren kromgetrokken. De geverfde oppervlakken bladderden af. De tuin lag vol afval. Er stond een groot oud olievat waar verkoolde uiteinden van afval uitstaken; dat was kennelijk de manier om afval te verbranden.

De hond verroerde zich, stond langzaam op en blafte een paar keer onzeker. Hij had een grijze snoet en leek wankel op zijn reumatische poten te staan.

'Hé, jongen, hoe gaat-ie?' zei Pine geruststellend. Ze liep rustig naar de hond toe, met haar vuist uitgestoken. Ze liet hem er even aan snuffelen, waarna ze zijn oren aaide en een lik kreeg. Ze ging op de veranda zitten, keek om zich heen en aaide de kop van de hond, terwijl Blum naast haar stond. 'Ik vraag me af wie hier nu woont.'

'Ik.'

Ze draaiden zich om en zagen een man die om het huis heen was gelopen. Het geweer, een dubbelloops Remington kaliber 12, was op hen gericht.

5

Pine stond op. 'Woont u hier echt?' vroeg ze. Ze keek de man rustig aan en bracht haar rechterhand naar de Glock in haar holster.

De man was groot en slank, en leek ondanks zijn grijze haar en baard uit graniet gehouwen. Er hing een sigaret uit zijn mondhoek. Hij droeg een stetson die vol zweetvlekken zat en eronder waren zijn warrige spierwitte krullen zichtbaar. Zijn gezicht was getekend door de zon en de wind, en de rimpels waren opvallend en griezelig diep. Pine schatte hem achter in de zestig, maar zijn enorme spieren die zichtbaar waren doordat hij een shirt met korte mouwen droeg leken dat tegen te spreken. Zijn spijkerbroek was verbleekt en spande om zijn lange benen en slanke heupen. Zijn oude laarzen leken elk moment uit elkaar te kunnen vallen. 'Inderdaad, en dat betekent dat jullie je op verboden terrein bevinden.'

'Ik heb hier vroeger gewoond,' zei Pine.

De man liet zijn geweer zakken, een heel klein beetje maar. 'Wanneer?'

'Vanaf midden jaren tachtig.'

Hij bekeek haar taxerend. 'Toen was je dus nog een baby.'

'Ik en mijn zusje.'

Hij keek naar Blum. 'Je moeder?'

'Nee, mijn vriendin.'

'Maar wat doe je hier dan? Sightseeing? Niet veel te zien. Begraafplaats en die ouwe Confederate-gevangenis.'

'Ik kwam terug om mijn geboortestad te zien. Hoe lang woont u hier al?'

'Zo'n drie jaar. Wie zijn jullie?'

'Atlee Pine. Dat is Carol Blum.'

Blum keek hem aandachtig aan. 'En hoe heet u?'

'Cyrus Tanner. M'n vrienden noemen me Cy.'

'Mag ik u Cy noemen, ook al zijn we officieel geen vrienden?' vroeg Blum. 'En kunt u dat geweer op iets anders richten? Want hoewel wij sterke zenuwen hebben, gebeuren er soms gewoon ongelukken met wapens.'

'Wat? O, neem me niet kwalijk.' Hij liet het geweer zakken en keek hen zenuwachtig aan. 'Wat willen jullie hier doen?'

Pine zei: 'Alleen even rondkijken. Pure nostalgie. Kom je uit Andersonville?'

'Nee, kwam hier vanuit 'Bama. Mississip.'

'Dus je hebt het huis gekocht?'

Hij grinnikte. 'Verdomme, ik heb helemaal geen geld om een huis te kopen, zelfs niet zo'n vervallen krot als dit. Ik eh… Ik huur het.' Hij wees naar de gedrongen oude labrador, die zich weer op de grond had laten vallen. 'Ik en Roscoe. Ja toch, jongen?'

Roscoe liet zijn gele tanden zien en leek blij zijn naam te horen.

'Ik en Roscoe zijn al heel lang compagnons. Beste vriend die ik ooit heb gehad, een veel betere vriend dan mensen.'

'Mag ik even rondkijken?' vroeg Pine.

'Niet veel te zien.'

'Werk je in de bauxietmijn?' vroeg Blum.

Hij keek haar even aan. 'De mijn? Nee, ik klus overal en nergens. Ben goed met motoren en zo, kan elke motor opknappen. Word contant betaald. Hou niet van belasting betalen. Ik kan me goed redden, betaal mijn rekeningen en zorg voor een dak boven mijn hoofd en dat van Roscoe. Wat doen jullie voor de kost?'

Pine haalde haar officiële papieren tevoorschijn. 'Ik ben een FBI-agent. Carol is mijn assistente.'

Tanner keek hen geschrokken aan. 'Een Fed? Luister, ik meende het niet wat ik zei over belastingen…'

'Ik werk niet bij de belastingdienst, Cy, en ik heb geen enkele belangstelling voor jouw opvattingen over belasting betalen, of niet.'

'O, oké dan,' mompelde hij, maar hij leek niet overtuigd. 'Waarom zijn jullie hier dan echt? Jullie maken geen officiële Civil War-tour,' voegde hij er met een zwakke grijns aan toe.

Pine keek naar Blum voordat ze de man weer aankeek. 'Bijna dertig jaar geleden is mijn zusje uit dit huis ontvoerd. Degene die haar heeft ontvoerd is nooit gevonden. En zij ook niet. Dus ben ik hiernaartoe gekomen om te proberen de waarheid te achterhalen.'

De sigaret viel uit zijn mond. 'Godver, meen je dat nou?'

'Ik meen het echt.'

Hij keek weer naar het huis. 'Dat wist ik niet toen ik hier kwam wonen.'

'Daar was ook geen enkele reden voor.'

'En je zei dat die klootzak nooit is gevonden?'

'En mijn zusje ook niet.'

'Dus… je bent hier op zoek naar aanwijzingen en zo? Het is al heel lang geleden.'

'Ik wil geen sporenonderzoek doen, als je dat soms bedoelt. Maar ik wil wel een paar dingen uitzoeken en ik dacht dat een bezoek aan dit huis een goede eerste stap was.'

Hij zette het geweer op de veranda. 'Wil je misschien een rondleiding door het huis?'

'Dat zou geweldig zijn. Weet je zeker dat je het geweer daar laat staan?' vroeg Pine.

'Verdomme, dat ding is niet eens geladen. Ik gebruik hem gewoon voor de show, weet je, om mensen bang te maken.'

'Krijg je hier veel onbevoegden?'

'Voornamelijk jeugd op zoek naar een plek om te drinken en te neuken. Ik heb er niets op tegen dat ze dat doen, alleen wil ik niet dat het in mijn huis gebeurt.'

Hij nam hen mee naar de voorkamer. Het behang was afgebladderd en de enige aankleding waren een limoengroene zitzak, een gebutst tafeltje met een grote oude tv met een sprietantenne erop, en een stuk smerig tapijt met opvallende urinevlekken. 'Roscoe heeft wat nierproblemen,' zei Tanner gegeneerd met een blik op de vlekken.

'Hoe is de tv-ontvangst hier?' vroeg Blum.

'Waardeloos. Maar ik pruts er wat aan en heb soms wel beeld. Vooral sport.' Hij grijnsde. 'Als het nieuws erop komt zet ik het geluid uit. Veel te deprimerend.'

Pine keek even om zich heen in de kamer. Ze kon zich amper voorstellen dat ze hier ooit had gewoond; voor haar gevoel was dit onbekend terrein.

'Waar sliepen u en uw zusje?' vroeg Blum.

Pine wees naar de trap. 'Boven.'

Tanner stapte achteruit en liet haar als eerste de bekraste, kale multiplex trap op gaan.

Pine kwam nu met elke stap dichter bij die afschuwelijke nacht in 1989. Voor de slaapkamerdeur op de overloop werd ze in gedachten, maar ook fysiek, teruggevoerd naar die tijd in haar leven. Ze staarde naar de gesloten deur, alsof die de toegang kon zijn naar een ander universum dat al haar vragen zou beantwoorden.

Ik vraag natuurlijk ook maar weinig.

Tanner zei: 'Ga maar naar binnen, dame. Daar is nu niets. Ik slaap op de zitzak beneden. Heb geen bed.'

Pine pakte de deurknop vast alsof die het enige was wat haar met de aarde verbond, draaide hem om en duwde de deur open. Toen ze de kamer in liep werden zij en de kamer in haar hoofd volledig teruggevoerd naar 1989, naar het allerverschrikkelijkste moment in haar leven.

Ze zag het bed, het nachtkastje, de goedkope lamp, de ladekast waar zij en Mercy hun poppen op neerzetten. Het vloerkleed met de My Little Pony-afbeelding erop. De kleine kast waar hun weinige kleren in hingen. De blauwe bal waar Pine graag tegenaan schopte en mee gooide, en het ballerinajurkje waar Mercy, de danseres en de meer meisjesachtige van hen tweeën, zo van hield. Ze droeg het jurkje altijd tot het zo vies was dat haar moeder het midden in de nacht weghaalde en in de gootsteen waste; dat was de enige manier waarop ze hun kleren kon wassen.

En toen zag ze het enige raam. Het raam waardoor Tor, of een vergelijkbaar persoon, naar binnen was geklommen waarna hij zijn gehandschoende handen op de mond van de beide meisjes had gelegd. Het kinderrijmpje dat hij had opgezegd terwijl hij op hun voorhoofd tikte. Zijn besluit om Mercy mee te nemen, zijn vuist tegen Pines hoofd waardoor haar schedel brak en ze voor dood achterbleef. Haar moeder die de volgende ochtend binnenkwam, met een kater door de hasj en het bier, en ontdekte dat haar ene dochter verdwenen was en de andere bijna dood. De rit met de ambulance naar het ziekenhuis, de gespannen gezichten boven haar, het spierwitte plafond van de ambulance – misschien een vroegtijdig kijkje in de hemel – en de snelle tocht op de brancard door het ziekenhuis. De prik van een naald, de bewusteloosheid van de narcose, de daaropvolgende operatie om haar schedel te repareren, hoewel ze zich daar natuurlijk niet van bewust was, gevolgd door het langdurige, angstaanjagende herstel. Angstaanjagend doordat ze niet begreep wat er met haar was gebeurd.

Daarna weer naar huis, waar ze tot de ontdekking kwam dat Mercy nog steeds weg was en haar ouders ontroostbaar waren, en absoluut niet in staat om over hun andere dochter te praten, niet in staat om Pine ergens achter te laten waar ze haar niet konden zien, maar onwillig om haar vast te houden of met haar te praten over wat er was gebeurd. Ze voelden zich allebei ontzettend schuldig en maakten alles kapot wat hun kleine gezin nog bij elkaar hield.

'Agent Pine?'

Pine werd uit haar gedachten gerukt, net zoals toen ze na de operatie bijkwam uit de narcose. Onmiddellijk alert en nieuwsgierig, maar op de een of andere manier toch beneveld – alsof ze nadat ze diep onder water was geweest te snel naar boven was gekomen en er iets in haar zat wat haar mogelijk fataal kon worden.

Blum keek haar bezorgd aan. 'Voelt u zich wel goed?'

Ze knikte. 'Herinner me weer een paar dingen.'

'Iets nuttigs?'

Pine liep door de kamer, opende het raam en keek naar beneden. 'Een ladder. De man moet een ladder hebben gehad om boven te komen.'

'Hebben ze een ladder gevonden?' vroeg Tanner nieuwsgierig.

'Nee. Tenminste niet voor zover ik weet. Maar ik was nog maar zes. De politie heeft niet echt met me gepraat, niet meer zodra ze wisten dat ik hen niet echt kon helpen.'

'Waren er ooit verdachten?' vroeg Blum.

'Mijn vader was de eerste verdachte, misschien wel de enige.'

Blum en Tanner keken elkaar even aan.

'Denk je dat hij dat zijn eigen kinderen zou aandoen?' vroeg Tanner, die dit weigerde te geloven.

'Nee. Het was mijn vader niet, want dan had ik hem wel herkend. En waarom zou hij door het raam binnenkomen? Ze zaten die avond te drinken en hasj te roken. Hij had niet eens via de trap naar boven kunnen komen, laat staan een ladder kunnen beklimmen. En ik zag die man door het raam naar binnen komen, ook al kon ik hem toen niet goed beschrijven.'

'Maar de politie geloofde dat niet?' vroeg Blum. 'En toch beschouwden ze je vader als verdachte?'

'Daarom moesten we verhuizen. Iedereen in het dorp dacht dat hij het had gedaan, ondanks het feit dat daar geen bewijzen voor waren.'

'En je vader?' vroeg Tanner.

'Hij is nu dood.'

'En je moeder?'

Pine antwoordde niet meteen. Op een bepaalde manier had haar moeders mysterie zelfs Mercy's verdwijning overschaduwd, in elk geval voor Pine. Blum keek nieuwsgierig naar haar, maar dat leek ze niet te merken. 'Daar praat ik liever niet over,' zei Pine. Ze dacht terug aan die avond en probeerde zich te herinneren dat het inderdaad Daniel Tor was geweest die via het raam binnen was gekomen. Maar ze kwam tot dezelfde conclusie: geen definitieve bevestiging. Ze deed het raam weer dicht.

Ze liepen weer naar buiten, waar Pine op de veranda ging zitten en Roscoes kop aaide.

'Hij vindt je aardig,' zei Tanner goedkeurend. 'En Roscoe is een echte mensenkenner. Dat moet wel, want als hij mensen die ik hier mee naartoe neem niet mag, komen ze ook niet terug. Ja, die goeie ouwe Roscoe voorkomt dat ik domme beslissingen neem. Nou ja, in elk geval minder dan vroeger.'

‘Lang geleden had ik wel een Roscoe kunnen gebruiken,’ zei Blum.

Zij en Tanner keken elkaar aan.

Pine stond op en zei: ‘Bedankt dat je ons liet rondkijken, Cy.’

‘Blijven jullie lang in het dorp?’

‘Zo lang als nodig is.’

‘Nou, dan zie ik jullie wel weer. Roscoe en ik eten bijna elke avond in dat kleine eethuisje in de hoofdstraat. Ze noemen het de Clink, naar de gevangenis denk ik. Goed eten en goedkoop bier.’

‘Dan zien we je daar misschien wel,’ zei Blum.

Tanner nam zijn hoed af als een soort afscheidsgroet, waardoor zijn dikke bos golvend haar zichtbaar werd, en keek hen met een brede glimlach aan.

Ze stapten weer in de SUV en vertrokken.

Pine zei: ‘Ik heb me altijd afgevraagd wat er van de Marlboro Man is geworden. Nu weet ik het.’

‘Ja, hij is echt een stuk,’ zei Blum. Ze keek in de zijspiegel en zag Tanner staan. ‘Hét voorbeeld van een ruwe, knappe man. Ik durf te wedden dat hij een *two-pack* heeft, wat net zoiets is als een *eight-pack* voor een man van twintig.’

‘Als hij echt gezond wil zijn, zou hij moeten stoppen met roken.’

‘Dat voegt alleen maar iets toe aan het geheimzinnige beeld van een ondeugende man.’

‘Beheers je, Carol.’

‘Ik ben altijd beheerst, agent Pine. Dat kan niet anders als je zes kinderen hebt. Als je dan gezond van geest blijft, kan niets je ooit nog overweldigen.’

‘Dan is het goed.’

‘U wilt dus niet over uw moeder praten?’

Pine wilde iets zeggen, maar zweeg toen. Ze leek haar gedachten op een rij te zetten en zei: ‘Ik weet wat er met mijn vader is gebeurd, maar niet wat er met mijn moeder is gebeurd.’

‘Bedoelt u dat u niet weet hoe ze… gestorven is?’

‘Voor zover ik weet leeft mijn moeder nog.’

‘Maar u weet niet waar ze is?’

‘Nee.’

‘Hebt u geprobeerd haar te vinden?’

‘Heel vaak. Zonder succes.’

‘Maar u bent een FBI-agent. Hoe kan dat dan?’

‘Goede vraag, Carol. Goede vraag.’

6

Ze hadden een reservering bij de Cottage, een bed and breakfast even buiten het dorp Andersonville. Het was een groot, oud huis dat was verbouwd om gasten te kunnen ontvangen.

Pine nam normaal één koffer mee als ze op reis was, maar deze keer had ze een tweede koffertje meegenomen. Ze legde het op haar bed, maakte het open en keek naar de zeer gevarieerde inhoud: niet alleen de foto van haarzelf met haar zusje, maar ook alles wat ze van haar ouders bezat. Zoals het zwarte vlinderstrikje van haar vader. Een sleutelhanger met de naam en het logo van het bauxietmijnbouwbedrijf. Twaalf bierviltjes die zij en Mercy hadden gebruikt als damschijven. Een lavendelkleurig haarlint van haar moeder. Een ring en een paar oorbellen, eenvoudige sieraden die toch door haar werden gekoesterd. Een kleine gedichtenbundel. Een zakmes van haar vader met zijn initialen. Een *Wonder Woman*-stripalbum. Een theekopje met een barst erin.

En… Ze haalde de kleine pop met het gedeukte gezichtje uit de koffer en streek een haarlok voor het uitpuilende rechteroog vandaan. Dit was haar pop, Skeeter van de tv-serie *Muppet Babies*. Mercy had er net zo een gehad, alleen heette die van haar Sally. Pine had gewild dat Mercy haar pop Scooter noemde, omdat Skeeter zijn tweelingzus was, maar dat weigerde Mercy omdat Scooter 'een jongen' was. Pine glimlachte bij die herinnering. Lang geleden had ze dit alles bijna weggegooid, maar iets had haar daarvan weerhouden, al wist ze niet wat. Langzaam legde Pine alles weer terug, ritste de koffer dicht en liep naar de voorkamer, waar Blum al zat te wachten.

Samen liepen ze naar het eethuisje dat Tanner had aanbevolen, café Clink.

Ze wandelden van de Cottage naar de hoofdstraat, die schilderachtig maar wel wat vervallen was. Het was een mooie frisse avond en er waren veel mensen op straat. Pine zag dat er veel toeristen bij waren, want ze maakten met hun fotocamera, of nog vaker met hun telefoon, foto's van spullen in de etalages, interessante architectonische details, beelden of borden.

De Clink had een vrolijk uithangbord met het silhouet van een man achter tralies, en een kleurrijke gestreepte markies. De tekst op het raam, in ouderwetse gegraveerde letters, beloofde: GOED ETEN VOOR EEN REDELIJKE PRIJS, OPSLUITING IN DE GEVANGENIS NIET VEREIST.

Ze gingen naar binnen en werden naar een tafeltje gebracht door een jonge blonde vrouw met een paardenstaart, gekleed in een heuplange zwarte blouse, donkere spijkerbroek en ballerina's. Pine bestelde een pilsje en Blum een gin-tonic.

'Leuk plekje,' zei Blum, terwijl ze om zich heen keek in het volle eetcafé.

'Het lijkt wel alsof het hele dorp in de Clink zit te eten.'

'Hier zullen ook wel veel toeristen komen.'

Ze bekeken de menukaart, waarop vooral rood vlees en wortelgroenten stonden, en maakten hun keuze. Ze gaven hun bestelling op aan een serveerster met een sombere stem, slierterig grijs haar en een vermoeide blik.

Terwijl ze zaten te drinken vroeg Blum: 'Herinnert u zich veel van dit dorp?'

'Niet echt. Dit eethuis was hier toen niet. Bovendien gingen we niet vaak naar Andersonville. Maar voor zover ik me herinner is er niet veel veranderd. Volgens mij was dat toeristische Civil Wargebeuren er toen nog niet, in elk geval niet zo opvallend.'

'Ach, kleine dorpen zoals dit moeten iets doen om te overleven.'

'Kleine dorpen met inwoners die proberen te overleven,' beaamde Pine.

Later, toen ze hun eten bijna ophadden, kwam Cy Tanner binnen met een oudere vrouw. Hij keek om zich heen, zag hen en liep snel naar hun tafeltje, terwijl de vrouw hem langzaam volgde.

Blum begroette hem met een glimlach. 'Hallo, Cy. Waar is Roscoe?'

Hij keek haar glimlachend aan en tikte tegen zijn hoed. 'Hoi, Carol. De ouwe Roscoe ligt buiten op een rubber bot te kauwen en speelt voor portier.' Daarna draaide hij zich om en zei: 'Dit is Agnes Ridley.' Opgewonden zei hij tegen Pine: 'Zij herinnert zich uw familie, agent Pine.'

Pine bekeek de oude vrouw nieuwsgierig.

Ridley was achter in de zeventig en had dun grijs haar, waar haar roze schedel doorheen schemerde. Ze was klein en mollig, had een vriendelijk gezicht en droeg een flanellen shirt, een wijde spijkerbroek en lompe orthopedische sneakers. Haar blauwe irissen hadden grijze vlekjes en ze droeg een bril met hoornen montuur en dikke glazen.

'Kom alstublieft bij ons zitten, mevrouw Ridley,' zei Pine.

Ridley zei verontschuldigend: 'Ik wil je niet storen tijdens je eten, lieve kind.'

'Dat doet u niet. Alstublieft. We zijn toch al bijna klaar.'

Terwijl ze gingen zitten bleef Pine naar haar kijken.

Ridley keek haar stomverbaasd aan, alsof ze haar ogen niet kon geloven, en zei na een tijdje: 'Ik neem aan dat je me niet herkent. Je bent lang geworden, zie ik. Jij en je zusje waren allebei groot voor jullie leeftijd.'

'Ik probeer me u te herinneren, maar...'

'Ach, maar toen noemde je me niet "mevrouw Ridley", maar "Missy Aggie".'

Pine zei: 'Dát herinner ik me wel.'

'O, dat is fijn!' zei Ridley, zichtbaar verheugd. 'Wij woonden een paar kilometer verderop, maar wel hier in Sumter County. Ik had je moeder in de kerk leren kennen. Ik had zelf geen kinderen en werkte niet, dus heb ik heel vaak op jou en je zusje gepast.'

Pines ogen werden groot. 'Op mij en Mercy?'

'Ja, lieve kind. De naam Atlee ken ik heel goed, want ik had een tante die zo heette. Wij noemden je natuurlijk Lee, maar ik heb nooit iemand anders gekend die Mercy heette.'

'Iedereen noemde me Lee, tot ik naar college ging.'

Ridley lachte. 'Jullie waren een fraai stel, onafscheidelijk en niet uit elkaar te houden.'

Blum keek Pine aan. 'Identieke tweelingen. Dat heb ik nooit geweten. Dat hebt u nooit verteld.' Ze klonk lichtelijk teleurgesteld.

'Ik… Ik heb het nooit prettig gevonden daarover te praten.' Pine zweeg even en haar blik verzachtte. 'Mijn zusje had hier een sproetje,' zei Pine en ze wees naar een plek naast haar neus. 'Ik niet. Mercy zei dat God haar een kus had gegeven omdat zij als eerste werd geboren en dat dat plekje in een sproetje was veranderd.'

'Ach, wat ontzettend schattig,' zei Blum.

Pine vroeg aan Ridley: 'Dus u kunt zich mijn ouders nog herinneren?'

Ridleys glimlach verdween. 'Ik kende je moeder heel goed en mocht haar erg graag, Lee.' Ze corrigeerde zichzelf: 'Atlee, bedoel ik.'

'Lee is goed, hoor, mevrouw Ridley.'

'Ik was natuurlijk ouder dan zij, maar je moeder en ik waren goede vriendinnen. Julia moest soms uit werken om rond te komen en als ze weg moest had ze een oppas nodig. Je vader kende ik niet zo goed, maar hij was gek op jullie.'

'Hoe ging mijn moeder naar haar werk? Voor zover ik weet had ze geen auto.'

'O, dan mocht ze mijn oude Dodge-pick-up lenen, waarmee ik naar jullie huis reed. Ze kon niet veel betalen en ik vroeg er zelden geld voor. Mijn man had een goedbetaalde baan zodat we geen extra geld nodig hadden.' Ze zweeg even en er verschenen zelfs nog meer rimpels op haar gezicht, als een bloem die zich weer tot een knop vouwt. 'Mijn "betaling" was de tijd die ik met jullie mocht doorbrengen.'

Blum zei: 'Had u maar bij mij in de buurt gewoond. Ik had zes kinderen, op een bepaald moment allemaal onder de twaalf. Ik had bijna altijd het gevoel dat ik onder een vrachttrein was gekomen.'

'Kunt u zich herinneren wat er toen is gebeurd?' vroeg Pine aan Ridley.

De oude vrouw knikte langzaam. 'Natuurlijk. Het hele dorp was er kapot van. Zoiets was hier nooit eerder gebeurd. En goddank is er daarna ook nooit meer zoiets gebeurd.'

'Wat kunt u me erover vertellen?' vroeg Pine. 'Ik was nog erg jong en ik herinner me veel dingen niet. Bovendien praatten de volwassenen er toen niet met me over.'

'Nee, ik neem aan dat ze zich grote zorgen maakten over de invloed die het op jou kon hebben. Maar ik ging naar het ziekenhuis om je moeder te helpen. Ze week bijna nooit van je zijde toen jij daar lag.'

'Ik herinner me dat ik bij bewustzijn kwam en haar zag.'

'Ze was helemaal kapot. Eén dochter verloren en de andere bijna. Ik weet niet of je weet hoe dicht je bij de dood was, Lee.'

'Nee, dat wist ik niet. Wat weet u over Mercy's verdwijning?'

'Zoals je waarschijnlijk weet stond de politie voor een raadsel, net als iedereen.'

'Sheriff Dalton van Macon County,' zei Pine. 'Ik kon me zijn naam natuurlijk niet herinneren, maar die heb ik later opgezocht.'

'Ja, hij is nu dood, maar een van de hulpsheriffs die toen aan de zaak werkten is nu sheriff in Macon.'

'Welke hulpsheriff?'

'Dave Bartles. Hij was een van de eerste hulpsheriffs die bij jullie thuis waren nadat je moeder het alarmnummer had gebeld. Dat weet ik omdat Julia mij ook belde en ik snel naar haar toe ging. Hij is nu bijna met pensioen.'

Blum zei: 'Maar we zijn in Sumter County, zoals u al zei. Waarom was de politie van Macon County erbij betrokken? Waarom niet de politie van dit dorp?'

Pine keek Blum aan en zei: 'Andersonville heeft geen eigen politiekorps. De politie hier komt van het kantoor van de sheriff van Sumter County. Maar wij woonden net over de grens in Macon County, dus heeft het kantoor van de sheriff van Macon County het onderzoek verricht.'

Ridley knikte. 'En ze hebben de staatspolitie erbij gehaald om de zaak te onderzoeken. En de FBI.'

'Omdat het een ontvoering was,' zei Pine.

'Ja, dat denk ik. Maar Cy vertelde me dat jij bij de FBI zit. Ik... Ik neem aan dat het feit dat je een agent bent iets te maken heeft met wat er met je zusje is gebeurd.'

'Dat is waar,' zei Pine. *Misschien wel meer dan ik dacht.*

Ridley haalde diep adem en keek Pine gespannen aan. 'Nou ja, het komt erop neer dat de politie dacht dat je vader het had gedaan.'

'En ik heb hun verteld dat hij het niet was,' zei Pine gedecideerd.

De oude vrouw zei: 'Ik wist dat je vader er niets mee te maken had. En ze hebben ook nooit bewijzen tegen Tim kunnen vinden, en toen zijn jullie verhuisd.'

'Volgens mij hadden we geen keus,' zei Pine. 'De mijn ontsloeg mijn vader. We konden hier niet blijven wonen.'

'Maar weet je, Lee, jij en je ouders zijn midden in de nacht vertrokken.'

'Ik herinner me dat we op een avond heel snel zijn vertrokken, maar bedoelt u dat ze het niemand hadden verteld?'

'Inderdaad. De ene dag waren jullie er nog en de volgende waren jullie verdwenen. Dat was maar enkele maanden nadat je uit het ziekenhuis was ontslagen. Ik ging naar jullie toe om te kijken hoe het ging en toen was het huis plotseling leeg. Niet dat jullie veel bezaten, maar er was echt helemaal niets meer, alleen een paar meubels. Je ouders moeten een bestelbus hebben gehuurd of zo. Ik kon mijn ogen niet geloven. Er was geen briefje, niets. Geen woord tegen wie ook. En ook later heb ik niets meer van hen gehoord.'

Pine had even tijd nodig om dit te verwerken. 'Ik wist niet dat ze het zo hadden gedaan.'

'Cy vertelde me dat je vader dood is. Dat vind ik heel erg. Zoals ik al zei kende ik Tim niet goed, maar ik vond hem aardig. Maar leeft Julia nog wel?'

Pine zei: 'Ik... Dat weet ik niet zeker.'

Ridley leek verbijsterd. 'Heb je de laatste tijd geen contact met haar gehad?'

'Al heel lang niet,' zei Pine vaag.

'O,' zei Ridley met een verdrietige blik. 'Nou ja, dat spijt me.'

'Hebben je ouders niets uitgelegd toen jullie hier vertrokken?'

vroeg Blum, die wel zag hoe ongemakkelijk Pine keek. 'Hebben ze je niet tenminste verteld waar jullie naartoe gingen?'

'Ik herinner me het nieuwe huis en dat ik daarna naar school ging en toen ontdekte ik dat we in South Carolina waren. Ongeveer tachtig kilometer buiten Columbia.'

'Lieve help,' zei Ridley.

'Ik was nog maar zes. Ik neem aan dat mijn ouders dachten dat het mij niet uitmaakte waar we naartoe waren gegaan,' zei Pine een beetje verdedigend. 'En daarna zijn we nog een aantal keer verhuisd.'

'Tot ze gingen scheiden?' vroeg Blum.

'Ja,' zei Pine kortaf. Het was duidelijk dat ze geen zin had om haar persoonlijke verhaal aan twee onbekenden te vertellen, en zelfs niet aan Blum.

Ze zwegen allemaal, terwijl Pine voelde dat haar gezicht begon te branden. Ze sloeg haar blik neer.

'Je bent hier nu dus om uit te zoeken wat er precies gebeurd is?' vroeg Ridley ten slotte.

'Dat had ik heel lang geleden al moeten doen.'

Ridley keek haar lang aan en vroeg toen zacht: 'Lee, ken je de uitdrukking dat je slapende honden niet wakker moet maken?' Ze keek Tanner zenuwachtig aan.

'Jawel, maar die uitdrukking gaat in dit geval niet op.'

'Waarom niet?'

'Omdat mijn zusje nog altijd zou kunnen leven.'

'Denk je… Denk je dat echt?' vroeg Ridley twijfelend. 'Na al die jaren?'

'Dat lijkt onwaarschijnlijk, maar mijn leven is een aaneenschakeling van onwaarschijnlijkheden.'

Ridley bekeek haar onderzoekend. 'Dat snap ik denk ik wel. Ik bedoel, je wilt de waarheid weten. Hoe die er ook uitziet.'

'Inderdaad.'

'En als de waarheid is dat je vader het wél heeft gedaan?'

'Dan zal ik dat moeten accepteren. Maar zover zijn we nog niet.'

Tanner zei: 'Hoe wil je het gaan aanpakken?'

'Er zijn protocollen voor het onderzoeken van cold cases. Je begint met het bekijken van de politieverslagen en gaat op basis daarvan verder met het onderzoek in de hoop dat je een aanwijzing vindt of een tegenstrijdigheid die niemand eerder is opgevallen.'

'Je gaat dus met die man praten, die Dave Bartles?' vroeg Tanner.

'Ja.'

Pine keek Ridley aan die zei: 'Een heleboel mensen weten al dat je weer in het dorp bent.'

'Omdat we kamers hebben in de Cottage?' vroeg Blum.

'De B&B is van Gladys Graham en zij is een echte roddeltante.' Ridley glimlachte alwetend. 'Hoewel ze nu geen Gladys meer heet. Vond ze denk ik geen mooie naam.' Ze lachte. 'Kijk maar naar mij. Hoeveel ouders noemen hun kind tegenwoordig nog Agnes?'

'Hoe heet ze nu dan?' vroeg Pine.

'Lauren.'

'Is dat haar tweede voornaam?'

'Nee, ik denk dat ze het gewoon een chique naam vond, weet je, net als die beroemde ontwerper met dat grijze haar.'

'Bedoelt u Ralph Lauren?' zei Blum.

'Ja, die. Ze heeft haar naam officieel laten veranderen en zo. Hoe dan ook, hier hebben we geen sociale media nodig. Gladys is een combinatie van Facebook en Twitter.' Ridley legde haar kleine, mollige hand op Pines arm. 'Liefje, weet je zeker dat je in het verleden wilt duiken?'

Pine keek de oude vrouw recht aan. 'Volgens mij heb ik geen keus, niet als ik een toekomst wil hebben.'

7

Pine en Blum liepen door de hal van de Cottage en keken achterom toen een vrouw riep: 'Je herkent me vast niet!'

De vrouw die naar hen toe kwam lopen was midden veertig, slank en knap, had kort rood haar en liep met een verende tred. Ze droeg een donkergroene lange broek die een scherp maar fraai contrast vormde met haar haar, een dun zwart riempje, een witte blouse en zwarte pumps. 'Ik ben Lauren Graham.' Ze stak haar hand uit naar Pine. 'Ik zat op de highschool toen jullie hier woonden. Sorry dat ik er niet was toen jullie hier aankwamen.'

Pine schudde haar hand. 'Ik ben bang dat ik u inderdaad niet herken.'

'Dat verbaast me niet, je was nog zo jong.'

De twee vrouwen keken elkaar ongemakkelijk aan.

Graham zei aarzelend: 'Het zal wel een onwerkelijk gevoel zijn dat je hier weer terug bent.'

'Ach, er lijkt niet veel veranderd.'

'In bepaalde opzichten klopt dat, maar in andere opzichten is er heel veel veranderd.'

Pine dacht hierover na en knikte. 'Ik neem aan dat elke stad verandert, of we dat nu willen of niet.' Ze schraapte haar keel en vroeg op een iets zakelijker toon: 'Kwam u weleens bij ons toen we daar nog woonden?'

'Ik hielp je moeder soms met schoonmaken en boodschappen doen. Maar ik zag jou en je zusje niet vaak. Ik kwam niet regelmatig, zeker niet elke week, maar ik was blij met het werk.'

'Ik heb Agnes Ridley net ontmoet tijdens het avondeten.'

'Dat is waar ook, ze paste vaak op jou en Mercy.'

Het was vreemd voor Pine om mensen over haar zusje te horen praten alsof ze net als andere mensen ergens haar leven leidde.

'Het verbaasde me dat je terug was. Nadat jullie waren vertrokken dacht ik dat jullie nooit meer terug zouden komen. Niet na die afschuwelijke nacht.'

'Ik hoorde dat we midden in de nacht zijn vertrokken,' zei Pine.

Graham keek haar even aan en zei toen: 'Ik herinner me dat dat een paar dagen lang hét gesprek van de dag was. Aan niets was te zien dat jullie daar ooit hadden gewoond. En niemand heeft ooit nog iets van je ouders gehoord.'

'Dat vertelde Agnes Ridley ons net ook. Dat zal wel een schok zijn geweest,' zei Pine.

'Maar ik kan het je ouders niet kwalijk nemen. De dingen die de mensen zeiden. Walgelijk. Ik zou ook zijn verhuisd. Niemand zit toch op die ellende te wachten, vooral niet nadat je zo'n verlies hebt geleden.'

'Zeiden ze die dingen omdat ze dachten dat mijn vader er op de een of andere manier bij betrokken was?'

'Daarom, of omdat ze dachten dat hij zijn bier en hasj belangrijker vond dan zijn kinderen. Maar zo zag ik het niet.'

'Waarom niet?'

'Je ouders hebben één fout gemaakt en daar heeft iemand misbruik van gemaakt. Je kunt je kinderen niet vierentwintig uur per dag in de gaten houden. Ze hielden heel veel van jou en je zusje. Je moeder was liever gestorven dan dat ze haar meiden iets liet overkomen.'

Dit leek Pine te verbijsteren. 'Ik eh… heb er nooit echt met haar over gepraat. Volgens mij wilde ze daar… niet over praten.'

'Dat snap ik denk ik wel. Maar ik begrijp ook dat je waarschijnlijk honderden vragen had waar je antwoord op wilde.'

Pine kreeg nu een andere, en waarschijnlijk positievere indruk van Graham. 'Inderdaad, maar ik heb die antwoorden nooit gekregen.'

Graham keek naar de FBI-badge op Pines heup. 'Je bent nu dus FBI-agent. Heel indrukwekkend.'

'Weet u dat door alleen naar die badge te kijken?'

'Ik heb je gegoogeld nadat je de reservering had gemaakt. Ik herkende je achternaam.'

'Ik hou van mijn werk.'

'Waar woon je nu?'

'Arizona.'

Graham zei met een verlangende blik: 'Nooit geweest. Hoorde dat het er prachtig is.'

'Dat is ook zo,' zei Blum toen bleek dat Pine niet zou antwoorden. 'Volkomen anders dan hier. Maar dit deel van het land heeft zo zijn eigen charme.'

Pine keek naar haar en zei verontschuldigend: 'Neem me niet kwalijk, waar zijn mijn manieren? Dit is Carol Blum, mijn assistente.'

'Hallo, Carol.' Graham glimlachte. 'Ik ben eigenlijk nooit ergens geweest. Ik heb gestudeerd aan de Georgia Southwestern State University, werkte een tijdje in hotels in Atlanta en kwam daarna hier terug.'

'Ben je getrouwd?'

'Wel geweest, maar nu niet meer.' Ze keek om zich heen. 'Ik heb dit huis gekocht en ben mijn eigen bedrijfje begonnen. Ik krijg hier vooral toeristen die de gevangenis willen zien, maar ik kan ervan leven. Vroeger wilde ik meer, maar nu vind ik dit prima. Toch zou ik wel wat willen reizen en wie weet, misschien ga ik weer trouwen.'

'Dit is een charmant huis,' zei Blum.

'Dank je. Dit is mijn ouderlijk huis.'

'Wat? Ben je hier opgegroeid?' vroeg Blum.

'Ik en vier andere kinderen. Mijn ouders zijn jaren geleden gestorven en mijn broers en zus wilden het niet. Toen viel alles op z'n plek. Ik had geld gespaard, kocht ze uit en dook in het diepe.' Graham keek Pine aan en vroeg: 'Ze hebben nooit ontdekt wat er met je zusje is gebeurd, hè?'

'Nee.'

'Je bent hier dus om dat te veranderen?'

'Wat weet je nog van wat er is gebeurd?'

Graham keek Blum aan. 'Hebben jullie zin in koffie? Ik had net verse gezet en buiten is het vrij fris. We kunnen het meenemen naar de zijveranda, waar we het ontbijt serveren.'

Pine en Blum liepen er alvast naartoe en keken om zich heen.

Ze zagen een vitrinekast die tegen een muur stond en tot aan het plafond reikte. De kast bevatte een verzameling poppen, sommige vrij groot, bijna levensgroot, en andere klein, en allemaal in ouderwetse kleren.

Blum liep ernaartoe en bekeek ze aandachtig. 'Deze zijn echt mooi. Vintage. De grootste is geen echte pop, maar een etalagepop. Heeft volgens mij een bom duiten gekost om dit allemaal te verzamelen.'

'Ik zie dat jullie mijn verzameling hebben ontdekt.'

Graham stond in de deuropening met een dienblad met koffiekopjes en een schaaltje suikerkoekjes. Nadat ze aan een tafel waren gaan zitten gaf ze ieder een kopje en keek naar de vitrinekast. 'Mijn moeder is met deze verzameling begonnen. Toen ik klein was waren dit mijn fantasievrienden, ik gaf ze namen en een achtergrond en... Nou ja, voor mij werden ze heel echt.' Ze sloeg haar blik neer, kennelijk een beetje gegeneerd.

'Kinderen hebben een levendige fantasie,' zei Blum diplomatiek.

Pine keek met een bevreemde blik naar Graham.

'Ja, maar zelf heb ik nooit kinderen gehad.'

Pine keek naar Blum en daarna weer naar Graham. De vrouw zag er zenuwachtig maar ook opgewonden uit, vond Pine. Ze nam aan dat er weinig opwindends gebeurde in Grahams leven, en dat de herinneringen aan een mysterie de boel behoorlijk opfleurde. 'Over die dag,' drong Pine aan.

Graham begon te vertellen. 'Ik was op school en iedereen praatte alleen daar maar over. Politiesirenes, en de ambulance die jou naar het ziekenhuis bracht. Toen werd het GBI, het Georgia Bureau of Investigation, erbij gehaald. En zelfs de FBI,' voegde ze eraan toe, alweer met een blik op Pines badge. 'Ik ging die avond naar jullie huis om te vragen of ik ergens mee kon helpen. Je vader was thuis, maar je moeder was bij jou in het grote ziekenhuis in Americus.' Ze keek gegeneerd. 'Er stonden allemaal mensen bij jullie huis, alleen maar te kijken. Dat was niet juist. Maar ik was er om te helpen,' zei ze snel. Ze zweeg even en nam een slok koffie, terwijl ze naar Pine en Blum keek alsof ze hun reactie wilde peilen.

'Hebt u mijn vader toen gesproken?' vroeg Pine met een gespannen klank in haar stem, waardoor Blum naar haar keek.

Pine wist niet zeker wat ze voelde. Ze had zich niet goed voorbereid op wat deze reis emotioneel met haar zou kunnen doen, terwijl ze zich haar hele leven altijd overal op had voorbereid.

Waarom heb ik dat deze keer dan niet gedaan?

Graham zei zacht: 'Je vader eh... Nou ja, Tim had wat gedronken. En wie zou hem dat kwalijk kunnen nemen? Ik bedoel, na wat er was gebeurd...'

'En...?'

'En hij raakte in gevecht met een van die mannen. Maar daar maakte iemand gelukkig een einde aan.'

'Waarom was de politie er niet?' vroeg Pine. 'Het was een plaats delict en die had als zodanig moeten worden bewaakt. Mijn vader had daar niet eens mogen zijn.'

Graham vroeg aan Pine: 'Omdat hij een verdachte was?'

'Ja. Feitelijk was hij de énige verdachte.'

'Ik denk dat je daar gelijk in hebt. Voor zover ik weet is er nooit een andere verdachte geweest.' Ze zweeg en keek niet op haar gemak naar Pine.

'Ik heb de politie verteld dat het mijn vader niet wás.'

'Je was nog maar een kind, Lee.'

'Ik word nu Atlee genoemd.'

'Goed, Atlee. O, en noem mij maar Lauren. En je was zwaargewond. Volgens mij was er al een week verstreken voordat je hun ook maar iets kon vertellen. Die man had je zo hard geslagen dat je schedel gebroken was.' De tranen sprongen haar in de ogen.

'Dus volgens mij geloofden ze me niet toen ik zei dat het mijn vader niet was.' Pine had opeens het gevoel dat ze ergens helemaal door werd opgeslokt en nu wegzakte in een verschrikkelijk moeras dat ze zelf had gecreëerd.

Blum keek naar haar en nam het vragen stellen over. 'Wat herinner je je nog meer, Lauren?'

'De FBI werd erbij geroepen toen duidelijk werd dat de plaatselijke politie én de staatspolitie de zaak niet konden oplossen.'

'Wat betekende dat ze geen bewijzen hadden tegen agent Pines vader, ook al was hij hun enige verdachte?'

'Nu is hier criminaliteit,' zei Graham. 'En toen was hier ook criminaliteit. Maar geen ontvoeringen en geen moorden. Tegenwoordig zie je soms een vechtpartij tussen mannen die dronken zijn of drugs hebben gebruikt, of er wordt iets gestolen. Maar Julia Pine zwoer dat haar man laveloos op de vloer van de woonkamer had gelegen en nog steeds op dezelfde plek lag toen zij om een uur of zes op de bank wakker werd en bij jou en je zusje ging kijken. En gezien het aantal lege bierflesjes en jointpeuken dat ze vonden, vond ik dat heel geloofwaardig.'

'Er is nooit enig forensisch bewijs gevonden dat mijn vader bij de zaak betrok.'

'Nou ja, ik kan me voorstellen dat zijn vingerafdrukken en DNA overal in huis zijn gevonden,' zei Blum. 'Aangezien hij daar woonde zou het moeilijk zijn hem op basis daarvan als verdachte uit te sluiten.'

'Bovendien heb ik gezien dat er een man door het raam onze kamer binnenkwam,' zei Pine. 'En hij droeg handschoenen. Dus zouden er geen sporen zijn.'

Graham liet bijna haar koffiekopje vallen dat ze net had gepakt. 'Je zág een man?'

'Ja, daarom wist ik zeker dat het mijn vader niet was. Waarom zou hij door het raam komen?'

'En dat heb je de politie verteld?'

Pine aarzelde. 'Volgens mij wel, maar ik was nog maar een kind, met een gebroken schedel. Ik betwijfel of ze zich daar iets van aantrokken.'

'Ben je al bij je oude huis geweest?'

'Ja. Daar woont nu ene Cyrus Tanner. Hij zei dat hij het huurde.'

Blum zei snel: 'Hij is heel aantrekkelijk en interessant.'

Graham glimlachte. 'Ja, dat is waar. En Cy Tanner zegt een heleboel dingen, maar dat betekent niet dat ze allemaal waar zijn.'

'Dus hij huurt het huis niet?' vroeg Blum.

'Volgens mij weet niemand zelfs maar van wie dat huis tegenwoordig is, dus ik betwijfel of hij iemand huur betaalt.'

'Hij is dus een kraker?'

'Hij is niet de enige. Sinds het jaar 2000 hebben we hier ongeveer dertig procent minder inwoners, en we hadden er al niet veel. Maar in andere delen van Sumter County gaat het beter. Daar zijn de lonen hoger en ook het aantal werkenden en de vastgoedprijzen. Er wonen meer jonge mensen, maar er zijn leegstaande huizen, en jullie oude huis is daar een van.'

'Dat snap ik denk ik wel.'

'Denk je echt dat je dit kunt oplossen? Het is al zo lang geleden gebeurd.'

'Heel veel cold cases worden opgelost,' zei Blum.

'Maar de meeste niet,' zei Graham.

'Hoe weet je dat?' vroeg Pine.

'Ik ben een misdaadroman aan het schrijven,' antwoordde Graham. 'Zoals ik al zei kan ik rondkomen van dit huis, maar dat is alles. Ik hoop meer te verdienen als schrijver van historische misdaadromans.'

'Je hebt dus meer ambitie dan je liet blijken,' zei Blum.

Graham sloeg haar blik neer. 'Inderdaad.'

'Laat me raden: jouw verhaal vindt plaats tijdens de Civil War,' zei Pine.

'Goed geraden. Goede historische fictie zit vol sfeertekeningen. En de oorlog zit in elke porie van dit dorp, in goede en slechte zin. Voor mij hoop ik in goede zin. Ik heb dus veel research gedaan naar oude misdaden, en de meeste blijven onopgelost.'

Pine stond op. 'Nou, mijn zaak niet, in elk geval niet doordat ik het niet heb geprobeerd. Als je me nu wilt verontschuldigen, het is een lange dag geweest.'

Pine verliet de kamer, en liet Blum en Graham achter.

Graham keek Blum aan. 'Denk je dat het haar echt lukt?'

'Als het haar niet lukt, weet ik niet wie het wel lukt.'

8

'Helemaal volwassen inmiddels, zie ik.'

Het was de volgende dag, en Pine en Blum zaten tegenover Dave Bartles in het kantoor van de sheriff van Macon County in Oglethorpe, Georgia.

Bartles was in de vijftig, had grijs haar, een stevig, fit lichaam, scherpe gelaatstrekken en de blik van een man die tijdens zijn politiewerk veel verdorvenheid had gezien.

'Helemaal volwassen,' zei Pine, met een strakke mond.

'FBI-agent, hoorde ik.'

'Dat klopt.'

'Ik denk dat ik wel weet waarom u hier bent.'

'Dat was niet erg moeilijk, lijkt me.'

'We hebben de zaak toen niet opgelost, net zo min als de GBI en zelfs uw eigen dienst.'

'U had een verdachte.'

'Uw vader.'

'Denkt u nog steeds dat hij het heeft gedaan?'

'We hadden niet eens genoeg bewijzen om hem iets ten laste te leggen. En we konden geen motief bedenken. Ze waren allebei heel jong, maar iedereen die we spraken zei dat ze liefhebbende ouders waren.' Hij zweeg even. 'Als ze niet dronken of stoned waren.'

'Dus dat denkt u? Dat hij lazarus was en het daarom deed?'

'Eerst wel, maar wat had hij dan met het lichaam gedaan? Ze hadden maar één oude roestbak, en niemand heeft hem die nacht zien rijden. We hebben de hele tuin en de bossen eromheen uitgekamd. Geen vers gedolven graf. Geen lijk dat boven kwam drijven in het water. Niemand die waar dan ook gevonden werd. Het is moeilijk hoor, om een lijk onopvallend te verbergen. Zeker als je dronken bent.'

'Daniel James Tor was in die tijd actief in dit gebied.'

Bartles keek haar peinzend aan. 'Hij heeft een klein meisje uit Macon vermoord, ongeveer een uur rijden hiervandaan. De FBI kreeg die klootzak eindelijk te pakken. Denkt u dat hij uw zusje meenam?'

'Ze hebben zijn aanwezigheid in dit gebied nagetrokken, maar de ontvoering van mijn zusje paste niet in zijn geometrische activiteitenpatroon.'

Bartles fronste. 'Geometrische activiteitenpatroon? Wat betekent dat?'

'Tor was een wiskundewonder. En hij koos zijn slachtoffers uit op basis van hun locatie op een wiskundige vorm. Daardoor is hij uiteindelijk gevonden. Ze konden zijn volgende werkgebied voorspellen en stuurden daar mensen naartoe die snel in actie kwamen.'

'Dus de locatie van jullie huis paste binnen deze wiskundige vorm?' Hij keek sceptisch.

'Nee. In een periode van achttien maanden in 1988 en 1989 werd Tor verdacht van het ontvoeren en vermoorden van vier mensen in Georgia en een in Albany, een in Columbus en een in Atlanta, en dat kleine meisje over wie u het had uit Macon. Dat vormde een ruwe geometrische vorm. Ik noemde die vorm een diamant, maar hij verbeterde me en noemde het een ruit.'

'Híj verbeterde u?' vroeg Bartles op scherpe toon.

'Ik heb Tor inmiddels drie keer opgezocht in ADX Florence.'

'Ik wist niet eens dat dat monster nog leefde. Ze hadden hem moeten executeren.'

'Hij heeft zo vaak levenslang gekregen dat hij nooit meer vrijkomt.'

'Wacht even, als u hem hebt opgezocht moet u hebben gedacht dat hij het was, ook al paste het niet binnen zijn patroon.'

'Ik dacht dat hij het had kúnnen doen, aangezien hij in die tijd in de buurt was.'

'Ik herinner me dat u, toen u uit het ziekenhuis kwam, ons vertelde dat u een man door het raam van uw slaapkamer binnen zag komen. Denkt u dat dat Tor was?'

Blum keek aandachtig naar Pine.

'Ik heb onlangs hypnotherapie gehad om verdrongen herinneringen op te halen.'

'En?'

'Ik weet het niet. De man die ik zag had Tor geweest kunnen zijn. Maar doordat ik voor die hypnotherapie alles al van Tor wist, ook dat hij toen in de omgeving was...'

'U bedoelt dat dat uw herinneringen had kunnen beïnvloeden, en misschien verkeerd,' zei Bartles.

'Klopt.'

'Wat zei Tor?'

'Hij zal het nooit toegeven. En zelfs als hij dat wel doet zal hij nooit belastende bewijzen leveren. Daar heeft hij geen enkele reden voor. Dus dat leidt nergens toe.'

Bartles spreidde zijn handen. 'Daarom bent u dus hier.'

'Mag ik het dossier inkijken?'

'Ja hoor. Ik weet alleen niet wat u nu, dertig jaar later, verwacht te vinden.'

'Ik ook niet. Toch wil ik alles uit de kast halen.'

Bartles knikte langzaam. 'Ik zal het dossier laten ophalen en kopiëren. Ik moet u wel waarschuwen, want veel is het niet. Niet doordat er iets ontbreekt, maar doordat er eigenlijk nooit veel was om te melden.'

'Het verbaast me dat u dat dossier nog niet hebt weggegooid, het is al zo lang geleden.'

'Normaal gesproken hadden we dat wel gedaan, maar de zaak is nooit opgelost, agent Pine. Dus hebben we het dossier bewaard. Je weet maar nooit, toch?'

'Klopt.'

Bartles nam hen mee zijn kantoor uit en zei: 'Ik had nooit verwacht dat u FBI-agent zou worden.'

'Het leven kan onvoorspelbaar zijn.'

'Ik hoorde dat u in Arizona werkt.'

'Via het Lauren Graham-informatienetwerk?'

Bartles grinnikte. 'We zijn inderdaad bevriend. Aardige vrouw. Bevalt het u daar?'

'Ja, in bepaalde opzichten is het daar totaal anders dan hier. Maar in bepaalde opzichten net zo.'

'Mensen zijn mensen,' zei Blum. 'Maakt niet uit waar ze zijn.'

'Als u iets vindt, laat het me weten,' zei Bartles. 'We hebben hier niet veel onopgeloste zaken en als het even kan wil ik deze zaak graag afsluiten.'

'Oké.'

Pine en Blum draaiden zich om en wilden naar de lobby lopen, toen hij vroeg: 'Wat is die Tor voor een man?'

Pine draaide zich weer om. 'Uw ergste nachtmerrie, keer honderd.'

'Is dat zo duidelijk? Dat weet u gewoon doordat u hem hebt gezien?'

'Nee, niet daardoor. Daarom is het ook een nachtmerrie. Je beseft pas dat hij een monster is als het te laat is.'

9

'Bartles overdreef niet toen hij zei dat er niet veel was,' zei Blum.

Ze hadden de kopieën van alle documenten, aantekeningen, rapporten en forensische foto's uitgespreid op Pines bed in haar kamer in de Cottage.

Hoe je het ook bekeek, het was een armzalige verzameling.

Blum pakte een foto en liet hem aan Pine zien. 'U en uw zusje?'

Pine nam de foto van haar aan en knikte. 'Onze vijfde verjaardag. Dezelfde foto zit in mijn portefeuille. Dat is de enige foto die ik van ons beiden heb. Mijn ouders hadden geen camera. Mijn moeder leende de polaroidcamera van een vriendin en maakte drie foto's. Een voor ieder van ons en een voor zichzelf. Ze heeft deze kennelijk aan de politie gegeven zodat ze Mercy konden zoeken.'

'U en uw zusje leken echt sprekend op elkaar.'

Pine keek naar de twee kleine meisjes van voor haar gevoel duizend jaar geleden, met een vrolijke blik en een brede glimlach. 'We waren onafscheidelijk. Mercy en Lee Pine. Twee meisjes, maar eigenlijk slechts één. Maar dat is al heel lang geleden,' zei ze verlangend. 'Ik vraag me elke dag af hoe het zou zijn als ik mijn zusje de hele tijd bij me had gehad. We waren elkaars beste vriendin. Ik... En ik denk graag dat we dat altijd zouden zijn gebleven.'

Pine vroeg zich af hoe Mercy nu zou zijn. Zouden ze nog steeds sprekend op elkaar lijken, of zouden de jaren verschillen hebben veroorzaakt? Ze hoopte van harte dat Mercy niet dood was. Maar hoe realistisch was dat?

'Als dit niet was gebeurd, werkte u misschien niet voor de FBI,' zei Blum.

'Daar zou ik geen enkel probleem mee hebben.'

'Kan ik me goed voorstellen,' zei Blum. Ze pakte een patiëntendossier van het ziekenhuis waar röntgenfoto's aan geniet waren. 'Uw verwondingen waren echt heel ernstig, agent Pine. U was bijna dood.'

Pine knikte afwezig. 'Ik herinner me dat ik in het ziekenhuis mijn ogen opensloeg en mijn moeder over me heen gebogen stond. Eerst dacht ik dat ik dood was en dat ze een engel was.' Ze keek Blum gegeneerd aan. 'Domme gedachten van een klein meisje.'

'Ik kan me goed voorstellen dat uw moeder heel zorgzaam voor u was,' zei Blum gedecideerd.

Pine keek naar alles wat op het bed lag. 'Zelfs de FBI kon niet veel vinden: geen sporen, geen aanwijzingen, geen motieven. Helemaal niets. Een onoplosbare zaak.'

'Niemand heeft iets gezien of gehoord?'

'Je hebt zelf gezien hoe afgelegen we woonden. Dat was toen ook zo, misschien zelfs nog meer.'

'Wat heeft de politie gedaan?'

'Behalve denken dat mijn vader het had gedaan? Niet veel.'

Blum keek op haar horloge. 'Het is etenstijd.'

'Oké.'

'Zelfde eethuis?' vroeg Blum.

'Denk het wel. Hoezo? Hoop je Cy Tanner weer te zien?'

'U mag me niet aan het blozen maken, agent Pine.'

'Weet je, ik heb helemaal geen trek. Waarom ga je niet alleen?'

'Zeker weten? Ik kan wel wachten, hoor.'

'Nee, ik denk dat het beter is als ik even alleen ben.'

'Ik weet dat het heel zwaar is om hiermee te dealen.'

'Ik ben hier al heel lang mee aan het dealen, maar als je iets steeds op dezelfde manier doet mag je niet verwachten dat je een andere uitkomst krijgt. Daarom ben ik dus hier.'

'Bel me als u me nodig hebt.'

'Zal ik doen.'

Nadat Blum was vertrokken verzamelde Pine langzaam alle items uit het dossier en stopte ze terug in de doos die het kantoor van de sheriff hun had gegeven. Daarna verliet ze haar kamer en liep de hoofdstraat van Andersonville in.

Het was een frisse herfstavond en ze was blij dat ze haar jas droeg terwijl ze door de stille straten liep. Ze had weinig herinneringen aan dit dorp. Ze was nog zo jong geweest toen ze vertrok en bovendien werd die periode van haar leven gedomineerd door de ontvoering van Mercy.

Maar de gebouwen van het dorp, oud en niet echt in goede staat, leken niet veel veranderd. De watertoren op metalen poten met de naam van het dorp erop stond er nog steeds. Ze liep langs rustieke winkels, allemaal met een puntdak en een brede overkapping en langs tweedehandswinkels met hun spullen; ze keek door de etalageruit van een schemerig verlichte winkel die 'antiek' verkocht en zag dozen vol lege weckflessen. Het dorp deed haar een beetje denken aan de film *To Kill A Mockingbird*. Een schilderachtig gehucht in het Zuiden, met een onzekere toekomst maar toch doorploeterend, in het volle vertrouwen dat het ooit beter zou gaan.

Verder waren er de alom aanwezige spoorlijnen door het gebied – de enige reden dát hier een dorp was. Het National Prisoner of War Museum, de gevangenis en de uitgestrekte begraafplaats ernaast die het gebied domineerden. Er stonden een heleboel borden die verkondigden dat dit een plek was waar bezoekers naar binnen moesten gaan en hun dollars moesten uitgeven. Het dorp moet inderdaad maar het beste maken van wat het heeft, dacht ze. De beruchte gevangenis was hét ideale middel om de benodigde inkomsten te verwerven. Het kon op zijn minst een belangrijke geschiedenisles zijn over de wreedheden die mensen elkaar konden aandoen.

Ze liep om de plassen heen van een recente regenbui die de harde, niet-poreuze klei van Georgia had blootgelegd. Hoge, slanke dwergdennen met hun ondiepe wortels gedijden hier, hoewel stormen en de daarmee gepaard gaande harde windvlagen ze zomaar konden scheren of zelfs helemaal vellen.

Ze ging op een vochtige bank zitten en keek nietsziend voor zich uit in de duisternis. Haar moeder had Pine jaren later bekend dat de bevalling zo'n pijn had gedaan dat ze de eerste dochter die geboren was Mercy had genoemd, aangezien het een soort 'zegen' was geweest dat de helft van deze kwelling achter de rug was. Na de nacht waarin haar oudste dochter was verdwenen, had Julia Pine Mercy's naam heel lang niet meer hardop uitgesproken en ze had Pine de reden van de naam van haar oudere zus pas verteld toen Pine naar college ging.

En toen Pine een keer voor de zomervakantie thuiskwam van college was haar moeder verdwenen en had ze een briefje achtergelaten dat niet echt iets verklaarde. Pine dacht aan het moment waarop ze het appartement binnenkwam waar ze samen met haar moeder woonde en maar één vel papier had gevonden, waardoor ze zelf maar een verklaring voor alweer een gruwelijk verlies moest bedenken. Pine sloeg met haar vuist op de armleuning van de bank en moest zich beheersen om het niet uit te schreeuwen. *Waarom verliet je me op die manier, mama? Daardoor had ik niemand meer! Eerst Mercy, toen papa, daarna jij.*

Tor had haar tijdens haar eerste bezoek aan de gevangenis verteld dat het verlies van Mercy een gat in haar had achtergelaten dat niet kon worden gevuld. Dat ze nooit meer iemand zou kunnen vertrouwen. Dat ze nooit een nauwe band met iemand zou krijgen. Dat ze eenzaam zou sterven en het gevoel van het verlies van haar tweelingzusje dan nog even intens zou zijn als de dag waarop het was gebeurd.

Misschien heeft hij wel gelijk. Maar ik kan nog wel uitzoeken wat er met haar is gebeurd. Misschien zal dat dat gat vullen. Ook al is het maar een beetje.

Maar hoe zat het met de verdwijning van haar moeder? Hoe kon ze dat gat vullen? Anders dan Mercy had haar moeder haar vrijwillig verlaten. Pine herinnerde zich dat ze verbijsterd op de grond had gezeten, met het briefje in de hand, en de dagen daarna als in een mist had beleefd, voordat ze zich had vermand en probeerde verder te gaan met haar leven.

Ze had de politie gebeld, maar Pine was geen kind meer, dus was er geen sprake van verlating. In de jaren daarna had ze haar moeder gezocht. Toen ze bij de FBI kwam werken was ze doorgegaan met die zoektocht, maar er was geen spoor van de vrouw te vinden. Ze was zo volkomen verdwenen dat het was alsof ze nooit had bestaan.

En wanneer ik dit deel van mijn leven niet kan verklaren, kan ik mijn werk als agent niet naar behoren doen. En Dobbs zal zich aan zijn woord houden. Nog één keer zo'n akkefietje als met die creep van een Clifford Rogers en ik word ontslagen. En wat moet ik dan doen?

Pine was zo gespannen dat ze opstond en doorliep, tot ze gegil hoorde. Ze sprintte gedachteloos en met getrokken pistool in de richting van het geluid. Met haar lange benen was ze algauw bij een slecht verlicht en verlaten deel van de hoofdstraat. Het eerste wat Pine zag was de oude vrouw. Ze had haar tas laten vallen en de inhoud lag verspreid over de donkere straat. 'Wat is er gebeurd?' riep Pine, terwijl ze de vrouw bij de arm pakte.

De vrouw wees met een trillende hand naar een steeg tussen twee donkere gebouwen.

Pine kon maar net zien wat daar lag.

Dit kan niet waar zijn, dacht ze. *Alsjeblieft, dit kán niet!*

10

Een vrouw van eind twintig, bleke huid, slank maar goedgevormd, met lang lichtbruin haar en ongewoon scherpe gelaatstrekken.

Helaas waren deze bijzonderheden nu ze dood was niet belangrijk.

Twee hulpsheriffs uit Sumter County stonden naast Pine naar het lichaam te kijken. Ze stonden achter een scherm dat de mannen hadden geplaatst om het lijk uit het zicht te houden. Een van de hulpsheriffs was lang, mager en in de twintig. Aan zijn blik vol afschuw was te zien dat dit zijn eerste moord was. Zijn collega was in de veertig en zwaarlijvig, en zag er niet veel beter uit.

'Gaan jullie ook het onderzoek doen?' vroeg Pine.

De oudere man schudde zijn hoofd. 'Nee, we bewaken de plaats delict alleen. De afdeling Onderzoek doet het voorlopige onderzoek en de rest, maar ik neem aan dat de GBI er ook bij wordt gehaald.'

Pine had hun haar badge al laten zien.

De oudere vrouw die het lichaam had gevonden zat op een bankje. Ze was nog steeds geschokt, want ze zat te snikken en te rillen. Pine had geprobeerd haar te troosten, maar zonder veel succes.

Er stonden ook al een paar mensen te kijken, maar de beide hulpsheriffs hadden het gebied snel afgezet en daarna het scherm geplaatst.

'Wat is dat, wat ze aanheeft?' vroeg de jongere hulpsheriff.

Dat was Pine ook meteen opgevallen toen ze het lichaam zag. 'Een sluier. Het lijkt wel een bruidssluier.'

'Een bruidssluier? Wat betekent dat?' vroeg de oudere hulpsheriff.

Dat betekent niets goeds, dacht Pine.

Toen ze achter het scherm vandaan stapten, kwam er een rammelende oude Crown Vic aan. De auto stopte en een man van achter in de vijftig stapte uit. Hij was ongeveer 1 meter 80, had een stevig lichaam, dun grijzend haar en bolle wangen. Hij droeg een flodderig pak, zijn overhemd was gekreukt en zijn stropdas zat scheef, maar hij had een alerte blik en bewoog zich zelfverzekerd. Hij liep naar hen toe en stelde zich voor als Max Wallis van de GBI. Hij knikte naar de hulpsheriffs. 'Ik zal zo naar het lichaam kijken.' Daarna keek hij naar Pine. 'Vond u het slachtoffer?' vroeg hij.

Ze wees naar de oudere vrouw op het bankje. 'Ik was als tweede ter plaatse.'

'Toch wil ik met u praten,' zei Wallis.

'Ze is van de FBI, meneer,' zei de oudere hulpsheriff.

Wallis keek alsof hij een klap had gekregen. 'Wát?'

Pine liet haar badge zien. 'Ik ben hier op bezoek. Vroeger woonde ik hier. Ik hoorde gegil en kwam hiernaartoe gerend.'

Wallis keek even naar haar legitimatie en trok af en toe zijn wenkbrauwen op. 'Oké, blijf hier wachten.' Daarna liep hij naar de oudere vrouw en ging naast haar zitten.

Pine zag dat hij met haar praatte, haar een papieren zakdoekje gaf toen ze weer begon te huilen en later troostend haar hand vasthield en op haar schouder klopte.

Een goede techniek, dacht ze. Geruststellend en bedoeld om de ander op zijn gemak te stellen waardoor, hoopte Pine, de vrouw duidelijker zou kunnen vertellen wat er was gebeurd.

Na een tijdje stond Wallis op, liep terug naar de hulpsheriffs en zei dat ze de vrouw met hun auto naar huis moesten brengen. De mannen hadden de inhoud van haar tas die op de grond was gevallen al opgeraapt.

De jongere hulpsheriff vertrok met de vrouw, terwijl de andere hulpsheriff de plaats delict bleef bewaken.

'Kon ze iets nuttigs vertellen?' vroeg Pine.

Wallis bladerde door zijn notitieboekje. 'Niet echt. Ze zag het lichaam, raakte in paniek en liet haar tas vallen. Maar ze heeft niets gezien of gehoord. Ze kent het slachtoffer ook niet.'

'In zo'n klein dorp als dit kent vrijwel iedereen iedereen. Dan komt ze hier misschien niet vandaan.'

'Het forensisch team komt er zo aan. Misschien heeft het slachtoffer een identiteitsbewijs bij zich.'

'Dat betwijfel ik.'

'Waarom zegt u dat?'

'Geen handtas. Ze is in een bepaalde houding gelegd. Daar is over nagedacht. Ik denk niet dat de moordenaar haar identiteitsbewijs heeft achtergelaten. Maar als hij of zij dat wel heeft gedaan, is dat gebeurd omdát ze wilden dat we weten wie deze vrouw is.' Ze keek op haar horloge. 'Het is al veertig minuten geleden dat ik hier kwam en die oude mevrouw was hier misschien een paar minuten eerder.'

'Dus is degene die haar hier heeft neergelegd allang vertrokken.'

'Het was al donker toen ik hier aankwam. En dit is het einde van de hoofdstraat. Verderop zijn alleen nog een paar bomen.'

'U denkt niet dat hij haar hiernaartoe heeft gedragen?'

'Nee, het is veel waarschijnlijker dat ze hier met een auto naartoe is gebracht. De winkels hier zijn gesloten. Aan het andere eind van de straat is dat niet zo. En daar is de verlichting ook beter.'

'Waaruit blijkt dat hij hier bekend is,' zei Wallis.

'Ik ben benieuwd naar het tijdstip van overlijden.'

'Waarom?'

'Omdat ze volgens mij niet hier is vermoord. Toen ik hier aankwam, heb ik goed rondgekeken en geluisterd of ik iets hoorde, dat soort dingen. Maar niets. Volgens mij is ze elders vermoord en heeft de moordenaar haar daarna hiernaartoe gebracht zodat iemand haar zou vinden.'

'Zo te horen hebt u dit eerder gedaan.'

'Dat klopt.'

'En u bent hier gewoon op bezoek?'

'Zoiets.'

Hij dacht even na. 'Luister, wilt u samen met mij aan deze zaak werken?'

'Mag dat?'

'De GBI heeft veel goede mensen en veel ervaring, maar dit is het platteland van Georgia en hier is niet veel hulp. Ik ben echt niet te trots om deskundige hulp te vragen als die me zo ongeveer op een presenteerblaadje wordt aangeboden.'

Pine keek naar het scherm. 'Goed. Maar u moet één ding weten.'

'Wat dan?'

'U zult het zelf nog wel zien, maar de moordenaar heeft de vrouw een bruidssluier opgezet.'

'Een bruidssluier?'

'Ja.'

'Hoe weet u dat ze die zelf niet heeft opgezet?'

'Ze is eind twintig en gekleed in een dure spijkerbroek, een kasjmieren trui en een suède jasje met lage laarsjes van krokodillenleer. Zij heeft echt niet rondgelopen met een sluier. En de sluier lijkt vintage, veel ouder dan zij was.'

Wallis krabde over zijn baardstoppels. 'Die sluier heeft dus een bepaalde betekenis voor de moordenaar. Het is dus iets symbolisch.'

'Het tafereel is met zorg gearrangeerd. Dus heeft alles een betekenis. Het lijkt wel alsof de moordenaar een kleine ceremonie heeft uitgevoerd.'

'Oké, dus wat is uw voorlopige conclusie?'

'Eén ding weet ik bijna zeker.'

'En dat is?'

'Dat dit niet de laatste keer is dat we zijn werk zullen zien.'

11

Pine en Wallis keken naar het slachtoffer.

Het forensisch team en een lid van de Sumter County Sheriff's Investigative Division waren hier in een zwart busje naartoe gekomen. Even later arriveerde de lijkschouwer, een kleine, magere man in een donker pak. Hij was erbij geroepen om te verklaren dat de dood was ingetreden, wat ze allemaal natuurlijk al wisten.

Terwijl iedereen aan het werk ging kwam Blum eraan. Ze had een berichtje van Pine gekregen en was inmiddels toegelaten tot de plaats delict.

Pine stelde Blum voor aan Wallis.

'Sorry dat ik jullie bezoek hier heb verstoord,' zei Wallis tegen Blum. 'Ik heb gebruikgemaakt van het feit dat uw baas hier toch al was en haar overgehaald me te helpen.'

'Dat kostte weinig moeite, denk ik,' zei Blum. Ze keek naar het lichaam. 'Een bruidssluier,' zei ze met een blik op Pine.

Pine knikte. 'Ja.'

'Symbolisch?'

'Denk ik wel.'

Blum bekeek de sluier aandachtiger. 'Hij is oud, van mijn moeders generatie. Dat is te zien aan het ontwerp en de stijl. Rond de Tweede Wereldoorlog.'

Wallis keek haar waarderend aan. 'U hebt een goed oog voor detail.'

'Ach, ik probeer altijd mijn beide ogen wijd open te houden.'

Pine hurkte en liet haar blik over de dode vrouw dwalen.

Haar ogen waren open en puilden uit. Er zaten schaafwonden en kneuzingen rondom haar hals. 'Ze is gewurgd,' zei Pine en Wallis knikte. 'Verstikking.'

De lijkschouwer zat gehurkt aan de andere kant van het slachtoffer en begon aan zijn onderzoek. Dat bestond onder andere uit de controle van de ogen van het slachtoffer en het met een zaklamp in haar keel schijnen om die te bekijken. Verder voelde hij langs de basis van haar hals. Hij zei: 'Daar ben ik het mee eens. Het tongbeen is kapotgedrukt.'

Wallis wees naar de ogen van de vrouw en zei: 'Petechieën.'

De lijkschouwer knikte. 'Door wurging ontstaat er druk op de bloedvaatjes in de ogen, die dan knappen.' Hij richtte zijn zaklamp op de ogen en bekeek die aandachtiger. 'De pupillen zijn samengetrokken, de oogvloeistof is opgedroogd en de irissen zijn veranderd. Dit is geen recente dood.'

Pine raakte een ledemaat aan. 'En ze lijkt volledig in rigor. Ik heb geen idee hoe lang ze al dood is.'

'Misschien kan ik daar meer duidelijkheid over krijgen.' De lijkschouwer maakte een kleine incisie in de buik, stak een thermometer in het sneetje en keek wat haar lichaamstemperatuur was. 'Gezien de omgevingstemperatuur en de luchtvochtigheid, de lichaamsbouw en de leeftijd van de overledene en haar kleding, zou ik zeggen dat ze al meer dan twaalf uur dood is. Dat zou overeenstemmen met de mate van rigor en de toestand van haar ogen. Tijdens de lijkschouwing zullen ze iets nauwkeuriger kunnen zijn.'

'Identiteitsbewijs?' vroeg Wallis aan een van de technici.

'We hebben niets gevonden.'

Blum wees naar de linkerhand van de vrouw en zei: 'Ze draagt een verlovings- en een trouwring. Een vrij dure ring, aan de steen en de zetting te zien. Als de steen echt is tenminste.'

'Kijk eens naar de manier waarop het lichaam is neergelegd,' zei Pine.

Wallis knikte. 'Ja. Ze is zorgvuldig gepositioneerd, met haar handen op haar buik, alsof ze in een…'

'… doodskist ligt,' maakte Blum zijn zin af.

Wallis keek haar bevreemd aan. 'Inderdaad.'

De lijkschouwer liep weg om een paar aantekeningen te maken, terwijl Pine de vingers van het slachtoffer bekeek. 'Zo te zien zit er niets onder haar nagels, geen bloed, weefsel of haar.' Ze schoof het jasje en de mouwen van de trui van de vrouw omhoog. 'Geen bijzonderheden hier.'

'Dus geen defensieve wonden en niets waaruit blijkt dat ze zich tegen haar aanvaller heeft verzet,' zei Wallis.

Pine zei: 'Het was nog maar een halfuur donker toen ik hier aankwam.' Ze keek naar de plek tussen de gebouwen en de bomenrij erachter.

'Het lijk kan hier al uren hebben gelegen,' zei Wallis.

'Ik denk niet dat ze hier al lang lag voordat die vrouw haar vond. En als ze hier al uren had gelegen hadden er veel meer insecten op gezeten.'

'We kunnen dus uitgaan van een bepaald tijdraam.'

'Alleen als we een paar verdachten kunnen vinden van wie we het alibi kunnen natrekken. Maar dan niet alleen voor het tijdstip van de moord, maar ook voor het plaatsen van het lichaam hier.'

Wallis zei: 'Hier komen jaarlijks een heleboel toeristen, voor de gevangenisrondleiding en andere Civil War-zaken. Zelfs mijn vrouw en ik hebben dat gedaan. Een van mijn voorouders is hier gesneuveld.'

'Union of Confederate?' vroeg Pine.

'Union. Ik kom uit New York. Ging bij het leger en ben opgeleid in Fort Benning. Hield meer van het weer hier. Toen ik het leger verliet, ben ik hier gebleven en ging bij de politie werken.'

'Nou, ik betwijfel of de moordenaar een toerist is.'

Wallis knikte afwezig. 'Dus wurging, gepositioneerd lijk, moordenaar mogelijk een local of iemand die vertrouwd is met de lay-out en de gang van zaken in het dorp.'

'Wanneer was de laatste moord hier die anders was dan anders?' vroeg Pine.

Wallis sloot zijn notitieboekje, stopte het weg, liep achter het scherm vandaan en glipte onder de politietape door, gevolgd door Pine en Blum. Hij stak een sigaret op uit een pakje dat hij uit zijn jaszak had gehaald. 'Wilde de plaats delict niet vervuilen,' legde hij uit. Hij nam een trekje van zijn sigaret. 'Een jaar of dertig geleden hadden we een ontvoering, maar geen moord, tenminste niet voor zover we officieel weten.' Hij keek Pine aan.

Ze keek hem aan en zei: 'Ik dacht al dat u mijn achternaam herkende toen ik me aan u voorstelde, en u keek vrij lang naar mijn legitimatie.'

'Dat was na mijn militairediensttijd, ik werkte net bij de GBI en was niet echt betrokken bij de zaak van uw zusje, maar ik volgde de zaak omdat die onopgelost bleef. En om een andere reden.'

'Omdat Daniel James Tor hier in diezelfde tijd actief was?' vroeg Pine.

Wallis knikte en blies de rook door zijn neusgaten naar buiten. 'Onder andere.' Hij keek naar zijn sigaret. 'Heb al wel honderd keer geprobeerd te stoppen. Misschien zou ik zo'n e-sigaret moeten proberen voordat ik dood neerval door een hartaanval of een beroerte.'

'In e-sigaretten zit ook nicotine,' zei Blum. 'En volgens mij maken die het alleen maar moeilijker. En het is al moeilijk genoeg,' zei ze meelevend.

'Maar geen andere moorden?' vroeg Pine. 'In al die jaren niet?'

'Ja, wel andere moorden, maar u vroeg naar moorden die anders waren dan anders. De moorden hier waren bijna altijd gevallen van een man die een andere man doodschiet of doodslaat of doodsteekt. Om drugs, geld of een meisje.

We hebben nooit eerder gepositioneerde lijken gehad die een bruidssluier droegen, tenminste niet voor zover ik weet. In de andere zaken ging de moordenaar nogal rechttoe rechtaan te werk. Niet zoals hier.' Hij gooide zijn peuk op de grond en trapte hem met de hak van zijn schoen uit. 'Dus geen sporen, geen vingerafdrukken en geen andere getuigen behalve u en die oude vrouw.'

'Wat gaat er nu gebeuren?' vroeg Pine.

'De lijkschouwer geeft zijn bevindingen door aan het kantoor van de patholoog-anatoom. Ze zullen een lijkschouwing aanvragen en dat verzoek zal vanwege de omstandigheden worden ingewilligd.'

'Waar gaan ze het doen?'

'Het plaatselijke pathologielab is in Macon. Daar wordt het lichaam naartoe gebracht.'

'Laat me weten wanneer ze de lijkschouwing gaan doen,' zei Pine. 'Daar wil ik graag bij zijn.'

Hij keek haar peinzend aan, waarna hij zijn blik verplaatste naar de leden van het forensisch team die heen en weer liepen. 'Zo te zien vinden ze niet veel.'

'Ik denk dat de dader heel secuur heeft gehandeld en precies wist wat hij wel en niet moest doen.'

'En?'

'Dat dit niet zijn eerste moord is.'

'Dus u bent hier echt alleen maar op bezoek?' vroeg Wallis, terwijl hij haar weer aandachtig aankeek.

'Misschien kunnen we het daar later over hebben.'

Hij knikte, wilde weer een sigaret pakken en keek toen naar Blum. 'U denkt dat cold turkey de beste manier is?'

Ze glimlachte bemoedigend. 'Dat kan echt. En ik spreek uit ervaring. De eerste dagen zijn heel zwaar. Neem kauwgum en blijf bezig.'

Hij knikte en liep terug naar het scherm.

Blum keek Pine aan. 'Dit is een onverwachte ontwikkeling.'

'Ik heb inmiddels het idee dat het onverwachte de norm is in mijn leven. Hoe was je maaltijd?'

'Lang niet zo opwindend als dit.'

'Was het druk?'

'Vrij druk, ja. Hoezo?'

Pine gaf geen antwoord.

Later zagen ze dat het lichaam van de vrouw, nadat het in een zwarte lijkzak was gestopt, op een brancard naar een gereedstaande auto werd gedragen.

'Een verlovings- en een trouwring,' zei Pine.

'Inderdaad.'

'Dus waar is haar man? Want negen van de tien keer is hij de moordenaar.'

'Dan ben ik blij dat ik single ben,' zei Blum.

'Ik ook,' beaamde Pine.

12

Weer een lijkschouwing in weer een ander mortuarium.

Pine haatte ze, maar toch waren ze onmisbaar voor haar werk. Tegelijkertijd vond ze het verontrustend dat ze inmiddels zo ongevoelig was geworden voor het opensnijden van een ander mens dat ze ernaar kon kijken zonder iets anders te voelen dan professionele nieuwsgierigheid.

Ik mag het niet persoonlijk laten worden, want dan kan ik mijn werk niet doen. Maar hoe moet ik dan menselijk blijven?

Het was de volgende dag en het lichaam van de dode vrouw lag op de metalen onderzoekstafel. De lijkschouwer was een vrouw van in de vijftig die heel pragmatisch leek. Ze had grove botten en brede schouders, maar was al twee uur subtiel bezig met het opensnijden en in stukjes snijden van het slachtoffer, onder het toeziend oog van Pine en Wallis.

De lamp boven de tafel was krachtig en indringend. Aan een snoer aan het plafond hing een microfoon zodat de lijkschouwer haar bevindingen tijdens de autopsie kon inspreken.

Pine had aandachtig geluisterd.

De organen waren verwijderd, onderzocht, gewogen en opgemeten, en daarna netjes teruggeplaatst in de buikholte. De hoofdhuid was naar beneden getrokken en de schedel opengezaagd; de hersenen waren eruit gehaald en op dezelfde manier onderzocht als de organen. Door de gebruikelijke dichtgenaaide Y-incisie in de borst leek de dode op iets uit een horrorfilm. En dit wás ook afschuwelijk allemaal, want haar leven was met geweld beëindigd.

Nu stond Pine naast Wallis.

Wallis droeg een pak dat even flodderig was als dat van de vorige avond. Maar zijn overhemd was minder gekreukeld en zijn stropdas zat rechter. 'Valt u iets op?' vroeg hij.

'Dood door verstikking, zoveel is duidelijk,' zei de lijkschouwer.

'Defensieve wonden, sporen onder de nagels?' vroeg Pine. 'Op de plaats delict heb ik een voorlopig onderzoek uitgevoerd, maar niets gevonden.'

De lijkschouwer schudde haar hoofd. 'Ik ook niet.' Ze keek naar het lichaam. 'Maar ik heb wel een paar interessante dingen ontdekt.'

'Zoals?' vroeg Wallis.

'Zoals het feit dat ze minstens één kind heeft gebaard.' Ze wees naar het gezicht van de vrouw. 'En ze heeft plastische chirurgie ondergaan. Wangen gelift, neus versmald, kaaklijn aangepast.' Daarna wees ze naar de schaamstreek van de vrouw. 'Vagina ingescheurd.'

'Is ze verkracht?' vroeg Wallis.

'Dit is niet recent. Geen bewijzen van seksueel misbruik.' Ze wees naar de grote borsten. 'Ze heeft ook implantaten. Help even haar om te draaien.'

Dat deden ze, en daarna wees de lijkschouwer naar de billen van de vrouw. 'Ook hier implantaten. En anus ingescheurd, net als de vagina genezen.'

'Conclusie?' vroeg Wallis.

'Zeer waarschijnlijk een prostituee,' antwoordde Pine.

'Bingo!' zei de lijkschouwer.

'Zij zijn helaas vaak het slachtoffer van moord. Dat is een bijzonder riskant beroep.' Daarna wees Pine naar een paar vreemd uitziende plekken op de hamstrings en billen van de vrouw. 'Ronde vormen,' zei ze.

'Dat zouden indrukken kunnen zijn van iets waar ze op heeft gelegen,' zei Wallis.

Pine knikte. 'Misschien iets in de kofferbak van een auto. Toen ze werd verplaatst.'

'Misschien.'

'De lijkbleekheid is nu permanent, dus gaan die plekken niet meer weg,' zei de lijkschouwer.

'We moeten er foto's van hebben,' zei Pine.

'Zijn al gemaakt.'

Ze legden haar weer op haar rug.

De lijkschouwer wees naar sporen op de armen van de vrouw. 'Ze heeft regelmatig drugs gebruikt. Dat kon ik aan verschillende dingen zien, maar dit zijn de duidelijkste bewijzen. Ik weet bijna zeker dat het bloedonderzoek zal aantonen wat ze gebruikte.'

Pine keek naar het gebit van de vrouw. 'Haar gebit zit vol vlekken. Dat kan komen door coke, meth, heroïne.'

'Haar kiezen zijn ook versleten,' zei Wallis. 'Veel verslaafden knarsen met hun kiezen. En door drugs vermindert de hoeveelheid speeksel.'

De lijkschouwer knikte. 'En kijk eens naar haar neustussenschot. Dat is bijna helemaal verdwenen.'

Pine keek ernaar en zei: 'Ze snoof coke.'

De lijkschouwer legde het laken weer over de dode vrouw.

Pine zei: 'Dus een prostituee met een drugsverslaving wordt gewurgd en in een bepaalde houding gelegd met een bruidssluier.'

'De sluier komt uit de jaren veertig,' zei de lijkschouwer. 'Ik heb op internet wat onderzoek gedaan.'

'Uw assistente had dus helemaal gelijk,' zei Wallis tegen Pine. 'Waar is mevrouw Blum?'

'Met een ander onderzoek bezig,' zei Pine.

'Ik dacht dat ze misschien niet tegen de autopsie kon.'

'Ze is echt geen doetje. Wat weet u inmiddels over die verlovingsring?'

Wallis zei: 'Die leek duur, maar was het niet. Zirkoniasteen.'

'Dan heeft de moordenaar hem misschien net als de trouwring om haar vinger geschoven,' zei Pine.

'Denkt u dat?' vroeg Wallis.

'Er zijn natuurlijk uitzonderingen, maar ik ken niet veel vrouwen die willens en wetens een nepverlovingsring dragen.'

De lijkschouwer keek haar glimlachend en met een blik van verstandhouding aan.

'Hebben jullie haar al geïdentificeerd?' vroeg Pine.

‘We hebben haar DNA en vingerafdrukken in de gebruikelijke databases gecheckt, maar tot nu toe zonder resultaat.’

‘Hebt u databases met gezichtsherkenning gebruikt?’

‘Dat kan ik wel doen,’ zei de lijkschouwer tegen Wallis, die knikte.

‘Misschien zit ze in een database met vermiste personen,’ zei Pine.

‘Zou kunnen.’

‘Zijn er de laatste tijd prostituees als vermist opgegeven, of zijn hier bordelen in de buurt waar iemand wordt vermist?’

Wallis zei: ‘Prostitutie is illegaal in Georgia.’

‘Prostitutie is in veel gebieden illegaal, maar het gebeurt toch,’ zei Pine.

‘Ik zal het nagaan.’

Pine keek aandachtiger naar het gezicht van de vrouw. ‘Ik weet dat u zei dat ze plastische chirurgie heeft ondergaan, maar iets in haar gezicht lijkt me Oost-Europees.’

Wallis zei: ‘We zullen haar foto publiceren en dan kunnen we zien of dat iets oplevert.’

Hij en Pine vertrokken en liepen de gang in.

‘Als de vrouw een prostituee was is het mogelijk dat iemand haar heeft ontvoerd en vermoord, en haar lichaam daarna heeft neergelegd waar ze is gevonden,’ zei Wallis. ‘Dat gebeurt.’

‘Ze was misschien bewusteloos, mogelijk door een overdosis drugs, toen ze werd gewurgd. Dat zou een verklaring zijn voor het ontbreken van defensieve wonden of sporen onder haar nagels.’

‘Onze eerste prioriteit is haar identificeren. Dan kunnen we daarna zien of we kunnen achterhalen waar ze is geweest.’

‘Kunnen we de DMV-bestanden krijgen van alle mannen in Andersonville?’ Hiermee verwees ze naar de gegevens die in het bezit waren van het Department of Motor Vehicles.

Wallis keek haar aan. ‘Waarom? We hebben geen enkele ooggetuige.’

‘Carol heeft gisteravond in de Clink gegeten, waarschijnlijk kort nadat het lichaam op de plaats delict is gelegd. Ze zei dat het er vrij druk was. Als zij iemand die daar was kan identificeren op basis van zijn DMV-foto, kunnen we beginnen met het uitsluiten van mogelijke verdachten.'

'Kom op, u denkt toch zeker niet dat ze die gezichten heeft onthouden?'

'Als ze zomaar iemand was zou ik die moeite niet eens nemen. Maar zoals ze u al vertelde houdt ze haar ogen open. En het is een poging waard, tenzij u een beter idee hebt.'

'Nee, niet echt. U denkt dus dat het weleens een local kan zijn?'

'Ik weet het niet. Maar als dat wel zo is, durf ik te wedden dat hij in het restaurant was.'

'Oké, ik zal ervoor zorgen dat ze de foto's kan bekijken.' Hij zweeg even, haalde een sigaret uit een pakje en stak hem onaangestoken in zijn mond. Toen hij haar blik zag zei hij: 'Ik neem kleine stapjes.'

Ze knikte. 'U hebt het gezondheidsplein bezocht, neem ik aan.'

'Een zegen en een vloek. Ik denk dat ik minstens zes andere ziektes heb, die allemaal dodelijk zijn. U zei dat dit niet de eerste moord van de dader was.'

'Dat kan ik natuurlijk niet zeker weten. Ze moeten allemaal érgens beginnen, maar deze moord had een bepaalde distinctie die je niet veel ziet aan het begin van de carrière van een seriemoordenaar.'

Wallis keek haar van opzij aan. 'Jemig, u praat erover alsof het een gewoon beroep is.'

'Het is veel meer dan dat voor de mensen die dergelijke moorden plegen. Ze kunnen zich niet beheersen. Het is een obsessie. Hun hele leven draait om het bevredigen van hun behoefte.'

'Ik neem aan dat Daniel Tor ook zo is.'

'Inderdaad. Zijn hersenen zijn anders dan die van u en mij.'

'U zei ook dat de moordenaar nogmaals zal toeslaan.'

'Dit kan een eenmalige moord zijn geweest, maar ik denk dat we zijn werk weer zullen zien. De manier waarop de vrouw was gepositioneerd en die sluier hebben een betekenis voor de moordenaar. Ik denk dus dat hij meer over dat onderwerp te zeggen heeft.'

'Enig idee over de toekomstige doelwitten?'

'Ik heb een paar theorieën, maar weet niets zeker. Op dit moment kan het van alles zijn.'

'Ik weet dat het slachtoffer hier misschien niet vandaan komt, maar zouden we de mensen hier moeten waarschuwen?'

'Lijkt me wel, maar zorg dat ze niet in paniek raken. Ze kunnen een paar eenvoudige voorzorgsmaatregelen nemen: niet alleen naar buiten gaan, vermijd gebieden die afgelegen liggen, hou deuren gesloten en ogen open.'

Wallis knikte. 'Wat gaat u nu doen?'

'We nemen contact op met Quantico om te zien of ze een dergelijke seriemoord eerder zijn tegengekomen. Daar is Carol nu mee bezig.'

'Zoals een bomsignatuur van terroristen?'

'Ja, zoiets. Zodra ze een methode hebben ontwikkeld houden bommenmakers er niet van om hun werkwijze te veranderen, omdat ze daardoor opgeblazen kunnen worden. Net als seriemoordenaars hebben ze hun eigen symboliek, maar ze willen ook niet worden ontdekt. Ik zal u laten weten wat ik te horen krijg.'

'Bedankt. U gaat terug?'

'Inderdaad. Ik wil u wel helpen met deze zaak, maar ik ben hier ook om een andere reden.'

'De zaak van uw zusje?'

'Klopt.'

'Nou, veel geluk daarmee.'

'Ik zal veel meer nodig hebben dan geluk.'

13

'Alweer terug?' vroeg Cy Tanner, terwijl Pine uit haar pick-up stapte en naar zijn huis liep. Hij was op dezelfde manier gekleed als de vorige keer, maar nu droeg hij een T-shirt met een afbeelding van de Doobie Brothers erop.

'Klopt. Waar is Roscoe?'

'Zit waarschijnlijk in huis te pissen. Waar is je collega?'

'Trekt een paar dingen na. Mag ik nog een keer in mijn oude kamer rondkijken?'

'Ga je gang. Ik ben bezig met de revisie van een motor in mijn werkplaats achter het huis. Bijna klaar en daarmee kan ik de komende vier maanden mijn uitgaven betalen, als ik zuinig ben, en dat ben ik.' Hij keek naar het vervallen huis en grinnikte. 'Maar dat kun je denk ik zelf wel zien.'

'Ik heb ooit een mentor van me bij de FBI geholpen met het volledig restaureren van een Ford Mustang uit 1967.'

Tanner keek haar met een scheve glimlach aan. 'Verdomme, wat voor kleur?'

'Klassiek turquoise met perkamenten kap.'

'Dat is bijna mijn droomauto!'

'Rijdt even fraai als hij eruitziet.'

'Dat geloof ik meteen. Goed, ik zal je je gang laten gaan. Pas maar op dat je niet in Roscoes kleine verrassingen stapt.'

Hij liep terug naar de achtertuin en Pine ging naar binnen. Ze zag dat Roscoe niet aan het plassen was maar op de zitzak lag te slapen. Ze maakte hem niet wakker en ging meteen naar boven.

Ze opende de deur van haar oude slaapkamer, liep naar het raam en keek naar buiten. Er was een ladder nodig geweest om hier te komen. Te hoog om te klimmen en geen enkel houvast aan de houten planken, áls je dat al probeerde. Maar een ladder was moeilijk te verbergen of te laten verdwijnen. En een ladder zou afdrukken in de aarde hebben gemaakt. Ze wist van het politierapport dat ze daarnaar hadden gezocht, maar niets hadden gevonden.

Dus, om Sherlock Holmes te citeren: zoals ik het zie is het onmogelijk, dus moet ik het op de een of andere manier verkeerd zien.

Weer dacht ze terug aan 1989. Nu stond de slaapkamer vol meubels. Ze somde alles op: het bed, de ladekast met de draaispiegel erop. Een tafeltje en twee stoelen, met Winnie de Poeh en Teigetje erop geschilderd, waar zij en Mercy hun denkbeeldige theevisites hielden. Een oude kapstok en een grenen kast aan het voeteneinde van hun bed waarin ze het merendeel van hun speelgoed bewaarden.

Pine begon te ijsberen door de kleine kamer. Toen bleef ze staan en speelde haar herinneringen in gedachten weer af. Ze had zich zojuist voor het eerst iets gerealiseerd.

Een ladekast met een draaispiegel erop. Die had vlak naast het raam gestaan.

Vlak naast het raam.

Ze deed haar ogen dicht en dwong zichzelf terug te denken aan die nacht van zo lang geleden.

Zij en Mercy hadden in het bed liggen slapen. Het bed stond voor het raam. Het raam stond die nacht open. Dat wist ze nog, omdat het die dag zo warm was geweest. Het huis had geen airco en hun moeder wilde dat haar dochters in de frisse lucht sliepen.

Een geluid had Pine wakker gemaakt. Ze sliep lichter dan haar tien minuten oudere zus. Ze kneep haar ogen stijver dicht.

Kom op, je moet het je herinneren. De man kwam door het raam. Je zag hem. Hij nam de hele kamer in beslag. Je moet het je herinneren.

Ze plaatste Daniel James Tor in dat tafereel. Hij was het. Hij moest het zijn.

Maar toen maakten haar gedachten een sprong.

Was dit mogelijk? Dit had niets te maken met wie de indringer was, maar alles met hóé hij het huis binnen was gekomen. Ze keek naar de slaapkamerdeur.

Was er geen man door het raam naar binnen gekomen, maar had ze de indringer in de spiegel naast het raam gezien?

Dat zou betekenen dat hij in werkelijkheid hun kamer binnen was gekomen door de déúr en niet door het raam. Dat zou de afwezigheid van welk spoor dan ook van een ladder verklaren.

Maar het betekende ook dat hij door het huis en langs haar ouders was gelopen, die beneden waren geweest. Of was er een andere verklaring?

Ze sloot haar ogen, volkomen van slag. *Het kán mijn vader niet zijn geweest. Dat kán niet.*

Maar dat betekende dat degene die Mercy had meegenomen en haar bijna had vermoord zeer waarschijnlijk iemand was die haar ouders kende. Misschien iemand die die avond samen met hen hasj had gerookt en bier had gedronken?

Ze leunde tegen de muur toen ze hoorde dat er iemand naar boven kwam.

Even later stond Tanner in de deuropening. 'Kwam even kijken hoe het met Roscoe ging en dacht dat ik maar even moest vragen of je iets nodig had.' Hij keek om zich heen in de lege kamer. 'Al iets bedacht?'

'Kan, misschien.'

'O, dat is goed.'

'Misschien. De enige vraag is: wat moet ik nu doen?'

'Het oplossen van dit soort zaken zal niet eenvoudig zijn.'

'Nooit,' zei ze. 'Echt helemaal nooit.'

'Je geeft het toch niet op, hè?'

'Als je me kende, zou je dat nooit hebben gevraagd.' Pine verliet de kamer, maar haar woorden leken zekerder dan ze zich voelde.

Tijdens de korte rit terug naar Andersonville tuimelden de gedachten door haar hoofd. Ze had voorzichtige hoop, maar zag ook problemen. De grote vraag was: hoeveel mensen die haar ouders kenden toen ze hier nog woonden waren hier nog? Maar ze dacht dat ze daar wel een antwoord op had. Agnes Ridley en Lauren Graham waren hier nog, maar die beschouwde ze geen van beiden als een mogelijke verdachte. Maar een van de vrouwen, of allebei, kon haar misschien vertellen welke mensen die haar ouders hadden gekend nog steeds in deze omgeving woonden.

Ze belde Blum en vertelde haar wat ze misschien had ontdekt. Ze spraken af in de Cottage. Blum zou Graham zoeken, zodat ze met haar konden praten. Daarna zouden ze Ridley opzoeken.

Pine haalde diep adem. Na al deze jaren had ze een mogelijkheid. *Wat betekent dat ik een kans heb.*

14

'Daar moet ik over nadenken,' zei Graham nadat Pine haar vraag had gesteld. Ze zaten weer in de ontbijtkamer van de Cottage. Graham zat tegenover Pine en Blum aan een van de tafels en droeg een lichtblauwe rok, zwarte trui en enkellaarsjes. Haar kapsel en make-up waren perfect, misschien wel te, dacht Pine. Maar wat wist zij nu van dat soort dingen? Zelf gebruikte ze misschien twee keer per jaar mascara, en datzelfde gold voor lippenstift.

'Dat zou ik fijn vinden,' zei Pine. 'Ik heb een vage herinnering aan een paar bezoekers en vrienden. Ik wil hetzelfde aan Agnes Ridley vragen.'

'Waarom wil je deze mensen eigenlijk vinden?'

Blum keek naar Pine, die zei: 'Gewoon een routinekwestie in een onderzoek zoals dit. Je kunt nooit weten wie iets heeft gezien of gehoord. Zij vonden het misschien onbelangrijk, maar het zou van belang kunnen zijn voor mijn onderzoek.'

Graham knikte, maar leek niet helemaal overtuigd door dit antwoord. 'Hoe zit het met die arme vrouw die dood is gevonden?'

'Wat is er met haar?'

'Weet iemand wie ze is?'

'Nog niet. Daar werken we aan.'

'Júllie werken eraan?' vroeg Graham verbaasd.

'Ze vroegen of ik wilde helpen en dat ga ik doen.'

'Maar goed, je herinnert je dus niemand die hier nog woont en de Pines misschien heeft gekend?' vroeg Blum.

'Er is wel iemand,' zei Graham nadat ze even had nagedacht. 'Jackson Lineberry.'

'Die naam zegt me niets,' zei Pine.

'Hij was meer een vriend van je vader, volgens mij.'

'Waar woont hij?'

'Ongeveer een uur rijden hiervandaan. In het noorden, richting Atlanta. Hij heeft een prachtig huis, eigenlijk een landgoed. Waarschijnlijk het mooiste in de hele omgeving. Hij is heel rijk. Heeft een eigen vliegtuig.'

'Wat doet hij dat hij zoveel geld verdient?' vroeg Pine.

'Investeringen. Hij heeft een tijdje elders gewoond en kwam toen terug.'

Ze gaf hun zijn adres en contactgegevens.

Pine bedankte Graham en vroeg of ze haar een seintje wilde geven als haar nog iemand te binnen schoot. Dat beloofde Graham.

Ze stapten in hun SUV en vertrokken, nadat Pine Lineberry had gebeld en een afspraak had gemaakt.

'Wat heeft je onderzoek opgeleverd?' vroeg Pine aan Blum.

'Ik heb via de beveiligde link een kijkje genomen in de ViCAP-database, zoals je me had gevraagd,' zei ze.

Ze bedoelde het Violent Criminal Apprehension Program van de FBI, het Arrestatie Programma Gewelddadige Misdaden. 'Ik heb de gegevens ingevoerd die we nu kennen. Er zijn wel andere seriemoordenaars geweest die hun slachtoffers bepaalde kleding hebben aangetrokken, maar niets wat lijkt op onze zaak.'

'Hopelijk weten we snel wie het slachtoffer is. Dat zou ons bepaalde aanwijzingen kunnen geven.'

Blum keek naar buiten. 'Dus u denkt echt dat u het spiegelbeeld van de man in die spiegel hebt gezien en dat hij dus níét door het raam naar binnen kwam?'

'Ik weet het niet zeker, maar het lijkt me heel waarschijnlijk.'

'Maar het is al zo lang geleden en u was nog zo jong.'

'Die herinnering staat in mijn geheugen gegrift, Carol.'

'Maar tot nu toe dacht u dat hij door het raam naar binnen kwam,' zei Blum.

'Dat weet ik,' gaf Pine toe. 'Ik denk dat die herinnering werd opgeroepen doordat ik weer in die kamer was. Ik had hier al heel lang geleden naartoe moeten gaan. Ik weet niet waarom ik dat niet heb gedaan.'

'Het was verschrikkelijk wat er destijds gebeurd is. De meeste mensen zouden niet terug willen.'

'Ik ben niet zoals de meeste mensen. Ik ben een FBI-agent. Ik ren naar het probleem toe, niet ervandaan.'

'Maar toch.'

Ze reden een tijdje zwijgend door.

'Waarom Andersonville?' vroeg ze.

Pine keek haar aan. 'Waarom niet? Seriemoordenaars slaan wel vaker toe op het platteland. Dat blijft niet beperkt tot stedelijke gebieden.'

'Ja, maar het is gemakkelijker om arrestatie te voorkomen als er heel veel mensen zijn.'

'Maar in stedelijke gebieden is veel meer politie op straat. Als ik een seriemoordenaar was, zou ik het dan willen opnemen tegen de politie van New York met al hun middelen en overal camera's, of zou ik dan naar een dorp zoals dit gaan, zonder al deze middelen?'

'Dat is wel zo, maar er is iets anders wat me zorgen baart.'

'Wat dan?'

'Was het toeval, of een kwestie van oorzaak en gevolg?'

Pine keek haar scherp aan. 'Waar heb je het over?'

'Was het toeval dat er een lijk wordt gevonden de dag nadat u in dit dorp arriveerde? Of gebeurde dit doordát u terugkwam naar Andersonville?' Blum keek Pine ongerust aan.

'Wil je zeggen dat ik, door terug te komen om de verdwijning van mijn zusje te onderzoeken, de oorzaak ben van wat die vrouw is overkomen?'

'Ik zeg alleen dat het een mogelijkheid is. Maar anders lijkt het een vreemd toeval.'

Pine schudde langzaam haar hoofd. 'Dat zou in heel korte tijd heel veel planning vereisen, inclusief het selecteren van een slachtoffer en het plegen van de moord.'

'Dat lijkt inderdaad niet realistisch,' gaf Blum enigszins opgelucht toe.

Pine keek weer naar haar. 'En je denkt ook dat degene die mijn zusje heeft meegenomen die vrouw heeft vermoord?'

'Nou, ik moet toegeven dat ik dat wel even heb gedacht.'

Pine schudde haar hoofd. 'Echt niet.'

'Dus u gelooft níét dat deze moord en de verdwijning van uw zusje verband met elkaar houden?'

'Het is dertig jaar geleden. Seriemoordenaars opereren bijna nooit zo lang. De meesten stoppen als ze in de veertig zijn, of eerder.'

'De meesten, maar niet allemaal. En sommigen stoppen een hele tijd voordat ze weer actief worden.'

'Dertig jaar zou wel een uitzonderlijk lange tijd zijn.'

'Maar niet onmogelijk.'

'Laten we eerst eens horen wat Lineberry te zeggen heeft voordat we andere mogelijkheden gaan onderzoeken.'

'Oké.'

Na een tijdje vroeg Blum: 'Hoe voelt het om terug te zijn?'

'Tot nu toe waardeloos.'

15

'Ze maakte geen grapje toen ze zei dat die man veel geld heeft,' riep Blum. 'Zo'n huis zou je in Californië kunnen tegenkomen, of in Bel Air of Montecito.'

Het huis was omheind, grotendeels van steen en leek even groot als een winkelcentrum, maar wel veel eleganter door de gebruikte materialen en het ontwerp.

Pine stopte voor het hek en liet haar raampje zakken bij het videoscherm. Ze vertelde wie ze was en liet haar badge zien. Het enorme hek ging open en ze reden door.

Ze stopten voor het huis, stapten uit en werden onmiddellijk tegengehouden door twee mannen in een donker pak.

'Bent u gewapend?' vroeg de een. Hij was groot en slank en een jaar of veertig.

'Natuurlijk,' zei Pine.

'Dan moet u uw wapens afgeven.'

'Dat gaat niet gebeuren.'

De tweede man was fysiek een exacte kopie van de eerste, maar wel een paar jaar ouder. Hij zei: 'Dan mag u niet naar binnen.'

'Prima, dan kan hij naar buiten komen om met me te praten.'

'Meneer Lineberry komt niet naar buiten om met mensen te praten,' snauwde de eerste man.

'Jerry, Tyler, het is al goed, ze mogen naar binnen, met wapens. Dit is een oude vriendin.'

Ze draaiden zich allemaal om en zagen een lange, elegante man in de deuropening staan. Hij had dik grijs haar en droeg een keurig geperste donkere lange broek, een wit overhemd met open kraag en instappers van struisvogelleer.

De man die Jerry heette keek Pine aan en zei: 'U hebt hem gehoord. Kom mee.' Toen hij zijn hand op haar schouder wilde leggen om haar naar voren te duwen stapte Pine opzij en zei: 'Dat moet je niet doen.'

'U vindt uzelf bijzonder?'

'Nee, ik hou er alleen niet van om aangeraakt te worden als dat niet nodig is.'

'Soms heb je geen keus,' antwoordde hij.

'Maar die keus zul jij nooit voor me kunnen maken, Jérry. Goed, beheers je en ga ons voor. Maak je geen zorgen, ik dek je wel.'

Jerry's gezicht werd rood en hij leek woedend, maar hij draaide zich snel om en beende naar de voordeur met Pine en Blum achter zich aan.

Blum fluisterde tegen haar: 'Heb ik u ooit verteld hoezeer ik uw stijl bewonder?'

Lineberry begroette hen hartelijk en stuurde Jerry weg. Daarna nam hij hen mee door een brede, elegant ingerichte gang met een marmeren vloer naar een grote kamer die was ingericht als een kantoor vol luxueuze accenten. Er stonden een gigantisch antiek bureau met drie computerschermen erop en een dure zithoek, en aan de muur hing een enorm tv-scherm. Verder waren er een boekenkast van massief grenenhout met ronde hoeken, olieverfschilderijen en een goed voorziene bar met hoge krukken.

Hij gebaarde naar een leren bank en vroeg of ze iets wilden drinken. Ze vroegen om koffie. Lineberry drukte op een paar knopjes op een elektronisch scherm aan de wand en ging tegenover hen zitten. 'Wordt zo gebracht,' zei hij. Hij keek Pine met een warme glimlach aan. 'Ik was volkomen verbijsterd toen je me belde. Lee Pine. Ik had nooit gedacht dat ik je ooit terug zou zien. Altijd geweten dat je lang zou worden. Julia was ongeveer 1 meter 82, bijna even lang als ik.'

'Ze hebben me verteld dat u mijn ouders heel goed kende.'

'Ja, hoewel ik je vader beter kende. Tim en ik werkten samen bij de mijn.'

'Werkte ú in de mijn?' zei Blum. 'Ergens kan ik me u niet voorstellen met helm en pikhouweel.'

Hij keek haar grijnzend aan. 'Je gaat niet onder de grond voor bauxiet zoals voor kolen. Bauxiet is een erts dat aan de oppervlakte ligt. Je schraapt het eraf en soms gebruik je explosieven om bij iets diepere lagen te komen. Tim bestuurde de zware machines die het bauxiet eruit moesten halen. Ik zat bij het management en werkte op kantoor. Maar we werden vrienden. We gingen naar dezelfde kerk.'

Pine zei: 'U bent investeerder, hoorde ik. Bijzondere overstap van bauxietwinning.'

'Ik werd daghandelaar om wat extra geld te verdienen en was daar zo goed in dat ik mijn eigen investeringsfonds opzette. Nu werkt mijn bedrijf, Jackson Lineberry en Associates, met miljarden dollars van andere mensen én met geld van mezelf. We hebben het heel goed gedaan de afgelopen jaren, en daardoor kan ik me deze manier van leven veroorloven.'

'Ik dacht dat alle investeringsfondsjongens in New York of in Californië zaten,' zei Pine.

'Met de huidige technologie kun je overal werken. We zitten hier nog geen uur rijden van Atlanta en daar ga ik naartoe voor de cultuur en restaurants. Mijn vliegtuig staat daar ook, hoewel ik op mijn landgoed een startbaan heb die ik kan gebruiken.'

'Wat voor vliegtuig?' vroeg Blum.

'Bombardier 7500. Die kan op één tank naar Moskou vliegen.'

'Zou u ooit naar Moskou vliegen?' vroeg Pine.

Lineberry grijnsde. 'Zou niet weten waarom. Maar dit was een letterlijk citaat van wat de accountant me over het toestel vertelde.'

De deur ging open en een vrouw in een dienstmeisjesuniform kwam binnen met een dienblad. Ze zette de koffiekopjes, lepels, de room en suiker op de salontafel en verdween.

Pine en Blum dronken hun koffie zwart, maar Lineberry bediende zichzelf ruimschoots van de room en de suiker. Ondertussen bekeek Pine de man aandachtig. Hij was knap, had het gezicht van een oudere acteur of model, maar toch had hij iets wat haar bekend voorkwam. Maar ja, ze had hem jaren geleden immers gekend.

'Goed, terug naar de reden waarom jullie hier zijn,' zei Lineberry.

'Mijn zusje, Mercy.'

Hij keek ernstig. 'Dat was echt vreselijk. Ze hebben haar nooit gevonden, hè?'

'Nee, dat klopt. Weet u dat ze mijn vader verdachten?'

Lineberry maakte een afwijzend gebaar. 'Tim had niets meer te maken met wat er was gebeurd dan ik. Hij was wanhopig. Het heeft zijn huwelijk kapotgemaakt.' Lineberry verbleekte. 'Neem me niet kwalijk. Dat had ik niet moeten zeggen.'

'Nee hoor, ik heb zelf gezien wat het met hun huwelijk deed. Denkt u dat dit kwam doordat ze zich allebei schuldig voelden over wat er was gebeurd?'

Lineberry leek zich ongemakkelijk te voelen door die vraag. 'Ja.'

'We verhuisden voordat mijn ouders scheidden, dus hoe wist u dat dit was gebeurd?'

Lineberry nam een slok van zijn koffie en hield zijn kopje in zijn beide handen. 'Ik hield contact met je vader.'

'Mij is kortgeleden verteld dat mijn ouders met mij midden in de nacht uit Andersonville zijn vertrokken en dat niemand wist waar we naartoe waren gegaan.'

'Ja, en dat is ook waar. We vroegen ons allemaal af wat er was gebeurd. Maar een paar jaar later nam je vader contact met me op.'

'Waarom?'

'Ik denk dat hij wist dat ik hem had gezocht en me afvroeg wat er was gebeurd.'

'Na hun scheiding ging ik bij mijn moeder wonen.'

'Tim vertelde dat dat het beste was, en eerlijk gezegd: jij wílde ook bij je moeder wonen, Lee.'

'Dus u weet wat er met hen is gebeurd?'

'Hij schoot zichzelf dood op jouw negentiende verjaardag.'

'Hoe weet u dat?' vroeg ze argwanend.

Lineberry aarzelde en zei toen zacht: 'Omdat ik hem heb gevonden.'

Pine was verbijsterd en zweeg een hele tijd, terwijl Lineberry haar aandachtig aankeek.

'Ik dacht dat je moeder je dat had verteld.'

'Dat heeft ze niet gedaan.'

'Je vader was mijn vriend. Ik heb altijd gevonden dat hij onrechtvaardig was behandeld. Het was kennelijk niet genoeg dat hij een dochter had verloren, want ze beschouwden hem ook als een verdachte voor haar verdwijning. Hij verweet het zichzelf dat hij die nacht… dronken was.'

'Mijn moeder was ook dronken.'

'Maar je vader was ouderwets. Het was de taak van de man om zijn gezin te beschermen.'

'Hoe kwam het dat u zijn lichaam vond?'

'Nadat hij contact met me had opgenomen besloot ik hem een baan aan te bieden. Je vader was slim. Ik wist dat hij veel meer kon dan een bulldozer besturen. Dus bood ik hem een baan aan en we hadden een afspraak gemaakt om de laatste bijzonderheden te bespreken. Hij kwam niet naar die afspraak. Ik belde hem, maar hij nam niet op. Dus ging ik naar zijn huis.' Lineberry zweeg en sloeg zijn blik neer. 'En ik vond hem… dood.'

'In een armoedig motel in Louisiana.'

Tot Pines verbazing schudde Lineberry zijn hoofd. 'Nee, in zijn appartement in Virginia. Daar was hij naartoe verhuisd voor zijn werk, een verkoopbaantje, vertelde hij me.'

Pine was hierdoor zo van slag dat ze opstond en begon te ijsberen, terwijl Blum en Lineberry zenuwachtig naar haar keken. 'Dat is niet wat mijn moeder me vertelde.' Ze balde haar handen tot vuisten en zag eruit alsof ze een gat in de muur wilde slaan. 'Ze wilde niet dat ik met haar meeging om mijn vader te zien. Ze ging er alleen naartoe en liet hem cremeren.'

'Je had je vader zo niet willen zien, Lee. Geloof me. Ik moest het lichaam als eerste identificeren en het was… moeilijk. Dat schot had…'

'Ik hou er niet van als iemand tegen me liegt.'

'Ik weet zeker dat je moeder dacht dat dit het beste was,' zei Lineberry.

Pine ging zitten en vroeg kortaf: 'Hebt u mijn moeder ontmoet toen ze kwam?'

'Nee. Ik had het dorp toen waarschijnlijk al verlaten.' Hij schudde verdrietig zijn hoofd. 'Ze had zoveel verloren en ook al waren ze niet meer samen, ik weet dat ze nog veel van elkaar hielden. En dat betekende natuurlijk ook dat jij je vader was verloren.'

Ze zei langzaam: 'Hij kwam me soms opzoeken. Niet regelmatig en hij bleef nooit lang… maar ik wilde hem altijd zien. Ik wilde hem vaker zien.'

'Natuurlijk, Lee. Natuurlijk wilde je hem zien. Een gezin is bijzonder.'

'Hebt u een gezin?' vroeg Blum.

'Nee, ik heb de sprong nooit gewaagd. En voordat ik het wist was ik in de zestig.'

'Het is nooit te laat om "ja, ik wil" te zeggen,' zei Blum.

'Voor mij wel, denk ik.'

'Ik ben teruggekomen om uit te zoeken wat er met mijn zusje is gebeurd,' zei Pine, waardoor de anderen weer naar haar keken.

Lineberry knikte langzaam en zette zijn kopje neer. 'Ik dacht al dat het zoiets moest zijn.' Hij keek naar de badge op haar heup. 'FBI-agent, hè? Als ik psycholoog was, zou ik denk ik wel een verklaring kunnen vinden voor je besluit als wetshandhaver te gaan werken.'

'Daar is niet veel psychologische kennis voor nodig,' zei Pine.

'Hoe kan ik je helpen?'

'U kende mijn ouders. Kunt u me de namen vertellen van andere vrienden van hen in Andersonville?'

Lineberry leunde naar achteren. 'Mag ik vragen waarom je dat wilt weten?'

'U geloofde dat mijn vader niets te maken had met wat er met mijn zusje is gebeurd.'

'Klopt.'

'Maar iemand heeft haar meegenomen. Ik wil uitzoeken wie dat was.'

Lineberry's mond viel open. 'Denk je… dat het iemand was die je familie kende? Ik ben er altijd van uitgegaan dat het een onbekende was.'

'Het komt wel voor dat onbekenden iemand ontvoeren, maar het is veel waarschijnlijker dat het iemand is die de familie kende.'

‘Dat kan ik haast niet geloven. Ik bedoel, het was zo’n kleine gemeenschap.’

Blum zei: ‘Het probleem is dat je soms denkt dat je iemand kent, terwijl dat niet zo is.’

‘Waarmee u bedoelt dat we allemaal een donkere kant hebben?’

‘En de donkere kant van sommige mensen is donkerder dan die van anderen.’

Lineberry keek hen nu een beetje ongerust aan. ‘Maar ík was een vriend, dus ik neem aan dat ik daardoor een verdachte ben.’

Pine schudde haar hoofd. ‘Ik zeg niet dat iemand een doelwit is; dit is gewoon één lijn van ons onderzoek. Zelfs als het een onbekende was, herinnert iemand die mijn ouders en het huis kende zich misschien dat iemand het huis in de gaten hield of iets anders wat ons kan helpen.’

‘Heb je al met je moeder gepraat? Zij zou dat soort dingen zeker weten.’

‘Ik heb niet met haar gepraat en het is ook niet waarschijnlijk dat dat zal gebeuren.’

‘Waarom niet?’

‘Laat ik alleen zeggen dat het haar keus was, niet de mijne.’

Lineberry verwerkte dit en zei toen: ‘Oké, dat is jouw zaak. Ik zal niet verder doorvragen.’

‘Dank u wel. Dat waardeer ik.’

‘Vrienden dus. Ik kan me niet voorstellen dat er nog veel in de omgeving wonen.’

‘Graag iedereen die u zich herinnert. Dan ga ik verder op onderzoek uit.’

‘Geef me je contactinformatie, dan stuur ik je een bericht.’

‘Graag.’

Toen ze aanstalten maakten om te vertrekken zei Lineberry: ‘En als de waarheid weten erger blijkt dan het niet weten?’

‘Ik weet niet zeker of dat mogelijk is. Maar als dat wel zo is, zal ik er gewoon mee moeten dealen.’

‘Ik benijd je niet.’

‘Ik benijd mezelf eerlijk gezegd ook niet.’

16

De volgende ochtend stapte Pine onder de douche vandaan en ging voor de badkamerspiegel staan om haar haar te drogen. Op haar goedgevormde bovenarmen waren de symbolen voor het sterrenbeeld Tweelingen en de planeet Mercurius getatoeëerd. En op haar beide onderarmen stonden de woorden: *No Mercy.*

De tattoos op haar onderarmen hadden een dubbele betekenis voor haar, geen van beide erg esoterisch. Ze had geen Mercy in haar leven, doordat Mercy van haar was afgepakt. En vergeleken met wat haar zusje was overkomen was Pines leven een eitje. Dus kon ze zichzelf geen enkele rustpauze voor wat dan ook gunnen. Ze ging altijd plankgas, streefde meedogenloos en bijna agressief haar doelen na en klaagde niet als iemand haar versloeg: geen genade.

No mercy for me.

De tattoos op haar bovenarmen waren al even duidelijk: het sterrenbeeld Tweelingen en de planeet Mercurius, de ascendant voor Tweelingen.

Ze steunde met haar handen op de wastafel en keek naar haar spiegelbeeld.

Ik toon mijn gevoelens openlijk, op mijn boven- en onderarmen. Zo doorzichtig ben ik. En het kan me niets schelen wat de mensen van me denken.

Ze streek over de St. Christopher-penning aan de ketting om haar hals. Dat was een cadeautje geweest van haar moeder; het laatste cadeautje. Pine had vaak de neiging gehad hem weg te gooien, maar iets had haar daar altijd van weerhouden.

Pine kleedde zich langzaam aan en dacht na over alles wat ze sinds haar komst hier had ontdekt.

Dat was niet veel. De indringer die misschien door het huis naar hun kamer was gekomen was absoluut de belangrijkste doorbraak, maar alleen als die op waarheid berustte. En zou ze na al deze jaren echt iets met zekerheid kunnen bewijzen?

Ze keek door het raam naar de straat. Ze kon zich vaag herinneren dat haar ouders haar en haar zusje meenamen naar de begraafplaats, waar eindeloze rijen witte grafstenen leken te staan. Voor haar betekenden die alleen dat er overal dode mensen waren, en dat had haar en Mercy bang gemaakt.

Ze sloot haar ogen en leunde tegen de muur. Ze wist heel goed dat het bijna onmogelijk was dat Mercy nog leefde. Het beste, echt het allerbeste waar ze op mocht hopen, was een aanwijzing die haar naar het graf van haar tweelingzusje leidde. Daar zouden nu alleen nog botten liggen, net als op de gevangenisbegraafplaats. Haar tweelingzusje zou nu nog slechts een skelet zijn. *Ik zou er vrede mee hebben om alleen haar stoffelijk overschot te vinden. Ik wil gewoon weten... wat er is gebeurd.*

Het vertrouwde handje in het hare, het gezicht, als een spiegelbeeld, dat haar aankeek. Dat was troostend, geruststellend geweest. Ze had gedacht dat ze dat altijd zou houden. Mercy was maar zes jaar in haar leven geweest en sindsdien was Pine eigenlijk altijd alleen geweest. Nooit meer had ze die troost en geruststelling ervaren. Zo'n band met een ander kreeg je maar één keer in je leven. *Misschien vind ik het daarom wel zo moeilijk om een band met iemand op te bouwen.*

Ze was net klaar met aankleden toen haar telefoon zoemde. Het was een berichtje van Jackson Lineberry.

Hij kende maar twee andere vrienden van haar ouders in deze omgeving: Myron en Britta Pringle. Ze waren in de vijftig, ongeveer even oud als Pines ouders. Pine herinnerde zich de namen niet, maar hoopte dat een bezoek aan hen haar een aanwijzing zou geven die ze kon natrekken.

Zij en Blum gingen naar beneden om op de van horren voorziene veranda te ontbijten. Tijdens het ontbijt, met koffie en croissants, vertelde Pine haar over het berichtje van Lineberry.

‘Maar u kunt zich de Pringles niet herinneren?’ vroeg Blum.

Pine schudde haar hoofd. ‘Helemaal niet.’ Ze zweeg even en zei toen somber: ‘Ik herinner me niet veel, hè? Dat is echt belachelijk.’

Blum zette haar kopje neer en legde haar hand op die van Pine. ‘Volgens mij beseft u niet dat u nog maar zes was toen u deze traumatische ervaring had. Mijn god, het is verbazingwekkend dat u überhaupt kunt functioneren, agent Pine. U moet echt ophouden zo hard voor uzelf te zijn.’

Pine weigerde haar aan te kijken. Ze had een brok in haar keel. ‘Dat kan ik niet doen, Carol. Ik verdien het niet dat iets gemakkelijk voor me is.’

‘Wanneer is er ooit iets gemakkelijk voor u geweest? Het is wel duidelijk dat er weinig geld was toen u opgroeide. Als kind bent u bijna vermoord. Uw vader pleegde zelfmoord op uw verjaardag. U bent vervreemd van uw moeder. U bent uw tweelingzusje verloren. En minder dan één op de vier special agents bij het Bureau is vrouw. U hebt alle hindernissen dus meer dan overwonnen, en niet dankzij puur geluk, maar omdat u daar keihard voor hebt gewerkt.’

‘Kon Jack jullie iets vertellen?’ vroeg Graham. Ze kwam net binnen met schalen eieren, gerstepap, crackers en bacon, en zette alles voor hen neer. Ze was gekleed in een donkere lange broek, witte blouse en had een kleurrijk lint in haar haar. Ze was perfect opgemaakt en had een alerte blik. Misschien wel té alert, dacht Pine.

‘Goed eerste gesprek,’ zei Pine, terwijl Blum nieuwsgierig naar de gerstepap keek. Pine zag dat en zei: ‘Dat is *grits*, Carol. Een soort korrelige pap, maar met heel veel zout en boter.’

‘Dat zal wel,’ zei Blum, terwijl ze naar de eieren en de bacon keek.

Graham bleef naast hun tafel staan. ‘Jack heeft echt goed geboerd.’

‘Dat is zeker,’ zei Pine, die zichzelf wel had opgeschept, maar niets at.

‘Geen honger?’ vroeg Graham.

‘Eerder hongerig naar antwoorden dan naar eten. Lineberry heeft me een berichtje gestuurd met de namen van twee andere mensen die hier toen woonden.’

‘Van wie?’

'Myron en Britta Pringle.'

Graham keek verbaasd. 'De Pringles, natuurlijk! Ik had helemaal niet aan hen gedacht.'

'Kende je hen niet goed toen ze hier woonden?'

'Niet goed, nee. Ik was hen eigenlijk helemaal vergeten.'

'Niet erg gedenkwaardig?' vroeg Blum.

'Nee, dat is niet de reden. In bepaalde opzichten waren ze erg gedenkwaardig. Vooral de man, Myron. Maar het is al jaren geleden.'

Pine keek Blum even aan en zei: 'Lineberry gaf me hun adres. Hij had hun telefoonnummer of mailadres niet en dat vond ik vreemd.'

'Nou ja, jullie kunnen er volgens mij gewoon naartoe rijden en kijken wat ervan komt.'

'Kun je me nog iets over hen vertellen van toen ze hier nog woonden?'

Graham trok een stoel bij en ging zitten. 'Het eerste woord dat bij me opkomt is "vreemd". Myron Pringle was een soort… ik weet het niet, genie. Misschien zou je dat vandaag de dag autistisch noemen, als je dat tenminste nog mag zeggen.'

'Wat voor werk deed hij?' vroeg Pine.

'Destijds werkte hij in de mijn. Op kantoor.'

'En zijn vrouw?'

'Britta was lang niet zo vreemd als Myron, als ik het me goed herinner. Ze hadden kinderen, een jongen en een meisje, maar die kan ik me niet herinneren. Ik was ouder en zij waren eerder van jouw leeftijd. Britta was heel aardig, maar ze kwamen niet vaak in het dorp. Als ze al werkte, weet ik niet waar. De meeste vrouwen in Andersonville bleven destijds thuis, of anders werkten ze parttime.'

'Als hun kinderen ongeveer even oud waren als ik, neem ik aan dat wij met hen speelden. Ik herinner me vaag dat er weleens kinderen op bezoek kwamen.'

'Ach, het is niet zo vreemd dat je je dat niet kunt herinneren. Je was ook nog zo jong. Maar zij woonden het dichtst bij jullie, in dat groen-witte huisje aan dezelfde weg als jullie. Het laatste huis dat je ziet als je naar jullie oude huis rijdt. Maar het was een lange wandeling van het ene naar het andere huis, meer dan anderhalve kilometer.'

Pine dacht na, maar ze had geen echte herinneringen aan het huis of aan de Pringles.

Blum zei: ‘Dat zullen we wel zien als we hen treffen.’

Ze aten hun ontbijt op en ongeveer een halfuur later stapten ze in hun SUV en vertrokken.

‘Hoopt u op een belangrijke doorbraak bij de Pringles?’ vroeg Blum.

‘Deze zaken worden bijna nooit op die manier opgelost. Het gaat altijd met kleine stapjes. Maar ik zeg geen nee tegen een doorbraak als die op ons pad komt.’

17

'Oké, als ik een horrorfilm zou maken, heb ik volgens mij nu de perfecte locatie gevonden,' zei Blum.

Ze waren een kronkelige grindweg in gereden die werd verduisterd door overhangende eiken die volhingen met Spaans mos dat het zonlicht bijna helemaal tegenhield, waardoor het was alsof ze door een tunnel reden. Ze waren terug in Macon County, ongeveer drie kwartier rijden vanaf Andersonville.

'Daarom wist Lauren Graham waarschijnlijk niet dat ze terug waren. Dit is vrij ver van het dorp en ik betwijfel of ze ooit naar Andersonville gaan.'

'U kunt zich dus helemaal niets over hen herinneren?' vroeg Blum.

Pine schudde haar hoofd. 'Maar straks weten we meer.'

De eikentunnel eindigde, maar de zon werd nog steeds tegengehouden door een groep andere bomen rondom het huis dat ze na een laatste bocht pas konden zien.

'Ik had absoluut niet verwacht dat we hier zo'n huis zouden treffen,' zei Blum. 'Ik had gedacht dat het op het Huis van Usher van Edgar Allen Poe zou lijken.'

Het huis was groot, nieuw en modern, met heel veel metaal en glas.

'Ziet eruit als iets wat een hoge piet van een techbedrijf zou laten bouwen in Palo Alto,' zei Pine, terwijl ze gas terugnam en voor het huis stopte.

Ze stapten uit en keken om zich heen.

'Ziet u iemand?' vroeg Blum.

'Nee. Ik zie ook geen auto's, maar misschien staat er achter het huis een garage.'

‘Kan ik u helpen?’ vroeg een stem.

Ze draaiden zich om om te zien wie dat had gezegd.

‘Kan ik u helpen?’ vroeg de stem weer.

Het geluid leek bij de voordeur vandaan te komen.

‘Ze hebben zeker zo’n videosecuritysysteem,’ zei Pine.

Ze liepen naar de voordeur en Pine liet haar badge zien. ‘Ik ben special agent Atlee Pine van de FBI. Jack Lineberry heeft me uw adres gegeven. Volgens mij kende u mijn ouders, Tim en Julia Pine.’

De stem zei niets terug.

Pine keek naar Blum. ‘Heb ik iets verkeerds gezegd?’

De voordeur werd geopend en een aantrekkelijke vrouw van in de vijftig kwam naar buiten. Ze had kort blond geverfd haar dat haar lange hals accentueerde, was fit en slank, en stijlvol gekleed in een zwarte lange broek, schoenen met een blokhak en een lichtblauwe blouse met een lichte trui eroverheen. Ze droeg een ring met een enorme diamant. ‘Lee Pine? Ben jij het echt?’

‘Ik ben het echt.’

‘Mijn god, ik zou je nooit hebben herkend,’ zei de vrouw.

‘Bent u Britta Pringle?’

‘Dat klopt. Ik neem aan dat je je mij niet herinnert. Je was ook nog zo jong.’

‘Dit is mijn assistente, Carol Blum.’

Ze gaven elkaar een hand.

Blum zei: ‘Prachtig huis hebt u. Ik… verwachtte absoluut niet iets zoals…’

‘… zoals dit in de rimboe?’ zei Britta met een matte glimlach. ‘Wie wel? Mijn man heeft het huis ontworpen. Hij is Silicon Valley en ik ben meer Cape Cod.’ Britta keek Pine aan en glimlachte. ‘Ik zie wel iets van je moeder in je, en een heel klein beetje van Tim, in je jukbeenderen.’

Pine was volkomen van slag. Tijdens gesprekken met potentiële getuigen had zij een plan en haar protocollen. Daar hield ze zich altijd aan, maar ze hield ook ruimte open voor wijzigingen, afhankelijk van het onderwerp en het verloop van het gesprek. Maar ze moest zichzelf eraan herinneren dat dit in niets leek op eerdere onderzoeken die ze had uitgevoerd. *Dit gaat over mijn familie. En feitelijk gaat dit dus over mij.* 'Dat geloof ik meteen,' zei ze kortaf.

'Maar wat doe je hier in vredesnaam? En je zei dat je nu een FBI-agent bent?'

'Dat klopt. Al meer dan tien jaar.'

'De tijd vliegt.'

'En ik ben hier vanwege mijn zusje.'

Britta's gezicht betrok. 'Je zusje?' Ze keek naar Blum en daarna weer naar Pine. 'Hebben ze… Hebben ze haar gevonden?'

Weer raakte Pine volkomen van slag door deze vraag die haar persoonlijke betrokkenheid bij dit onderzoek benadrukte. Ergens wilde ze dat ze zich gewoon kon concentreren op de moord op de onbekende jonge vrouw. Dat onderzoek kon ze klinisch, professioneel aanpakken, zonder enige persoonlijke betrokkenheid. 'Nee, daarom ben ik hier. Ik probeer uit te zoeken wat er destijds is gebeurd.'

Britta sloeg haar armen over elkaar. 'Maar het is al jaren geleden! Ach, waarom ook niet? Als het mijn zusje was, zou ik dat misschien ook doen.' Ze leek zich te vermannen. 'Maar kom alsjeblieft binnen.' Ze opende de voordeur en nam hen mee naar binnen.

De hal was drie verdiepingen hoog en binnen zagen ze heel veel glas en metaal en het was er, ondanks alle bomen buiten, heel licht. Het was één grote ruimte en overal waren zithoeken gecreëerd met zo te zien unieke lichtinstallaties en op maat gemaakt meubilair. Dikke en kleurrijke vloerkleden lagen op de grote vloertegels met fossiele patronen.

'Wauw,' zei Blum.

'Ja, die reactie krijgen we meestal,' zei Britta. 'Maar jullie hadden het over Jack Lineberry. Als jullie zijn huis hebben gezien, dat is drie keer zo groot als dit, met de nieuwste gadgets.'

Blum zei: 'Daar zijn we inderdaad geweest en het was erg indrukwekkend. Jullie hebben allemaal goed geboerd.'

'Ja, maar ons succes houdt verband met Jacks succes.'

'Hoezo?' vroeg Pine.

'Hebben jullie zin in koffie?'

'Ja, graag, mevrouw.'

'Zeg alsjeblieft Britta.'

Ze nam hen mee naar een keukengedeelte met een weids uitzicht over het terrein achter het huis. Daar waren een groot zwembad en een gastenhuis dat volkomen misplaatst leek vergeleken met het hoofdhuis. Het was bekleed met grijs geverfd hout, hoge torentjes, een voorveranda met een houten reling en boven op het huis iets wat op een uitkijkpost leek. Er was ook een vrijstaande garage voor zes auto's met een verharde parkeerplaats ervoor en een barbecueruimte met een vaste barbecue en andere roestvrijstalen attributen.

Pine dacht dat *Architectural Digest* hier helemaal enthousiast van zou worden.

Terwijl ze naar binnen liepen kwam een Latijns-Amerikaanse vrouw in een dienstmeisjesuniform via een andere deur naar binnen. Ze had een mop en een emmer in de hand en leek te schrikken toen ze de drie vrouwen zag.

Britta zei: 'O, Kalinda, neem me niet kwalijk, we hebben onverwacht bezoek. Kun je voorlopig ergens anders in het huis gaan werken? Dank je.'

Kalinda, in de vijftig, mager met grijs haar, knikte zwijgend en liep snel weg.

Britta keek haar na. 'Het was Myrons idee om haar aan te nemen. Ik zei dat ik het huis zelf wel kon schoonmaken.'

'Maar het is een groot huis, dus wat hulp zal wel fijn zijn,' zei Blum.

'Dat is zo. En ik weet dat ze geld naar familie in Guatemala stuurt. Misschien is ze hier wel illegaal, maar die mensen hebben er ook recht op om de kost te verdienen. En ze werkt heel hard.'

Terwijl Britta water in een Keurig deed, wees ze naar het kleinere gastenhuis en zei: 'Dat was mijn input in dit alles. Daar breng ik heel veel tijd door, want ik vind dit huis veel te kil en steriel.'

Ze namen hun koffie mee naar een tafel met uitzicht op de achtertuin en gingen zitten.

'Dus, Jack Lineberry?' zei Pine.

'Ja. Zoals hij jullie waarschijnlijk heeft verteld, heeft hij een bijzonder goedlopend investeringsbedrijf. Dat is erg afhankelijk van geautomatiseerde handel en de snelle aan- en verkoop van aandelen en andere investeringen. Ik begrijp het niet allemaal precies, maar het komt erop neer dat het succes afhangt van snel handelen, veel sneller dan een individuele aandelenhandelaar zou kunnen. En Myron is heel goed met computers, een echte nerd zeg maar. Hij ontwikkelt algoritmes en andere handelsprogramma's voor Jacks investeringsbedrijf. Dat soort werk deed hij ook voor de mijn, ook al waren algoritmes en dat soort dingen toen veel minder belangrijk dan tegenwoordig. Zo hebben Jack en Myron elkaar leren kennen.'

'Dat had duidelijk succes,' zei Blum.

'Waar is je man nu?' vroeg Pine.

'Myron is een nachtmens. Blijft op tot in de kleine uurtjes, slaapt tot het lunchtijd is en wil dan ontbijten.' Ze glimlachte, een beetje triest, vond Pine. 'Maar we moeten genieën hun eigenaardigheden gunnen,' zei Britta.

'Inderdaad,' zei Blum.

'Maar hoe kan ik jullie helpen?' vroeg Britta.

'Het verbaast me dat Lineberry jullie niet heeft verteld dat we hem hebben gesproken. Hij gaf me jullie adres, maar geen telefoonnummer of mailadres.'

'Dat kan ook niet, want die hebben we niet.'

'Die hebben jullie niet?' vroeg Pine verbaasd.

'Myron wil dat niet. Hij zegt dat dat te gevaarlijk is. Dat geeft mensen te veel mogelijkheden om dat tegen ons te gebruiken. Je weet wel, ons te bespioneren.'

'Nog zo'n kleine idiosyncrasie van hem?' vroeg Pine.

Britta glimlachte. 'Ja, het is wat.'

Pine nam een slok van haar koffie en leunde naar voren met haar ellebogen op de tafel. 'Om verschillende redenen heb ik besloten dat het nu tijd is om uit te zoeken wat er met mijn zusje is gebeurd.'

'Oké,' zei Britta, nu zeer aandachtig.

'Ik heb heel lang gedacht dat er die nacht een man door het raam onze slaapkamer binnenkwam en Mercy meenam.'

'Een man door het raam? Dat wist ik niet.'

'De politie geloofde me niet. Ik had natuurlijk ook hoofdletsel.'

'Dat had je bijna je leven gekost,' zei Britta verontwaardigd. 'Arm kind. Je hebt heel lang in het ziekenhuis gelegen. Julia was de hele tijd gek van ongerustheid.'

'Ze was al één dochter kwijt en wilde haar andere niet ook kwijtraken,' zei Pine met een blik op Britta om haar reactie te peilen.

'Ja, dat ook.'

'Maar nu weet ik niet zo zeker meer of de man wel door het raam naar binnen kwam.'

Britta zei verbaasd: 'Dat... begrijp ik niet.'

'Ik denk dat hij misschien gewoon door de deur onze slaapkamer binnenkwam, wat natuurlijk betekent dat hij eerst door het huis moest.'

Britta zei: 'Maar je ouders dan? Zouden zij dan niet...'

'Mijn ouders waren toen... uitgeschakeld. Ik dacht dat u dat wist.'

'Het is al heel lang geleden, Lee. Mijn geheugen is wel goed, maar ook weer niet zo goed.'

'Natuurlijk. Neem me niet kwalijk.'

'Maar toch, ook al waren je ouders... uitgeschakeld... als er een onbekende langs hen heen is gelopen?'

'En als het nu eens geen onbekende was?'

'Maar dat kán niet!' Britta zweeg en keek haar aan. 'Ben je daarom hier? Denk je dat een van de vrienden van je ouders...?'

'Ik ben een FBI-agent, dus wat ik denk is niet belangrijk. Het gaat om de feiten. Ik moet de zaak van alle kanten bekijken, en één kant die ik nooit eerder in overweging heb genomen is de vraag of degene die Mercy heeft meegenomen en mij bijna heeft gedood ons gezin kende.'

'Nou, ik hoop dat je ons niet verdenkt. Ik bedoel...'

'Nee hoor, helemaal niet. Jullie waren duidelijk bevriend met mijn ouders en hadden geen enkel motief om zoiets te doen. Je moet begrijpen dat ik gewoon op mijn gevoel afga.'

Dat leek de vrouw gerust te stellen. Ze knikte en haar blik verzachtte. 'Natuurlijk, ik moet er niet aan denken wat je doormaakt, Lee. Hoe kan ik je helpen?'

'Gewoon door me alles te vertellen wat je je van die tijd herinnert.'

Britta nam een slok koffie. 'Andersonville was toen een klein dorp en dat is het nog steeds. Iedereen kende iedereen.'

'Dat feit zou mijn taak gemakkelijker kunnen maken, of juist moeilijker.'

'Veel mensen zijn weggetrokken in de afgelopen dertig jaar. Of ze zijn overleden.'

'Dat is het moeilijkere gedeelte,' zei Pine.

Britta klemde haar lippen op elkaar en schudde koppig haar hoofd. 'Ik kan niet geloven dat iemand hier, vooral iemand die je vader en moeder kende, zoiets afschuwelijks zou hebben gedaan. Ik bedoel, waarom zouden ze?'

'Sommige mensen hebben geen motief nodig.'

Blum zei: 'Agent Pine heeft het over seriemoordenaars, mevrouw Pringle. Hun motief is dat ze geobsedeerd zijn door hun daden. Ze kunnen zich niet beheersen.'

'Dus jullie denken dat het een seriemoordenaar was?'

'Dat zou kunnen.'

'Maar in die tijd is hier nooit zoiets gebeurd.'

'Het kan het begin, of het einde, van iemands carrière zijn geweest.'

'Toch geloof ik het niet,' hield Britta vol. 'Waarom zou een seriemoordenaar hiernaartoe komen?'

'Dat komt helaas voor,' zei Pine. 'Wat kun je je van die tijd herinneren? Alles wat je nog weet.'

Britta zei zenuwachtig: 'Ik herinner me dat je moeder me belde, helemaal in paniek. Toen hadden we nog telefoon en wij woonden het dichtst bij jullie. Ze was gek van angst. Je zusje was verdwenen, je vader was samen met de politie op zoek naar Mercy, jij was zwaargewond en naar het ziekenhuis gebracht. Je moeder was meegereden in de ambulance die je naar het ziekenhuis bracht en daarna teruggegaan naar huis om een paar spullen voor je op te halen. Toen ging ik met haar mee terug naar het ziekenhuis. Je moeder verliet het ziekenhuis pas toen jij werd ontslagen, maar ik weet niet of je dat wist. Je vader kwam en ging, maar Julia week geen moment van je zijde.'

'Dat wist ik niet, tot ik hier terugkwam. Agnes Ridley vertelde me dat.'

‘God, namen uit het verleden. Na onze verhuizing heb ik nooit meer iets van Agnes gezien of gehoord.’

‘Wat herinner je je nog meer? Iets wat mijn ouders hebben gezegd misschien?’

Britta nam een grote slok koffie, terwijl ze hierover nadacht. ‘Ik herinner me dat je moeder de pop van je zusje niet kon vinden. Ik heb geen idee waarom ze daar op zo’n moment naar op zoek was. Maar in tijden van crisis doen mensen vreemde dingen, neem ik aan.’

‘Was je man samen met mijn vader op zoek naar Mercy?’

‘Nee, Myron was aan het werk. Hij was al vroeg vertrokken. Toen je moeder me belde had ik geen auto en heb de hele weg hard gelopen.’

‘Hoe kwam mijn moeder thuis en hoe gingen jij en mijn moeder dan naar het ziekenhuis?’

‘Met een politieauto.’

‘Heb je ooit onbekenden in het dorp gezien? Iemand die een vreemd gevoel bij je opriep?’

Ze schudde haar hoofd. ‘Lee, we gingen zelden naar het dorp, net als jullie. We konden allemaal maar net rondkomen. Myron had zijn roeping met computers nog niet ontdekt. We hielden nooit geld over, net als je ouders. Maar jij en Mercy kwamen niets tekort, hadden nooit een lege maag of zo.’

‘Je hebt ook kinderen, hoorde ik,’ zei Blum.

‘Ik hád kinderen. Joe en Mary.’ Ze keek Pine aan. ‘Ze speelden vroeger met jou en Mercy.’

‘Je hád kinderen?’ vroeg Pine.

‘Ze leven helaas niet meer.’

‘Wat is er gebeurd? Als ik het me goed herinner waren ze van mijn leeftijd.’

‘De ene kreeg een fataal auto-ongeluk en de andere… Nou ja, die was verslaafd.’ Ze sloeg haar blik neer.

‘Wat erg,’ zei Pine.

‘Wil je hun foto’s zien?’

Pine keek Blum even aan. ‘Eh… Natuurlijk.’

Britta pakte een ingelijste foto van een plank. ‘Deze is een jaar of drie geleden gemaakt.’

Pine en Blum keken naar de foto. Mary was een leuke jonge vrouw met lang blond haar en een ondeugende glimlach, en naast haar stond Joey, een lange man met zijn arm om zijn zus geslagen.

‘Ze hadden een goede band. Ze stierven binnen een maand na elkaar.’

‘O mijn god,’ zei Blum. ‘Wat afschuwelijk!’

‘Ja, inderdaad.’ Ze zette de foto op de tafel.

Pine schraapte haar keel en liet de stilte nog een paar seconden voortduren.

‘Lauren Graham vertelde me dat mijn vader later die dag in gevecht raakte met een toeschouwer. Maar iemand maakte daar een einde aan. Weet je wie dat was?’

‘Dat was ik.’

Ze keken allemaal naar de man in de deuropening. Hij was in de vijftig en ongeveer 1 meter 95 lang. Hij had donkergrijs golvend haar, grote bruine ogen en slungelige ledematen. Hij droeg een kakikleurige lange broek en een gekreukt T-shirt, en was blootsvoets.

‘Ik ben Myron Pringle.’

18

Britta stond verbaasd op en keek op haar horloge. 'Myron, waarom ben je al op?'

'Ik had geen zin om nog langer te slapen,' zei hij, zonder zijn blik van Pine af te wenden.

'Dit is...'

'Ja, ik weet het. Lee Pine. Tim en Julia's nog in leven zijnde dochter.'

Pine en Blum keken elkaar aan vanwege deze vreemde beschrijving.

'Myron, alsjeblieft, ik bedoel... Kom op, zeg!' zei Britta boos.

Pine stond op en stak haar hand uit. 'Hallo, meneer Pringle.'

Hij gaf haar met tegenzin een hand.

'Dit is mijn assistente, Carol Blum.'

Myron keek niet eens naar haar. 'Je bent terug om de verdwijning van je zusje te onderzoeken?'

'Inderdaad.'

'Dat is tot mislukking gedoemd.'

'Myron!' zei zijn vrouw verwijtend.

Hij negeerde haar, opende de koelkast, haalde er een pak melk uit en nam een slok. Hij streek met de rug van zijn hand over zijn mond en zei: 'Ik heb het alleen maar over de statistische kansen. Je zóú kunnen slagen, maar ik vertel je alleen dat de kans vrij klein is.'

'Bedankt, maar dat wist ik al.'

Hij zette de melk terug, sloot de deur en leunde tegen het granieten aanrechtblad.

'Dus jij maakte een einde aan die vechtpartij?' vroeg ze.

Hij knikte. 'Je vader was dronken.'

'Myron, alsjeblieft!' zei Britta dringend.

Pine kon aan Britta's vermoeide stem horen dat ze dit herhaaldelijk zei.

'Nou, hij wás toch dronken? Maar een van zijn dochters was verdwenen en de andere ernstig gewond. Ik zou ook hebben gedronken,' gaf hij toe.

'Wie begon met vechten?' vroeg Pine.

'Ene Barry Vincent.'

'Hoe begon het?'

'Vincent beschuldigde je vader ervan dat hij jou had mishandeld en iets te maken had met de verdwijning van je zusje.'

'Volgens mij was hij niet de enige die dat dacht,' zei Pine.

'Je vader zou zoiets nooit hebben gedaan,' zei Britta met klem.

Pine keek Myron aan. 'Wat dacht jij?'

'Ik denk dat mensen tot alles in staat zijn. Maar ik heb gezien hoe je vader met jou en je zusje omging. Hij aanbad jullie. Jullie waren zijn oogappeltjes. De man werkte keihard, hij zorgde voor zijn gezin. Dat was echt het enige wat hij had. En ik kan me niet voorstellen dat iemand zoiets kapotmaakt.'

'Maar hij zat die avond te drinken en hasj te roken,' zei Pine.

'Hij dronk veel en rookte vaak. Dat weet ik, want ik deed met hem mee. Daardoor werd hij niet gewelddadig, alleen slaperig.'

'Wat zou verklaren waarom hij die nacht overal doorheen sliep,' zei Blum.

'Jullie waren die nacht dus niet bij hen?' vroeg Pine.

Myron zei niets.

Pine keek naar Britta.

Ze zei: 'Volgens mij waren we die avond uit, Lee. Ik kan me de volgende dag nog precies herinneren, maar de avond daarvoor, nee. Ik weet wel dat we niet bij je ouders waren.'

Pine keek Myron weer aan. 'Kun je daar iets aan toevoegen? Je lijkt een goed geheugen te hebben.'

'Nee, kan er niets aan toevoegen. Wat ga je hierna doen? Je praat met iedereen die je ouders kende en hier nog altijd woont?'

'Ja. Ook met Jack Lineberry. Ik begreep dat jullie samen een lucratieve carrière hebben opgebouwd.'

'Jack verdient het meeste geld, maar wij doen het ook goed. Ik ben maar een computerman. Hij zorgt voor de verkoop en doet de verkooppraatjes. Daar is hij goed in, altijd geweest trouwens. Zelfs vroeger, in de tijd van de bauxietmijn.'

'Algoritmes dus?' zei Pine.

'Om precies te zijn, geautomatiseerde handelsprogramma's. Deels gaat het alleen om het zo efficiënt mogelijk verplaatsen van grote brokken investeringen tegen lagere kosten. Een ander deel is met behulp van computerprogramma's investeringen doen, maar dan wel zo dat je een hogere opbrengst krijgt. Dat noemen ze *black box trading*: ingewikkelde wiskundige formules en supersnelle computernetwerken om de strategieën die daaruit voortvloeien uit te voeren. Als ik het juiste patroon kan zien in de bewegingen van financiële markten, zelfs de lichtste rimpeling, dan kan dat een gigantisch verschil maken. Dat is de reden dat vrijwel de hele financiële markt geautomatiseerd is. Het is eigenlijk een race naar de bodem, als je erover nadenkt. Het heeft de marktliquiditeit verbeterd, maar ook een bijdrage geleverd aan de *flash crash* in 2010. Maar computers hebben geen emoties, dus als de markt in elkaar stort brengen computers ons sneller terug dan wanneer mensen daar besluiten over zouden moeten nemen. Maar toch, het is een manipulatief systeem.'

'Wat betekent dat de kleine man wordt genaaid?' vroeg Pine.

Hij keek haar fronsend aan. 'Op de financiële markten wordt de kleine man altijd genaaid. Zo is het systeem ontworpen, doordat het door de grote jongens is ontworpen. En zij houden het goud graag bij het plebs vandaan, ergo: bij ieder ander.'

'Moet je deze algoritmes steeds weer wijzigen?' vroeg Pine.

'Absoluut. De winst gaat niet naar luilakken, maar naar de mensen die alert blijven. En aangezien zo ongeveer iedereen dezelfde soort algoritmes aan het werk heeft, is de concurrentie hevig. Iedereen die weet hoe hij bijvoorbeeld de Python-code moet toepassen, kan aan algoritmehandel doen. Daardoor blijven mijn team en ik alert. Maar daardoor kunnen Britta en ik ons wel een huis als dit veroorloven. Mensen zoals ik zijn zeer gevraagd, maar de enige reden daarvoor is dat het systeem hebberig is geworden en heeft besloten technologie boven mensen te stellen.'

'Maar jij bent een mens,' zei Blum.

'Klopt, maar een paar jaar geleden bijvoorbeeld heeft Goldman Sachs zeshonderd handelaren ontslagen en vervangen door een paar honderd computerengineers om toezicht te houden op de geautomatiseerde handelsprogramma's. Heel veel andere bedrijven hebben hun voorbeeld gevolgd. En dat gebeurt niet alleen in de financiële sector; vrijwel elke sector wordt geautomatiseerd. Ik denk dat mensen in de toekomst veel vrije tijd zullen hebben, alleen zullen ze geen geld hebben om daar veel mee te doen. De miljardairs van Silicon Valley weten dat dit eraan zit te komen. Daarom eisen zovelen van hen een gegarandeerd nationaal inkomen voor iedereen. Maar dat doen ze niet uit barmhartigheid, de meesten tenminste niet.'

'Waarom dan wel?' vroeg Blum.

'Ze hebben mensen nodig die de rotzooi kopen die zij verkopen en, nog belangrijker, ze willen niet dat het plebs over de muur van hun landgoed klimt en hen afslacht.'

'Kom op, Myron, ik betwijfel of het zover zal komen,' zei Britta bestraffend.

'Dan vergis je je.'

'Werk je hier of op een kantoor?' vroeg Blum.

'Ik heb hier mijn kantoor.'

'Mogen we dat zien?' vroeg Pine.

'Waarom?' vroeg hij op scherpe toon. 'Dat kan niets te maken hebben met wat er jaren geleden is gebeurd.'

'Je kunt nooit weten.'

'Ik laat daar nooit mensen toe.'

'Er zijn altijd uitzonderingen, en in een vertrek waar je kennelijk heel veel tijd doorbrengt schiet je misschien iets te binnen, iets wat ergens anders niet zou gebeuren. Ik zou het echt heel fijn vinden als je ons je kantoor laat zien. Misschien omdat je me al zo lang kent?'

Myron leek geïrriteerd, keek naar Britta, haalde ten slotte zijn schouders op, draaide zich om en verliet de kamer.

Britta besloot te blijven waar ze was, dus nam Myron Pine en Blum mee door een fraaie gang en via een wenteltrap van verschillende houtsoorten met een roestvrijstalen reling en steunen met soepel straaldraad ertussenin.

Op de eerste verdieping liepen ze naar een deur met ernaast een beveiligingspoortje en een rode lamp.

Myron zei: 'Voordat jullie naar binnen gaan, moeten jullie je telefoons uitzetten.'

Pine en Blum keken elkaar verbaasd aan, maar deden wat hun was gezegd.

Myron bukte zich en hield zijn oog voor de poort. 'Irisscan,' zei hij toen de zware deur openklikte.

'Dat zie ik,' zei Pine.

'Niet grappig bedoeld,' zei Blum.

Ze kwamen in een rechthoekige ruimte van een kleine honderd vierkante meter zonder ramen en met een zachte, verende vloer.

'Welkom in de wereld van *cyborg finance* met een vleugje digitale alchemie,' zei Myron droog.

Pine raakte de muren aan; ze leken wel van beton.

Toen ze Myron ernaar vroeg beaamde hij dit en zei: 'Met een laag koper eronder. Om elektronische signalen tegen te houden.'

'Zijn hier spionnen, in Macon County, Georgia?' vroeg Pine.

'Overal zijn spionnen,' antwoordde Myron kortaf. Hij wees naar het plafond. 'Er cirkelen satellieten om de aarde.'

Pine zag een bord aan een van de muren waarop een rij oneven cijfers stond: 1, 3, 5, 7, 9, 7, 9, 5, 3.

Hij zag dat ze ernaar keek en glimlachte. 'Ik hou meer van oneven dan van even cijfers, tot een bepaald punt dan.'

'Oké,' zei ze, met een niet-begrijpende blik.

Op een bureau dat zo groot was als een grote eettafel stond een rij gigantische computerbeeldschermen stijf tegen elkaar. Op dat moment waren alle schermen donker.

Hij hield een witte plastic kaart omhoog. 'Het systeem in dit vertrek signaleert het aantal aanwezigen. Als niet iedereen zo'n badge heeft als deze, met de vereiste betrouwbaarheidsverklaring, weet het systeem dat er ongeautoriseerde mensen in het vertrek zijn. Dus gaan de schermen op zwart.'

'Inlichtingendiensten hebben dergelijke systemen ook,' zei Pine.

'Dat weet ik. Daar hebben we de protocollen vandaan.'

'Dus hier werk je aan... algoritmes?' vroeg Blum.

'Dat niet alleen. Ik hou ook toezicht op de security van de informatiebronnen, ik check procedures, dat soort dingen. Maar ik besteed inderdaad veel tijd aan het verfijnen, tweaken, nieuwe platforms vinden. Dat is zwaar werk en het programmeren is tijdrovend. Coderen is niet eenvoudig. Er moeten altijd bugs worden opgelost. Ze proberen ons vierentwintig uur per dag te hacken: Russen, Chinezen, groepen in India, het Midden-Oosten, kinderen van veertien met een Mac die de financiële wereld willen opblazen. Verdomme, iedereen eigenlijk.'

'Maar als dit vertrek is afgegrendeld zodat elektronische spionnen niet binnen kunnen komen, hoe ben je dan verbonden met internet?' vroeg Pine.

'Dat is geheim,' antwoordde Myron. 'Maar ik kan wel vertellen dat het een combinatie is van goede pijplijnen en een standalone *cloud-based* infrastructuur die niet beschikbaar is voor het algemene publiek of wie dan ook.'

'Ben jij de enige die dit voor Lineberry doet?'

'Nee, verspreid over de hele wereld hebben we een complete afdeling, maar ik ben de baas. Ik geef leiding en de groep is in de loop der tijd exponentieel gegroeid. Onze informatietechnologie is ons waardevolste bezit. Zonder dat zijn we niet meer dan een stelletje ouwe zakken die Monopoly spelen. We communiceren vierentwintig uur per dag via de beveiligde pijplijn die aan beide kanten versleuteld is, waar ik het net over had.'

'Britta vertelde dat jullie geen telefoons en mails gebruiken.'

'Ook heb ik geen Alexa of Google-assistent of andere spionnen in mijn huis. En ik gebruik geen creditcard en surf nooit op internet. Belachelijk. De meeste mensen zijn stomkoppen. Ze geven hun privacy op voor gemak.'

'Dat is zo,' zei Pine. 'Maar het schijnt te werken.'

'O, het werkt zeker, voor de andere kant. Zij weten alles. Zij weten meer over jou dan jij van jezelf weet. Waarom denk je dat Facebook en Google zoveel waard zijn? Dat gaat niet om het posten van poezenfoto's naar je vrienden of de mogelijkheid om een antwoord op elke vraag te vinden. Het gaat niet om het opbouwen van een "gemeenschap",' zei hij spottend. 'Zelfs niet om verkoopadvertenties, hoewel dat de manier is waarop veel mensen een deel van hun inkomsten verwerven. Nee, het gaat om de verzameling gegevens, gegevens over ons allemaal. Dat is de grootste zwendel ooit. En zelfs nu iedereen weet dát het zwendel is, weigeren mensen het op te geven. Het zijn net drugsverslaafden. Weet je nog dat mensen vroeger altijd een sigaret opstaken, wat ze ook deden: autorijden, eten, zitten, drinken. En wat zie je iedereen nu doen? Hun smartphone checken. Jongeren, mensen van middelbare leeftijd, ouderen. Van de wieg tot het graf. De wereld is verslaafd. Big brother wordt elke milliseconde gevoed door terabytes aan data. En daar betalen ze geen cent voor.'

'Wat een griezelig idee,' zei Blum.

'Kennelijk niet griezelig genoeg om de meeste mensen over te halen dat níét te doen. Verdomd, het is al te laat. De wereld is eraan verslaafd. Er is geen weg terug. Er kan te veel geld mee worden verdiend en te veel invloed mee worden uitgeoefend.'

Pine zei: 'Ik weet dat de microfoon en camera van een computer altijd aanstaan. Ze kunnen naar ons kijken en luisteren zelfs als we het niet weten.' Ze keek naar zijn computers.

'Dat is waar. Je kunt met een vriendin op je veranda over hondenvoer praten en even later verschijnt er een advertentie voor hondenvoer op je telefoon. Jeetje, hoe kán dat?'

'Zoals je al zei, big brother is overal,' zei Blum.

'Daarom is deze apparatuur aangepast. Geen microfoons en geen camera's. Op dit schip zitten geen ratten.'

'Daarom vroeg je ons onze telefoon uit te zetten,' zei Pine.

'Nu begrijp je het.'

Blum wees naar een ingelijst, officieel uitziend certificaat op het bureau.

'Is dat een patent? Ik herken het document.'

Myron glimlachte. ‘Dat is het inderdaad. Je kunt geen patent krijgen op een algoritme, net zomin als op zomaar een idee. Maar je kunt wel patent aanvragen op de “implementatie” van een algoritme. Software bijvoorbeeld. En dat heb ik gedaan. Daar heb ik een leuk bedrag mee verdiend.’

‘Maar is dat dan niet eigendom van Jack Lineberry’s bedrijf?’ vroeg Pine. ‘Ik bedoel, jij werkt voor hem. Waarom heeft zijn bedrijf daar dan geen patent op aangevraagd?’

‘In dit land kunnen alleen personen een patent aanvragen, ook al kan een bedrijf natuurlijk de eigendomsrechten van het patent bezitten. Maar om je vraag te beantwoorden, dit heb ik in mijn eigen tijd gedaan. En daar had de baas geen probleem mee. Dit had niets met investeringen te maken, dus heb ik het niet verhuurd aan een van zijn concurrenten. Dit was voor een volkomen andere industrie en toepassing. Leuk bedrag van zes cijfers.’

Blum keek aandachtiger naar het patent. ‘Jij staat hier dus vermeld als de patenthouder. Maar het algoritme heet... Stardust?’

Myrons glimlach werd breder. ‘Vroeger ging ik regelmatig naar Vegas. Het was niet zo dat ik kaarten telde, maar ik had wel mijn eigen systeem. Ging vaak naar het oude Stardust Casino toen dat nog bestond. Dat ging goed en ik verdiende heel veel geld. Toen de kans op een patent zich voordeed leek het me leuk om die naam te gebruiken. Een andere jackpot, zeg maar.’ Hij ging zitten in een ergonomische stoel en draaide rond zodat hij Pine kon aankijken. ‘Maar goed, waarom ben je echt teruggekomen?’

‘Om de reden die ik je al verteld heb.’

Hij bleef haar zo lang aankijken dat ze zich ongemakkelijk begon te voelen. ‘Dat geloof ik niet.’

‘Kun je me vertellen waar je was in de nacht waarin mijn zusje werd ontvoerd?’

‘Dat vroeg je beneden toch ook al?’

‘Dat is zo, maar toen gaf je niet echt antwoord.’

‘Ik zei dat ik niets toe te voegen had.’

‘Dat is geen echt antwoord. En het zou meer dan één ding kunnen betekenen.’

‘Ik was even vergeten dat je nu een doorgewinterde onderzoeker bent en geen meisje meer van zes.’

‘Zou dat je antwoord beïnvloeden?’

Myron tikte afwezig op de armleuning van zijn stoel. ‘Dat weet ik niet.’

‘Kun je me iets vertellen?’

‘Ik geloof niet dat iemand die je ouders kende dit had kunnen doen.’

‘Dat wil ik ook niet geloven, maar op dit moment verzamel ik alleen feiten.’

‘Ik denk niet dat ik je die kan geven. Op dit moment.’

Pine gaf hem een kaartje. ‘Hierop staat mijn mobiele nummer. Als je erover na hebt gedacht kun je me bellen.’

‘Ik heb geen telefoon.’

‘In de Clink is een betaaltelefoon, en wij logeren in de Cottage. Laat een bericht achter als we er niet zijn.’

‘Ik ga niet vaak naar het dorp. Daar heb ik niet echt belang bij, weet je.’

Pine keek hem onderzoekend aan. Het was wel duidelijk dat hij niet alles had verteld wat hij wist. Dat verbaasde haar niet. Vrijwel niemand vertelde alles meteen tijdens een verhoor. Soms niet opzettelijk, soms herinnerde iemand het zich gewoon niet. Maar ze wist intuïtief dat dat hier niet het geval was. Myron Pringle wist precies wat hij deed. ‘Goed dan,’ zei ze. ‘Dan zal ik net zo lang terug moeten komen tot ik krijg wat ik nodig heb.’

‘Je kunt me niet dwingen met je te praten.’

‘Dat is zo, maar ik kan een echte lastpak zijn.’

‘Bedoel je dat je me zou lastigvallen?’ vroeg hij met een dreigende blik.

‘Ik wil de waarheid achterhalen. Als je daar een probleem mee hebt, dan heb je een probleem met mij. Tot ziens, Myron.’ Daarna draaide ze zich om en vertrok.

Blum liep snel achter haar aan.

Myron Pringle keek hen chagrijnig na.

19

Pine en Blum waren ongeveer een uur terug in de Cottage toen Max Wallis langskwam. Ze namen hem mee naar de ontbijtkamer, waar ze aan een tafel gingen zitten.

Hij legde een drieringsmap op tafel. Zijn pak en overhemd waren heel erg gekreukeld en de donkere wallen onder zijn ogen getuigden van weinig slaap. 'We weten wie het slachtoffer is,' zei hij gapend.

'Wie is het?' vroeg Pine.

Wallis opende zijn notitieboekje. 'Hanna Rebane. Uw intuïtie klopte. Ze ís Oost-Europeaans en komt uit Estland.'

'Wat is haar achtergrond?'

'Ze heeft een lang strafblad: drugs, prostitutie, kleine diefstalletjes, niets ernstigs. Vrijwel geen gevangenisstraf, alleen boetes en werkstraffen. En het ene leidde waarschijnlijk tot het andere. Om haar verslaving te kunnen bekostigen werd ze prostituee. Het oude verhaal.'

'Of iemand anders maakte haar verslaafd en dwong haar tot prostitutie,' zei Pine. 'Het nieuwe "oude verhaal".'

'Maar hoe kwam ze daar?' vroeg Blum. 'Was ze aan het tippelen?'

Wallis bekeek zijn aantekeningen. 'Nee, volgens mij niet. Dan had iemand haar wel gezien. En haar eerdere arrestaties waren in Atlanta, een in Charlotte en eentje in Asheville. Ik ben op zoek naar haar laatst bekende adres.'

'Ze is dus op een bepaald moment verder naar het zuiden getrokken,' zei Pine. 'Ik vraag me af waarom. Of misschien was het niet uit vrije wil.'

'Wat betekent dat de moordenaar haar uit een van die gebieden oppikte en haar hiernaartoe bracht.'

Pine knikte. 'En als dat zo was, heeft hij haar ergens vastgehouden, dood of levend, voordat we haar vonden. Nog meer?'

Wallis gaf de map aan Blum. 'De foto's van de mannen in deze omgeving waar u naar kunt kijken. Zet maar een kruisje onder de mannen van wie u weet dat ze die avond in het restaurant waren.'

'Zal ik doen.'

Wallis vroeg aan Pine: 'Hoe gaat het met uw andere onderzoek?'

'Traag. Logisch, na zoveel jaren.'

'Laat het me weten als ik u ergens mee kan helpen.'

'Dat waardeer ik.'

'Zodra ik Rebanes laatst bekende adres heb, zal ik het u laten weten. Als u tenminste wilt blijven helpen.'

'Ja hoor, zeker.'

Nadat hij was vertrokken zat Pine nietsziend naar buiten te kijken.

'Ik geef u mijn maandsalaris als u me vertelt wat u denkt,' zei Blum.

'Ik denk niet dat het dat waard is.'

'Wilt u het me vertellen?'

'Agnes Ridley, Lauren Graham, Dave Bartles, Jack Lineberry en de Pringles. Zij woonden allemaal hier in de buurt toen ik hier woonde. We hebben hen allemaal gesproken en een paar dingen gehoord die nuttig zijn, maar er is nog een lange weg te gaan.'

'Ja, maar we zijn pas net begonnen. En u had die openbaring over dat spiegelbeeld en u hebt van Jack Lineberry nieuwe dingen gehoord over de dood van uw vader.'

'Ja, dat is zo,' zei Pine met een bittere klank in haar stem. 'Als Lineberry de waarheid vertelt, en ik heb geen reden daaraan te twijfelen, heeft mijn moeder tegen me gelogen.'

'Daar had ze misschien een goede reden voor, agent Pine. Volgens mij liegen de meeste moeders niet tegen hun kinderen tenzij ze daar een heel goede reden voor hebben.'

'Nou, ik zou willen dat ik haar kon vragen welke dat was.'

'U hebt echt geen idee waar ze is?'

Pine schudde haar hoofd. 'Ik weet niet eens of ze nog leeft.'

'Maar als haar iets was overkomen had iemand vast wel contact met u opgenomen.'

'Niet als ze niemand iets over mij had verteld.'

Blum keek haar baas een beetje ongerust aan. 'Ridley zei dat u geen slapende honden wakker moest maken. Heeft dat u bang gemaakt? Dat dacht ik te zien aan uw blik.'

Pine knikte. 'Misschien meer dan ik wil toegeven. Vooral na mijn "openbaring".'

'Wilt u me vertellen wat u echt dwarszit?'

Pine leunde naar voren, met haar handen gevouwen op de tafel en haar blik neergeslagen. 'Als mijn vader...'

'... iets te maken had met wat er is gebeurd, bedoelt u? Doordat u nu denkt dat de indringer vanuit het huis jullie kamer binnenkwam?'

Pine knikte, maar keek niet op.

'Tja, u wilt weten wat er echt is gebeurd of u wilt dat niet. Als het laatste het geval is kunnen we naar huis gaan. Maar wat wilt u daarna gaan doen? Zult u vanaf nu in iedere verdachte Daniel Tor zien?'

'Dat weet ik niet, en dat is voldoende reden om door te gaan met het zoeken naar de waarheid.' Pine keek naar de map. 'Neem die maar mee naar je kamer en bekijk de foto's.'

'En wat gaat u doen?'

'Weer een wandeling maken door *memory lane* en in mijn verleden duiken.'

Het zou gaan regenen. Dat voelde Pine doordat het koeler werd en het ging waaien. Ze droeg een waterdicht jack met capuchon, dus vond ze dat geen probleem. Terwijl de lucht donker werd liep ze door de hoofdstraat van Andersonville.

Toen het begon te motregenen liep Pine terug naar de plek. De memory lane waar ze het over had gehad was een vrije recente.

Ze bleef staan en keek naar de plaats waar het lichaam van Hanna Rebane door haar moordenaar was neergelegd. Ze keek naar de kapotte straatlantaarn en naar de met kinderkopjes verharde straat eromheen. De politietape die was gespannen wapperde in de wind. Het scherm was weggehaald en de plaats delict werd niet bewaakt door een agent. Ze nam aan dat ze daar niet genoeg mankracht voor hadden. De plaats delict werd kennelijk één keer bekeken en dat was dat.

Het publiek was wijsgemaakt dat alle politiekorpsen en alle politieonderzoeken net zo gebeurden als in televisieseries: fraaie kantoren, elke forensische gadget beschikbaar, onbeperkte middelen, grote mannen met indrukwekkende vuurwapens en vrouwen in strakke kleding met een zichtbaar decolleté.

Maar het idee van onbeperkte middelen was belachelijk, zelfs voor de FBI. En de laatste keer dat Pine tijdens haar werk kleding met een zichtbaar decolleté had gedragen was... nooit.

Ze glipte onder de tape door en liep de steeg in naar het gebied achter de oude gebouwen die in de hoofdstraat stonden. Deze route had de moordenaar moeten nemen. Pine zorgde ervoor dat ze aan de rand liep. Ze hoopte natuurlijk dat de plaatselijke politie de steeg al had gecontroleerd op voetafdrukken, andere indrukken of sporen, maar ze kon er niet op vertrouwen dat dat echt was gebeurd. In elk geval niet zo grondig als zij zou willen.

Ze liep daar ruim een uur heen en weer, helemaal tot aan de bomenrij, voordat ze besloot dat ze daar niets kon vinden.

Daarna haalde ze een kleine zaklamp uit haar zak en liep het kleine bos in, net toen het harder ging regenen. Het onweerde gelukkig niet. Ze volgde een uitgesleten pad tot ze het bos weer uit kwam. Daar was een onverharde weg die algauw overging in een zandweg. Eventuele bandensporen zouden allang zijn verdwenen.

Ze liep terug naar de hoofdstraat en schuilde tegen de regen voor een van de winkels. Met haar handen in haar zakken vroeg ze zich af wat ze nu zou gaan doen.

De lijkschouwer had haar de foto's gemaild van de ronde plekken op Rebanes rug en bovenbenen. Ze haalde haar telefoon tevoorschijn en bekeek ze een voor een. Ze konden door allerlei dingen zijn veroorzaakt, hoewel Pine dat in het ideale geval zou moeten terugbrengen tot één ding om vooruitgang te kunnen boeken.

Ze keek om zich heen in het kleine dorpscentrum. De regen had de meeste voetgangers weggejaagd, hoewel een paar dappere zielen nog steeds buiten waren. Het dorp leek bijna hetzelfde, ook al kon ze zich er weinig van herinneren. Ze wenste dat ze een perfect geheugen had, maar dat kon nu eenmaal niet. Ze wist dat ooggetuigen niet betrouwbaar waren. De gemiddelde persoon zag weinig van wat er om hem heen gebeurde en herinnerde zich zelfs nog minder. En zelfs dan zat die persoon in meer dan de helft van de tijd fout met zijn herinneringen. Dat had Pine altijd zorgen gebaard bij ooggetuigenverklaringen tijdens een proces, want dat was vaak de beslissende factor voor een jury bij hun besluit of iemand zijn vrijheid, of zijn leven, zou kwijtraken.

Ze leunde tegen een pilaar en keek naar de regen, die de straat algauw overstroomde. *En hoewel mijn geheugen dankzij mijn training beter is dan dat van de meeste mensen, had ik die training nog niet gehad toen ik zes was. Dus wat dat betreft zijn mijn herinneringen even slecht als die van ieder ander.*

Dat was bewezen door haar besef dat de man die haar had mishandeld en Mercy had ontvoerd de kamer niet door het raam was binnengekomen, maar dat ze zijn spiegelbeeld in de spiegel had gezien.

Maar stel dat die herinnering ook niet klopt? Stel dat ik niet echt iemand in de spiegel heb gezien?

Pine was een ervaren rechercheur. Maar bij niet een van haar andere zaken was een familielid betrokken geweest. Ze voelde zich verward en chaotisch, iets wat ze zich niet kon permitteren als ze de waarheid echt wilde achterhalen.

Maar één ding wist ze zeker. Ze zou Myron Pringle nog een keer aan de tand moeten voelen. Hij was niet helemaal eerlijk tegen haar geweest en ze wist niet waarom niet.

'Volgens mij ben je diep in gedachten verzonken.'

Ze zag een zwarte Porsche-SUV die voor haar was gestopt. Het achterraam was open en Jack Lineberry keek naar haar.

'Denk na over een paar zaken.'

'Heb je tijd om te lunchen? Ik weet een restaurant in Americus. Daarna kan ik je wel afzetten bij de Cottage.'

Pine had niet echt behoefte aan eten, maar aan informatie. 'Oké.'

Ze stapte snel in de SUV toen het nog harder ging regenen.

20

Pine zag dat Jerry, de bijzonder onaangename bewaker, achter het stuur zat met Tyler naast zich. Jerry keek via de binnenspiegel even naar Pine en gaf gas voordat ze haar gordel vast kon maken, zodat ze door de voorwaartse kracht met haar rug in de stoel werd gedrukt.

Lineberry droeg een donkerblauwe blazer, een lange broek van grijze wol en een wit overhemd met een pochet in dezelfde kleur. 'Fris voor de tijd van het jaar,' zei hij.

'De regen maakt het er niet beter op,' zei ze, terwijl ze haar gordel vastmaakte en Jerry via de spiegel vuil aankeek.

'In Arizona zal het wel niet zoveel regenen.'

'Daar is het vrij droog. Maar als het regent, dan hoost het ook echt.'

'Je zult Andersonville wel behoorlijk achtergebleven vinden.'

'Dit soort dorpen hebben we ook in Arizona, waar de mensen hard werken en maar net rondkomen, en daar is niets mis mee. Ik woon in net zo'n dorp: arbeidersklasse, indianen, immigranten, mensen uit andere staten die warmer weer wensen. Maar geen miljardairs.' Ze keek hem aan. 'Niet kwaad bedoeld.'

'Prima.'

'Er is niets mis met geld verdienen.'

Hij knikte. Toen versomberde zijn blik. 'Ik hoorde dat ze een dode vrouw hebben gevonden. Hebben ze haar al geïdentificeerd?'

'Daar zijn ze mee bezig,' zei Pine.

'Werk je ook aan die zaak?'

'Maakt het iets uit of ik dat wel of niet doe?'

'Nee, ik neem aan van niet. Ik vroeg het me gewoon af. Ik zou denken dat de zaak van je zusje een fulltimebaan is.'

‘Dat zou het best kunnen worden. Ik heb de Pringles vanochtend gesproken.’

‘Je hebt Myron gesproken, vanóchtend?’ Hij keek verbaasd.

‘Dus u bent op de hoogte van zijn slaapgewoonten?’

Lineberry knikte. ‘Een vreemde vogel, maar echt briljant.’

‘Hij heeft me zijn kantoor laten zien.’

‘Dat is vreemd. Hij is altijd zo met beveiliging bezig.’

‘Alle computerschermen gingen op zwart omdat wij geen autorisatie hadden. En hij liet ons onze telefoon uitzetten.’

Lineberry glimlachte. ‘Natuurlijk. Konden hij en Britta je helpen?’

‘Niet echt. Wat kunt u me over hen vertellen? Waar waren ze voordat ze hier terugkwamen?’

‘Volgens mij zijn ze niet lang nadat je ouders vertrokken naar North Carolina verhuisd.’

‘Hoe hebt u hen dan leren kennen?’

‘Ik kende hem, net als je vader, uit de tijd van de mijn. Ik kon wel zien dat hij goed was met computers. Hij heeft niet op het MIT of Stanford of zo gezeten; hij was echt een natuurtalent dat veel meer in zijn mars had dan nodig was voor zijn baan in de bauxietmijn. Toen ik mijn bedrijf opzette, begon de geautomatiseerde handel net op te komen en ik denk dat ik gewoon wist dat dat belangrijk zou worden. Ik dacht dat Myron van onschatbare waarde voor me zou kunnen zijn, en dat was hij ook.’

‘Ik heb het idee dat hij niet eerlijk tegen me was.’

Lineberry keek haar scherp aan. ‘Hoezo?’

‘Hij wilde me niet vertellen waar hij was in de nacht waarin mijn zusje verdween.’

‘Maar ik kan me niet voorstellen dat Myron daar iets mee te maken had.’

‘Waarom wilde hij me dan niet vertellen waar hij was?’

‘Misschien wist hij het niet meer.’

‘Ik heb het idee dat de man niet veel vergeet.’

Lineberry wilde iets zeggen, maar bedacht zich. ‘Dat denk ik ook,’ zei hij behoedzaam. ‘Maar toch.’

De rest van de rit zei geen van beiden nog iets.

Het restaurant in Americus stond tegenover het Windsor Hotel, een gebouw in Queen Annestijl.

'Ben je hier weleens geweest?' vroeg Lineberry.

'In dit restaurant of in Americus?'

'Allebei.'

'Niet in het restaurant, wel in Americus. Ze brachten me naar het ziekenhuis hier nadat die man mijn schedel had ingeslagen.'

Lineberry keek gegeneerd. 'Dat had ik me moeten herinneren.'

'Waarom zou u? Ik kan het me ook niet herinneren. Dat is me later verteld.'

Ze bestelden en een paar minuten later werd hun eten gebracht.

'Doctor Martin Luther King junior werd hier in 1961 gevangengezet omdat hij demonstreerde tegen de rassenscheiding in Albany, wist je dat?' vroeg Lineberry.

Pine schudde haar hoofd. 'Maar dat was niet echt verrassend; dit is immers Georgia.'

'Aan de andere kant bevindt zich hier het hoofdkantoor van Habitat for Humanity.'

'Dat heb ik ergens gelezen.'

Hij nam een slok van zijn ijsthee. 'Op een avond reed ik na een dinertje de stad uit, volgens mij in 2007. Toen werd de stad getroffen door die zware tornado; geen idee waarom die ons miste. Die trok een bijna zeventig kilometer breed pad van vernietiging door Americus en sloopte huizen, bedrijven, kerken en het regionale ziekenhuis. Dat laatste pand moesten ze uiteindelijk helemaal slopen. Ik heb die tornado voorbij zien komen en dat was het meest angstaanjagende wat ik ooit heb gezien.'

'Zo te zien hebben ze de kerk keurig herbouwd.'

Hij keek op van zijn soepkom en zei: 'Ik neem aan dat je in je werk veel angstaanjagender dingen hebt gezien.'

Ze dacht aan Daniel James Tor. 'Ik heb angstaanjagende mensen gezien. Maar ik weet niet hoe je zoiets moet vergelijken met het zien van een tornado.'

Lineberry knikte en sloeg zijn blik neer.

Jerry was buiten gebleven in de Porsche, terwijl Tyler vlak bij hen aan een tafeltje was gaan zitten en een kop koffie had besteld.

Pine keek door het brede voorraam van het restaurant naar Jerry. 'Hoe lang werkt Jerry al voor u?' vroeg ze, waarna ze een slok ijsthee nam.

'Een jaar of vijf. Hij is ex-Secret Service.'

'Is dat zo?'

'Verbaast je dat?'

'Dat u een ex-Secret Service inhuurt als bewaker? Nee. Die behoren tot de besten ter wereld.'

'Wat is er dan?'

'Bij u thuis liet hij een situatie met mij onnodig escaleren. Ik ken een heleboel Secret Service-mensen, al dan niet actief, maar die doen dat niet. Ze zijn kalm, respectvol en professioneel. Ze proberen een crisis te bezweren tot dat niet meer werkt. Escalatie is nooit hun eerste insteek, tenzij iemand een wapen trekt.'

Lineberry keek naar de straat waar de Porsche stond. 'Maar hij heeft goed werk voor me verricht.'

'En die andere man?'

'Tyler Straub kwam van een particulier beveiligingsbedrijf. Een goede man.'

'Waarom zoveel beveiliging, meneer Lineberry?'

'Noem me alsjeblieft Jack. Ik wil niet opscheppen, hoor, maar ik ben heel rijk. En iemand die rijk is wordt een doelwit.'

'Bent u al eens bedreigd?'

'Dat is weleens gebeurd, ja. Sommige bedreigingen zijn algemeen, je weet wel, ik ben een kapitalistische klootzak die de wereld verwoest. Andere waren afkomstig van voormalige medewerkers en zelfs van een vroegere klant die een beetje boos werd en dacht dat we hem hadden afgezet.'

'Maar dat hadden jullie niet gedaan?'

Lineberry glimlachte. 'Als ik er een gewoonte van maakte om klanten af te zetten zou mijn bedrijf niet lang bestaan.'

'Bernie Madoff heeft het anders lang volgehouden.'

'Wij worden elk jaar onafhankelijk geaudit en voor onze klanten investeren we in echte ondernemingen en andere veilige zaken. We zijn volkomen transparant. Hun verslagen zijn rechtstreeks afkomstig van deze ondernemingen waarin ze hebben geïnvesteerd. We stellen onze eigen jaarverslagen niet op, behalve die waarin we onze *overall* investeringen en handelingen publiceren, iets waartoe we juridisch verplicht zijn.'

'Waar was die man dan zo kwaad om?'

'Dat we in vijf jaar tijd geen honderd miljoen dollar winst voor hem hadden geboekt, maar slechts vijftig. Toch was dat nog altijd een verdubbeling van zijn oorspronkelijke investering en dat is een verdomd goed resultaat in die periode, terwijl vrijwel ieder ander maar de helft van dat resultaat boekte.'

'En dat vond hij een probleem?'

'Eerst sleepte hij me voor de rechter en daarna bedreigde hij me. Toen kwam hij naar mijn kantoor en beweerde dat hij een bom bij zich had.'

'Wat gebeurde er toen?'

'Op dit moment zit hij in een gesloten psychiatrische inrichting. Ik denk dat al dat geld hem gek heeft gemaakt.'

'Met geld kun je dus geen geluk kopen.'

'Nee, maar je kunt er wel vrijheid en comfort mee kopen.'

'Ik wil niet onbeleefd zijn, maar waarom heb je me onverwacht uitgenodigd voor een lunch?'

'Ik was in Andersonville en zou hier toch naartoe gaan. Toen zag ik jou staan.'

Ze schudde haar hoofd. 'Ik ben een geboren scepticus, dus volgens mij moet een drukbezet man zoals jij daar een andere reden voor hebben.'

Lineberry depte zijn mond en legde zijn lepel neer. 'Oké, dat is misschien wel zo.'

'Ik luister.'

'Ik zal er niet omheen draaien. Wat is er met Julia gebeurd?'

Pine realiseerde zich opeens dat ze deze vraag had moeten verwachten. 'Waarom vraag je dat?'

'Omdat ze een vriendin was, een goede vriendin. Ik weet wat er met je arme vader is gebeurd. Ik zou gewoon graag willen weten dat het nu goed met haar gaat.'

Pine keek hem onderzoekend aan. 'Dat hangt af van wat je bedoelt met goed.'

Hij vertrok zijn gezicht. 'Dat klinkt nogal onheilspellend.'

'Het is al heel lang geleden en sindsdien heb je een totaal ander leven geleid. Ik weet dat jullie bevriend waren, maar...'

'We waren allemaal jong, hoewel ik de oudste van onze groep was. En de vrienden met wie je als het ware je leven begint zijn belangrijk. En ik heb zelf nooit een gezin gehad, dus heb ik alle kinderen van de anderen zeg maar geadopteerd. Ik was er kapot van toen Britta en Myron hun beide kinderen verloren.'

'Een ongeluk en een overdosis.'

'Ja.'

Pine vroeg: 'Wat voor ongeluk?'

'Is dat belangrijk?'

Hoewel Pine zich hen niet echt kon herinneren zei ze: 'Wij waren kinderen, we speelden samen. Jij hebt niet het alleenrecht op die gevoelens.'

Lineberry keek oprecht beschaamd. 'Nee, natuurlijk niet. Nou ja, Joe maakte zijn geweer schoon en dat ging af.'

'Hij maakte een geladen wapen schoon?'

'Volgens mij had hij gedronken.'

'Waar was dat?'

'In North Carolina. Daar woonde hij toen.'

'En Mary? Britta zei dat het een overdosis was.'

'Heroïne volgens mij.'

'Gebruikte ze al lang?'

'Nee, dat denk ik niet. Volgens mij was het de eerste keer.'

'En de laatste.'

'Ja. Mary stierf eerst en Joe ongeveer een maand later. Ze waren er helemaal kapot van.'

'Maar zij lijken eroverheen te zijn, voor zover dat mogelijk is tenminste.'

'Myron is Myron. Hij... Nou ja, hij bekijkt alles op een logische manier en dan gaat hij verder met zijn leven. Maar Britta? Ik betwijfel of zij ooit zover komt.'

'Ze heeft dat Cape Cod-gebouwtje in de achtertuin. Ze heeft niet zoveel met dat moderne huis.'

'Volgens mij brengt ze daar heel veel tijd door. En denkt na.'

Pine knikte.

'En, je moeder?'

'Ik zal eerlijk tegen je zijn. Ze heeft veel meegemaakt.'

'Wat dan?'

'Dat zeg ik liever niet.'

Hij hield zijn hoofd schuin. 'Zit ze in een inrichting of zo?'

'Zoiets,' zei Pine vaag.

'Wat is haar prognose?'

'Ik weet niet zeker of die er is, tenminste niet voor zover ik weet.'

Hij knikte. 'Wat erg.'

Ze haalde haar schouders op. 'Zo is het leven, je neemt het zoals het is. Herinner je je nog iemand anders, behalve de Pringles, met wie ik kan praten?'

'Nee, zij waren de enigen.'

'Oké. Dan zijn we denk ik uitgepraat.' Ze pakte haar portefeuille.

'Nee, ik betaal. Ik heb jou uitgenodigd.'

'Ik betaal liever voor mezelf,' zei Pine en ze gaf hem een briefje van twintig.

Even later liepen ze met z'n drieën terug naar de Porsche en stapten in, waarna Jerry wegreed.

'De volgende keer dat je je moeder ziet, wil je haar dan mijn groeten overbrengen?' vroeg Lineberry.

'Zal ik doen.' *Als ik haar ooit nog terugzie.*

Ze zetten haar af bij de Cottage.

'Bel me als je nog iets anders bedenkt,' zei Pine.

'Zal ik doen,' beloofde Lineberry.

Toen de Porsche wegreed dacht Pine: *waarom betwijfel ik dat?*

21

'U moet begrijpen dat ik het niet helemaal zeker weet, maar ik heb de mannen gemarkeerd die die avond voor zover ik me dat kan herinneren in de Clink waren,' zei Blum. Ze gaf de map aan Pine.

Pine legde hem op het bed in haar kamer en bladerde erin. 'Een stuk of twintig waren er zo te zien niet, hoewel de helft te oud en te zwak lijkt om de vrouw op te tillen, laat staan haar ergens naartoe te dragen.'

'Agnes Ridley en Cy waren er ook. Dus heb ik hen de foto's ook laten bekijken, om te checken of ik het me goed herinnerde. Maar we kwamen met vrijwel dezelfde lijst.'

'Maar geen Myron Pringle en geen Jack Lineberry.'

'Ik heb wat rondgevraagd in het dorp. Geen van beide mannen komt vaak in de Clink.'

'Dat kan ik me voorstellen. Ze wonen er niet heel dichtbij, Lineberry heeft waarschijnlijk zijn eigen kok en Pringle zou bang zijn dat iemand een spionagechip in zijn aardappelpuree stopt.'

'Hoe is uw onderzoek verlopen?'

Pine vertelde haar dat ze niets had ontdekt op de plaats delict en over haar vreemde lunch met Lineberry. 'Ik vond het vreemd dat hij op die manier naar mijn moeder vroeg.'

'Maar ze waren bevriend.'

'Het is al heel lang geleden. En hij hield wel contact met mijn vader, maar niet met mijn moeder?'

'Nou ja, hij zei dat hij niet wist waar ze was. Maar wat gaat u met mijn lijst doen?'

'Aan Wallis geven, misschien levert die een aanwijzing op.'

'Het probleem is dat onze moordenaar misschien een toerist was en inmiddels is vertrokken.'

'Dat was niet te voorkomen. We konden moeilijk het hele dorp afgrendelen. Ik denk niet dat hier veel bewakingscamera's hangen.'

'Ik denk niet eens dat er daar zelfs maar eentje hangt, anders had de politie of Wallis dat wel gezegd.'

Pine maakte foto's van de mannen die in het restaurant waren geweest en mailde ze naar Wallis. 'Maar eens kijken wat hij hiermee kan.'

'Wat doen we nu?' vroeg Blum.

Pines telefoon zoemde.

Het was Wallis die de ontvangst van de foto's bevestigde en haar iets vertelde.

Pine luisterde en verbrak de verbinding. 'Hij heeft Hanna Rebanes laatst bekende adres gevonden. Hij komt hiernaartoe om ons op te halen.'

'Fort Benning-land,' zei Wallis. Hij zat met Pine en Blum in zijn stoffige en verroeste Crown Vic. De auto lag vol fastfoodverpakkingen, gedeukte frisdrankblikjes en plastic koffiebekers, en er hing een verschaalde geur van friet en sigarettenrook.

'Columbus, in Georgia,' zei Pine. 'Op de grens met Alabama.'

'Klopt. U bent hier al eens geweest?'

'Eén keer, toen ik samen met de CID, de inlichtingendienst van het leger, een onderzoek uitvoerde.'

'Ik heb ook weleens met de CID samengewerkt. Met wie werkte u samen?'

'Met special agent John Puller.'

Wallis zei: 'Puller? Was zijn vader geen oorlogsheld of zo?'

'Is hij nog steeds. Net als John. Goede vent. Heeft me veel over het leger geleerd. Dat is een volkomen andere wereld.'

'Daar ben ik verdomd zeker van, dankzij mijn afgebroken diensttijd,' beaamde Wallis volmondig.

'Wat weet u over Hanna Rebane?' vroeg Blum.

'Ze woonde samen met een andere vrouw in een appartement.'

'Komt die vrouw ook uit Oost-Europa?'

'Nee, zij heet Beth Clemmons. Dat is haar echte naam, niet haar professionele naam.'

'Professionele naam?' vroeg Pine.

'Zij is pornoactrice. Heet Raven McCoy in de eh... films.'

'Werkte Rebane ook mee aan pornofilms?' vroeg Pine. 'Dat zou een paar dingen die we tijdens haar autopsie hebben ontdekt verklaren.'

'Dat gaan we nu horen.'

Het appartementencomplex waar ze naartoe reden stond vlak bij de Chattahoochee River, die de grens vormde tussen de staten Georgia en Alabama.

Ze stapten uit en Pine keek naar het chique gebouw. 'Dit is mooier dan ik verwachtte.'

'Haar werk zal wel goed betalen,' zei Blum.

'Ik heb Clemmons al gebeld; ze verwacht ons,' zei Wallis.

Ze meldden zich bij de portier.

In de weelderige lobby keek Pine om zich heen en ze vond dit gebouw veel mooier dan waar zij woonde in Arizona.

Ze namen de lift naar de vijfde verdieping. Daar klopte Wallis op de deur van nummer 611.

De deur werd meteen geopend door een kleine vrouw met een forse boezem, blond geverfd haar en bloeddoorlopen ogen. Ze droeg een haltertop en een zwarte legging, was blootsvoets en had een prop tissues in haar ene hand. Beth Clemmons leek volkomen van streek.

Nadat Wallis en Pine haar hun legitimatie hadden laten zien stapte ze achteruit om hen binnen te laten.

Clemmons nam hen mee naar een zonnige kamer met een weids uitzicht over het platteland en de Chattahoochee River daarachter. Volgens Pine was de kamer professioneel ingericht, en de meubels en schilderijen waren goed gekozen en fantasievol. Zelf had ze een spartaans leven geleid, maar tijdens haar onderzoeken had ze de huizen van heel veel rijke mensen gezien dus kende ze het verschil tussen goede smaak en smijten met geld naar van alles en nog wat en maar afwachten wat er bleef hangen.

Ze gingen rondom een grote salontafel van hout en metaal zitten.

Clemmons depte haar ogen en keek hen aan. 'Weet u zeker dat het Hanna is?' vroeg ze schor.

Wallis haalde een foto tevoorschijn. 'Haar vingerafdrukken klopten. Maar ik kan u dit laten zien.'

'Is ze...?' vroeg Clemmons bang en met grote ogen.

'Ja, maar ze ziet eruit alsof ze slaapt.' Hij gaf haar de foto.

Clemmons keek er heel even naar, gaf de foto terug en knikte. 'Dat is ze. Dat is Hanna.' Ze keek alsof ze moest overgeven.

'Het spijt me,' zei Wallis. 'Niemand zou op die manier mogen sterven.'

Nadat Clemmons drie keer diep had uitgeademd werd ze rustig. 'U zei dat ze is gewurgd en was achtergelaten in die straat in... Hoe heet dat dorp ook alweer?'

'Andersonville, in Georgia.'

'Bent u of is zij daar ooit eerder geweest?' vroeg Pine.

Clemmons schudde haar hoofd. 'Ik heb er zelfs nog nooit van gehoord. Ik denk niet dat Hanna daar ooit eerder was geweest, maar dat weet ik niet zeker.'

'Hoe lang kende u haar al?' vroeg Wallis, met zijn notitieboekje en pen in de hand.

'Ik zal er niet omheen draaien. We leerden elkaar kennen toen we allebei werkten als... escorts.' Ze keek nerveus naar Wallis.

Hij zag haar blik en zei snel: 'Ik onderzoek een moord, mevrouw Clemmons, en heb geen enkele belangstelling voor iets anders. Ook ben ik niet van plan ook maar iets van wat u ons vertelt door te geven aan collega's die zich misschien bezighouden met... escorts.'

Ze knikte. 'Maar we zijn niet langer escorts. We waren filmacteurs. Ik eerst en daarna Hanna ook. Zij had zo'n prachtig exotisch gezicht; totaal anders dan de andere meiden. Daar was ik jaloers op. Van mijn type zijn er dertien in een dozijn, maar van Hanna niet. Zij zou het gaan maken.'

'U bedoelt in de pornofilmindustrie?' vroeg Blum.

'Ja,' zei Clemmons met een uitdagende blik.

'Maar in Georgia mag je geen pornofilms maken,' zei Wallis. 'Of wel?'

Pine zei: 'Het hooggerechtshof beschouwt het als vrije meningsuiting zolang iedereen boven de achttien is. Wanneer je er een camera bij haalt en iedereen een salaris betaalt, is het kunst en geen prostitutie. Maar ik weet niet precies hoe dat juridisch in Georgia is geregeld.'

'Dat maakt niet uit, omdat we niet in Georgia filmen,' zei Clemmons. 'We vliegen elke twee maanden naar het zuiden van Florida, filmen twee weken en komen dan terug naar hier.'

Wallis keek naar de kostbaar ingerichte kamer. 'Hoeveel verdient u?'

'Dat is heel verschillend en hangt af van je naamsbekendheid, populariteit en ervaring. We hebben ons allebei omhooggewerkt. Hanna verdiende ongeveer drieduizend per film. En ik tweeënhalfduizend, ook al was ik eerder begonnen dan zij. Dat kwam door haar exotische uiterlijk waar ik het net over had. En in twee weken kunnen we ongeveer twaalf films opnemen.'

'Twaalf films in veertien dagen?' riep Blum.

Clemmons knikte. 'Nou ja, het is geen Shakespeare. Ik bedoel, niemand krijgt een Oscar voor dergelijke films. De verhaallijnen zijn vrij basaal en de dialoog... Nou ja, mensen kijken niet naar porno vanwege de dialogen. Haar en make-up kunnen een paar uur kosten, maar we gebruiken meestal verschillende kamers in hetzelfde huis, zodat we niet van de ene naar de andere locatie hoeven. Ze halen de mannen erbij voor verschillende insteken. De cameraman loopt rond om alles vanuit de juiste hoek te kunnen filmen zodat wij niet hoeven te stoppen en steeds nieuwe shots moeten maken. Het gebeurt bijzonder efficiënt.'

'Dus Hanna verdiende zesendertigduizend dollar voor twee weken werk?' vroeg Wallis.

'Nou, ik kan me voorstellen dat het bijzonder zwaar werk is,' zei Pine.

'Dat kan het zeker zijn,' zei Clemmons met een waarderende glimlach naar Pine.

'Juist ja,' zei Wallis niet op zijn gemak. Hij schraapte zijn keel en vroeg: 'Wanneer hebt u mevrouw Rebane voor het laatst gezien?'

'Vier dagen geleden. We waren van plan om over een week terug te gaan om weer te filmen. Vroeger brachten we hier meer tijd met elkaar door, maar de laatste tijd gaan we zeg maar ieder onze gang.

Ik bedoel, we waren nog steeds vriendinnen en zo, en we woonden natuurlijk nog samen.'

'Hoe lang woonden jullie al samen?' vroeg Pine.

'Al bijna twee jaar, en de meeste tijd hier. We hebben dit appartement samen gekocht.'

Wallis vroeg: 'U hebt haar dus vier dagen geleden nog gezien. Waar was dat?'

'We hadden samen nog laat geluncht in een restaurant ruim anderhalve kilometer hiervandaan. Daarna ging ik naar het huis van mijn vriend en ben daar blijven slapen. Ik kwam de volgende middag thuis.'

Wallis vroeg: 'Weet u met wie ze nog meer bevriend was? Heeft ze het gehad over een vriend, een nieuwe vlam?'

'Ze had geen vriend, in elk geval niet dat ik weet. En ze had niet echt veel vrienden.'

'Maar u zei net dat jullie de laatste tijd ieder je eigen gang gingen, dus was u er misschien niet van op dc hoogte dat ze een vriend had,' zei Blum.

'Dat is zo.'

'Was er een reden voor dat jullie je eigen gang gingen?' vroeg Pine.

Clemmons leek niet op haar gemak en gaf geen antwoord.

'Mevrouw Clemmons, als u iets weet wat ons kan helpen...' drong Wallis aan.

'Noem me alstublieft Beth.' Ze zuchtte en drukte haar vuisten op haar bovenbenen. 'Hanna deed een beetje vreemd de laatste tijd.'

'Hoezo vreemd, Beth?' vroeg Pine.

'In zichzelf gekeerd, geheimzinnig. Ze vertelde me zelfs dat ze overwoog uit de business te stappen. Dat vertelde ze tijdens onze lunch.'

'Vertelde ze waarom of wat ze in plaats daarvan wilde gaan doen?' vroeg Wallis.

'Niet echt, maar het leek erop dat íémand haar beïnvloedde.' Ze glimlachte een beetje gegeneerd. 'Ze was heel knap en zo, maar Hanna was niet bepaald slim. Ze leefde van dag tot dag en was nog maar zevenentwintig. Ze had geen toekomstplannen. Ze was zorgeloos en genoot van alles wat ze had.' Ze keek om zich heen in de ruime, lichte kamer. 'Ze hield van dit alles. Ze had een arme jeugd gehad in het buitenland.'

'Ze kwam uit Estland,' zei Pine.

'Dat wist ik niet, dat heeft ze me nooit verteld. Alleen dat ze hier niet was geboren, maar dat was ook duidelijk te horen aan haar spraak. Ze had een sterk accent en soms was het moeilijk haar te verstaan.'

'Ze had een lang strafblad,' zei Wallis. 'Prostitutie, drugs.'

'Dat is al jaren geleden,' zei ze verdedigend. 'Ze was al heel lang clean. En we verdienden veel meer geld met filmen dan ooit...' Ze vermande zich en zweeg.

'Uit de autopsie bleek dat ze nog steeds drugs gebruikte, Beth,' zei Pine. 'Coke, meth, dat was duidelijk te zien. Ik kan me niet voorstellen dat je met haar samenwoonde en dat niet wist.'

Pine keek naar de blote armen van de vrouw. Ze had al gezien dat er geen littekens van naalden op zaten, maar er was iets... 'Beth?' zei Pine.

'We zaten op hetzelfde moment in een afkickkliniek,' zei ze snel. 'Oké? Zij was clean. Een tijdje. Toen viel ze terug. Ik heb haar daar verwijten over gemaakt, maar kon niet tot haar doordringen. En ze kon nog steeds werken, maar...'

'Misschien kwam er iemand in haar leven die haar overhaalde om iets anders te gaan doen,' zei Blum zacht, terwijl ze Clemmons aankeek. 'Een nieuw iemand. Iemand die ervoor zorgde dat ze weer ging gebruiken.'

'Misschien wel. Maar zoiets heeft ze nooit tegen me gezegd.'

'Heeft ze ooit gezegd dat ze ging trouwen?' vroeg Pine.

Clemmons grote ogen werden nog groter. 'Trouwen? Nee, nooit. Hoezo?'

'Wil gewoon alles checken. Heeft ze ooit belangstelling getoond voor trouwjurken of bruidssluiers?'

'Nee, nooit.'

'Wist je dat ze ooit een kind had gekregen?' vroeg Wallis.

Beth keek verbijsterd. 'Wat? O mijn god, meent u dat?'

'Dat bleek ook tijdens de autopsie.'

'Ze... Nee, nooit. Daar had ik geen idee van. Jezus, dat is zo...' Ze maakte haar zin niet af en begon aan een van haar nagelriemen te bijten.

'Zijn er familieleden die op de hoogte gebracht moeten worden?' vroeg Wallis.

'Daar heeft ze het nooit over gehad. Hier is nooit familie op bezoek geweest. En zeker geen kind.'

'Mogen we een kijkje nemen in haar kamer?' vroeg Wallis.

'Natuurlijk. Die is hier.' Clemmons bracht hen naar Rebanes slaapkamer en liep toen terug door de gang.

Ze keken met z'n drieën rond in de grote slaapkamer met eigen badkamer.

Pine dacht even aan de vrouw die hier nooit meer terug zou komen, maar toen concentreerde ze zich weer op het onderzoek. 'Goed, laten we maar beginnen.'

22

Een uur later zat Pine op het bed naar Blum en Wallis te kijken, die nog bezig waren met het bekijken van de bezittingen en het leven van de dode Hanna Rebane.

Toen Wallis de badkamer uit kwam zei hij hoofdschuddend: ‘Hier is niet veel te zien.’

Blum sloot de laatste lade in de inloopkast en liep de slaapkamer weer in. ‘Ze had allemaal designerspullen: kleding, schoenen en tassen. Echte, geen namaak.’

‘Maar geen telefoon, ook al ligt hier wel een oplader,’ zei Pine. Ze wees naar een klein bureau in een nis naast het bed, waar een oplader in het stopcontact zat.

‘Als ze haar telefoon had meegenomen, waarom nam ze de oplader dan niet ook mee?’ vroeg Wallis.

‘Misschien dacht ze dat ze niet lang weg zou blijven,’ zei Pine. ‘Als ze niet van plan was om de hele nacht weg te blijven, zou ze haar oplader niet meenemen. Er hangen vast bewakingscamera’s aan dit gebouw. Laten we de beelden bekijken, dan kunnen we zien wanneer ze wegging of thuiskwam. En, nog belangrijker, of er iemand bij haar was.’

Ze liepen terug naar de zitkamer, waar Clemmons thee zat te drinken.

Wallis ging weg om de security van het gebouw te vragen naar opnamen van de bewakingscamera’s, en Pine en Blum gingen tegenover de zichtbaar verdrietige vrouw zitten.

‘Had Hanna een auto?’ vroeg Pine.

‘Nee. Ik ook niet. Als we ergens naartoe moesten namen we een Uber of Lyft, maar als we meer ritten moesten maken huurden we een Zipcar. We konden bijna overal lopend naartoe. Daarom hebben we dit appartement ook gekocht.'

'Zo leven de millennials,' zei Blum. 'Zodra ik op mijn zestiende mijn rijbewijs had gehaald, begon ik te sparen voor mijn eigen auto.'

'Dus als ze hier wegging zou ze gebruikmaken van een taxidienst?' vroeg Pine.

'Ja.'

'Heb je haar telefoon ergens gezien?'

'Nee. Die zal ze hebben meegenomen.'

'Had ze een laptop of een iPad of zoiets?'

'Nee, alleen een telefoon. Die gebruikte ze overal voor.'

'We kunnen haar account checken om te zien of ze door een taxidienst is opgehaald,' zei Pine met een blik op Blum. 'En we kunnen proberen haar spoor te volgen via haar telefoonsignaal.' Ze keek Clemmons weer aan. 'Maakte je je geen zorgen toen je vriendin niet thuiskwam? Heb je haar als vermist opgegeven?'

'Nee hoor, Hanna bleef wel vaker weg. Drie, vier dagen en dan kwam ze veilig en wel weer thuis.'

'Vertelde ze dan waar ze was geweest?'

'Nee, en ik wilde ook niet nieuwsgierig zijn.'

'Was ze onder invloed als ze thuiskwam?'

Clemmons leek niet op haar gemak. 'Dat weet ik niet. Misschien wel.'

'Bleef ze de hele tijd dat jullie hier woonden regelmatig langere tijd weg of gebeurde dat pas de laatste tijd?'

'Pas sinds afgelopen maand bleef ze vaker een paar dagen weg. Hoewel ze natuurlijk best iemand hier mee naartoe had kunnen nemen. Ik heb mijn vriend hier ook weleens laten slapen. Dat was geen probleem.'

'En ze heeft het nooit over een vriend gehad? Geen foto's op haar telefoon?'

'Nee.'

'Sociale media, Facebook, Twitter, Instagram, dat soort dingen?'

'Dat deed ze vroeger wel, maar de afgelopen zes maanden of zo niet meer. We zitten allebei niet meer op Facebook. Ze zat wel op Instagram, maar heeft al heel lang niet meer gepost.'

'Vertelde ze ook waarom niet?'

'Nee, en dat heb ik ook niet gevraagd. Ik bedoel, sommige mensen hebben er gewoon geen zin meer in om dat steeds te doen. En het is niet zo dat we miljoenen volgers hadden op Instagram en geld konden verdienen door onze foto's erop te zetten of door bepaalde producten aan te prijzen. We zijn geen Kardashians of zo.'

'Heb je enig idee wat er met haar gebeurd kan zijn?'

Ze kreeg tranen in haar ogen. 'Nee, was dat maar zo. Ze was echt heel aardig. En ik begrijp niet waarom iemand haar kwaad wilde doen.'

Pine zei gedecideerd: 'Misschien is het maar goed dat je niet begrijpt waarom iemand dit soort dingen doet. Want dat is een verschrikkelijke zaak.'

Blum keek haar scherp aan toen ze dit zei.

'Dat... zal wel,' zei Clemmons, terwijl ze in haar ogen wreef.

'Was er nog meer dat je vreemd vond, behalve dat ze je tijdens jullie lunch vertelde dat ze uit de pornofilmindustrie wilde stappen? Was ze gespannen, warrig? Leek ze bang?'

'Nee hoor. We hebben gewoon geluncht en dat was alles. Het verbaasde me dat ze zo'n goedbetaalde baan wilde opgeven, maar eigenlijk begrijp ik het ook wel. Ik wil het hoogstens nog twee jaar doen en dan ga ik de opleiding verpleegkunde volgen. Daar is een tekort aan.'

'Goed plan,' zei Blum. 'Een veel betere manier om je leven te leiden.'

'Ik hoop dat u me niet veroordeelt om mijn besluiten,' zei Clemmons fronsend.

'Ik zou kunnen liegen en zeggen dat ik dat niet doe, maar iedereen heeft een oordeel over anderen. Mijn moeder was daar een ster in.'

'U praat net als mijn moeder.'

'Ik zou heel goed je moeder kunnen zijn. En ik weet zeker dat ze wil dat je gelukkig en veilig bent. En of je het nu leuk vindt of niet, het beroep van verpleegkundige is veel veiliger dan dat van actrice in pornofilms. Tenminste, als je naar de cijfers kijkt.'

'Maar het verdient zo goed.'

'Natuurlijk is dat zo. Daar gaat het juist om. Maar wat doe je liever, meehelpen een kind gezond te maken of zorgen dat een mannelijke acteur klaarkomt?'

'U bent heel direct.'

'Ik leef lang genoeg om te weten wanneer ik beleefd of juist direct moet zijn om mijn doel te bereiken. En ik zou wensen dat je gelukkig bent.'

Pine stond op, net als Blum. Pine gaf Clemmons haar visitekaartje en zei: 'Laat het me weten als je nog iets te binnen schiet.'

Clemmons keek naar het kaartje. 'En wilt u het mij laten weten als u degene die dit heeft gedaan te pakken hebt?'

'Doen we,' zei Pine. Ze knielde om haar schoenveters vast te maken, stond op en keek Blum met een ondoorgrondelijke blik aan, waarna ze vertrokken.

Wallis was in de lobby en zag er opgewonden uit. 'Ze hebben hier inderdáád bewakingscamera's. Ik heb hun opdracht gegeven ons de opnamen te laten zien en die kunnen we in een vertrek achterin bekijken. Ik heb de portier gevraagd of hij wist of Rebane ooit bezoek heeft gehad van een man, maar dat wist hij niet en dat geldt ook voor de dienstdoende bewaker. Op mijn verzoek zal hij navraag doen bij zijn collega's. En we zullen haar buren benaderen met dezelfde vraag.'

Hij nam hen mee naar een vertrek achter in de lobby, waar een geüniformeerde bewaker voor een schakelbord zat. Wallis gaf hem de data en de man vroeg de informatie op. Ze stonden achter hem naar het beeldscherm te kijken.

Een uur later was Pine de eerste die het zag. 'Daar, ze gaat door de voordeur naar buiten. Zet het beeld stil.'

De bewaker drukte op een toets en het beeld waar ze naar keken bevroor.

Wallis keek naar het tijdstip aan de zijkant van het beeld. 'Dat was waarschijnlijk de avond waarop haar huisgenootje bij haar vriend bleef slapen.'

'Laat maar weer lopen,' zei Pine.

Dat deed de bewaker en ze zagen allemaal dat Hanna Rebane het gebouw door de voordeur verliet en buiten bereik van de camera's liep. Onderweg kwam ze niemand anders tegen.

'Ze is gekleed alsof ze een afspraak heeft,' zei Blum, die aandachtig naar het beeld keek. 'Designerspullen: jurk, handtas en schoenen, geen van alle namaak.'

Wallis keek haar aan. 'En dat kunt u zien op een video? Dat is indrukwekkend.'

Blum keek hem aan. 'Je moet gewoon weten waar je naar moet kijken, rechercheur. Bovendien had ze allemaal designerkleding in haar kledingkast liggen.'

Ze bleven heel lang naar de opname kijken. Maar Hanna Rebane kwam niet terug.

23

Het was vrij laat toen ze terugreden naar Andersonville, zwijgend, allemaal in gedachten verdiept.

Pine keek naar het platteland dat ze tientallen jaren geleden als kind had gezien. Het was erg mooi: open akkers met grote groepen dennen en eiken. En toch was het hier verlaten, wat betekende dat criminaliteit hier zonder serieuze problemen kon gedijen.

En die nacht in Andersonville gedijde het zonder enig probleem.

Wallis zette hen bij de Cottage af met de belofte dat hij zou nagaan of er in de omgeving van het appartementengebouw andere bewakingscamera's hingen die Rebane hadden opgepikt waar de camera's aan Rebanes flatgebouw waren opgehouden.

'U zou niet alleen de buren moeten ondervragen, maar er ook een forensisch team naartoe moeten sturen op zoek naar vingerafdrukken en andere sporen,' had Pine tegen hem gezegd. 'Degene met wie ze mogelijk een relatie had heeft haar misschien bezocht toen Clemmons weg was. En als hij in het systeem zit, weten we snel wie hij is. Ook moeten haar telefoon- en creditcardactiviteiten worden gecheckt om te kijken of de locaties getraceerd kunnen worden.'

'Komt in orde.'

Nadat Wallis was weggereden liepen ze naar de verlaten ontbijtkamer en gingen tegenover elkaar zitten.

'En?' vroeg Blum.

'Geloofde jij alles wat Clemmons ons vertelde?'

'Natuurlijk niet. Ik geloof nooit iets wat iemand me vertelt tot het wordt bevestigd. FBI voor beginners. Maar hebt u iets speciaals in gedachten?'

'Ze loog over het drugsgebruik.'

‘Daar hebt u haar op betrapt.’

‘Ik bedoelde haar éígen drugsgebruik.’

‘Wat?’

‘Ze injecteert tussen haar tenen. Dat zag ik toen ik me bukte om zogenaamd mijn veters te strikken.’

‘Dan moet u hebben vermoed dat ze gebruikte, anders had u dat niet gedaan.’

‘Haar gespannenheid vandaag was echt, maar ik vond het toch een beetje te, wat betekende dat die door drugs werd versterkt.’

‘Haar pupillen waren niet vergroot, dat heb ik gecheckt.’

‘Nee, die waren net speldenknopjes. Wat betekent dat ze een opiaat zoals oxycodon gebruikt, of misschien morfine of heroïne.’

‘Dan is het een wonder dat ze kón functioneren. Dat zijn geen onschuldige drugs.’

‘Ik denk dat ze een bepaalde tolerantie heeft opgebouwd,’ zei Pine grimmig. ‘Misschien heeft ze een snelle shot genomen als voorbereiding op onze komst.’

‘Dat is erg triest.’

‘Ik vond ook een fles Narcan onder Rebanes hoofdkussen.’

‘Dat hebt u niet tegen rechercheur Wallis gezegd. Was daar een reden voor?’

‘Gewoon mijn gevoel. We werken zeg maar op onbekend terrein, Carol. Daarom wil ik me niet te veel in de kaart laten kijken. Wallis weet al dat Rebane een terugval had. Hij had die Narcan niet nodig om die conclusie te trekken.’

‘Wat gaan we nu doen?’

‘We moeten wachten tot Wallis meer aanwijzingen heeft. Hopelijk hebben een paar andere bewoners van dat gebouw onze geheimzinnige man gezien.’

‘U denkt dus echt dat die bestaat? Clemmons wist niet eens zeker dát er zo iemand was.’

‘Gezien het feit dat ze zo was veranderd, de porno-industrie wilde verlaten, in zichzelf gekeerd en geheimzinnig was, denk ik dat iemand haar beïnvloedde. En Clemmons leek te denken dat ze gevoelig was voor beïnvloeding. Roofdieren azen op dat soort mensen.’

'Maar?' vroeg Blum.

'Maar dat betekent niet dat die man haar heeft vermoord.'

'Ik vraag me af waarom de moordenaar het lijk in Andersonville heeft gedumpt.'

'Dat zou kunnen betekenen dat er een bepaalde relatie is met dat dorp. Moordenaars houden van bekend terrein. Ze willen van tevoren weten hoe ze er moeten komen en na afloop kunnen ontsnappen. Dan krijgen ze wel de kick van hun behoefte, maar neemt het iets weg van het risico betrapt te worden.'

'Denkt u dat de moordenaar weer zal toeslaan?'

'Ja. Ik vrees dat dit slechts het begin was.' Pine zweeg even, en er verscheen een gespannen blik op haar gezicht.

'Wat is er?' vroeg Blum.

'En misschien had je wel gelijk. Misschien was mijn aanwezigheid hier de katalysator voor de moorden.'

'Ik weet dat ik dat heb geopperd, maar dit is geenszins uw schuld.'

'Dat weet ik wel, Carol. Maar uiteindelijk is dat niet belangrijk. Dan gaan er nog steeds mensen dood.'

'Nou, dan heeft hij een grote fout gemaakt.'

'Welke?'

'Hij deed het terwijl u in het dorp was. Ik durf te wedden dat u hem te pakken krijgt.'

'Bedankt voor je vertrouwen.'

'Dat is niet zomaar, dat hebt u verdiend.'

Blum ging naar haar kamer om naar bed te gaan, terwijl Pine in de ontbijtkamer bleef.

'Je lijkt diep in gedachten verzonken.'

Pine keek op.

Lauren Graham stond in de deuropening. Ze droeg een lichtblauwe lange broek, een crèmekleurige trui, een bijpassend blauw lint in haar korte rode haar en schoenen die bij haar trui pasten.

Pine had het idee dat de vrouw haar kleding uitkoos met behulp van een kleurenschijf. 'Zit gewoon een beetje te relaxen.'

Graham kwam naar haar toe en ging in de stoel zitten waar Blum in had gezeten. 'Waarom heb ik het idee dat je nooit relaxt?'

‘Ik heb geluncht met Jack Lineberry.’

‘Waar?’

‘Americus. In een restaurant tegenover het Windsor Hotel.’

‘Hij heeft mij nog nooit uitgenodigd voor een etentje,’ zei ze een beetje verbitterd.

‘Hij zei dat het een spontane inval was.’

‘Dat is niets voor Jack.’

‘Ik geloofde hem ook niet,’ zei Pine, wat haar een scherpe blik van Graham opleverde. ‘Hij wilde graag weten wat er van mijn moeder was geworden.’

‘Nou, dat is niet zo vreemd. Ze waren bevriend.’

‘Dertig jaar geleden. Daarna hebben ze elkaar nooit meer gezien.’

‘Ik heb je moeder ook al die tijd niet gezien en vroeg me ook vaak af wat er van haar was geworden.’

Toen Pine niet antwoordde vroeg Graham: ‘En, gaat het goed met haar?’

‘Ik zal je vertellen wat ik tegen Lineberry heb gezegd: dat ze problemen had. Dat het niet gemakkelijk voor haar is geweest.’

‘Dat vind ik heel erg.’

‘Schiet je boek een beetje op?’

‘Langzaam. Het is moeilijker dan mensen denken.’

‘Ik heb nooit gedacht dat een boek schrijven gemakkelijk is.’

‘Is er al meer bekend over die dode vrouw?’

‘We trekken een paar aanwijzingen na.’

Even bleef het stil.

Graham keek Pine zenuwachtig aan. ‘Luister, ik weet dat dit een vreemde overgang is, maar zou je me iets over een paar van je zaken willen vertellen? Voor mijn boek, bedoel ik.’

‘Ik kan niet over specifieke zaken praten.’

‘Nee, dat weet ik. Ik bedoel gewoon een paar algemene dingen.’

‘Daar moet ik over nadenken.’

Graham leek teleurgesteld, maar zei niets.

Pine stond op. ‘Het is een lange dag geweest. Ik ga maar eens naar bed.’

‘Waar hebben jij en Jack nog meer over gepraat?’ vroeg Graham op een ontspannen toon, maar Pine zag wel dat ze helemaal niet ontspannen was.

'Dat was het zo ongeveer.'

'Echt?'

'Echt. Als je me nu wilt verontschuldigen...' Pine liep weg.

24

Pine had een rusteloze nacht vol korte dromen waarin ze in het donker allerlei variaties van Daniel James Tor en Clifford Rogers achternazat tot ze om zes uur 's ochtends wakker werd.

Er waren geen sportfaciliteiten in de B&B, maar Pine had een trainingsapp op haar telefoon waarvoor alleen haar lichaam en de bereidheid te zweten nodig waren. Ze trainde drie kwartier in haar eigen kamer. Toen ze na afloop hijgend op de grond zat moest ze toegeven dat de aanmaak van endorfine altijd een goede manier was om de dag te beginnen.

Ze douchte, kleedde zich aan, ging naar buiten en stapte in haar SUV.

Er waren geen voetgangers op het trottoir en geen auto's of pickups op straat.

Ze nam Highway 49 en reed naar de Andersonville National Historic Site. Die bestond voornamelijk uit het oude gevangenisterrein, een paar indrukwekkende standbeelden, de uitgestrekte begraafplaats van Union-doden en het National Prisoner of War Museum.

Het museum ging pas om acht uur open, dus liet Pine de auto achter en liep eromheen. Het Prisoner of War Museum bestond nog niet toen zij hier woonde. Ze had gehoord dat het pas eind jaren negentig was geopend.

Zodra de deuren opengingen liep Pine het terrein op.

Een National Park Service Ranger begroette haar en omdat er op dat moment geen andere bezoekers waren bood hij aan haar rond te leiden. Hij stelde zich voor als Barry Lamb. Hij was een jaar of veertig, ongeveer 1 meter 82 en gespierd, en had een gladgeschoren gezicht en grote groene ogen. Zijn Ranger-uniform paste hem goed. 'FBI?' vroeg hij toen hij de badge aan haar riem zag.

Pine knikte. 'Ingedeeld bij de Grand Canyon. Ben hier alleen op bezoek.'

'De Grand Canyon?' zei Lamb met een verlangende klank in zijn stem. 'Daar zou ik heel graag willen werken.'

'Populaire bestemming voor rangers. Maar je zou het moeten proberen. Het is vrij uniek. Hoe lang werk je hier al?'

'Zes jaar. Het is echt interessant, maar na een tijdje ken je hier elke vierkante centimeter. Erg groot is het niet. En het onderwerp is vrij deprimerend. Al die Union-soldaten die zijn gesneuveld, en eigenlijk niet eens om een goede reden.'

'Maar ze hebben meegeholpen een einde te maken aan de slavernij. Dat was wél gedenkwaardig.'

'Dat is waar. Alleen verdomd jammer dat daar een oorlog voor nodig was.'

Hij liet haar het oude gevangenisterrein zien in de vorm van een replica van een deel van het omheinde gevangenisterrein. Lamb wees naar een plek iets voor de houten omheining die hij de 'lijn des doods' noemde. 'Als je voorbij die lijn kwam werd je doodgeschoten. Vandaar de naam. Ik denk dat sommige gevangenen het expres deden om een einde aan hun ellende te maken. Ze hadden honger en leden aan allerlei ziekten.'

'Ik kan me wel voorstellen dat iemand in zo'n situatie zoiets doet,' zei Pine.

'Tot 1864 namen de Confederates hun gevangenen gewoon met zich mee. Toen dat ondoenlijk was geworden werd deze gevangenis gebouwd. Hij was bedoeld voor tienduizend mannen. Het probleem was dat er in het enige jaar waarin deze gevangenis in gebruik is geweest vier keer zoveel werden gehuisvest.'

In het midden van het gevangenisterrein zag ze zeildoeken die over een houten staketsel waren gespannen. 'Waar werden de gevangenen gehuisvest?'

'Er waren geen afdaken, geen cellen, geen gebouwen, maar twaalf gevangenen bivakkeerden onder twee zeildoeken op stokken, zoals die daar. Als een gevangene stierf, vochten de overlevenden om zijn kleren en schoenen. Toen de gevangenis in 1865 werd bevrijd zagen de nog overgebleven gevangenen eruit als de mensen in de Duitse concentratiekampen. Henry Wirz, de gevangenisdirecteur, werd later geëxecuteerd voor oorlogsmisdaden.'

'Ja, dat wist ik. In het dorp staat een groot standbeeld van hem. Heeft iemand ooit geprobeerd te ontsnappen?'

'Sommige mensen ontsnapten tijdens hun overplaatsing of terwijl ze in een arbeidsploeg zaten. Een paar anderen via tunnels. Er zijn hier nog altijd restanten van een paar tunnels. Zoals deze.'

Hij nam haar mee naar een plek een stukje bij de replica vandaan. Er stonden waarschuwingsborden en een stalen hek omheen. 'Deze tunnel begint hier, ongeveer midden op het gevangenisterrein. Hij loopt naar het westen, ver onder de muren van de oorspronkelijke gevangenis, en komt uit in een heel dicht bos. Een paar gevangenen hebben de Union-linie bereikt.'

'Die hadden dus mazzel.'

'Ik zal je laten zien wat ik de "moeder" van alle gevangenen hier noem.'

Het was een groot marmeren standbeeld. Op de inscriptie stond dat het beeld was opgericht door de staat Michigan ter herinnering aan soldaten en zeelieden uit Michigan die hier gevangen hadden gezeten. Pines blik werd naar het andere deel van het monument getrokken: het beeld van een vrouw met een helm op en een lange, wapperende jurk, die haar linkerarm op de bovenkant van het monument liet rusten. Ze had haar hoofd gebogen, alsof ze verdriet had. Dit was kennelijk de 'moeder' over wie Lamb het had gehad. 'Dit is heel ontroerend,' zei Pine zacht.

'Er gaat niets boven de liefde van een moeder.'

'Of het verdriet van een moeder,' zei Pine zacht.

Daarna liepen ze naar de begraafplaats.

Lamb bleef staan en wees naar een rij graven. 'Hier zijn de graven van de zes aanvoerders van de Raiders. Heb je weleens van hen gehoord?'

Pine schudde haar hoofd.

'Dat was een groep gevangenen die andere gevangenen terroriseerde.'

'En de bewakers deden niets?'

'Er waren lang niet genoeg bewakers om de gevangenen onder controle te houden. Deze plek was een soort sloppenwijk zoals je wel in derdewereldlanden ziet. De gevangenen waren feitelijk op zichzelf aangewezen.'

'Wat is er gebeurd?'

'Deze groep, de Regulators, kwam in actie en versloeg de Raiders. Daarna hield Henry Wirz een aantal processen, waarin medegevangenen fungeerden als rechters en juryleden. De meeste mannen deelden lichte straffen uit, in elk geval licht naar de toenmalige maatstaven: schandpaal, duimschroeven, spitsroeden lopen terwijl ze met stokken werden geslagen. Maar de zes belangrijkste leiders, die de *chieftains* werden genoemd en hun eigen bende leidden, werden veroordeeld en geëxecuteerd. Daar zijn hun graven, ver van de andere graven verwijderd om dat aan te geven.'

Pine keek naar de verzonken stukken aarde. 'Er is niet veel voor nodig om beschaafde mensen in beesten te veranderen.'

'Daar zul je in je werk wel veel voorbeelden van zien.'

'Meer dan me lief is.'

Ze liet de ranger achter en liep naar het museum, een groot gebouw met een bibliotheek en een filmzaal. Daar werd het verhaal verteld van de Amerikaanse krijgsgevangenen, vanaf de Revolutionary War tot heden. Dit onderwerp werd verduidelijkt met tentoonstellingen en informatieborden over het oppakken van de krijgsgevangenen, hun leefomstandigheden, de relaties tussen gevangenen en hun bewakers, ontsnappingspogingen en de bevrijding van enkele krijgsgevangenkampen. Toen Pine het museum later verliet was ze diep onder de indruk van de moed die de krijgsgevangenen hadden getoond en gedeprimeerd door het feit dat een 'geciviliseerde' wereld dergelijke dingen liet gebeuren.

Ze stond buiten het hek, terwijl het steeds warmer werd doordat de zon hoger aan de hemel kwam te staan en de luchtvochtigheid hoger werd. Pine keek onwillekeurig naar links, naar de rijen graven op de begraafplaats. Wat een sombere plek.

Het was zeer waarschijnlijk dat Mercy ook ergens in een graf lag; niet op een echte begraafplaats maar in een ondiep gat in the middle of nowhere dat allang door wilde dieren was ontheiligd. Ze raakte haar Glock aan en wilde dat ze degene die Mercy had meegenomen ter plekke kon doodschieten. Maar dat ging niet gebeuren, dus dat zou ze op een andere manier voor elkaar moeten zien te krijgen.

Ze stapte in haar SUV en reed terug. Ondertussen vroeg ze zich af hoe lang ze zouden moeten wachten voordat de moordenaar van Hanna Rebane weer zou toeslaan.

Dat bleek helemaal niet zo lang te zijn.

25

Pine was eraan gewend dat ze op de gekste tijdstippen werd gebeld, dat hoorde er nu eenmaal bij als je FBI-agent was.

Toen ze Max Wallis' stem hoorde zag ze dat het twee minuten over vijf was. Ze ging rechtop in bed zitten en zwaaide haar voeten op de grond. 'Waar?' vroeg ze meteen.

Hij was een ervaren agent en vroeg dus niet hoe ze het wist. 'De begraafplaats. Tegenover waar je nu bent.'

Pines mond viel open. 'Op de National Historic Site? Daar was ik gisterochtend nog.'

'Ik zie u bij de hoofdingang.'

Ze had vijf minuten nodig om zich aan te kleden. Ze maakte Blum niet wakker, omdat daar nu geen enkele reden voor was; zij kon later worden bijgepraat. Pine begon er spijt van te krijgen dat ze Blum hier mee naartoe had genomen. Maar ze had er natuurlijk ook niet op gerekend dat er in Andersonville een potentiële seriemoordenaar zou toeslaan.

Eén minuut later had ze de Cottage verlaten, startte haar SUV en een paar minuten daarna was ze bij de begraafplaats.

De duisternis was volledig; het schemerde nog lang niet, alles was inktzwart. Een moord, duisternis en een begraafplaats. Wat een combinatie. Twee patrouillewagens van de countypolitie stonden er al, net als Wallis' Crown Vic.

De rechercheur stond voor de hoofdingang. Hij droeg een haveloze regenjas, had een beker koffie in de hand en leek tien jaar ouder dan de laatste keer dat ze hem had gezien.

Terwijl Pine naar hem toe liep zag ze verderop licht branden. Samen liepen ze die kant op.

‘Deze keer is het een man,’ zei Wallis. ‘Zwarte man van een jaar of dertig.’

‘Doodsoorzaak?’

‘Voorlopige conclusie is één schot in de borst.’

‘Iets ongebruikelijks?’

‘Dat ziet u straks zelf wel,’ was zijn cryptische antwoord.

Ze gingen de begraafplaats binnen en liepen tussen de rijen graven door tot ze bij de schijnwerpers kwamen die daar waren opgesteld naast een tent die naar Pine aannam boven het lijk was geplaatst.

‘Wie heeft hem gevonden?’

‘Een ranger die vroege dienst had. De dode is op een graf gelegd.’

Pine keek om zich heen en wist opeens waar ze was. ‘U bedoelt op het graf van een Raider.’

Wallis keek haar verbaasd aan. ‘Wát zegt u? Het graf van een Raider?’

Pine legde het verschil uit.

‘Denkt u dat het opzet was?’ vroeg Wallis.

‘Op dit moment mogen we er niet van uitgaan dat het dat niet was. Laat me het lichaam zien.’

Ze passeerden een agent die de tent bewaakte en gingen naar binnen nadat ze schoenhoesjes en latex handschoenen hadden aangetrokken.

Pine en Wallis keken naar de dode man die op het graf lag. Er was een lamp op het lichaam gericht zodat ze hem goed konden zien.

Pine zei met grote ogen: ‘Hij draagt een smoking! Er ligt een hoge hoed op zijn buik en er zit een corsage op zijn jasje.’

‘Die is ouderwets, net als de sluier.’ Hij keek haar onderzoekend aan. ‘Wat denkt u?’

Pine zei: ‘Die sluier was een bruidssluier, dus zij was de bruid en deze man is de bruidegom. Als de beeldjes op een bruidstaart.’

‘Ja, dat had ik ook bedacht. Maar wat wil die creep daarmee zeggen? Is dit een aanval op het huwelijk in het algemeen? Maar Hanna Rebane was niet getrouwd, tenminste niet dat we weten.’

'Maar ze had wel een kind gekregen. Misschien was deze man de vader.'

'Hoe moeten we dat in vredesnaam bewijzen? We weten niet eens waar het kind is.'

'We moeten deze man identificeren. Als er een relatie bestond tussen hem en Hanna Rebane weten we het antwoord misschien.'

'We hebben vingerafdrukken genomen en checken ze op dit moment. Hopelijk ontdekken we iets.'

Pine hurkte en liet haar blik over de man en de onmiddellijke omgeving dwalen. Ze raakte zijn hand aan. 'Koud.' Ze probeerde de arm te buigen. 'Hij is in rigor. Is dus minstens twaalf uur dood, misschien langer.'

'Dat zei de lijkschouwer ook. Maar na de autopsie weten we natuurlijk meer.'

Pine bekeek de wond op de borst van de man. 'Hij is hier dus niet vermoord. Het vermoedelijke tijdstip van overlijden is niet later dan gistermiddag laat. En er ligt geen bloed op de grond. Hij heeft ergens anders gebloed.'

'Net als het eerste slachtoffer. Elders vermoord en later hier neergelegd.'

Ze opende het jasje en zocht een label, maar vond dat niet. Ze deed hetzelfde met zijn hoed, met hetzelfde resultaat. 'Hij heeft die smoking waarschijnlijk ergens gekocht. Een hoge hoed is niet zo eenvoudig te vinden. Als hij die op internet heeft besteld zou dat een aanwijzing kunnen zijn. De corsage lijkt vrij vers, dat is nog een aanwijzing.'

'Heel veel mensen bestellen corsages.'

'Maar geen hoge hoeden. Dat is tenminste iets. Hoewel hij die misschien al in bezit had. De smoking en de hoed zijn behoorlijk versleten. Misschien heeft hij ze in een tweedehandswinkel gekocht, of geërfd.'

Ze keek naar de vingernagels. 'Geen duidelijke sporen van huid of bloed. Defensieve wonden gezien?'

'Nee, maar dat zie je ook niet vaak bij een schietpartij.'

Pine stond op en keek neer op de dode man.

‘Waar denkt u aan?’ vroeg Wallis.

‘Ik vraag me af of het ras van dit slachtoffer toeval is of een betekenis heeft.’

‘U bedoelt blanke bruid en zwarte bruidegom?’

Pine knikte. ‘Misschien is dit een soort haatmisdaad, of misschien iets totaal anders. We weten gewoon nog niet genoeg om daar iets over te zeggen.’

‘We moeten deze man zo snel mogelijk identificeren.’

‘Als hij geen strafblad heeft kan dat weleens heel moeilijk worden. Maar ik zal een paar mensen bellen en zijn vingerafdrukken door andere databases laten halen.’

‘Ik ben niet te trots om om hulp te vragen, dus ja, bel maar een paar mensen. Ik kan u de vingerafdrukken wel sturen.’

‘Laat me weten wanneer de autopsie plaatsvindt.’

‘Zal ik doen.’

‘Iets ontdekt op de beelden van de bewakingscamera’s rondom Rebanes appartementengebouw? Of activiteit met haar telefoon of creditcard?’

‘Dat hebben we gisteren allemaal gecheckt. Niets op andere bewakingsbeelden. Ook de telefoon en creditcard hebben niets opgeleverd.’

Pine verliet de tent en keek om zich heen.

Wallis kwam naast haar staan.

‘Het was riskant om het lichaam op zo’n openbare plek te leggen,’ zei ze.

‘Maar hier was niemand op het tijdstip waarop hij dat waarschijnlijk heeft gedaan.’

‘Maar als hij uit het dorp kwam moest hij over de snelweg rijden. Ik zie niet gebeuren dat die man midden in de nacht met een lijk in zijn armen over de weg loopt.’

‘Hij had van de andere kant kunnen komen.’

‘Toch moest hij rijden.’

‘Hier komen en gaan een heleboel auto’s en de parkeerplaats is geasfalteerd. We hebben geen nuttige sporen gevonden.’

‘Misschien heeft iemand die nog laat buiten was iets gezien.’

'Dat gaan we allemaal checken,' beloofde Wallis.
'We hebben hier te maken met een seriemoordenaar, weet u.'
'Daar hoef je geen genie voor te zijn.'
'Nee, ik bedoel, u moet iemand bellen.'
'Wie dan?'
'De FBI.'
'U bént de FBI.'
'Ik ben hier niet officieel. U moet officieel om hun hulp vragen. Dat is hun werk. Zij hebben een heleboel middelen en specialisten die alleen dit soort werk doen. Ik was er daar vroeger een van.'
'U bedoelt profilers en zo?'
'Officieel heeft het Bureau die niet. Zij worden analisten genoemd.'
'Mag ik hun vertellen dat u erbij betrokken bent?'
Pine antwoordde niet meteen. 'Misschien is dat wel beter. Daar komen ze op een bepaald moment toch achter.'
'Wat gaat u nu doen?'
'Nog een paar uur slapen. Dat zal ik nodig hebben, denk ik.'

26

Pine en Blum zaten in Pines kamer in de Cottage. Het was later in de ochtend en Pine had Blum inmiddels bijgepraat over de meest recente moord.

'Wie gaan ze sturen, denkt u?' vroeg Blum.

'Dat weet ik niet. Ik kreeg een baan aangeboden bij BAU Three toen ik in D.C. werkte,' zei Pine.

Daarmee verwees ze naar de Behavioral Analysis Units, die deel uitmaakten van het National Center for the Analysis of Violent Crime van de FBI. 'Maar dat is al even geleden.'

'Afdeling Drie behandelt misdaden tegen kinderen,' zei Blum.

Pine knikte. 'En afdeling Vier behandelt misdaden tegen volwassenen en heeft de ViCAP-database waar jij eerder in hebt gekeken. Daar heb ik een jaar gewerkt.'

'Waarom maar een jaar? De meeste agenten blijven daar toch veel langer?'

'Laten we het er maar op houden dat ik er genoeg van had.'

'Ik heb gelezen dat sommige mensen kritisch staan tegenover het gebruik van psychologische profiling.'

'Het is niet perfect en het is slechts een van de vele middelen die we gebruiken, maar het levert resultaten op. Maar nu hier een team naartoe komt kunnen ze er dieper in duiken en ook gebruikmaken van wat we met deze laatste dode hebben ontdekt.'

'Gekleed als een bruidegom,' zei Blum rillend. 'Dit wordt wel heel erg creepy.'

'De moordenaar is ontwikkeld, gefocust en systematisch. En hij moet deze omgeving kennen. Een dode zwarte man op een graf leggen, niet van een Union-soldaat maar van een van de Raiders, die echt slecht waren omdat ze zich tegen de mannen keerden die hetzelfde uniform droegen... Ik weet niet zeker of dit een boodschap is, maar ik kan me ook niet voorstellen dat het toeval was.'

'Wat gaan we nu doen?'

'We hebben bij deze zaak geen aanwijzingen die we kunnen natrekken, dus wil ik me concentreren op de reden dat we hier zijn.'

'Hebben we dan aanwijzingen over de zaak van uw zusje?'

'We hebben iets: iene miene mutte. Die man zei dat rijmpje hardop. Ik weet zeker dat ik me dat niet heb ingebeeld. Dus als het Tor niet was, wie was het dan wel? En waarom zou hij dat rijmpje gebruiken?'

'Dat was een manier om te beslissen wie van jullie hij zou meenemen,' zei Blum.

'Waarom moest hij kiezen?'

'Omdat hij maar één van jullie kon meenemen.'

'Waarom? Als mijn ouders stoned beneden waren en hij toch al door het huis had gelopen? Als hij Mercy naar beneden droeg, waarom mij dan niet ook? We waren nog maar zes, dus had hij ons waarschijnlijk allebei mee kunnen nemen. Maar hij nam Mercy mee en sloeg mij zo hard dat hij mijn schedel brak.'

'Misschien wilde hij maar één van jullie, en was daar een bepaalde reden voor.'

'Inderdaad. Maar ik vraag me af wat die reden was. En als hij me echt had willen vermoorden, waarom heeft hij dat dan niet gedaan? Hij had me kunnen wurgen, mijn nek kunnen breken. Maar hij koos ervoor me te slaan. Hij kan niet hebben geweten of ik wel of niet aan mijn verwondingen zou overlijden.'

Blum leunde naar achteren in haar stoel en dacht hierover na. 'Dat is een moeilijke vraag.'

'Myron Pringle weet meer dan hij ons wil vertellen.'

'Wat wilt u daaraan doen?'

'Nogmaals met hem praten. We zullen er weer naartoe moeten, omdat hij geen telefoon of mail heeft.'

'Zal ik dan met Britta praten, terwijl u met Myron praat? Ik denk dat zij ook een paar geheimen heeft. Misschien kan ik met haar

praten, moeders onder elkaar, om te achterhalen welke dat zijn.'
'Laten we gaan.'

Bijna een uur later sloegen ze het griezelig stille pad in en reden naar het moderne huis. Maar voordat ze zelfs maar bij de trap waren ging de deur al open en stapte Britta Pringle naar buiten. Ze was gekleed in een lichtgrijze geruite rok waar haar zongebruinde gespierde kuiten onder te zien waren, een blauw vest, een witte trui met lange mouwen en grijze canvas schoenen. 'Ik zag jullie op de oprijlaan,' zei ze. 'Myron heeft het hele terrein onder videobewaking gezet.'

'Dat geloof ik meteen,' zei Pine, terwijl zij en Blum de trap op liepen. 'Ik vind het niet prettig om zomaar langs te komen. Ik had wel willen bellen, maar...'

Britta zei vermoeid: 'Maar we hebben geen telefoon en geen mailadres. Ja, ik weet het. Dat maakt vriendschappen onderhouden erg moeilijk,' voegde ze eraan toe – een beetje ongelukkig, dacht Pine.

'Wat kan ik voor jullie doen?' vroeg Britta.

'Ik wil graag nog een keer met Myron praten. Ik neem aan dat hij al op is.'

'Ja, hij is net klaar met eten.'

'Als hij tijd voor me heeft.'

'Waar gaat dit over?' vroeg Britta.

'Gewoon een paar vervolgvragen.'

Ze nam hen mee naar binnen en zei: 'Ik hoorde op het nieuws dat er in Andersonville weer een dode is gevonden.'

'Ja, op de begraafplaats naast het gevangenisterrein.'

'Mijn god! Betekent dit dat hier een seriemoordenaar actief is?'

'Zou kunnen. Nu halen ze de FBI er waarschijnlijk bij.'

'Maar jij bent hier al.'

'Ja, maar als privépersoon. Waar is Myron?'

'In het zwembad. Dat vindt hij fijn vlak nadat hij heeft gegeten.'

'Geen voorstander van de "dertig minuten wachten"-regel?' vroeg Blum.

'O, maar hij zwemt niet. Ik weet niet eens of hij dat wel kan. Hij ligt gewoon op een luchtbed. Hij zegt dat hij daardoor beter kan nadenken. Alsof je in de baarmoeder zit, zegt hij.'

'Kan ik hierlangs naar buiten?' vroeg Pine.

'Ja hoor, natuurlijk.'

Toen Blum haar niet volgde vroeg Britta: 'Ga jij niet met haar mee?'

'Ik denk dat agent Pine dit alleen wil doen. Misschien kunnen jij en ik even kletsen.'

Britta vrolijkte helemaal op toen Blum dat voorstelde. 'Dan zet ik koffie, en ik heb net muffins gebakken.'

'Dat lijkt me heerlijk.'

Pine en Blum keken elkaar veelbetekenend aan en gingen ieder een andere kant op.

27

Dat is heel veel witte huid, dacht Pine toen ze naar de rand van het zwembad liep.

Myron Pringle lag gekleed in een donkere zwembroek op een blauw luchtbed, met zijn onderbenen over de rand bungelend. Hij had een zonnebril op. Hij was zo wit en lag zo roerloos dat hij wel dood leek.

Pine bukte zich en stak haar hand in het water. Dat was verwarmd.

Myron was dun maar niet erg fit, en was overal op zijn lichaam flink behaard. Ze dacht niet dat ze ergens een spier kon ontdekken, maar zijn hersenen waren natuurlijk wel van een olympisch kaliber. 'Myron?'

Hij reageerde niet op haar stem.

Toch dacht ze dat hij haar wel naar het zwembad had zien lopen, maar had besloten niets te zeggen. 'Myron?'

Uiteindelijk draaide hij zijn hoofd iets opzij. 'Ja?'

'Heb je er bezwaar tegen als ik je een paar vragen stel?'

'Dat heb ik inderdaad. Dit is mijn denktijd.'

Ze trok een gevlochten stoel naar de rand van het zwembad en ging zitten. 'Ik kan je wel iets geven om over na te denken.'

Hij schoof zijn zonnebril omhoog tot op zijn lange, gegroefde voorhoofd en keek haar aan. 'Zoals?'

'Het zijn geen algoritmes, weet je.'

'Het gaat over je moeder, nietwaar?'

'Wil je me nu vertellen wat je me de vorige keer niet hebt verteld?'

'Ik weet niet waar je het over hebt.'

'Natuurlijk wel, je bent een slimme man.'

Hij liet zijn zonnebril weer zakken. 'Ik ben kennelijk niet zo slim, dus zul je het me moeten vertellen, agent Pine.'

'Laat ik beginnen met de lunch die ik had met Jack Lineberry.'

'Jack, hè? Zei hij dat je hem Jack moest noemen?'

'Inderdaad.'

'Oké.'

'Hoezo? Hoe noem jij hem dan?'

'Baas.'

'Wil je weten waarom hij met me wilde lunchen?'

'Niet echt.'

'Hij wilde weten wat er met mijn moeder is gebeurd.'

'Oké.'

'Vind je dat vreemd?'

Hij schoof zijn zonnebril weer omhoog. 'Waar wil je naartoe met je vragen?'

'Wist je dat Lineberry mijn vader vond toen hij dood was?'

'Ik denk dat hij me dat heeft verteld.'

'Dat dénk je? Zijn er veel mensen die je vertellen dat ze iemand hebben gevonden die zichzelf met een geweer heeft doodgeschoten? Ik dacht dat je geheugen beter was dan gemiddeld.'

'Oké, ja, ik herinner me dat hij me dat vertelde. Maar dat is lang geleden. Wat heeft dat te maken met het feit dat hij wil weten hoe het met je moeder gaat?'

'Misschien niets.'

'Wat heb je hem over haar verteld?'

'Jij wilt het dus ook weten?'

Hij schoof zijn zonnebril voor de derde keer omhoog. 'Ik was ook een vriend van haar.'

'Maar ik kan me niet herinneren dat een van jullie heeft geprobeerd contact op te nemen met mijn moeder nadat we Andersonville hadden verlaten.'

'Ik wist niet waar jullie naartoe waren gegaan.'

'Maar Lineberry had contact gehouden met mijn vader. En mijn vader wist waar we waren. Lineberry hoefde het alleen maar te vragen.'

Weer ging de bril naar beneden. 'Nou, ik weet niet wat ik je moet vertellen.'

'Ik denk dus dat je niet zo goed bevriend was met mijn vader als je zei.'

'Wat zijn je vragen?' vroeg hij kortaf.

'Wat deed je in de nacht waarin mijn zusje werd meegenomen? Britta zei dat ze zich dat niet herinnerde.'

'Waarom zou ik dat dan wel doen?'

'Weet je het nog?'

'Daar moet ik over nadenken.'

'En de dag daarna? Vertel me wat je toen deed.'

'Ik was aan het werk.'

'Wanneer hoorde je wat er was gebeurd?'

'Britta belde me die ochtend op kantoor.'

'Wat deed je toen?'

'Ik kon niet onmiddellijk weg van kantoor. Maar ik ben wel eerder vertrokken. Britta was al met je moeder mee naar het ziekenhuis gegaan. Ik ging naar jullie huis. Je vader was weg, je zusje zoeken. Ik zag hem pas toen hij terugkwam en toen beschuldigde die achterlijke Barry Vincent Tim ervan dat hij ervoor verantwoordelijk was. Hij ging op de vuist met Vincent en ik trok ze uit elkaar. Kreeg daarbij zelf bijna klappen. Gelukkig ben ik een grote man, en toen was ik veel sterker.'

Pine bekeek hem. Hij was inderdáád een grote man. Groter dan Daniel Tor. En dertig jaar geleden was hij waarschijnlijk gespierder, en sterker, zoals hij net had toegegeven. 'Waarom was de politie niet bij ons huis, zodat zij dat konden doen?'

'Zoals ik al zei, dat weet ik niet. Ik kan je alleen vertellen dat er geen politie was. Er was alleen een stel pottenkijkers.'

'Hebben ze geprobeerd te achterhalen of er die avond iemand anders dan mijn ouders in ons huis was?'

'Nogmaals, dat weet ik niet. Ik weet alleen dat Britta en ik er niet waren.'

'Waar was je dan wel?'

'Als je het echt moet weten, we waren thuis en hadden vrienden op bezoek.'

'Waarom vertelde je me dat de eerste keer niet?'

'Omdat je op een heel grove manier vragen stelde. Daar baalde ik van, als je de waarheid wilt weten.'

'Ik geef altijd de voorkeur aan de waarheid. Wie waren die vrienden?'

'Gewoon vrienden. We dronken wat, rookten hasj, en dat was dat.'

'Hebben die vrienden ook een naam?'

'Zij wonen hier niet meer.'

Pine dacht hierover na, terwijl Myron van het luchtbed klom, naar de rand van het zwembad kwam en met zijn armen op de rand leunde. Hij zei: 'Nu wil ik jóú een paar vragen stellen. Wat weet je over de achtergrond van je ouders?'

'Niet veel. Ze werden op de highschool verliefd op elkaar, in Kansas. Ze trouwden jong, kregen mij en mijn zusje en daarna zijn we naar Georgia verhuisd.'

'Echt? Wie heeft je dat verteld?'

Pine fronste. 'Zij natuurlijk, hoezo?'

'Omdat je moeder op haar zestiende als model ging werken. In Milaan, Londen, Parijs. Ik betwijfel of ze op dezelfde highschool hebben gezeten en ik betwijfel of dat in Kansas was. Ik betwijfel zelfs of Julia haar highschool heeft afgemaakt.'

Pine kon even geen woord uitbrengen. 'Onzin.'

'Kom mee.'

Myron klom uit het zwembad, droogde zich af, trok een T-shirt aan en liep samen met Pine via een buitentrap naar de bovenverdieping. Hij liep een kamer in en gebaarde dat ze hem moest volgen. Dit vertrek was ingericht als een kleine studeerkamer. Myron trok de la open van een houten dossierkast, zocht even, haalde er een tijdschrift uit, sloeg het op een bepaalde bladzijde open en gaf het aan Pine. 'Je moeder op de catwalk in Londen.'

Pine keek ernaar en voelde zich vreselijk ongemakkelijk toen haar blik bleef rusten op de tiener met lange benen die opvallend veel op haar leek.

'Een verrassing, neem ik aan,' zei Myron, die aandachtig naar haar keek.

'Hoe kom je hieraan?' vroeg Pine.

'Als je moeder had gedronken of hasj had gerookt vertelde ze meer dan normaal. Ze vertelde dat ze als tiener als model had gewerkt. En dat intrigeerde mij.'

'Maar dat verklaart niet hoe je aan dit tijdschrift komt.'

'Dat was lang nadat ze uit Georgia waren vertrokken. Sterker nog, dat is nog maar een paar jaar geleden. Ik was op internet op zoek naar haar. Daar was niets te vinden, maar toen vroeg ik een kennis die toegang had tot de modewereld navraag naar haar te doen. Ik vertelde hem alles wat ik wist over je moeder en stuurde hem een foto die ik van haar had gemaakt toen ze hier nog woonde. Hij had bijna een jaar nodig, maar toen stuurde hij me dat tijdschrift.'

'Maar haar naam staat er niet bij.'

'Twijfel je eraan dat dit je moeder is? Ik heb nooit iemand gekend die op haar leek.'

'Ze is het. Heeft de man die je had ingehuurd je nog meer verteld?'

Myron keek haar aandachtig aan. 'Nou, om te beginnen vertelde hij me dat ze volgens hem geen Julia heette.'

'Wat?'

'Hij zei dat ze alles bezat wat nodig was om het te maken in die wereld, maar dat ze verdween toen ze dat werk nog maar een paar jaar had gedaan. Niemand wist waarom of wat er van haar was geworden. En hij kon niemand vinden die hem haar achternaam kon vertellen. Maar haar voornaam was kennelijk Amanda. Dat was in elk geval de naam die ze toen gebruikte.'

'Waarom zou mijn moeder haar naam veranderen?' vroeg Pine.

Myron spreidde zijn lange magere armen. 'Hoe moet ik dat weten? Ik vertel je alleen wat die man me heeft verteld. En hij was niet zomaar iemand. Hij werd me van harte aanbevolen. Een echte professional.'

'Kan ik met deze "echte professional" praten?'

'Bang van niet.'

'Waarom niet?'

'Ongeveer een maand nadat hij verslag had uitgebracht kreeg hij een hartaanval en stierf.'

Pine had het gevoel dat ze onder een trein was gekomen.

'Ik zie dat dit een hele schok voor je is,' zei Myron meelevend.

Pine, nu meer dan argwanend, vroeg: 'Waarom heb je al die moeite gedaan om in mijn moeders verleden te graven?'

'Zoals ik al zei ben ik nieuwsgierig. En de meeste mensen praten graag over hun verleden. Maar jouw ouders deden dat nooit, niet als ze nuchter waren. Dus vroeg ik me af...'

'Wat vroeg je je af?' vroeg Pine, ook al vroeg ze zich dat zelf ook al af.

'Dat ze misschien niet waren wie ze zeiden. Ik bedoel, ik vertelde je dat ze misschien Amanda heette. Maar toen ze hier kwam heette ze opeens Julia Pine.'

'En mijn vader?'

'Dat weet ik niet. Het is heel goed mogelijk dat hij was wie hij zei dat hij was. Ik heb hem niet nagetrokken.'

'Weet Britta dit allemaal?'

'Ze weet niet dat ik je moeder heb nagetrokken, nee. Maar ze was erbij toen Julia zich versprak en vertelde dat ze als model had gewerkt.'

Pine zakte in elkaar in de stoel, terwijl ze de foto bestudeerde. Er was geen twijfel aan dat het haar moeder was die tijdens een belangrijke modeshow in Londen op de catwalk liep. Ze las een deel van het artikel en zei verbaasd: 'Karl Lagerfeld? Was dit Karl Lagerfelds modeshow voor Chanel? Ik weet vrijwel niets van de modewereld, maar ik heb wel van hem gehoord.'

'Volgens mijn mannetje werkte je moeder in die tijd als model tijdens de modeshows van de belangrijkste ontwerpers ter wereld.'

'Hoe is het mogelijk dat ik dit niet wist?'

'Dit was ver voor Google. Dat kon je niet even op internet opzoeken. En zoals ik al zei heeft ze dit werk slechts korte tijd gedaan. Ze was niet zoals Cindy Crawford of Claudia Schiffer, die echt carrière hebben gemaakt en wereldberoemd werden. Je moeder was langer en knapper dan al die andere supermodellen. Maar ze bleef het werk niet doen. Dus raakte ze in vergetelheid. Zonder Wikipedia-pagina of iets anders.'

'Waarom? Wat is er met haar gebeurd?'

'Ik heb geen idee. Ze kwamen hier gewoon op een dag met hun twee dochtertjes. Van het weinige wat ze ons vertelden dacht ik dat ze elkaar tijdens een blind date of zo hadden leren kennen en verliefd waren geworden.'

'Ze waren dus niet verliefd op elkaar geworden toen ze nog op de highschool zaten?'

Myron nam het tijdschrift weer van haar aan en keek naar de foto van Julia Pine die op de catwalk liep in een ingewikkelde Karl Lagerfeld-creatie, met opgestoken haar en met een blik alsof de wereld en alles erop van haar was.

'Ziet ze eruit alsof ze op een highschool in Kansas zat? Ze kan hier niet ouder dan zeventien zijn geweest.' Hij keek haar strak aan. 'En toen ik net zei dat je ouders hier opeens met jou en je zusje aankwamen leek je niet verbaasd. En je wist dat jullie hier niet zijn geboren.'

'Pas toen ik volwassen was ontdekte ik dat ik in New York ben geboren. Dat was een grote verrassing, want tot die tijd dacht ik dat ik in Georgia was geboren.'

Myron knikte maar zei niets.

'Je zei dat ze nooit over zichzelf praatten als ze nuchter waren. Heeft mijn vader ooit iets over zijn verleden verteld als hij had gedronken?'

Myron legde het tijdschrift neer en wreef over zijn kin. 'Weet je, dat heeft hij inderdaad gedaan. Je vader wilde acteur worden. Dat zei hij tenminste. Daarom was hij in New York, daar werkte hij aan zijn carrière. Daar heeft hij je moeder misschien leren kennen. Dat is eigenlijk het enige wat hij me over zichzelf heeft verteld in de tijd dat ze hier woonden.'

Pine ademde uit, vol ongeloof. 'Mijn vader wilde acteur worden? Mijn moeder was een internationaal model? Je praat over het leven van iemand anders. Zij hebben me daar nooit iets over verteld. Niets.'

'Ik weet niet waarom niet. Misschien dachten ze dat het niet belangrijk was. Misschien dachten ze dat jullie zouden denken dat ze verkeerde beslissingen hadden genomen, of dat ze hun carrière hadden opgegeven voor hun kinderen. Ik raad maar wat, dat begrijp je.'

'Ik wist dat ze geen van beiden broers of zussen hadden. Dat hun ouders dood waren. Dat hebben ze me tenminste verteld. Is dat waar, of heb ik grootouders en ooms en tantes van wie ik niets af weet? Niemand heeft ooit geprobeerd contact met me op te nemen.'

'Ik ben bang dat ik niets van dat deel van hun leven weet,' zei Myron.

'Maar waarom zou ze haar naam veranderen van Amanda in Julia?'

Ook al was het duidelijk dat ze dit aan zichzelf vroeg en niet aan Myron, hij antwoordde: 'Misschien wilde ze gewoon verdwijnen. En het is niet verboden om je naam te veranderen.'

Pine keek naar het tijdschrift. 'Mag ik dat hebben?'

'Natuurlijk,' zei hij en hij gaf het aan haar.

'Hebben ze je ooit verteld waarom ze in een dorp als Andersonville gingen wonen? Ik bedoel, als mijn moeder de hele wereld had bereisd, is dit dorp wel een beetje saai.'

'Niet iedereen houdt van dit soort dorpen. Britta en ik zouden overal kunnen wonen. Maar we kozen ervoor dat hier te doen. Misschien had je moeder het helemaal gehad met al die drukke, glamoureuze locaties en wilde ze gewoon iets eenvoudigers.'

Pine keek naar het tijdschrift. 'Je hebt me een heleboel gegeven om over na te denken.'

'Wat ga je met die informatie doen?'

'Ik ben hiernaartoe gekomen om te proberen te achterhalen wat er met mijn zusje is gebeurd. Maar nu moet ik ook proberen uit te zoeken wie mijn ouders echt waren.'

'Je hebt er vast niet op gerekend dat je dat ook moest doen.'

'Logisch toch?' zei ze.

28

‘Waar wil Lee met Myron over praten?’ vroeg Britta, terwijl ze in de keuken koffie maakte. Ze had door het raam gezien dat Pine naar het zwembad liep, waar haar man op een luchtbed lag.

‘Volgens mij wil ze hem een paar dingen over haar ouders vragen. Ze is een ervaren onderzoeker, dus zal ze wel weten wat ze moet vragen.’

Britta kwam met hun koffiekopjes en een schaal warme maismuffins naar haar toe, zette die op de tafel en ging tegenover Blum zitten.

‘Jij had kennelijk een goede band met Julia. Wat vond je van haar?’

Britta dacht hier even over na. ‘Ze was een prachtige vrouw, en niet alleen fysiek. In die zin was ze superknap, heel lang en slank. Ze had schitterend haar en een perfect gevormd lichaam en gezicht. Ik vind dat Lee in dat opzicht op haar lijkt. Maar hoewel zij ook heel lang is, is ze veel eh… gespierder dan haar moeder.’

‘In haar beroep is sterk en fit zijn belangrijker dan je uiterlijk. En ze heeft keihard moeten werken om die fysieke kracht op te bouwen.’

‘Dat snap ik. Maar goed, Julia was een gecompliceerde vrouw.’

‘Hoezo?’

‘Ze praatte eigenlijk nooit over haar verleden, maar door de dingen die ze zei begreep ik dat ze had gereisd en veel van de wereld had gezien. Myron vertelde dat ze zelfs model was geweest. Dat verbaasde me niet, want daar had ze het lichaam, het gezicht en de lengte voor. Maar volgens mij heeft ze dat niet lang gedaan. Dat kon natuurlijk ook niet.’

‘Wat bedoel je?’

‘Omdat ze nog heel jong was toen ze de meisjes kreeg.’

'Weet je nog wanneer ze zijn geboren?'

'Nee, ze zijn niet hier geboren.'

Blum bleef uiterlijk rustig, hoewel dit haar verbaasde.

'De meisjes waren een jaar of twee toen Tim en Julia naar Andersonville kwamen.'

'Juist,' zei Blum. 'Ik heb ooit maar één foto gezien, van agent Pine en haar zusje. Geen enkele foto van haar ouders. Agent Pine zei dat dat de enige foto was die ze had.'

'Eén foto maar? Wat vreemd.'

'Heb jij een foto van de Pines?'

'Even zoeken, ben zo terug.'

Nadat ze was vertrokken zag Blum door het raam dat Myron uit het zwembad kwam, zich afdroogde, een T-shirt aantrok en Pine via een buitentrap meenam naar de bovenverdieping. Haar baas leek verbaasd. Misschien vertelde Myron haar iets wat overeenkwam met wat Britta haar vertelde.

'Kijk eens.'

Blum draaide zich om en zag dat Britta terugkwam met een kleine foto.

Britta gaf de foto aan Blum en zei: 'Volgens mij is deze gemaakt toen de meisjes vier werden.'

De Pines stonden naast elkaar: Tim aan de ene kant en de iets langere Julia aan de andere kant. Tussen hen in stonden Pine en haar zusje Mercy. Blum keek er aandachtig naar en zei: 'Jeetje, ze lijken echt sprekend op elkaar. Alleen draagt agent Pine een broek en Mercy een jurk met franjes – dat denk ik tenminste.'

'Klopt. Lee was de wildebras en Mercy het meisje. Dat was eigenlijk de enige manier waarop we ze uit elkaar konden houden. Je zag Lee bijna nooit in een jurk, en zeker niet in zo'n jurk met franjes.'

'Haar moeder is uitzonderlijk mooi.'

'En Tim zag er ook niet slecht uit. Ik kan je wel vertellen dat wanneer hij in de zomer buiten aan het werk was, in korte broek en met ontbloot bovenlichaam, een paar vrouwen die in de buurt woonden altijd wel een smoesje verzonnen om langs te komen, alleen maar om smachtend naar hem te kijken. Ik ook.'

Blum glimlachte. 'Ik denk dat ik dat ook zou hebben gedaan. Hebben ze je ooit meer verteld over hun leven voordat ze naar Andersonville kwamen?'

'Nee, zoals ik al zei, was Julia erg gesloten en Tim was ook geen echte prater.'

Blum nam een hapje van een muffin en nam een slok koffie. 'En hoe zijn jij en je man hier eigenlijk beland?'

Britta's blik verzachtte. 'Myron had een vriend in de mijnindustrie en hij hielp Myron aan een baan bij de bauxietmijn.'

'En vond een computerman het leuk om in een mijn te werken?'

'Hij deed geen fysiek werk. Zijn werk was vooral wetenschappelijk. Hij heeft zelfs andere toepassingsmogelijkheden voor bauxiet bedacht, die daarvoor niet bekend waren. Hij heeft altijd al out of the box gedacht.'

'Hoe hebben jullie elkaar ontmoet?'

'Een blind date in Huntsville, in Alabama. Ik had net eindexamen gedaan en Myron een jaar eerder. Hij was heel lang en zag er leuk uit, maar hij was een stille man. Ik had geen idee dat hij een genie was, hij leek gewoon gereserveerd. De meeste mensen begrepen hem niet, maar wij konden het uitstekend met elkaar vinden. We zijn al heel lang samen...' Ze zweeg even. 'Ik dacht dat ik nu allang oma zou zijn. Ik dacht dat een heleboel dingen zouden gebeuren die nooit gaan gebeuren.'

Blum legde een hand op de arm van de vrouw. 'Wat erg voor je, Britta. Dat moet wel verschrikkelijk voor je zijn geweest.'

'Ja, maar het leven gaat door. En als je nagaat wat we hebben meegemaakt, hebben we daar het beste van gemaakt. Maar er gaat geen dag voorbij dat ik niet aan mijn kinderen denk. En aan wat had kunnen zijn.'

Blum gaf een kneepje in haar arm en leunde toen naar achteren.

Britta zuchtte, nam een slok koffie en keek op. 'Jij en Lee kunnen het zo te zien goed met elkaar vinden.'

Blum was blij dat ze over iets anders begon en zei: 'Ze is een fantastische baas en een nog betere agent.'

'Je bent vast heel trots op haar.'

'Ze heeft hard gewerkt voor alles wat ze heeft bereikt. Het Bureau is nog altijd vooral een mannenwereld, maar zij is er gewoon in gestapt en heeft zich vanaf dag één laten gelden. Ze pikt geen onzin van wie ook, en je bent nog niet jarig als je in haar bijzijn laat merken dat je een vrouwenhater bent. Geloof me, dat heb ik meegemaakt.'

Britta keek naar buiten. 'Ik vraag me af hoe het met haar en Myron gaat.'

'Ik neem aan dat hij alles weet wat je mij hebt verteld.'

'Zeker weten, misschien zelfs meer.'

'Dan heeft hij dat waarschijnlijk al aan agent Pine verteld.'

'Kan ze dit allemaal niet gewoon aan Julia vragen? Ze leeft toch nog?'

'Dat weet ik niet.'

'Maar Lee weet dat toch wel?'

'Dat weet ik niet,' zei Blum vaag. 'En ik vraag liever niet door.'

'O, ik begrijp het.'

'Jack Lineberry wilde het weten,' zei Blum suggestief. 'Hij vroeg agent Pine naar haar moeder.'

'Echt?' zei Britta.

'Verbaast je dat?'

'Nee, niet echt. Ze waren goede vrienden.'

Hoe goed? wilde Blum vragen, maar ze besloot dat niet te doen.

'Vind je het leuk om bij de FBI te werken?' vroeg Britta.

'Ja, heel leuk. En samenwerken met agent Pine is nooit saai. Vlak voordat ze hiernaartoe kwam hoorde ze via een amber alert dat er een meisje werd vermist en zij heeft haar gered. De creep die haar had ontvoerd was een veroordeelde pedofiel die in het verleden jonge meisjes had verkracht en waarschijnlijk ook vermoord. Agent Pine ging hem in haar eentje achterna en nam hem te pakken. Nu krijgt de man levenslang en dat is maar goed ook.'

'Ze klinkt ontzagwekkend.'

'Dat is een goed gekozen woord.'

'Haar moeder zal wel trots zijn.'

Zou het? vroeg Blum zich af.

29

Pine en Blum zaten die avond te eten in de Clink, maar ze hadden elkaar al eerder bijgepraat over hun gesprekken met Myron en Britta.

'Dit moet wel heel verdrietig voor u zijn, agent Pine.'

'Wat bedoel je, dat ik helemaal niets weet van waar ik vandaan kom of wie mijn ouders waren? Of dat het weinige wát me is verteld leugens waren?'

'Wat herinnert u zich wél van hun verleden?'

'Alleen wat ze me hebben verteld, wat heel weinig was.'

'En nadat jullie hier waren weggegaan?'

'Zoals ik je al vertelde zijn we naar een dorp in South Carolina verhuisd. En jaren later gingen mijn ouders scheiden.'

'Door wat er was gebeurd?'

Pine speelde met haar papieren servetje. 'Dat heb ik altijd aangenomen. Ze maakten constant ruzie over van alles en nog wat, maar Mercy's naam werd vaak genoemd.'

'Wat is er daarna gebeurd?'

'Ik wilde bij mijn moeder wonen. Wij bleven in South Carolina en mijn vader woonde vlakbij. Toen veranderde dat allemaal.'

'Hoe dan?'

'Ik zou net aan de highschool beginnen toen mijn moeder me vertelde dat we gingen verhuizen.'

'Waarnaartoe?'

'Dat vertelde ze me pas toen de verhuizers kwamen. We gingen naar Texas.'

'Vertelde ze ook waarom?'

'Niet echt.'

'Hebt u eigenlijk ooit gehoord waar u bent geboren? Britta wist heel zeker dat jullie niet hier geboren zijn.' Ze zweeg even en zei toen: 'Dat verbaasde me, maar dat heb ik haar niet laten merken.'

Pine keek Blum aan en kon wel zien wat ze dacht. 'Ik weet waar ik ben geboren. Sorry dat ik je dat niet eerder heb verteld.'

'U hebt alle recht dat soort dingen voor uzelf te houden, agent Pine. Maar ik hoop dat u weet dat alles wat u me vertelt strikt vertrouwelijk blijft.'

'Dat weet ik, Carol.' Ze dacht even na. 'Ik ben in New York geboren, maar dat hadden ze me niet verteld. Dat weet ik alleen doordat ik toen ik op college zat een paspoort nodig had. Ik was olympisch gewichtheffer en moest voor wedstrijden naar het buitenland. Ik weet nog dat ik mijn geboorteakte bekeek. Die had ik nodig om een paspoort aan te vragen en daarom had ik mijn moeder erom gevraagd. Ik heb er heel lang naar zitten kijken. Want weet je, ik had altijd gedacht dat ik in Georgia was geboren. Ik had geen enkele herinnering aan het leven in New York.'

'Maar volgens Britta waren jullie twee toen jullie hier kwamen wonen, dus is het niet vreemd dat u zich niets van New York herinnert.'

'Ik vroeg mijn moeder ernaar, maar ze ging er niet echt op in. Ze zei: natuurlijk ben je daar geboren, en vertelde dat we later naar Georgia waren verhuisd. Ze zei dat ze me dat had verteld, maar ik denk niet dat ik dat zou zijn vergeten.'

'Nee, dat denk ik ook niet.'

'Het was lastig om naar Texas te verhuizen vlak voordat ik aan de highschool zou beginnen. Ik had daar al een paar vriendinnen en moest toen helemaal opnieuw beginnen.' Ze zweeg even. 'Mijn vader was niet meer in de buurt. Ik kwam in opstand. Ik begon veel te drinken. Pleegde winkeldiefstallen. Rookte hasj. De politie werd erbij gehaald. Het ging helemaal de verkeerde kant op met me.'

'Waardoor veranderde dat? Door uw moeder?'

'Nee, niet door haar. Ik bedoel, ze probeerde wel met me te praten, maar ik wilde niet luisteren. Ik was helemaal van slag door onze verhuizing en doordat mijn vader niet meer in de buurt was. En ik miste Mercy verschrikkelijk. Ik denk dat ik me eenzaam voelde.'

'Wat gebeurde er toen?'
'Je zult dit wel heel dom vinden.'
'Ik heb veel meegemaakt. Vertel het dus maar.'
'Er kwam een circus bij ons in de buurt en daar was een waarzegster die me mijn toekomst voorspelde. Ik weet niet waarom. Maar goed, die vrouw vertelde me iets.'
'Wat dan?'
'Ze voelde mijn handpalm en zei dat ze twee harten in me voelde kloppen, niet één, en dat ze dacht dat ik wel wist waarom.'
Blum leunde naar achteren. 'Mercy?'
Pine knikte. 'Het was alsof er een knop in me werd omgedraaid. Ik ging leren, begon te sporten, werkte keihard om...'
'... uw eigen leven én dat van uw zusje te leiden?'
'Zoiets,' zei Pine gekweld. 'En nu ik je toch alles vertel... Toen ik een keer thuiskwam voor de zomervakantie was mijn moeder verdwenen. Ze had een briefje voor me achtergelaten waarin stond dat ze verder was gegaan met haar leven. Ze liet genoeg geld voor me achter om van te leven en de rest van mijn opleiding te betalen. Ik heb haar nooit meer teruggezien.'
'Mijn god!' zei Blum, zichtbaar van slag. 'Ze liet u gewoon... in de steek?'
'Aangezien ik volwassen was, was dat juridisch gezien niet het geval. Maar in elk ander opzicht liet ze me inderdaad in de steek. Ik belde de politie en gaf haar als vermist op, maar er is geen enkele wet die een volwassene verbiedt om vrijwillig weg te gaan en er was geen enkel bewijs voor dat er iets mis was.'
'Maar toch, u moet er kapot van zijn geweest.'
'Dat was ik ook, heel lang. Ik heb haar natuurlijk gezocht. En toen ik FBI-agent werd zocht ik nog meer, allemaal in mijn vrije tijd. Maar ik vond niets. Ik bleef regelmatig zoeken, maar ze lijkt wel van de aardbodem verdwenen. Misschien is ze dood.' Pine sloeg haar blik neer. 'Maar ik zou het graag willen weten.'
'Maar het is goed gekomen met u. U bent nu FBI-agent.'
'Of dat zo blijft is nog niet zeker,' zei Pine onheilspellend. Ze nam een slok bier en zei: 'Ondanks wat Dobbs zei, kan hij me elk moment

ontslaan. Waarom zou hij zijn eigen carrière voor mij op het spel zetten?'

'Ik weet dat hij hard kan zijn, maar hij zou u kunnen verrassen, agent Pine. Hij gaf u de kans de zaak recht te zetten en dat had hij niet hoeven doen.'

'Je hebt gelijk.'

'Wat voor werk deed uw moeder toen jullie samen naar Texas verhuisden?'

'Waarom vraag je dat?'

'Ik probeer een paar dingen duidelijk te krijgen.'

'Ze werkte niet, niet meteen.'

'Waar leefden jullie dan van?'

'Ze zei dat ze geld had geërfd van een ver familielid.'

Pine keek op en zag Blums ongelovige blik. 'Ik weet het, maar ik was toen nog maar een domme tiener. Ik geloofde haar.'

'Maar uiteindelijk kreeg ze wel een baan?'

'Ja. Maar ze praatte eigenlijk nooit over haar werk, zei dat ze alleen maar wat papieren heen en weer schoof. En ik dacht alleen maar aan school en sport en heb nooit nagedacht over wat haar werk precies inhield.'

'Reisde ze ook in die tijd? Naar het buitenland?'

'Nee, nooit.'

'En uw vader? Bleef hij in South Carolina?'

'Ja, en daar baalde ik behoorlijk van. Ik bedoel, hij was mijn vader. Mijn moeder vertelde dat zij die baan in Texas aangeboden had gekregen en die wel moest aannemen. En dat mijn vader dat begreep. Maar dat sloeg nergens op, omdat zij immers niet meteen was gaan werken.'

'Maar ze was uw moeder. U had haar moeten kunnen vertrouwen. Heeft uw vader ooit iets gezegd over dat ze u meenam naar Texas en hem achterliet?'

'Als ik hem aan de telefoon had, begreep ik wel dat het hem moeite kostte een baan te behouden. Hij dronk te veel en gebruikte misschien ook drugs. Maar hij zei nooit iets negatiefs over mijn moeder.' Ze sloeg haar blik neer. 'Hij zei altijd dat hij van me hield. Dat…

Dat hij het zo erg vond van Mercy, maar blij was dat ik nog altijd in zijn leven was.'

'En toen?'

'En toen, toen ik op college was, kreeg mijn moeder een telefoontje. Hij was dood, zelfmoord. Ik hoorde dat het in een motel in Louisiana was gebeurd, maar kennelijk was dat niet zo.'

'Dat is zo,' zei Blum. 'Jack Lineberry zei dat het was gebeurd in uw vaders appartement in Virginia, waar hij denk ik naartoe was verhuisd. Maar dat had hij u nooit verteld?'

'Nooit. Maar goed, mijn moeder vertrok om alles te regelen, dat vertelde ze me tenminste. Ik wilde mee, maar dat wilde ze niet. Hij is gecremeerd. Ze zei dat ze zijn as heeft uitgestrooid op een plek die hem lief was.'

'Weet u waar dat was?'

'Nee, dat heeft ze me niet verteld. En nu hoorde ik dat Jack Lineberry hem vond. Dat had mijn moeder me ook niet verteld.'

'Misschien wist ze dat niet.'

'Hij moet hebben geweten dat zij zou komen nadat mijn vader zelfmoord had gepleegd. Maar ze heeft me niet verteld dat ze hem had gezien. En Lineberry zei dat hij haar ook niet had gezien.'

'En uw moeder verdween kort daarna?'

'Ja. Een paar maanden later.'

'Heel vreemd allemaal,' zei Blum.

Pine zei hoofdschuddend: 'En ik ben een onderzoeker, opgeleid om de waarheid te achterhalen, om te herkennen wanneer mensen liegen en om te zien wanneer dingen niet kloppen. En in mijn eigen leven was er zoveel wat niet klopte, dus hoe is het dan mógelijk, Carol, dat ik dat niet zag? Ik bedoel, hoe kán dat?'

'Dat komt gewoon doordat u, toen dit allemaal gebeurde, nog geen opgeleide onderzoeker was. En mensen willen de mensen van wie ze houden geloven en vertrouwen, vooral kinderen met hun ouders.'

'Maar nu zal ik de waarheid onder ogen moeten zien.'

'Even terug naar dat geld dat ze u heeft nagelaten. Enig idee waar dat vandaan kwam?'

‘Nee. Het was heel veel, maar de bank zei dat het in orde was, dat het echt haar geld was.’

‘Het is wel duidelijk dat ze voor u wilde zorgen toen ze vertrok.’

‘Maar waarom is ze vertrokken? Ik had veel liever mijn moeder gehad dan een vette bankrekening!’

Even bleef het stil, tot Blum zei: ‘Uw moeder was heel mooi. Toen Britta me die foto van haar liet zien… Ik bedoel, wauw!’

‘Heeft zij een foto van mijn moeder?’

‘Ja. Het spijt me, dat kon u denk ik niet weten.’

‘Iedere man hier keek naar haar, zelfs als kind kon ik dat zien.’

‘Denkt u dat iets van dit alles iets te maken heeft met wat er met uw zusje is gebeurd?’

Pine nam een slok bier. ‘Je bedoelt of het geheimzinnige verleden van mijn ouders een rol speelde bij de aanval op mij en de verdwijning van Mercy?’

‘Ja.’

‘Aan dic mogelijkheid heb ik ook gedacht. Maar goed, we zijn hier nu en we moeten doorgaan met graven. Wat we hier ontdekken kan iets zeggen over waar mijn moeder naartoe is gegaan.’

‘Hallo!’

Ze keken op en zagen dat Cy Tanner en Agnes Ridley naar hun tafeltje liepen.

Tanner droeg dezelfde spijkerbroek, maar een pas gewassen denim overhemd, en hij had zijn oude stetson in zijn hand. In de enorme gesp van zijn riem was de afbeelding van een Budweiser-bierblikje gegraveerd.

Ridley droeg een gele katoenen jurk met lange mouwen en canvas tennisschoenen waar haar rode, gezwollen enkels bovenuit kwamen. Haar grijze haar hing sluik over haar schouders.

‘Hallo,’ antwoordde Blum.

‘Mogen we bij jullie komen zitten?’ vroeg Tanner.

‘Tuurlijk,’ zei Pine met haar blik op Ridley gericht.

Ze gingen zitten. Tanner hing zijn hoed aan de rugleuning van een stoel, stak zijn hand op en bestelde een biertje.

‘Weer een dode,’ zei Ridley. ‘Lieve help!’

‘Weten ze wie het is?’ vroeg Tanner.

‘Nog niet.’

‘Ik hoorde dat hij fraai was uitgedost,’ zei Ridley.

‘Wie heeft u dat verteld?’ vroeg Pine op scherpe toon.

‘Je kunt hier niets geheimhouden,’ zei Tanner.

‘Dus dat onderzoek je ook, Lee?’ vroeg Ridley.

‘Ik help de rechercheur die deze zaak behandelt. Maar na deze tweede moord halen ze er versterking bij.’

‘Zoals?’ vroeg Tanner. De serveerster bracht zijn bier en hij nam een grote slok, waarna hij met zijn hand over zijn mond streek.

Ze keken allemaal naar de deur van het restaurant toen die werd geopend.

‘Zoals hij,’ zei Blum.

Het was een man van achter in de dertig. Hij was ongeveer 1 meter 82, had brede schouders en was gekleed in een donker pak, wit overhemd en een gestreepte stropdas. Over zijn colbert droeg hij een donkerblauw FBI-windjack.

Toen Pine hem zag viel haar mond open en ze mompelde: ‘Wel verdomme.’

‘Kent u hem?’ vroeg Blum, die haar had gehoord.

‘FBI-special agent Eddie Laredo,’ zei Pine.

‘Is hij een vriend of zo?’

‘Of zo,’ antwoordde Pine.

30

Eddie Laredo had lichtgroene ogen. Zijn scherpe blik viel op Pine en bleef daar hangen, als een magneet op metaal. Hij had een rechte kaaklijn en een lange, dunne neus die zijn gezicht exact in tweeën deelde. Zijn dikke wenkbrauwen waren even donker als zijn haar. Hij had een lange hals en brede schouders waar zijn colbert omheen spande. Zijn borstkas ging over in een smalle taille en zijn lange broek zat strak om zijn gespierde bovenbenen. Maar zijn blik hield ieders aandacht vast: kalm, maar zo intens dat die een beetje dreigend kon overkomen.

Hij liep naar hen toe en bleef naast Pine staan.

'Hallo, Eddie,' zei ze, zonder naar hem op te kijken.

'Hoorde dat je in het dorp was, Atlee,' zei hij zacht.

Nu keek ze hem wel aan. 'Van wie?'

'Van zomaar iemand.'

'Phoenix?'

'Van zomaar iemand.'

Hij trok een lege stoel bij een andere tafel vandaan, schoof hem naast de hare en ging zitten. Hij keek naar de anderen en knikte. 'Agent Laredo, FBI.'

Blum keek van hem naar Pine, die roerloos op haar stoel zat. Daarna zei ze: 'Ik ben agent Pines assistente van het Bureau, Carol Blum. Bent u erbij geroepen om de twee moorden te onderzoeken? Ik neem aan van wel.'

Laredo knikte. 'Ik ben naar Atlanta gevlogen en daarna hiernaartoe gereden.'

'Ben je alleen?' vroeg Pine.

'Voorlopig wel. Maar dat kan veranderen. Hangt ervan af.'

'Juist.'

Ridley vroeg: 'Dus jullie kennen elkaar?'

Laredo keek naar Pine voordat hij antwoordde: 'Lang geleden. We werkten bij dezelfde eenheid. BAU Four. Behavioral Analysis Unit,' zei hij toen Ridley hem niet-begrijpend aankeek.

'Maar korte tijd,' zei Pine.

'Kort maar intensief,' zei Laredo.

Pine negeerde deze opmerking en vroeg: 'Heb je Max Wallis al gesproken?'

'We hebben hier afgesproken.' Hij keek op zijn horloge. 'Hij kan elk moment hier zijn.'

Pine stond op. 'Goed, dan laat ik het nu verder aan jou over.'

Laredo keek verbaasd op. 'Ik dacht dat jij aan de zaak werkte. Ben ik fout ingelicht?'

'Nee. Ik werkte inderdaad aan de zaak, maar nu jij hier bent is mijn hulp waarschijnlijk niet meer nodig.' Ze liep weg en verdween naar buiten.

Blum keek haar na en richtte haar blik daarna op Laredo, die zijn handen bestudeerde. 'Ik neem aan dat jullie samen een verleden hebben,' zei ze.

'Ik neem aan dat u met Pine in Shattered Rock werkt.'

'U weet dat dus?'

'Zo groot is het Bureau ook weer niet.'

'Het is vrij groot. We kunnen u een overzicht geven van wat we hebben ontdekt, samen met rechercheur Wallis.'

'Dat denk ik ook.' Hij keek naar Ridley en Tanner. 'En wie zijn uw vrienden?'

'Cy Tanner en Agnes Ridley. Cy woont in het huis waar agent Pine is opgegroeid.'

Laredo keek Blum even aan.

'Ja, agent Laredo, daarom zijn we hier. Dat was de oorspronkelijke reden. Toen begonnen deze moorden.'

'Oké. Hebben jullie vooruitgang geboekt met… dat andere?'

'Wel iets. Maar we hebben nog een lange weg te gaan. En nu kan ik me maar beter bij mijn baas voegen.' Ze stond op, wenste Tanner en Ridley een goede avond en vertrok.

Blum hoefde niet ver te lopen, want Pine zat vlakbij op een bankje.

Ze stond op toen Blum naar buiten kwam. 'Ben je daar klaar?' vroeg Pine.

'Inderdaad. U hoefde niet op me te wachten.'

'Geen probleem. Ik had behoefte aan je gezelschap.'

Ze liepen terug naar de Cottage.

Blum vroeg: 'Wilt u me iets over Eddie Laredo vertellen?'

'Niet echt, en er is niet veel te vertellen.'

'U hebt de neiging zaken af te zwakken.'

'We werkten samen en toen werd ik overgeplaatst.'

'Hij wist dat u in Shattered Rock zit.'

Pine reageerde daar niet op. 'Hij is een goede agent. We waren het gewoon niet over alles eens.' Ze keek Blum aan en vroeg: 'Moet ik nog meer weten?'

'Ik heb Cy en Agnes voorgesteld en verteld dat Cy in jouw ouderlijk huis woont.'

'En?'

'En ik heb een lijntje uitgegooid om te kijken hoeveel hij van u wist.'

'En?'

'En ik heb het idee dat hij weet waarom u hiernaartoe bent gekomen.'

Pine knikte langzaam.

'Hebt u hem toen in vertrouwen genomen?'

'Nee, maar mijn persoonlijke verleden is niet geheim, Carol. Je hoeft me alleen maar te googelen.'

'Dan heeft hij zelf een conclusie getrokken.'

'Daar is hij voor opgeleid.'

'Wist u dat hij hier misschien naartoe zou komen toen u voorstelde dat Wallis het Bureau erbij haalde?'

Pine schudde haar hoofd. 'In tegenstelling tot Laredo die mijn loopbaan heeft gevolgd, is dat andersom niet gebeurd. Ik wist niet dat hij nog altijd bij Eenheid Vier zat.'

'Hij zit daar dus al een hele tijd?'

'Tenzij hij op een bepaald moment naar een andere afdeling is gegaan en nu weer terug is. Dat gebeurt. Ik ben weggegaan bij de BAU omdat ik het echte werk wilde doen. Ik maak wel gebruik van hun kennis en ervaring, maar ik wil de criminelen zelf oppakken.'

'Maar goed, nu is hij hier. Wilt u alles echt aan hem overdragen en u terugtrekken? Dat past niet bij u.'

'Ik heb daar niets over te zeggen, Carol. Eigenlijk ben ik hier op vakantie. En wat rechercheur Wallis ook zegt of wil, deze zaak is niet aan mij toegewezen. En je weet dat het Bureau regels ontzettend belangrijk vindt en wil dat agenten zich beperken tot hun eigen zaken.'

'Maar als Laredo u zou vragen aan deze zaak te blijven werken?'

Pine keek Blum scherp aan. 'Hoezo? Zei hij dat hij dat van plan was?'

'Daar heeft hij helemaal niets over gezegd. Ik vroeg het alleen voor het geval dat.'

Pine haalde haar schouders op. 'Dat zien we dan wel. Nu moeten we ons met andere dingen bezighouden.'

'Goed, wat is onze volgende stap in de zaak van uw zusje?' vroeg Blum.

'We hebben een heleboel materiaal en aanwijzingen. Wat ik het belangrijkste vind is dat de mensen volgens mij niet eerlijk tegen ons zijn. Lineberry, de Pringles en zelfs Lauren Graham schijnt dingen niet te vertellen.'

'Dan is er misschien sprake van een samenzwering. Als ze er allemaal bij betrokken zijn. Wat het ook is.'

'Ik denk gewoon dat ze niet open en eerlijk tegen ons zijn. En een van de voornaamste redenen om dat te doen is als je iets wilt verbergen. Maar wat kan dat zijn? Heeft dat iets met Mercy's verdwijning te maken? Wat is hun motief dan? Het leek alsof ze mijn ouders allemaal echt aardig vonden.'

'Het lijkt inderdaad niet logisch. Maar dan zijn we terug bij het idee dat een onbekende het heeft gedaan. En die persoon zou nu allang verdwenen kunnen zijn. Of dood.' Ze keek Pine aan. 'Stel dat u de zaak niet kunt oplossen?'

'Er is een reden voor dat ik de lat altijd hoog leg, Carol. Ik hou er niet van minder te doen dan in mijn vermogen ligt.'

'Maar misschien hebt u hier geen invloed op. Sterker nog, dat geldt voor een groot deel ervan.'

'Maakt niet uit.'

Ze arriveerden bij de Cottage en gingen naar binnen.

'Ik zag dat agent Laredo geen trouwring draagt,' zei Blum.

'Waarom lette je daarop?'

'Dat doe ik gewoon. Dat doen veel vrouwen, volgens mij.'

Pine haalde haar schouders op. 'Hij was getrouwd toen ik hem kende. Misschien is hij gescheiden.'

'Dat komt vaak voor binnen het Bureau.'

'Het is een zwaar beroep. En een eenzaam beroep voor partners.'

'Bent u daarom nooit getrouwd?' vroeg Blum.

'Ik heb gewoon nooit de juiste man gevonden.'

'Er zíjn wel geschikte mannen, hoor.'

'Vast wel, maar die heb ik nooit ontmoet.' Pine liep naar haar kamer.

Blum niet. Ze bleef onder aan de trap staan en nam een besluit.

Ze belde iemand op, stelde haar vragen en verbrak de verbinding.

Vijf minuten later ging haar telefoon. Ze nam op, luisterde, bedankte de vrouw aan de andere kant van de lijn en ging weer naar buiten.

Eén-nul voor het legendarische administratief personeel van de FBI.

31

Wallis en Laredo zaten aan dezelfde tafel waar Pine en Blum aan hadden gezeten. Tanner en Ridley waren vertrokken.

Blum kwam binnen, zag hen zitten, liep snel naar hen toe en ging naast Wallis zitten.

'Hallo,' zei Wallis. 'Ik hoorde dat agent Pine is vertrokken.'

'Ze moest een paar andere dingen doen. Maar ze stuurde me terug om op de hoogte te blijven.'

Laredo keek nieuwsgierig naar haar toen ze dit zei, maar reageerde er niet op.

'Dat is fijn om te horen. Zoals ik agent Laredo en uw baas al heb verteld, hebben we niets over Hanna Rebane kunnen ontdekken nadat ze die dag haar appartementengebouw verliet. Haar telefoon is niet gebruikt, er zijn geen creditcardaankopen gedaan en er is geen geld opgenomen bij een geldautomaat. Niemand heeft haar of iemand in haar gezelschap gezien. Alsof ze van de aardbodem was verdwenen.'

'Maar ze is in Andersonville terechtgekomen,' zei Blum.

'Hebben jullie het appartement gecontroleerd op vingerafdrukken?' vroeg Laredo.

'Ja. We hebben ook eliminatieafdrukken gemaakt en geen onbekende gevonden. De enige van een man waren van de huidige vriend van Clemmons. Maar hij was op alle relevante tijdstippen in Miami.'

'En het tweede slachtoffer? Is er al iets over hem bekend?'

'Ja. Daar hadden we geluk mee, een match met zijn vingerafdrukken. Layne Gillespie, tweeëndertig jaar, laatst bekende adres Savannah.'

'Wat weten we over hem?' vroeg Laredo.

'Hij heeft een paar jaar in het leger gediend. Is vertrokken met *general discharge,* algemeen ontslag.'

'Dus geen eervol ontslag, maar ook geen oneervol ontslag,' zei Laredo peinzend.

'En geen ontslag wegens wangedrag,' zei Blum. 'Maar was het een algemeen ontslag onder eervolle omstandigheden, of niet?'

De mannen keken haar vragend aan.

'Mijn oudste zoon werkt bij de Militaire Politie,' vertelde ze. 'Ik ben dus bekend met de terminologie. Algemeen ontslag onder eervolle omstandigheden betekent dat deze persoon bevredigend functioneerde, maar niet het niveau behaalde dat van een militair wordt verwacht. Maar een algemeen ontslag niet onder eervolle omstandigheden betekent dat die persoon niet bevredigend functioneerde. Dat moet worden vermeld in zijn ontslagpapieren. Wat was het geval bij Gillespie?'

'Algemeen ontslag, maar níét onder eervolle omstandigheden,' zei Wallis met een blik op zijn aantekeningen.

'En de reden?' vroeg Blum.

'Er stond alleen dat hij niet het gedragsniveau behaalde dat van hem werd verwacht, zoals u al zei.' Hij zweeg even. 'Maar een deel van zijn militaire dossiers is geredigeerd. In elk geval in de stukken die ik kreeg.'

Blum en Laredo keken elkaar aan.

'Ik vraag me af waarom,' zei Laredo.

Wallis haalde zijn schouders op. 'Ik heb het nagevraagd, maar dat leidde nergens toe. Nadat hij het leger had verlaten heeft Gillespie van alles en nog wat gedaan, maar hij is nooit ergens lang gebleven.'

'Wat deed hij in Savannah?' vroeg Laredo.

'Dat weet ik niet, moet ik nog uitzoeken. Savannah is maar iets meer dan drie uur rijden en ik wil er morgen naartoe.'

'Was hij ergens bij betrokken waardoor hij hier is vermoord?' vroeg Laredo.

'Voor zover we op dit moment weten niet. Morgen is de autopsie. Agent Pine wilde erbij zijn als ze in Gillespie begonnen te snijden.' Hij vroeg aan Blum: 'Geldt dat nog steeds? Het feit dat ik het Bureau er officieel bij heb gehaald betekent niet dat ik geen prijs meer stel op haar hulp.' Hij keek Laredo aan en zei: 'Als u dat goedvindt tenminste.'

Laredo knikte even, wat Blum niet als een enthousiaste instemming beschouwde, maar ook niet als een duidelijke afwijzing.

Blum zei: 'Volgens mij wil ze hierbij betrokken blijven.'

'Goed. Dit is voorlopig alles.' Wallis stond op. 'Ik moet naar huis. Volgens mij weet mijn vrouw niet meer hoe ik heet en hoe ik eruitzie.' Hij knikte tegen hen beiden en vertrok.

Blum concentreerde zich meteen op Laredo. 'Wilt u erover praten, agent Laredo?'

Hij speelde met het papiertje van zijn rietje en keek haar aan. 'Ik heb geen idee wat u daarmee bedoelt, mevrouw Blum.'

Ze leunde naar achteren. 'Hoe lang werkt u al bij de FBI?'

'Zestien jaar. Vrijwel meteen na college.'

'Juist. Ik werk al bijna veertig jaar voor het Bureau.'

Hij keek haar aandachtig aan. 'Bij de Administratie, bedoelt u?'

Ze zuchtte. 'Ik had een andere reactie verwacht.'

'Wat bedoelt u daar precies mee?' vroeg hij onvriendelijk.

'In mijn tijd bij het Bureau heb ik volgens mij bijna vierhonderd agenten opgeleid.'

Laredo glimlachte, tot ze hem met haar blik duidelijk maakte dat ze bloedserieus was.

Ze zei: 'Er zijn ongeveer 11.000 mannelijke en ongeveer 2.700 vrouwelijke special agents. De verhouding is dus ongeveer vier op een. De professionele staf, de "Administratie" waar u het over had, bestaat uit 9.500 mannen en meer dan 13.000 vrouwen.'

'Dat wist ik niet zo precies, maar dank u wel dat u me dit vertelt.'

'De ratio agenten is niet evenwichtiger geworden,' zei ze.

'Het beroep van special agent is zwaar. Ik zeg niet dat vrouwen het niet kunnen. Uw baas bewijst dat. Maar als je kinderen en zo wilt, dan is dat moeilijk. Het Bureau werkt in dat opzicht niet bepaald mee.'

'Misschien zou dat wel moeten, want op deze manier jagen ze een heleboel gekwalificeerde vrouwen weg.'

'Ik weet niet wat ik moet zeggen; ik ben immers maar een van de radertjes in het geheel.'

'Ik werk nu al een tijdje samen met agent Pine en zij is fantastisch in haar werk.'

'Daar twijfel ik niet aan.'

'En ik heb u nagetrokken, agent Laredo.'

Hij ging rechterop zitten, en zijn blik werd dreigender. 'U hebt wát?'

'Nadat ik agent Pine verliet en voordat ik hier terugkwam heb ik een vriendin gebeld. Een vriendin bij de "Administratie". Zij heeft met iemand anders gesproken. Ik kreeg uw 411 vrij snel, voor "administratief" personeel.'

De lichtgroene ogen leken nu een elektrische lading te hebben. 'Dat bevalt me helemaal niet. Volgens mij had u daar het recht niet toe,' zei hij, een beetje kwaad.

'Hebt u nooit een 411 aangevraagd over iemand bij het Bureau?'

Laredo wilde iets zeggen, maar bedacht zich.

'U zult het wel fijn vinden te horen dat het resultaat van mijn navraag positief was. U staat in hoog aanzien. Geen problemen in uw dossier.'

'Dat had ik u ook kunnen vertellen, als u me dat had gevraagd.'

'Had u me dat dan verteld?'

'Dat betwijfel ik. Ik zou hebben gedacht dat u dat niets aanging. Mijn badge zou voldoende bewijs voor mijn karakter moeten zijn.'

'Ik hou van bevestiging.'

'Nu praat u als een agent, niet als iemand van de Administratie.'

'Het zou u verbazen hoeveel specialagentvaardigheden iemand van de Administratie zoals ik oppikt. Maar ik betwijfel of dat andersom ook zo is.'

Hij trok zijn dikke wenkbrauwen op. 'Wat bedoelt u daarmee?'

'Weet u hoe u de procedures moet omzeilen om snel vereiste apparatuur te krijgen?'

'Eh...'

'Of hoe u een vergadergesprek met meer dan vijf personen moet organiseren, van wie sommigen in het buitenland zitten?'

'Ik eh...'

'Of de aangepaste reiskostenvergoeding moet berekenen voor uitgevoerd werk tijdens verschillende vakanties? Of welk ondersteunend personeel bij Hoover onmisbaar is als je met spoed iets moet opzoeken in een database met bepaalde niveaus van geheim materiaal? Of iets wat zo basaal is als welke afdeling de verzoeken om een bepaalde smaak koffie afhandelt?'

'Volgens mij hebben we daarvoor ondersteunend personeel.'

'Juist. We zijn een téám. Samen voeren we zo goed we kunnen een heel belangrijke en heel zware taak uit.'

'Wat wilt u hiermee zeggen?'

'Terug naar mijn vraag. Wilt u me meer vertellen over u en agent Pine? Daar had ik het zonet over, maar dat wist u al.'

'Volgens mij is er niet veel te vertellen.'

Ze leunde naar achteren, teleurgesteld. 'Heb ik ook verteld dat ik informele trainingen gaf waarbij ik agenten leerde te herkennen wanneer iemand ergens omheen draait?'

'U bedoelt of iemand liegt? Daar zijn agenten al heel goed in getraind.'

'Een opfriscursus kan nooit kwaad.'

'Goed. Zeg het maar, u denkt dat ik lieg?'

'U sloeg uw blik neer, keek naar rechts en sloeg uw armen over elkaar toen u antwoordde dat "er niet veel te vertellen" is. Klassieke ontwijking of afscherming. Bovendien heb ik zes kinderen opgevoed. U vertoonde het pruilende of tartende gedrag van mijn zoon van negen als hij iets verkeerds had gedaan maar weigerde dat toe te geven. Wilt u me nu nog steeds vertellen dat er niets is?'

Hij keek nu zelfs nog dreigender. 'U nadert snel een bepaalde grens, mevrouw Blum. Ik zou niet willen dat u iets doet om uw lánge carrière bij het Bureau in gevaar te brengen.'

Ze keek hem aan, niet bang of boos, maar verdrietig. 'Het spijt me dat u daar zo over denkt. Maar ik heb mijn kinderen al van jongs af aan geleerd dat eerlijkheid boven alles gaat, agent Laredo. Maar daar denken we kennelijk verschillend over.' Ze stond op. 'Agent Pine is vasthoudend, slim, flexibel en fysiek ontzagwekkend.'

Hij haalde zijn schouders op. 'U vertelt me niets over haar dat ik niet al wist.'

‘Ze is ook keihard. Voor zichzelf en voor anderen die niet voldoen aan de normen die ze stelt.’

Laredo keek onvriendelijk naar haar op. ‘Ik heb mijn eigen normen en die zijn verdomd hoog. Even hoog als die van haar.’

‘Dan zouden u en zij geen probleem moeten hebben. Ik zal er maar van uitgaan dat dit het geval is en vertrouwen op uw verzekering wat dit betreft. Dank u wel.’ Ze draaide zich om en vertrok, terwijl Laredo haar chagrijnig nakeek.

32

Pine was niet gaan slapen. Ze had haar ogen niet eens dichtgedaan. Ze had tot ver na twaalven volledig gekleed op haar bed gezeten. Ze had gehoord dat Blum binnenkwam en naar haar kamer ging. Ze had naar haar toe kunnen gaan om met haar te praten, maar dat wilde ze niet. Ze wist niet goed waarom niet.

Lafaard.

Om één uur 's nachts stond Pine op, liep naar beneden en verliet het huis via de voordeur. Het was een vochtige, kille nacht. Ze trok haar jas dichter om zich heen en vertrok naar een bestemming waar ze tot dat moment niet eens aan had gedacht.

Ze liet haar SUV staan en liep snel over de hoofdweg naar de National Historic Site, waarbij ze maar net kon voorkomen dat ze werd overreden door een motorrijder die niet erg oplette. Ze betrad het terrein en kwam algauw bij de plek waar de tweede dode was gevonden. De politietape was er nog, maar niemand bewaakte deze plek; kennelijk waren alle beschikbare bewijzen al verzameld of misschien was het, net als op de plek waar Hanna Rebane was gevonden, gewoon een kwestie van gebrek aan personeel. Hoewel er sinds het Bureau er officieel bij was gehaald extra mankracht beschikbaar was. Ze had nooit verwacht dat Eddie Laredo die extra mankracht zou zijn.

Ze keek naar de plek waar het lichaam was gevonden. Ze wist nog niet dat de man was geïdentificeerd als Layne Gillespie, voormalig militair van het Amerikaanse leger met algemeen ontslag om tot nu toe onbekende redenen. Ze wist niet dat hij in Savannah had gewoond. Ze wist niet waarom iemand een einde aan zijn leven had gemaakt en hem vervolgens had uitgedost als een goedkope bruidegom.

Het was duidelijk dat de moordenaar systematisch te werk ging in zijn werkwijze en selectie van zijn slachtoffers, maar ook in de positionering van de doden in hun vreemde kledij. Maar ze wist niet voldoende om te begrijpen wat zijn doel was.

Deze mannen maken het nooit gemakkelijk. Maar dat is natuurlijk altijd het geval.

Ze dook onder de politietape door.

De noordenwind stak op. Ze herinnerde zich niet dat ze Georgia als kind erg koud had gevonden, maar nu vond ze het echt ijskoud.

Het helpt waarschijnlijk ook niet dat ik midden in de nacht op een begraafplaats ben.

Ze knielde en keek naar de grafsteen, de eerste links, met de tekst: Patrick Delaney uit Pennsylvania. De andere namen van links naar rechts waren Charles Curtis, William Collins, John Sarsfield, W. Rickson, Amerikaanse marine, en A. Munn, ook Amerikaanse marine.

Betekende het iets dat de dode man op Delaneys graf was neergelegd? Het slachtoffer was zwart geweest, dat was ook iets om in gedachten te houden. Maar in deze graven lagen Union-soldaten. Hoewel zij als krijgsgevangenen de criminelen waren geweest, hadden ze gevochten om de slaven te bevrijden.

Of misschien denk ik hier te veel over na en heeft dit niets te maken met de geschiedenis hier.

Het was riskant geweest om hier met een dode rond te lopen, heel riskant. Maar het was ook riskant geweest om de dode Hanna Rebane op een openbaar toegankelijke plek neer te leggen. Deze man hield ervan risico's te nemen, dat was duidelijk.

Het rook hier naar de dood, ook al waren de laatste doden hier al meer dan honderdvijftig jaar geleden begraven. Maar de stank bleef hangen. Die zou hier altijd blijven hangen, omdat degenen die hier waren gestorven deze plaats nooit zouden verlaten. Als je in God geloofde, vertrouwde je erop dat hun ziel allang naar een betere plek was vertrokken. Maar Pine wist dat de menselijke resten van deze 'zielen' die anderhalve meter onder de grond lagen altijd in Andersonville zouden blijven.

Pine wist niet of ze een takje had horen kraken of dat haar instinct haar ertoe dreef naar haar pistool te grijpen. Ze draaide zich om haar as om zo veel mogelijk van haar omgeving te kunnen zien.

Misschien was het een eekhoorn, of misschien net als zij een nachtelijke bezoeker.

Misschien was het de moordenaar die om de een of andere reden terugkwam, misschien om haar.

Weer brak er een takje.

Nu kwam ze in beweging, ze wilde geen makkelijk doelwit zijn.

Haar eerste tactiek was ervoor zorgen dat de ander haar niet kon zien, als hij dat nu al kon. Dat deed ze door dwars over de begraafplaats naar het kantoor van de Park Service te rennen. Dat was een twee verdiepingen hoog, rood geverfd gebouw van hout en steen, met een gietijzeren balustrade langs de bovenverdieping en gesnoeide hagen eromheen. Erachter stond een groot bijgebouw. Ze zag kruiwagens tegen een muur staan, en een paar rijen gereedschap aan haken. Dat was kennelijk de opslag voor het tuinwerk dat hier verricht moest worden.

Pine verschool zich achter een van de hagen en wachtte tot ze voetstappen hoorde. Die verdomde wind was harder gaan waaien, waardoor het moeilijker was iemand te horen aankomen. Ze keek over haar Glock heen, draaide weer om haar as en richtte haar pistool in de richting waar ze vandaan kwam.

Weer brak er een takje. Er lagen kennelijk een heleboel takjes op deze goed onderhouden nationale begraafplaats.

En iemand leek op al die takjes te stappen.

Shit.

Ze draaide zich vliegensvlug om, precies op het moment dat iets haar van achteren raakte, waardoor ze allebei in de haag vielen waar ze zich achter had verscholen. Ze rook het zweet en de dranklucht van de man. Tijdens hun val streek zijn lange, vette haar over haar gezicht. De lucht klapte uit haar longen toen ze op de grond vielen en hij met zijn volle gewicht boven op haar landde. Hij was even in het voordeel, tot ze haar Glock tegen de zijkant van zijn hoofd ramde.

Hij schreeuwde het uit, greep met één hand naar zijn hoofd en deelde een verzwakte stoot uit tegen haar schouder. Pines gezicht vertrok van de pijn, maar ze ramde haar knie in zijn kruis en hield die daar, terwijl ze met haar vlakke hand tegen zijn neus sloeg.

Hij reageerde door zich weer met zijn hele gewicht op haar te laten vallen, waardoor de lucht weer uit haar longen klapte. Toen greep hij de hand waarmee ze haar pistool vasthield.

Nu werd het gevaarlijk.

Tot ze haar elleboog onder zijn keel kreeg en zijn luchtpijp dichtdrukte.

Toen hij zijn hoofd optilde in een poging adem te halen, en ze had geweten dat hij dat zou doen, gaf ze met haar voorhoofd een kopstoot tegen zijn toch al gewonde neus. De neus is kwetsbaar: één klap doet pijn, twee klappen schakelen iemand uit.

Hij ging op zijn knieën zitten, waardoor hij niet meer met zijn volle gewicht boven op haar lag, en wiegde heen en weer.

Ze gleed onder hem vandaan en velde hem met een keiharde schop in zijn nieren. Toen hij opzij viel, stompte ze tegen zijn hoofd en drukte dat in het gras. Het groen werd rood van het bloed.

Voor de zekerheid deelde ze nog een vuistslag uit, waarna de man verstijfde en daarna verslapte.

Pine kon ongeveer twee seconden van haar overwinning genieten, want toen werd ze voor de tweede keer aangevallen, nu door een andere man.

Hij pakte haar bij haar middel, tilde haar op en smeet haar over zijn hoofd. Ze had plat op haar rug of op haar hoofd kunnen landen, en in beide gevallen zou ze verdoofd zijn geweest. Maar ze stak haar hand uit, waardoor die als eerste de grond raakte, waarna ze een koprol maakte en sneller op haar benen stond dan haar aanvaller waarschijnlijk voor mogelijk had gehouden. Maar nu voelde ze een scheurende pijn in haar arm en schouder waarmee ze haar val had gebroken. Wat nog erger was, was dat ze haar pistool was kwijtgeraakt en daarmee haar grootste voordeel.

De man stond pal voor haar. Hij was groot, zeker een meter negentig, en bijna twee keer zo zwaar als zij. Zelfs in het zwakke maanlicht zag ze dat hij woedend was en op het punt stond zijn woede op haar te botvieren.

Ze ging op haar hurken zitten, terwijl hij zich klaarmaakte voor de aanval. 'Ik ben een FBI-agent, voor het geval dat dat verschil voor je maakt,' zei ze buiten adem.

Hij leek niet te begrijpen wat ze zei. Hij droeg een vieze trui met een spijkerjasje eroverheen, en een nog smeriger spijkerbroek eronder. Modderige laarzen en een armband. Een baard die bijna tot aan zijn dikke borst reikte. Hij was een jaar of vijfentwintig. 'Je hebt mijn vriend heel erg pijn gedaan,' brulde hij en hij wees naar het hoopje mens dat op de grond lag en zich niet verroerde. 'Deke kan wel dood zijn.'

'Dan zou Deke misschien geen mensen moeten aanvallen.'

'We wilden gewoon een beetje plezier maken. Dat is alles. Het had leuk en gezellig kunnen zijn voor iedereen.' Hij keek nog een keer naar zijn gevloerde vriend. 'Nu ga ik je echt te pakken nemen, bitch. Voor Deke.'

'En ik waarschuw je dat je dat beter niet kunt doen, want daar krijg je ongelofelijk veel spijt van.'

De man schudde zijn hoofd, sloeg met een grote vuist op zijn borstkas, spuugde een groot brok van iets op de grond, brulde als een stier en stormde op haar af.

Ze stond op en ontweek hem eenvoudig door opzij te stappen. Daarna, terwijl hij langs haar heen vloog, gaf ze een schop tegen zijn achterste.

Dat en zijn vaart zorgden ervoor dat hij over een struik heen vloog en op zijn buik op het gras landde. Hij rolde om, brulde een hele serie vloeken en kwam snel overeind. 'Nu ben je dood,' schreeuwde hij.

Hij viel weer aan.

Een seconde later was de Beretta Nano die Pine uit haar enkelholster had gehaald op zijn kruis gericht.

Hij bleef zo abrupt staan dat de neuzen van zijn laarzen in de modder bleven steken, hij weer vooroverviel en voor haar voeten landde. Toen hij opkeek zag hij dat de loop van haar wapen nu op zijn schedel gericht was.

'Je hebt het recht te zwijgen,' zei Pine langzaam, terwijl de pijn in haar schouder, hoofd, ribben en pols erger werd. 'En ik raad je sterk aan daar gebruik van te maken.'

33

Stom.

Dat was het eerste woord dat in Pine opkwam toen ze in een stoel in het kantoor van de sheriff van Sumter County zat. Midden in de nacht naar een verlaten plek gaan terwijl niemand wist waar ze was… Dat was precies de soort snerende opmerking die zij tegen iedereen zou hebben gemaakt, vooral tegen een vrouw die had gedaan wat zij had gedaan.

Ze drukte een ijszak tegen haar gekneusde schouder. Er zat tape om haar pijnlijke ribben en rechterpols en ze had een geel-paarse bult hoog op haar voorhoofd, waarmee ze de eerste man een kopstoot had gegeven.

Deke lag in het ziekenhuis met een hersenschudding en verschillende andere verwondingen, maar de prognose was dat hij volledig hersteld zou zijn als hij de gevangenis in moest. Zijn vriend zat in een arrestantencel te schreeuwen dat hij een advocaat wilde en dat die bitch zelf was begonnen.

De politie was ongeveer tien minuten nadat ze hen had gebeld gearriveerd. Deke was nog steeds bewusteloos en die andere idioot schreeuwde nog steeds tegen haar omdat ze Deke te pakken had genomen. 'We wilden gewoon een beetje plezier maken en toen was zij daar! Daar is toch niks mis mee,' zei hij steeds weer, alsof dat volkomen redelijk was en een voldoende verklaring was om hem en zijn vriend hun gang te laten gaan. 'Ik bedoel, waarom zou een wijf daar midden in de nacht zijn als ze niet gepakt wil worden?'

Ze had haar verhaal verteld tegen de eerste agenten die arriveerden nadat ze hen had gebeld. Ze had haar verhaal een tweede keer verteld tegen een rechercheur met een notitieboekje en een vermoeide blik.

'Ze wisten blijkbaar niet dat u gewapend was,' zei de rechercheur.

'Blijkbaar,' zei Pine. 'Niet dat het resultaat anders zou zijn geweest.'

Hij had haar achterdochtig aangekeken. 'Dat waren twee behoorlijk grote kerels.'

'Hoe groter ze zijn, hoe gemakkelijker ze neergaan.'

'Juist. Ik zal het rapport opmaken. Zodra uw verklaring gereed is moet u die ondertekenen.'

'Met alle plezier.'

Ze was daar blijven zitten, had haar verklaring ondertekend en wilde net weggaan toen ze opkeek en een opgewonden Max Wallis door de gang naar haar toe zag komen. Ze kreunde inwendig toen ze zag wie er achter hem aan kwam.

Eddie Laredo.

Het was zes uur 's ochtends. Ze had Blum nog niet gebeld. Maar ze was het wel van plan. Ze wist dat de vrouw haar dezelfde verwijten zou maken die ze zelf zou hebben gemaakt tegen iedereen die zo dom was geweest om te doen wat zij had gedaan. Dat was de voornaamste reden dat ze niet had gebeld. Ze wist precies wat de oudere vrouw tegen haar zou zeggen. En Blum zou daar helemaal gelijk in hebben.

Wallis trok een stoel bij en ging tegenover haar zitten. Laredo bleef gewoon staan, met zijn armen over elkaar en een spottende maar ook dreigende blik in zijn ogen. Tenminste, volgens Pine. Vanbinnen was ze laaiend, want ze vond dat de nacht zonder dit al erg genoeg was geweest.

'Wilt u ons vertellen wat er is gebeurd?' zei Wallis. Hij klopte op zijn zakken op zoek naar iets, haalde er een kromme sigaret uit en stak hem onaangestoken in zijn mond.

'Dat heb ik al twee keer verteld en ik heb mijn verklaring ondertekend.'

'Alstublieft, als u het toch wilt doen...' Hij haalde zijn notitieboekje tevoorschijn.

'Wat doet u hier eigenlijk?'

'Kreeg een telefoontje dat me uit bed haalde. Vrouwelijke FBI-agent in de problemen, zeg maar. En u bent de enige in het dorp.'

'Fijn dat ze hier zo seksespecifiek zijn.'

'Jij bent een uitzondering. Dat zien ze.'

Dat zei Laredo.

Ze keek niet eens zijn kant op. Pine vertelde haar verhaal en had daar twintig seconden en vijf gerepeteerde zinnen voor nodig.

'Wat deed je daar op dat tijdstip?' vroeg Laredo.

'Een ingeving volgen.'

'En die was?'

'De positie van het lijk op het graf van Patrick Delaney, een van de Raiders.'

Laredo keek Wallis aan. 'Ja, ik ben al bijgepraat over die groep. Wat was die ingeving?'

'Waarom legde hij hem juist daar neer als hij meer dan tienduizend andere keuzes had?' zei Pine, zonder Laredo zelfs maar aan te kijken. Ze hield haar blik gericht op Wallis en zijn geopende notitieboekje.

'Denkt u dat het iets symboliseerde? Denkt u dat er een verband is tussen deze Delaney en onze moordenaar?'

'Als er al een verband is, dan is dat heel zwak. Delaney is al dood sinds 1864.'

'Symbolisch dus?' zei Wallis.

'Misschien. Ik heb het idee dat deze man niet zomaar iets doet. Integendeel juist.'

'Wat betekent dat alles wat hij tot nu toe heeft gedaan uiterst nauwgezet was en een betekenis heeft,' zei Laredo.

'Ja.'

'Maar je had tot vanochtend kunnen wachten voordat je daarnaartoe ging,' zei Laredo. 'De plaatselijke politie vertelde me dat die begraafplaats 's nachts erg onveilig is. Verdomme, al dat soort plaatsen kunnen 's nachts gevaarlijk zijn.'

Pine besloot deze opmerking niet te negeren. Ze keek op naar Laredo, bekeek hem van top tot teen en zei toen: 'Het bléék ook gevaarlijk, voor die twee idioten.'

Laredo schudde zijn hoofd. 'Je nam altijd al risico's. Te veel, vonden sommigen van ons.'

Ze keek hem strak aan tot hij zijn blik neersloeg.

Pine vroeg aan Wallis: 'Is er nog iets, of zijn we klaar?'

'Dit is alles. Die twee idioten zijn hier bekend. Hebben een behoorlijk lang strafblad. Voornamelijk kleine dingen. Maar hierdoor gaan ze lange tijd achter de tralies.'

'Het zal mijn woord zijn tegen dat van hen. Zij zullen beweren dat ik hen aanviel. Zoals die vent in zijn cel al de hele tijd zit te roepen.'

'Ik denk niet dat het een probleem wordt hen schuld te laten bekennen. Twee mannen tegen een vrouw? Dat gelooft geen enkele jury, zeker niet in Georgia. En het zou me verbazen als die stomkoppen het lef hebben dat te proberen. Ik bedoel, een tijdje zitten stelt toch niets voor als het alternatief is dat je moet toegeven dat een vrouw je heeft verslagen? Ze zouden nooit meer een bar binnen kunnen lopen.'

'Fijn om te weten dat ze hier zo ruimdenkend zijn geworden.'

'Maar wat heeft je nachtelijke excursie opgeleverd?' vroeg Laredo. 'Ik zou graag willen weten hoe jij daarover denkt.'

Pine klemde haar kaken op elkaar na deze verhulde hatelijke opmerking. 'Het minste is dat hierdoor twee hufterige misdadigers misschien vijf tot tien jaar van de straat zijn,' zei Pine. 'Want de volgende vrouw die ze tegenkomen zou immers niet zijn zoals ik, hè?'

'Volgens mij is er niemand zoals jij.'

Wallis keek van de een naar de ander, met opgetrokken wenkbrauwen en een verwarde blik. Hij zei: 'Oké, volgens mij zijn we hier klaar. U zult waarschijnlijk wel even willen slapen.'

Pine keek op haar horloge. 'Wat ik echt wil is koffie en een ontbijt.' Ze keek Laredo aan. 'Een vrouw krijgt honger van risico's nemen en iemand verrot slaan.'

'Goed, ik trakteer,' was Laredo's verrassende antwoord. 'Kom mee, ik geef je een lift.' Hij draaide zich om en liep weg voordat ze kon antwoorden.

Wallis keek haar meelevend aan. 'Ik neem aan dat de situatie gecompliceerd is.'

Pine, wier mond misschien verder openstond dan ze had gedacht, deed hem dicht, knikte even en liep achter Laredo aan naar buiten.

34

‘Waar logeer je?’ vroeg Pine. Ze zat naast Laredo in de zwarte SUV die hij bestuurde.

‘Motel ongeveer drie kilometer buiten Andersonville. En jij?’

‘In het dorp, in een B&B die de Cottage heet.’

Hij haalde zijn schouders op. ‘Als die mooier is dan een krot is het duurder dan de onkostenvergoeding van het Bureau.’

‘Vertel me iets wat ik nog niet weet. Ik betaal deze reis zelf.’

‘Ik ben gek op die tv-series waarin agenten in Gulfstreams rondvliegen, designerkleren dragen en in het Ritz logeren. De forensische tests zitten er nooit naast. Ze vangen de boef binnen twee seconden, waarna de dader twee seconden daarna huilend schuld bekent omdat een haarvezel van hem blijkt te zijn. En dan gaan ze het met z’n allen vieren met flessen champagne van honderd dollar per stuk in een geweldig coole politiebar.’

‘Je bedoelt dat je al die series haat.’

Hij glimlachte en knikte. ‘Klopt. Ik haat ze.’

‘Waar gaan we naartoe?’ vroeg Pine.

‘Eethuisje iets verderop. Zag het onderweg hiernaartoe.’ Hij zweeg even en trommelde met zijn vingers op het stuur. ‘Je zult wel kapot zijn, je hebt de hele nacht niet geslapen.’

‘Hoe heb jij vannacht geslapen?’

‘Als een blok.’

‘Tuurlijk.’

Ze kwamen bij het eethuisje met de toepasselijke naam Hole in the Wall, stopten vlak naast de voordeur en stapten uit.

‘Je kunt zien hoe chic een tent is aan de hoeveelheid multiplex op de buitengevels,’ zei Pine, terwijl ze het pand bekeek.

'Hé, jij bent hier opgegroeid. Ik kom uit Queens. Woonde in een flat van zes verdiepingen zonder lift. Ik weet niet wat ze daar op de muren deden. Ik weet alleen dat er geen gras was en dat je als je rijk was een lift in je gebouw had. En als je een miljonair was een portier had.'

Ze gingen naar binnen. De moederlijke vrouw bij de ingang zei dat ze zelf een plekje mochten uitkiezen. Ze kozen een tafeltje helemaal achterin, zodat ze een beetje privacy hadden. Eigenlijk maakte het niet uit, omdat er op dit tijdstip maar heel weinig gasten waren.

Ze bestelden koffie en een ontbijt bij een magere serveerster. De vrouw was in de zestig en droeg een armoedig, gevlekt uniform dat ooit misschien spierwit was geweest. Haar gezicht vertoonde alle tekenen van een zwaar leven dat haar waarschijnlijk verslagen had. Maar ze begroette hen met een glimlach en een vrolijk: 'Goedemorgen!' Ze zei niets over de bult op Pines voorhoofd of over haar stijve bewegingen. Misschien zag ze hier wel vaker mensen die toegetakeld waren, dacht Pine.

Terwijl ze hun koffie dronken liet Laredo zijn blik over Pines gezicht dwalen en vroeg: 'Hoe voelt je hoofd?'

'Waarom ben je hier echt?' snauwde ze.

'Om mijn werk te doen.'

'Onzin. Wil je soms beweren dat je de enige special agent van BAU Four bent?'

'Het was mijn beurt.'

'Alweer onzin.' Ze leunde naar voren. 'Waarom denk ik dat je je diensten aanbood zodra je mijn naam op het verzoek om assistentie in D.C. zag staan?'

'Verbeeld je maar niets, Pine.'

'Zeg dan maar dat ik me vergis, Laredo.'

Hij speelde met zijn papieren servetje en scheurde het in keurige driehoeken.

Toen ze dat zag zei ze: 'Nooit over je rituelen heen gegroeid?'

'We hebben allemaal zo onze rituelen. Misschien ben jij wel bezig met een van de jouwe.'

'Ik ben hier niet terug geweest sinds ik klein was.'

'Misschien niet fysiek.'

'Ben je nu opeens psycholoog? Ik lig niet eens op een bank. Ik bedoel, kom op zeg. Je weet wel beter, ja toch, Eddie?'

Even was het ongemakkelijk stil.

'Misschien heb je gelijk. Misschien ben ik hiernaartoe gekomen omdat ik zag dat jij erbij betrokken was.'

'Waarom zou je dat belangrijk vinden? We hebben al heel lang geleden gezegd wat we wilden zeggen en afscheid genomen.'

Hij legde zijn servet neer. 'Dat heb jíj gedaan. Ik heb daar nooit de kans voor gekregen.'

Ze wees naar zijn ringvinger. 'Wat is er gebeurd?'

Hij wreef met zijn duim over die plek. 'Denise is van me gescheiden en nam de jongens mee. Lang geleden.'

'Was daar een bepaalde reden voor?'

'Eens kijken. Ik was nooit thuis omdat ik op de idiootste tijden werkte. De helft van de tijd kon ik haar niet vertellen waar ik was of wat ik deed. De druppel was toen ik een undercoverklus kreeg en werd betrapt, waarna een klootzak van een kartel mijn gezin bedreigde.'

'Zat je nog steeds in D.C.?'

'Nee. Voordat we uit elkaar gingen kreeg ik voor elkaar dat ik werd overgeplaatst naar New York. Terug naar mijn geboortestad. Ik dacht dat dat goed zou zijn voor iedereen. Een frisse start.'

'En?'

'En Denise kreeg een parttimebaan in Wall Street en werd verliefd op een hedgefondsmanager die in één dag meer geld verdient dan ik in mijn hele leven. Ze wonen tegenwoordig in Londen en hebben ook nog een huis in het zuiden van Frankrijk, waar ze met een privévliegtuig naartoe reizen. Ze geniet van het leven sinds ze haar FBI-echtgenoot heeft geloosd.'

'Ik kende Denise niet zo goed, maar zo oppervlakkig leek ze me echt niet.'

Laredo verfrommelde de restanten van het servetje en legde ze naast het zoutvaatje. 'Dat is ze ook niet. Als ik een normale baan had gehad waarbij ik mijn leven niet op het spel hoefde te zetten, was ze zelfs als ik straatarm was geweest bij me gebleven. Het gevaarlijkste wat haar huidige vriendje doet is met een golfclub zwaaien, dus daar hoeft Denise zich veel minder zorgen om te maken.'

'En de kinderen?'

'Die zie ik een paar keer per jaar, als ze hiernaartoe komen. Ik kan mijn kinderen laten zien hoe andere mensen leven in mijn appartementje in Virginia.' Er verscheen een gespannen blik in Laredo's ogen. 'Maar inmiddels beschouwen ze hem meer als hun vader dan mij. Logisch natuurlijk. Ik ben net zo'n vreemde oom die af en toe langskomt voor een ongemakkelijk bezoek waarbij iedereen niet kan wachten tot het voorbij is. Iedereen behalve ik dan,' voegde hij er zacht aan toe.

Pine sloeg haar blik neer en liet haar agressieve houding varen. 'Wat erg voor je, Eddie. Dat moet wel heel zwaar zijn.'

Hij haalde zijn schouders op. 'Je moet ermee leren leven, weet je.'

'Dat is alles?'

'Misschien heb je liever dat ik een potje ga zitten janken in het bier dat ik straks tijdens het avondeten waarschijnlijk ga bestellen? Maar ik blijf liever stoïcijns. Dat staat immers in het FBI-handboek.'

'Je zoons zouden je beter moeten leren kennen, begrijpen wat voor werk je doet. Ik ken die hedgefondsmanager niet, misschien is hij wel een heilige, maar hij riskeert zijn leven niet voor zijn land, hij offert zich voor niemand op. Niet zoals je doet wanneer je deze badge draagt.'

'Dat weten mijn jongens, dat denk ik tenminste. Als ze ouder zijn kunnen we misschien vaker met elkaar optrekken.'

'Dan is het misschien te laat.'

Hij keek haar onderzoekend aan. 'Hoe zit het met jou? Is het te laat voor jou?'

'In welke zin?' vroeg ze ijzig.

'Je had allang de nummer drie van het WFO kunnen zijn,' zei Laredo, waarmee hij verwees naar het prestigieuze Washington Field Office van de FBI. 'En op je veertigste misschien nummer twee. Daar had je het talent voor, en de drive.'

'Maar niet het verlangen.'

'Ik heb je nooit begrepen. Je had dat alles binnen handbereik en nu werk je op een standplaats met één agent in Nowhere, Arizona.'

'Waar ik zo gelukkig ben als een kind.'

'Het geluksgevoel van kinderen wordt vaak overschat.'

Pine glimlachte even om die opmerking. 'Je wist dus dat ik hier was. Waarom wilde je dan komen?'

'Volgens mij weet je dat wel.'

'Ik wil het graag van jou horen.'

'Ik heb je lullig behandeld. Ik gedroeg me als Mister Testosteron, liet je zien wie de baas was en geloofde absoluut niet dat vrouwen bij het Bureau thuishoorden. Ik deed alles om je dwars te zitten. En ondanks wat je net zei, denk ik dat ik je heb verdreven van de plek waar je zou moeten zijn. En...'

'En?'

'En daar heb ik me nooit voor verontschuldigd. En ik kwam hiernaartoe om je dat te vertellen. En om mijn excuses aan te bieden. Dat had je niet verdiend. En ik ben de enige die daar schuld aan had.'

'Oké.'

'Oké.'

Ze leunde naar voren. 'Maar jij was niet de reden dat ik het WFO verliet, Eddie. Ja, dat heb je allemaal gedaan, maar je hebt nooit geprobeerd me te versieren, zoals een paar andere mannen die dachten dat ik het heerlijk zou vinden om met hen het bed in te duiken.'

'Ik was toen gelukkig getrouwd en zelfs als dat niet zo was geweest had ik dat nooit gedaan. Ik ben misschien wel een klootzak, maar niet zó'n klootzak.'

'Ik ben weggegaan bij het WFO omdat ik niet van veel mensen om me heen hou. Ik hou niet van verticaal wonen. Ik hou van weidse open vlakten. Ik hou ervan mijn eigen zaken af te handelen zonder dat de een of andere bureaucraat elke seconde over mijn schouder kijkt. Ik heb nooit de wens gehad een nummer drie, of twee of een te zijn. Ik werk aan mijn zaken en pak mijn criminelen. Meer niet.'

'Snap ik.' Hij boog zich naar haar toe. 'Maar goed, na mijn scheiding heb ik professionele hulp gehad en daardoor kon ik bepaalde zaken duidelijker zien. Dat is iets wat via het Bureau kan worden geregeld.' Hij keek haar even aan. 'Wist je dat?'

'Waarom vraag je dat?' vroeg ze op kille toon.

'Omdat je Daniel James Tor nu al drie keer hebt bezocht.'

Haar gezicht verstrakte. 'En hoezo weet je dat? En wat heb jij daar verdomme mee te maken?'

'Het Bureau is een klein ecosysteem.'

'Dat beantwoordt mijn tweede vraag niet.'

'Dat amber alert in Colorado... Een dader die je bijna hebt gedood... Jij die vrij hebt gekregen om hiernaartoe te gaan om in het reine te komen met je verleden... Daar gaat dit allemaal toch om?'

Pine wendde haar blik af en zei lusteloos: 'De geruchtenmolen draait kennelijk op volle toeren.'

'Daar is niets kennelijks aan. Jij bent hier om uit te zoeken wat er met je zusje is gebeurd en om je carrière te redden. Ik wil dat je daarin slaagt, in beide dingen, want ik wil niet dat het Bureau je kwijtraakt.'

Ze leunde naar achteren en keek hem verbaasd aan. 'Ze zouden de professionele hulp die je hebt gekregen in een potje moeten doen. Want anders ben je een eersteklas bedrieger.'

'Het heeft me wat tijd gekost, maar uiteindelijk snapte ik het. Maar je hebt mijn vraag nog niet beantwoord.'

Pine antwoordde niet meteen. Toen ze dat uiteindelijk deed, was haar toon afstandelijk, alsof ze ver weg was met haar gedachten. 'Je hebt gelijk, in beide opzichten. En ik weet dat ik geen tijd meer heb om het niet te proberen. Als je snapt wat ik bedoel.'

Hij knikte. 'Dat snap ik inderdaad.'

'Ik kreeg een tweede kans en die wil ik niet verspillen.'

'Oké. Ik ben hier om deze twee moorden te onderzoeken, maar als je een paar extra ogen wilt om te bekijken wat er zo lang geleden is gebeurd... Daarvoor ben ik hier ook. Ik kan je niet beloven dat je krijgt waarvoor je hiernaartoe kwam. En ik ben geen genie, slechts een agent die zijn werk doet.'

'En doe je dit om je gedrag van jaren geleden goed te maken? Om jezelf een beter gevoel te geven? Want als dat zo is, dan is dat niet nodig. Dan wil ik het niet.'

'Ik ben een agent, jij bent een agent. We hebben de eed afgelegd om te dienen en te beschermen. Dat omvat iedereen, ook jou en mij.

We dragen dezelfde badge. Jij wilt de man vinden die jou de schedel heeft ingeslagen en je zusje heeft ontvoerd. Dat is wat ik doe voor de kost. Daarom ben ik hier. Dat is de enige reden, nu ik mijn excuses heb aangeboden.'

Ze keek hem aandachtig aan. 'Volgens mij ben je echt veranderd.'

'We veranderen allemaal, Atlee. Ten goede of ten kwade. Net zo lang tot we in een anderhalf meter diep gat worden gekieperd.'

35

Blum zei tegen Pine dat ze haar niet de mantel zou uitvegen over de vorige nacht, waarna ze dat dus wel deed.

Nadat ze haar hart had gelucht vroeg Pine: ‘En, voel je je nu beter?’

‘Niet echt. En u?’

‘Niet echt.’

‘Hoe gaat het met uw hoofd?’

‘De blauwe plek wordt al minder.’

Ze zaten weer in de ontbijtkamer van de Cottage.

Pine had ongeveer vijf uur geslapen, zich gedoucht en omgekleed. Daarna had ze geluncht, ook al viel die lunch niet goed doordat haar maag van slag was door van alles en nog wat.

Ze had Blum alles verteld over haar tocht naar de begraafplaats en haar inval over waarom de dode op een bepaald graf was gelegd.

Blum nam slokjes van haar thee en keek haar baas onderzoekend aan.

‘Wat is er gebeurd nadat ik jullie gisteravond achterliet?’ vroeg Pine. ‘Ik zag Wallis en Laredo vanochtend op het politiebureau, maar we hebben het niet over de zaak gehad.’

‘Ik besloot terug te gaan naar de Clink en kreeg meer informatie van Wallis.’ Ze vertelde dat Layne Gillespie was geïdentificeerd en over zijn militaire verleden.

‘Algemeen ontslag maar niet onder eervolle omstandigheden,’ zei Pine peinzend. ‘Enig idee?’

‘Ik niet, maar daarom heb ik mijn zoon gebeld, van de MP. Hij had wel een paar ideeën.’

‘Zoals?’

‘Dat Gillespie iets heeft gedaan wat zijn meerderen niet beviel, maar waar ze geen ophef over wilden maken. Oplossing: algemeen ontslag maar niet onder eervolle omstandigheden. Het leger ontslaat hem zonder eervolle vermelding, maar ook weer niet zo dat hij niet verder kan met zijn leven. Alleen andere militairen zouden het verschil begrijpen. En ik denk niet dat Gillespie zin had om het in een andere eenheid te proberen.'

'Ik vraag me af wat die omstandigheden waren,' zei Pine.

'Dat kunnen er een heleboel zijn.'

'Had je zoon enig idee?'

'Hij belde me terug en zei dat hij dacht dat het iets persoonlijks van Gillespie moest zijn. Als het met zijn werk te maken had zou dat er duidelijker in staan.'

'Fijn dat hij je terugbelde en fijn dat je het hem vroeg. Ik eh... Je vertelde me dat de relatie met je kinderen niet zo goed is.'

Blum glimlachte een beetje triest. 'Ach, het gaat steeds wat beter. Ik denk dat ze begrijpen dat hun vader geen fantastisch mens was en dat ik alles deed wat in mijn macht lag.' Ze zweeg even. 'Maar ik was er medeverantwoordelijk voor. Ik ben immers met hem getrouwd.'

Pine glimlachte. 'Ik heb er altijd weer bewondering voor dat je nooit wegduikt voor de kogel, Carol.'

'Dat is niet de moeite waard. Uiteindelijk raakt die zijn doel toch wel.'

'Savannah dus?'

'Ja.'

'Wallis wil daarnaartoe?'

'Dat zei hij.'

'Wanneer?'

'Zodra je er klaar voor bent.'

'Ik ben er nu klaar voor.'

'Dat dacht ik al, dus heb ik hem gebeld en hij is onderweg hiernaartoe.'

Blum keek Pine aan met een blik die haar verbaasde. 'Wat is er, Carol?'

'Wallis vertelde me dat u en Laredo vanochtend samen gingen ontbijten.'

'Klopt.'
'Hoe ging dat?'
'Dat ging goed, wonder boven wonder.'
'Is de lucht geklaard?'
'Was er dan een probleem, denk je?'
'Ik weet het niet. Ik roep maar iets.'
'Wallis zei dat het ingewikkeld leek, en ik heb hem niet tegengesproken.'
'Oké.'
'Het is dus ingewikkeld, Carol. Meer zeg ik niet.'
'En hij is hier alleen maar om de zaak te onderzoeken?'
'Hij zei dat hij bereid is me te helpen met de zaak van mijn zusje.'
'En wilt u dat?'
'Hij is een ervaren misdaadonderzoeker. Ik kan alle hulp gebruiken die ik kan krijgen. Hoe laat is Wallis hier?'
'Over een minuut of tien. Agent Laredo komt met hem mee.'
'Dat moet ook. Hij is de agent die deze zaak behandelt.'
'En de zaak van uw zusje? Ik bedoel, nu agent Laredo hier is zou u zich daarop kunnen concentreren. Rechercheur Wallis heeft nu de hulp van het Bureau.'
'Wil je stoppen met deze zaak?'
'Dat is niet aan mij. Ik ben meegegaan om u te helpen. Ik wil alleen niet dat er te veel op uw bordje ligt, want dan zult u door het een of het ander teleurgesteld worden.'
'Je weet echt hoe je me in een ongemakkelijke hoek moet drijven.'
'Is er dan een gemakkelijke hoek? Want dat heb ik nog nooit meegemaakt.'
'We zijn vrouwen, Carol, wij kunnen multitasken.'
'Aangezien ik een vrouw ben kan ik u vertellen dat dat een slim antwoord is, maar mijn vraag niet echt beantwoordt.'
Pine keek naar haar handen. 'Als kind heb ik nooit overwogen agent te worden. Nadat ik Mercy was verloren, sloot ik me af van de wereld en maakte ik geen vrienden. Ik had mijn ouders wel, maar toch ontbrak er iets, weet je?'
'Dat begrijp ik wel.'

'Ik vond mijn roeping in de sport. Ik kon elke sport kiezen en daarin uitblinken. Daar genoot ik van, maar het waren allemaal teamsporten. Ik... Ik moest ergens deel van uitmaken en dat was moeilijk, heel moeilijk. Ik merkte dat ik geen band met mensen kon opbouwen, want ik was doodsbang dat het gesprek een keer over familie zou gaan en wat moest ik dan zeggen? Ik had het gevoel dat ik een vreselijk geheim bij me droeg. Ik weet dat het nergens op slaat, maar ik schaamde me.'

'Ik kan me voorstellen dat dat heel moeilijk voor u was.'

'Toen begon ik met gewichtheffen en deed mee aan wedstrijden. Dat was ik tegen de hele wereld. Ik hoefde geen band met andere mensen op te bouwen, ik hoefde ze alleen maar te verslaan.'

'Dat begrijp ik. Maar u zult wel erg eenzaam zijn geweest.'

Pine ademde langzaam uit en keek Blum aan. 'Ongelofelijk eenzaam. Vooral nadat mijn moeder was weggegaan. Toen was ik klaar met college en reisde wat rond, en toen gebeurde er iets waardoor mijn leven veranderde.'

'Wat dan?'

'Op een avond liep ik op straat en opeens kwam er een man uit een steeg die me bijna omverliep. Ik sprong achteruit en zag dat hij gewapend was. Ik raakte in paniek en wist niet wat ik moest doen. Ik had geen idee wat er gebeurde, het leek wel iets uit een film.'

'Mijn god!' riep Blum.

'Een seconde later kwam er nog iemand uit die steeg, een vrouw. Zij had ook een pistool. Inmiddels had ik me achter een vuilnisbak verstopt. De man draaide zich om en schoot op haar, maar miste. Toen dook ze als een vrachttrein boven op hem. Ze ontwapende hem zo snel dat ik amper kon zien wat ze deed. Hij lag op de grond en had handboeien om voordat ik zelfs maar kon uitademen. Daarna kwamen er een paar andere agenten aan. Even later kwam ze naar me toe en vroeg of het wel goed met me ging. Ze was heel aardig. Heel kalm, zeker gezien het feit wat er even daarvoor was gebeurd, terwijl ik nog steeds stond te trillen op mijn benen.'

'Wie was dat?'

'Special agent Marilyn Shales van de FBI. Ze volgde die man al twee weken; hij was in en in slecht: drugs, gewapende roofovervallen, moorden in verschillende staten. Marilyn kwam waarschijnlijk tot aan mijn borst en woog misschien vijftig kilo, maar ze was de stoerste persoon die ik ooit had ontmoet. Ik zei tegen haar dat ik diep onder de indruk was van wat ze had gedaan. Ze gaf me haar kaartje en ik belde haar een week later. We ontmoetten elkaar, en een week daarna solliciteerde ik bij de FBI.'

'Hebben jullie contact gehouden?'

Pine knikte. 'Tijdens mijn opleiding werd ze mijn mentor en ze kwam zelfs naar mijn diploma-uitreiking op Quantico.'

'Hebben jullie nog altijd contact?'

'Ik wou dat dat kon, maar ze is drie jaar geleden gestorven. Borstkanker.' Pine ademde moeizaam uit. 'Ik vind het heerlijk dat ik een special agent ben, Carol. Ik hou van elk facet van dat werk. Maar ik hou vooral van alle goeds dat ik kan doen met de badge die erbij hoort. Dat kleine meisje, die Holly... Ze was verbaasd dat een vrouw FBI-agent kon zijn. Ik vertelde haar dat meisjes alles kunnen doen wat ze willen. Want dat is eigenlijk wat Marilyn Shales tegen mij zei.'

'Dus u werd ook een soort mentor van Holly. Wie weet, misschien gaat u ooit nog eens naar háár diploma-uitreiking.'

Pine glimlachte. 'Dat zou geweldig zijn,' zei ze zacht. Toen stond ze op en zei kortaf: 'Kom, we gaan naar Savannah.'

'Ik hoorde dat het daar heel mooi is. Maar ik ben er nog nooit geweest.'

'Ik wel en het is inderdáád mooi. Heb je het boek *Midnight in the Garden of Good and Evil* gelezen?'

'Ja. Dat was prachtig.'

'Maar het laat ook zien dat zelfs mooie plaatsen soms duistere kanten hebben.'

36

Layne Gillespies laatst bekende adres was in een deel van Savannah dat zo ver van het historische Garden District van het stadje af lag als maar kon. Kleine huizen met wasgoed aan de lijn in tuinen met meer kale aarde dan gras. Dichtgespijkerde panden, mensen op straathoeken met weinig omhanden.

Ze zaten met z'n vieren in de auto: Wallis en Laredo voorin, Pine en Blum achterin.

'Zie geen drugshandel,' zei Wallis.

Pine haalde haar schouders op. 'Waarom ook? Tegenwoordig kun je je fentanylcocktail via een telefoonapp bestellen en sneller thuisbezorgd krijgen dan een pizza.'

'Triest,' antwoordde Wallis.

'Maar wat hij ook deed voor de kost, het betaalde zo te zien niet goed,' zei Laredo, terwijl ze naar hun bestemming reden.

Het was een verwaarloosd flatgebouw, twee straten van een doorgaande weg, dat wel honderd jaar oud leek. Ze parkeerden voor het kantoor op een klein parkeerterrein vol barsten en stapten uit.

De man in het kantoor was zwart, afgetobd en mager, en een jaar of zestig. Hij keek naar hen alsof ze een leger waren dat een inval deed om het weinige wat hij bezat van hem af te pakken. Hij droeg een spierwit T-shirt en een verbleekte spijkerbroek. Hij keek wantrouwig naar hen en stak een Camel op toen ze bleven staan voor de smalle versleten plank die als receptiebalie fungeerde.

'Kan ik jullie helpen?' vroeg hij. Hoewel ze niet in South Carolina waren, had hij wel dat accent. Aan zijn blik was goed te zien dat hij hen liever niet hielp.

Wallis liet zijn badge zien. 'GBI. Rechercheur Wallis. Deze mensen zijn van de FBI. We willen met u praten over Layne Gillespie.'

'Wie?'

'Layne Gillespie,' zei Laredo. 'Hij woont hier. Of dat deed hij.'

De man grijnsde, waarbij zijn spierwitte gebit zichtbaar werd. 'O, Layne! Ik dacht dat je Wayne zei. Juist. Wat is er met hem?'

'Wanneer hebt u hem voor het laatst gezien?' vroeg Wallis.

De man haalde zijn sigaret uit zijn mond en krabde aan de stoppels op zijn kin. 'Moeilijk te zeggen. De mensen melden zich niet bij me wanneer ze komen of gaan. Dit is geen kinderdagverblijf.'

'Goed nadenken,' zei Laredo. 'Het is belangrijk.'

'Het helpt misschien als jullie me vertellen wat er met hem aan de hand is.'

'Komt nog wel, maar eerst dit,' zei Wallis.

'Oké. Zag Layne eh… ongeveer een week geleden.'

'Hebt u met hem gepraat?' vroeg Pine.

'Alleen gedag gezegd.'

'Hoe kwam hij over?'

'Normaal. Vrolijk. Gelukkig, zeg maar. Zo was Layne.'

'U kende hem goed?' vroeg Laredo.

De man keek naar hem. Zijn ogen werden kleiner, hij keek nadenkend, een miljoen schaakzetten per seconde. Hij nam een lange trek van zijn Camel en blies de rook uit, langzaam en welbewust. 'Niet als hij iets heeft gedaan wat zo slecht is dat de FBI hiernaartoe moet komen.'

'Mag je in Savannah in een openbaar gebouw roken?' vroeg Laredo, terwijl hij de rook met zijn handen wegwapperde.

De spierwitte tanden werden weer zichtbaar. 'Dit is mijn huis, man, geen openbaar gebouw.'

'Dit is een flatgebouw dat openstaat voor het publiek,' zei Laredo.

'Als jij het zegt, man.' Hij bleef roken.

'Wat kunt u ons vertellen over Gillespie?' vroeg Pine, met een boze blik op Laredo.

'Woont hier een jaar of zo. Is erg op zichzelf. O, hij hielp mensen verhuizen, dat soort dingen. Handig met gereedschap. Heeft de airco hier een paar keer gerepareerd. En de wasmachine. Ik mag hem graag.' De Camel werd met zijn tong naar zijn andere mondhoek verplaatst. 'Is hij in orde?'

'Is er een reden waarom u denkt dat hij niet in orde is?' vroeg Wallis.

'Ik kan vier redenen bedenken.' Hij wees naar hen alle vier.

'We moeten zijn kamer zien,' zei Laredo.

Weer een trekje van de Camel. 'Hebben jullie een huiszoekingsbevel?'

'U weet dus alles van huiszoekingsbevelen?' vroeg Wallis met opgetrokken wenkbrauwen.

'Ik volg de serie *Law & Order*, man, net als iedereen. Die Mariska Hargitay is een sexy dame.' Hij keek naar Pine. 'Jij doet me aan haar denken.'

Wallis liet hem het huiszoekingsbevel zien zodat de man dat kon lezen.

'Oké, maar dat zal Layne niet leuk vinden.'

'Geloof ons maar als we u vertellen dat Layne het geen probleem vindt,' zei Laredo.

De manager opende de deur en gebaarde dat ze naar binnen konden. 'Ik moet beneden wat dingen doen,' zei hij. 'Laat het even weten als jullie klaar zijn.'

'Doen we, bedankt,' zei Pine.

De man bleef bij de deur staan. 'Hij is dood, hè?'

Pine keek hem aan. 'Is er een reden voor dat u dat denkt, behalve dat wij hier zijn?'

Hij haalde zijn schouders op, liet de sigaret op de betonnen vloer voor de voordeur vallen en trapte hem uit met zijn hak. 'Ik zal jullie je gang laten gaan.'

'Dit zal niet veel tijd kosten,' zei Wallis toen hij het kleine appartement bekeek. 'Ik neem de badkamer.'

'Kledingkast,' zei Blum, waarna ze de deur opende en naar binnen keek.

Laredo keek Pine aan. 'Dan moeten jij en ik maar naar de slaapkamer.'

Pine keek hem bevreemd aan, maar zei niets.

Hun grondige huiszoeking kostte alles bij elkaar ongeveer dertig minuten.

Wallis had in de badkamer niets ongebruikelijks gevonden, en alle medicijnen in het medicijnkastje waren zonder recept verkrijgbaar.

Pine en Laredo hadden de slaapkamer doorzocht en ook eigenlijk niets gevonden.

Maar Blum had een schat ontdekt in de kledingkast en legde een paar van haar ontdekkingen op het bed.

'Moet je kijken,' zei Wallis.

Ze keken allemaal naar de vrouwenkleding, het ondergoed, de schoenen en handtassen die Blum op het bed had gelegd.

'Dit zijn dure kleren,' zei Pine. Ze hield een kledingstuk omhoog en daarna de bijpassende schoenen.

'Volgens mij ook,' zei Blum. 'En dit is niet goedkoop. Dit is eersteklas materiaal en vakmanschap.'

'En hij woont in dit krot?' zei Wallis.

'Misschien gaf hij al zijn geld uit aan kleren,' zei Laredo.

Pine pakte een wit slipje. 'Misschien heeft het leger hem hierom ontslagen.'

'Dat dacht ik ook,' zei Blum.

'Ik dacht dat ze een "niet vragen, niet vertellen"-beleid hadden voor homoseksuelen,' zei Wallis.

Pine zei: 'Zo ligt het juridisch niet meer. Maar het feit dat hij deze kleren had betekent niet dat hij gay was. En laten we niet op de zaken vooruitlopen. Misschien zijn al deze kleren van iemand anders, misschien van een vrouw die hier logeerde.'

Blum zei: 'Of Gillespie was een travestiet. Misschien was dát de reden dat het leger hem algemeen ontslag gaf, omdat ze anders een juridisch probleem konden krijgen. Maar de wijze waarop ze hem ontsloegen kan hun manier zijn geweest om hem duidelijk te maken hoe ze over zijn levensstijl dachten.'

Pine zei: 'Belachelijk! Ik bedoel, als hij zijn werk kon doen, kon hij zijn werk doen.'

Wallis zei: 'Misschien werd zijn eenheid door hem afgeleid van hun werk. Of misschien deed hij iets anders. Ik ben geneigd het leger het voordeel van de twijfel te geven.'

Pine zei: 'Misschien werkte Gillespie in een club hier in de buurt. Als hij gay was, er is een grote scene in Savannah.'

'Hoe weet u dat?' vroeg Wallis.

'Ik ben hier al eens geweest. En als je weet waar je moet kijken, zie je het meteen.'

'Voor zo'n typisch zuidelijk stadje,' zei Blum preuts. 'Wie had dat gedacht?'

'Ik weet wel dat ik maar een ouwe lul ben, maar ik begrijp niets van dat soort dingen,' zei Wallis. 'Maar mijn motto is leven en laten leven.'

'Nou, de man die Gillespie heeft vermoord heeft dat memo kennelijk niet ontvangen,' zei Pine. 'Laten we nog een keer met de manager praten.'

'Waarom?' vroeg Wallis.

'Omdat ik bijna zeker weet dat hij hier alles van weet.'

'Die man is echt niet gay,' zei Wallis vol overtuiging.

'Ik zeg ook niet dat hij dat wel of niet is. Ik zeg alleen dat ik denk dat hij dingen weet. Dus laten we maar eens kijken.'

37

De naam van de manager, vertelde hij toen ze terugkwamen, was Clarence Spotter. Hij was achtenzestig, had een mannelijke partner, kende de gay community in Savannah goed en wist ook dat Gillespie als danser had gewerkt in een nachtclub, de Silver Shell.

Hij schudde verdrietig zijn hoofd toen ze hem vertelden dat de man dood was. 'Verdomd jammer. Layne was een goed mens.'

'Had hij vrienden?' vroeg Pine. 'Mensen met wie hij omging die ons misschien kunnen helpen?'

'Hij heeft hier nooit bezoek ontvangen. Vraag dat maar bij de Silver Shell. Misschien vinden jullie daar iemand die iets weet. Andersonville?' Weer schudde hij zijn hoofd.

'Heeft hij het ooit met u over dat dorp gehad?' vroeg Wallis.

'Nee. Hij heeft een tijdje in het leger gezeten, tot ze hem wegstuurden. Voordat hij hier kwam heeft hij veel gereisd, dat vertelde hij me tenminste. Misschien wilde hij zich gewoon ergens vestigen.'

'We wisten dat hij het leger had verlaten, maar niet waarom.'

'Ik ook niet echt. Maar ik neem aan dat het iets te maken had met wie hij was.' Sarcastisch zei hij: 'Het leger wil waarschijnlijk dat de soldaten altijd een broek dragen.'

'Weet u, dit had u ons ook kunnen vertellen toen we hier zonet waren,' zei Wallis.

Spotter glimlachte. 'Natuurlijk, maar dat wilde ik niet.'

'Waarom niet?' vroeg Laredo.

'Omdat jullie me niet vertelden wat er met Layne was gebeurd, daarom niet. Als je wilt dat ik de waarheid vertel moet dat wederzijds zijn, meer vraag ik niet.'

'Logisch,' zei Blum.

Terwijl ze terugliepen naar de auto zei Wallis hoofdschuddend: 'Geen seconde gedacht dat die man homo was. Daar leek hij me gewoon het type niet voor.'

'Wat voor type is dat dan?' vroeg Blum.

'Je weet wel...'

'Opzichtig?'

Wallis haalde zijn schouders op. 'Ja, zoiets bedoel ik.'

Blum zei: 'Mijn jongste dochter is lesbisch. Dat wist ik pas toen ze op haar tweeëntwintigste uit de kast kwam. Misschien had ik beter moeten kijken of zij opzichtig was.'

In de auto zei Pine: 'Het is bijna zes uur. We kunnen nu naar die club gaan en daar misschien met een paar mensen praten voordat het te druk wordt. Vindt u dat goed?' vroeg ze met een blik op Wallis.

'Denk het wel.'

'Een probleem?'

'Nee, geen probleem.'

'De wereld is groot genoeg voor allerlei soorten mensen,' zei Pine.

'Dat weet ik echt wel. En ik heb al heel veel gezien, allerlei soorten mensen bedoel ik. Maar ik vind dat LGB, waar dat ook maar de afkorting van is, nogal verwarrend.'

'LGBTQ,' zei Blum. 'En daar komen misschien nog wel meer letters bij.'

'Zie je, dat bedoel ik dus. Hoe kan iemand dat allemaal onthouden?'

'Maar dat hoeft ú niet te doen,' zei Blum. 'Dat doen de mensen wel die zich met deze groepen identificeren. En volgens mij hebben zij er geen probleem mee om zich te realiseren wie ze zijn.'

Toen Wallis niet-begrijpend keek zei ze: 'Denk maar zo: u bent duidelijk een MH.'

'Een wát?' vroeg Wallis verbijsterd.

Pine zei: 'Een mannelijke heteroseksueel. Zult u dat ooit vergeten, denkt u?'

Wallis riep: 'Maar dat bén ik! Hoe zou ik dat kunnen vergeten?'

'Dan moet u begrijpen wat Carol bedoelt.'

Wallis knipperde en knikte toen. 'Ja... Nou ja, ik denk het wel, nu u het zegt.'

'Goed, op naar de Silver Shell,' zei Blum.

Het was twintig minuten rijden van het flatgebouw naar de Silver Shell, een bakstenen gebouw van twee verdiepingen op een hoek in een wijk die zich in een 'overgangsfase' bevond.

'Ik kan wel zien waarom ze de club zo noemen,' zei Blum.

Op de gevel was een enorme zilveren schelp geschilderd.

'Ik vraag me af wat daar de symboliek van is,' zei Wallis nerveus.

'Misschien houdt de eigenaar gewoon van oesters,' zei Pine.

Ze klopten op de zijdeur en een man in een overall deed open. Clarence Spotter had al gebeld en ze werden verwacht. Dezelfde man bracht hen naar een rij kleedkamers en bleef staan bij de deur waarop MANAGER stond. Hij klopte aan en iemand riep: 'Binnen!'

Hij opende de deur, waarna ze met z'n vieren het kleine vertrek binnenliepen. De man deed de deur dicht en Pine hoorde dat hij terugliep door de gang.

In de kamer stonden een paar stoelen en een versleten bank met zebrapatroon. De wanden waren donkerpaars geverfd, het plafond werd gedomineerd door een kroonluchter die uit miljoenen stukjes geslepen kristal leek te bestaan en tegen de achterwand stond een kaptafel met daarop een spiegel met grote gloeilampen eromheen.

Daar zat iemand met zijn rug naar hen toe, gekleed in een lange rode kamerjas met een bontrandje langs de hals en manchetten.

Ze bleven midden in de kamer staan.

Wallis schraapte zijn keel en zei: 'Ik neem aan dat u weet waarom we hier zijn.'

Pine zag dat de brede schouders van de man een beetje trilden.

De man draaide zich om en keek hen aan. Hij was in de veertig, had scherpe, hoekige trekken en zijn dikke blonde haar lag dankzij een heleboel speldjes plat op zijn hoofd. Hij was, schatte Pine, ongeveer een meter negentig en woog net zeventig kilo, hoewel hij atletisch gebouwd was. Hij was zich kennelijk net aan het opmaken, want op zijn wangen zat foundation en zijn lippen waren feloranje.

Zijn wenkbrauwen waren geëpileerd en goedgevormd, en zijn ogen mooi blauw.

'Layne,' zei de man.

'Layne Gillespie. We hoorden dat hij hier werkte, meneer...?'

De man knikte. 'Neem me niet kwalijk, ik ben Ted Blakely. Ik ben de eigenaar. Ik ben...' Hij bracht een hand naar zijn gezicht en begon te snikken.

Blum pakte een paar tissues uit een doos op de kaptafel en gaf ze aan Blakely.

Hij bedankte haar met een knikje en depte zijn ogen droog. Toen hij opkeek was te zien dat zijn tranen sporen in de make-up op zijn wangen hadden achtergelaten. 'Het spijt me, maar dit... dit alles is heel overweldigend.'

Wallis zei zacht: 'Natuurlijk is dit een schok voor u, eh... meneer Blakely. Misschien wilt u ons gesprek liever uitstellen?'

'Nee, nee. Ik zal alles doen om u te helpen om deze... om het monster dat dit heeft gedaan te vinden.' Blakely snoot zijn neus, gooide de tissues in de afvalbak en keek hen aan. 'Kunt u me vertellen wat er is gebeurd?'

'Meneer Gillespie is doodgeschoten en werd gevonden op een begraafplaats in Andersonville, Georgia.'

'Andersonville?'

'Hebt u daar weleens van gehoord?' vroeg Pine.

'Nee. En Layne heeft het er ook nooit over gehad.'

'Ik neem aan dat jullie vrienden waren,' zei Pine.

'Heel goede vrienden en collega's. We traden samen op.'

'Hoe lang heeft hij hier gewerkt?' vroeg Wallis.

'Een jaar ongeveer. Maar daarvoor kende ik Layne al. Ik heb hem gevraagd naar Savannah te komen. Ik wist dat hij hier een ster zou zijn.'

'Dus u was op de hoogte van zijn... professionele vaardigheden?' vroeg Laredo.

Blakely keek Laredo onderzoekend aan en zei toen met een ondoorgrondelijke glimlach: 'Ja, zijn professionele vaardigheden.'

'Wanneer hebt u hem voor het laatst gezien?' vroeg Pine.

'Drie avonden geleden, in deze kamer. We waren net klaar met onze laatste act van de avond. We dronken wat en namen afscheid.'

'Was u niet ongerust toen hij niet op zijn werk verscheen?' vroeg Pine.

'Nee, want hij was niet ingeroosterd. Hij had een paar dagen vrij genomen. Hij had een spier in zijn rechterbovenbeen verrekt en zijn enkel was ook gezwollen. Wat we doen is niet gemakkelijk.'

'Dat geloof ik meteen. Weet u wat hij in zijn vrije tijd wilde doen?'

'Het rustig aan doen. Ik bedoel, ik wist niet dat hij ergens naartoe wilde. En zeker niet naar... Hoe heette die stad ook alweer?'

'Andersonville,' zei Wallis.

'Nee,' zei Blakely. 'Hij heeft nooit gezegd dat hij ergens naartoe ging.'

'Had hij een relatie?' vroeg Laredo. 'Of viel iemand hem lastig?'

'Nee en nee, tenminste niet dat ik weet. Ik hanteer hier een strikte regel: geen gedoe met collega's. Het kan me niets schelen wat mensen doen met hun leven of in hun eigen tijd, maar dat soort dingen heeft altijd gevolgen op het werk. Dus heb ik dat verboden.'

'Hoeveel mensen treden hier op?' vroeg Pine.

'Een stuk of twaalf, inclusief ikzelf. Twee shows per avond en een matinee op zaterdag. Het is een goede show, je zou eens moeten komen. Zingen, dansen, acteren. We doen alles, zelfs parodieën.' Hij keek naar Laredo. 'U weet wel, goed en gezond familievermaak.'

'Wat goed van jullie,' zei Laredo.

'Eerst werkte ik als bedrijfsjurist,' bekende Blakely. 'Haatte elke minuut. Maar dit, hier ben ik voor geboren.'

'Vond Layne Gillespie dat ook?' vroeg Pine.

'Dat denk ik wel. Hij is uit het leger getrapt, weet u.'

'We weten niet precies waarom,' zei Pine.

'Hij werd betrapt toen hij helemaal verkleed optrad. Het was onschuldig en niet eens op de basis of zo, maar ze ontsloegen hem wel. En ik hoorde dat Layne een goede soldaat was, hij kon vechten, was sterk als een beer en heel atletisch. Hij voerde een act op waarbij hij in van die lange, slappe linten klom en salto's maakte en zo. Hij was hier de enige die dat kon. Ik zou mijn nek breken.' Blakely zweeg en sloeg zijn blik neer. 'Ik kan gewoon niet geloven dat hij dood is.'

'Dus geen problemen met iemand? Of een nieuwe vlam?' vroeg Pine.

'Nee, voor zover ik weet niet. Iedereen mocht Layne graag.'

'Geen afgewezen minnaar of een klant hier die meer wilde dan hem in een act zien?' vroeg Laredo.

'Dat gebeurt weleens, maar niet speciaal met Layne.'

Pine dacht opeens ergens aan. 'Wat deed Layne voordat hij hier kwam? Hoe hebt u hem leren kennen?'

'Via een vriend van me.'

'Welke vriend?'

'Die is nu dood. Bootongeluk in Miami. Maar hij werkte in de eh... filmwereld.' Blakely leek nerveus.

Ze keken elkaar allemaal aan.

Pine vroeg op scherpe toon: 'Wacht even, bedoelt u de pornofilmindustrie?'

'Ja, Layne acteerde in pornofilms.'

'Waar was dat?' vroeg Pine. Aan haar toon was te horen dat ze blij was dat ze eindelijk een doorbraak leken te hebben in de zaak.

Blakely verfrommelde een tissue, terwijl hij naar zijn spiegelbeeld keek. Afwezig wreef hij een vochtig stukje foundation van zijn wang. 'Hij ging dan naar Miami of daar ergens in de buurt. Het betaalde kennelijk heel goed. Ik heb het weleens overwogen, maar dat is gewoon niets voor mij. Ik zou het niet kunnen doen, niet voor een camera.' Hij bloosde en keek naar hen. 'Neem me niet kwalijk, ik zit te bazelen. Dat interesseert u niets, dat weet ik.'

Pine zei: 'Heeft Layne het ooit gehad over Hanna Rebane of Beth Clemmons?'

'Volgens mij niet.'

'Denk er alstublieft goed over na. Het is echt heel belangrijk,' drong Pine aan.

Dat deed Blakely, maar toen schudde hij zijn hoofd. 'Nee, sorry. Die namen doen geen belletje rinkelen.'

Pine keek heel teleurgesteld.

Wallis zei: 'We zijn op bezoek geweest bij iemand die in pornofilms speelde. Haar appartement was heel luxueus, terwijl dat van meneer Gillespie dat niet is. Weet u waarom niet?'

'Layne stuurde geld voor levensonderhoud naar zijn moeder, zijn oma, een zus en een broer. Daardoor bleef er niet veel voor hemzelf over, maar hij vond geld nooit echt belangrijk. Ik denk dat hij die films ook deed zodat hij die dollars naar zijn familie kon sturen. Maar daar hield hij mee op toen hij hier kwam werken. Tenminste, voor zover ik weet.'

Wallis schraapte zijn keel en zei: 'Nou, het was heel goed van hem om voor zijn familie te zorgen. Dan vind ik hem een goede vent. Het maakt niet uit hoe hij dat deed.'

'Gewoon voor alle duidelijkheid: speelde hij in gayporno of...?' vroeg Pine.

Blakely keek verbaasd. 'O, ik snap het. Nee, het was heteroseksuele porno. Denkt u soms dat iemand die zijn geld verdient als travestiet helemaal gay moet zijn?'

Wallis keek de anderen aan. 'Ja, ik moet toegeven dat ik dat dacht.'

'Ik heb eigenlijk geen idee wat Laynes seksuele geaardheid was, daar heb ik hem nooit naar gevraagd. En hoewel een heleboel travestieten gay zijn, kunnen ze eigenlijk elke geaardheid hebben. Maar ik kan u wel vertellen dat ik Layne met jonge vrouwen heb gezien die volgens mij geen gewone vriendinnen waren. Maar daarover moet u uw eigen conclusies maar trekken.'

Pine zei: 'Dat zullen we wel moeten. Hopelijk al heel snel.'

38

Ze overnachtten in Savannah en reden de volgende middag terug naar Andersonville. In Savannah hadden ze een paar aanwijzingen nagetrokken die Blakely en Spotter hun hadden gegeven, maar die leverden niets op. Gillespie was geliefd en had voor zover bekend geen vijanden.

Om halfzes waren ze terug in Andersonville en daar splitsten ze zich op in twee teams. Wallis en Laredo zouden de autopsie van Layne Gillespie bijwonen, en Pine en Blum gingen naar Columbus, Georgia, om nog een keer met Beth Clemmons te praten.

'We hebben nu tenminste een connectie tussen de slachtoffers: pornofilms,' zei Blum tijdens de korte rit naar Columbus.

Pine zei: 'Maar we moeten de zaak niet verkeerd aanpakken. We hebben geen idee of Layne Gillespie Hanna Rebane kende of met haar samenwerkte. En zelfs als dat niet zo was, kan de moordenaar iemand zijn die pornofilms en pornoacteurs haat. Dat zou een goede aanwijzing voor ons kunnen zijn.'

'En die sluier en smoking?'

'Nog geen idee. Hoewel het iets kan zijn om hen te beledigen. Pornosterren die eruitzien als ouderwetse poppetjes op een traditionele bruidstaart.'

'Als Rebane heeft samengewerkt met Gillespie, heeft hij misschien ook met Clemmons gewerkt.'

'Daar hoop ik op, want we kunnen Rebane geen vragen meer stellen.'

'Wat is er volgens u aan de hand, agent Pine?'

'Iets heel ingewikkelds.' Ze zweeg even en keek voor zich uit. 'Wat natuurlijk betekent dat het in werkelijkheid heel eenvoudig kan zijn.'

‘Eenvoudig? Zo zou ik het nooit noemen.’

‘Zeg nooit nooit, Carol. Dat bespaart je een heleboel tijd.’

Ruim een uur nadat ze Andersonville hadden verlaten waren ze in Columbus. Het was een uur of zeven ’s avonds. Het was hier warmer dan het in Andersonville was geweest, maar koeler en minder vochtig dan in Savannah. Pine had Clemmons gebeld, maar haar niet te pakken gekregen.

Ze stopten voor het appartementengebouw, stapten uit, liepen de lobby in en meldden zich bij de portier. Dankzij Pines badge mochten ze met de lift naar de vijfde verdieping.

Ze klopten op Clemmons’ voordeur, maar niemand deed open.

‘Het kan zijn dat ze weg is, maar je zou denken dat de portier ons dat dan wel had verteld,’ zei Pine.

‘Of er is een andere reden voor dat ze niet opendoet,’ zei Blum onheilspellend.

‘We hebben geen reden om het appartement binnen te gaan. Ik mag de deur niet openbreken.’ Pine klopte harder. Geen reactie.

‘Wat vreemd,’ zei een man.

Ze draaiden zich om.

Voor de geopende voordeur aan de overkant van de met vloerbedekking beklede hal stond een jongeman met een bril op.

‘Wat is vreemd?’ vroeg Pine.

‘Nou, ik weet vrijwel zeker dat Beth thuis is. Toen ik een paar uur geleden naar boven kwam ging zij net haar huis binnen.’

‘Ze kan weer zijn vertrokken,’ zei Blum.

‘Nee, ze zei dat ze een heet bad wilde nemen en vanavond thuisbleef. En ik heb de hele tijd in mijn voorkamer zitten lezen en ik weet zeker dat ik het had gehoord als ze was weggegaan.’

Pine keek naar Blum en daarna naar de deur. ‘Is dat voldoende reden om naar binnen te gaan?’

‘Volgens mij wel.’

‘Zijn jullie van de politie?’ vroeg de man.

Pine liet hem haar FBI-badge zien. ‘Ga naar beneden en zeg tegen de portier dat hij met een sleutel naar boven komt. Nu!’

De geschrokken man rende de gang door en een paar seconden later hoorden ze het belletje van de lift.

Een minuut later waren de portier en de man boven.

De portier had een sleutel bij zich en vroeg: 'Wat is er aan de hand?'

Pine zei: 'We hebben goede redenen om aan te nemen dat mevrouw Clemmons thuis is, maar ze reageert niet op ons geklop. We maken ons zorgen over haar welzijn. We willen dat u deze deur nu openmaakt.'

De portier verbleekte, liep snel naar voren en deed de deur van het slot.

Pine trok haar pistool en gebaarde dat de anderen moesten blijven waar ze waren. Ze liep het donkere appartement binnen, terwijl ze met haar pistool en haar blik het terrein voor zich scande. 'Mevrouw Clemmons!' riep ze. 'Beth? Dit is agent Pine van de FBI. Ben je hier?'

Geen antwoord.

Pine hoorde ook niets bewegen. Ze controleerde de voorkamer en de keuken en liep door de gang naar de slaapkamers. Ze liep Clemmons' slaapkamer in. Die was leeg.

Maar er lagen wat kleren op de vloer van de kledingkast. En haar tasje met haar telefoon erin stond op het nachtkastje.

Ze is hier, of ze was hier.

De deur van de aangrenzende badkamer stond open en het licht was aan.

Pine vermande zich. Eerst knielde ze en keek onder de deur door of ze voeten zag. Daar was niemand. Snel liep ze naar binnen, zwaaiend met haar pistool.

De badkamer was enorm groot, met een badkuip op leeuwenpoten die in de inloopdouche was geplaatst.

Vanaf waar ze stond zag ze dat de badkuip tot aan de rand gevuld was met water.

Shit.

Ze was bang dat de vrouw een overdosis had genomen terwijl ze in bad lag en vervolgens was verdronken.

Langzaam liep ze naar binnen en keek naar beneden.

Dit was niet wat ze had verwacht te zien. De badkuip was op het water na leeg.

Verbaasd liep ze de inloopdouche uit en controleerde de grote wandkasten. Daar was niemand in gestopt. Maar de volle badkuip was bijzonder vreemd.

Ze was nog niet in Hanna Rebanes slaapkamer geweest. Maar ze begreep niet waarom Clemmons daar zou zijn, aangezien de badkuip hiernaartoe was getrokken.

Ze liep naar de deur om de badkamer te verlaten en verstijfde toen haar blik viel op de kier tussen de deur en de muur. Ze duwde de deur verder dicht.

Beth Clemmons hing aan een haak aan de binnenkant van de badkamerdeur, met een strop om haar hals en een plastic zak over haar hoofd.

39

Het rustige en chique appartementengebouw was nu een en al politieactiviteit. Een heleboel bewegende delen en geen enkele trekkracht. Tenminste, dat vond Pine.

Terwijl de plaatselijke politie het lijk onderzocht en Clemmons' appartement doorzocht, waren Pine en Blum aan de overkant in gesprek met de buurman die hen had aangesproken.

Hij zat op zijn dure bank in zijn modieus ingerichte appartement en zag eruit alsof hij elk moment kon overgeven op zijn dure oosterse tapijt. 'Ik... Misschien ben ik wel degene die haar voor het laatst levend heeft gezien,' zei de man die zich had voorgesteld als Gene Martin. Hij was begin dertig en had zo te zien een baan waarmee hij uitstekend verdiende.

'Behalve dan degene die haar heeft vermoord,' zei Blum, waardoor Martin haar met grote ogen aankeek.

'Wat... Ja, natuurlijk.' Hij keek naar de stoïcijnse Pine. 'Wacht, u denkt toch niet... Ik... Ik had daar niets mee te maken.' Hij sprong op. 'Jezus, ik zou nooit iemand vermoorden. Ik... Ik ben registeraccountant, dus de enige manier waarop ik ooit iemand iets zou kunnen aandoen is door het afkeuren van een aftrekpost.'

'Ik denk niet dat u haar hebt vermoord, meneer Martin. Ik wil liever weten wat u misschien hebt gezien of gehoord.'

'Maar ik weet niets.'

'Kalmeer alstublieft, ga weer zitten en denk na. Stapje voor stapje. U zei dat u zat te lezen. Eerder had u Clemmons gezien. Ze zou vanavond een bad nemen en zich ontspannen. Ze ging haar huis binnen en u ging uw huis binnen. Begin met te vertellen hoe laat het toen was.'

Martin ging weer zitten, zette zijn bril af, maakte de glazen schoon met een in zijn trillende hand geklemde zakdoek en zette de bril weer op. 'Oké, ik praatte even met Beth en ging hier naar binnen. Ik herinner me dat ik op mijn horloge keek. Het was een paar minuten voor vier.'

'Oké, dus u had haar een paar minuten daarvoor gezien?'

'Ja.'

'Was dat de enige keer dat u haar vandaag hebt gezien?'

'Ja.'

'Waarom was u thuis op dat tijdstip?' vroeg Blum.

'Ik heb een paar dagen vrij genomen om wat dingen te doen en uit te rusten. Ik heb net een financiële audit van een grote naamloze vennootschap gedaan. Vier maanden achter elkaar gewerkt, zeven dagen per week. Ik was helemaal kapot.'

'Oké, ga verder.'

'Ik maakte een kop thee, dat kostte ongeveer twee minuten. Toen ging ik zitten met mijn boek, een biografie van Churchill.' Hij pakte het van de salontafel. 'Het is fascinerend, maar een dikke pil zoals u kunt zien.'

Pine keek naar het dikke boek. 'Juist. En toen?'

'Toen ging ik zitten, dronk mijn thee op en las mijn boek.'

'Geen geluiden in de gang? Deuren die open- of dichtgingen? Voetstappen? Stemmen?'

'De meeste mensen op deze verdieping komen niet vroeg thuis. Meestal om zes, zeven uur.'

'Maar Clemmons niet?'

'Nee, zij niet. Mijn god, ik moet er niet aan denken dat iemand haar heeft vermoord. In dít gebouw!' Hij werd bleek en zag er weer uit alsof hij elk moment kon gaan overgeven.

Pine zei sussend: 'Haal een paar keer diep adem en ontspan u. Concentreer u en denk na. Wij wachten wel. Geen haast. Kalmeer een beetje en orden uw gedachten. U bent een registeraccountant, dus erg gericht op details. Dat is wat we willen, details.'

Martin haalde een paar keer diep adem, leunde naar achteren op de bank en trommelde met zijn vingers op de armleuning. Hij trommelde steeds langzamer maar meer ritmisch. 'Weet u, ik hoorde inderdaad iemand in de hal. Een uur later ongeveer. Even voor vijf uur.'

'Wat voor geluiden hoorde u precies?'

'Iemand die wegliep, maar daarvoor hoorde ik... Ja, ik hoorde een deur open- en dichtgaan. Heel zacht, maar ik hoorde het toch.'

'Stond u op om te kijken?'

'Niet vanwege die geluiden, nee. Ik bedoel, er is niets onheilspellends aan deuren die opengaan of mensen die door een woonflat lopen. Maar mijn thee was koud geworden en die wilde ik weer opwarmen. Toen besloot ik even naar de voordeur te lopen om te kijken wie het was.' Hij keek gegeneerd. 'Ik dacht dat het Beth misschien was. Spontane actie. Ik... vond haar aardig. Ik praatte graag met haar.'

'Logisch,' zei Blum. 'Ze was een bijzonder aardige jonge vrouw.'

'En zág u iemand?' vroeg Pine.

'Eerst keek ik in de richting van de liften. Ik bedoel, iemand zou die kant op lopen, nietwaar?'

'Ja,' zei Pine. 'Maar?'

'Maar ik zag niemand. Toen keek ik de andere kant op.'

'En?' zei Pine, een beetje ongeduldig toen bleek dat hij niet verder zou vertellen.

'Ik durf het niet met zekerheid te zeggen, maar ik dacht dat ik de achterkant van een schoen de hoek om zag gaan. Natuurlijk een schoen die iemand droeg.'

'Wat is daar?' vroeg Blum.

'Nou, de goederenliften bijvoorbeeld.'

'Was het een mannenschoen?' vroeg Pine.

'Ja. Ik bedoel, het was geen hoge hak of zo.'

'Kon u verder nog iets zien?'

'Nee, niet echt. Wacht, ik denk dat hij een grijze broek droeg.'

'Grijze broek. Een lange broek?'

'Nee, niet zoiets. Ik zei het verkeerd. Het was geen broek, dat denk ik tenminste niet. Ik denk dat het een soort overall was. En de schoen die ik zag leek op een werklaars.'

Pine keek naar Blum. 'Een arbeider die naar de goederenliften liep?'

'Misschien.'

Ze stelden Martin nog een paar vragen, maar meer nuttigs kon hij hun niet vertellen.

Even later liep Pine naar de goederenliften met Blum in haar kielzog.

Nadat ze twee keer een hoek waren omgeslagen kwamen ze bij twee liften, één links en één rechts. Ze bevonden zich aan het einde van de gang.

Pine drukte op een knopje en ze namen de lift naar beneden. Deze kwam uit in de ondergrondse parkeergarage van het appartementengebouw, vlak bij de uitgang.

'Lijkt logisch,' zei Pine. 'Als je verhuist zet je je bus hier en gebruik je de lift om je spullen naar binnen of naar buiten te brengen.' Ze keek om zich heen. 'Ik zie hier geen camera's. En er is geen hek, dus kan iedereen hier in en uit lopen.'

Pine keek naar de deur waar ze net door naar buiten waren gekomen en probeerde hem open te trekken. 'Maar je hebt een sleutelkaart nodig om naar binnen te kunnen,' zei ze en ze wees naar een kaartlezer.

'Die arbeider had er misschien een.'

'De plaatselijke politie moet dit controleren, met Martin praten en dan controleren of andere mensen rond dat tijdstip iemand in die hal hebben gezien.'

'Maar Martin zei dat hij alleen een deur open en weer dicht hoorde gaan. Zou hij het niet hebben gehoord toen de man naar binnen ging en daarna nog een keer toen hij weer vertrok?'

Pine zei: 'Niet als die man al in het appartement was en wachtte tot Clemmons thuiskwam. De badkuip was gevuld. Ze was duidelijk van plan een bad te nemen. Ze had zich uitgekleed en droeg haar badjas. Hij moet haar hebben aangevallen voordat ze in het bad stapte.'

'Dus hij kan al een tijdje in haar appartement zijn geweest voordat ze thuiskwam. Maar hoe is hij binnengekomen?'

'Er waren geen sporen van braak. En als ze niet thuis was om hem binnen te laten, moet hij een sleutel hebben gehad. Ik vraag me alleen af waar hij die vandaan had.' Ze keek naar de kaartlezer op de deur. 'Misschien op dezelfde plek als waar hij die kaart kreeg.'

'Denkt u hetzelfde als wat ik denk?' vroeg Blum.

'Als jij denkt dat de moordenaar de sleutel en de sleutelkaart gebruikte die hij van Hanna Rebane had afgenomen, ja, dan denken we hetzelfde.'

'En het motief was om haar het zwijgen op te leggen, omdat ze ons misschien iets zou vertellen wat belastend was voor iemand.'

'Maar daar is één probleem mee. We hebben al met haar gepraat. Je zou denken dat diegene in actie zou zijn gekomen vóórdat we dat deden.'

Blum schudde haar hoofd. 'Maar nu Layne Gillespie is vermoord... Misschien maakt dat iets uit.'

'Bedoel je dat ze informatie had over hem en het verband met Hanna Rebane?'

'Ja. De moordenaar wist dat we terug zouden komen om met haar over die tweede moord te praten.'

'Dat is zeker mogelijk, maar bij deze zaak lijkt alles mogelijk.'

'Denkt u dat het hierdoor waarschijnlijker is dat er een connectie was tussen Gillespie en Rebane?'

'Dat maakt het zeker niet minder waarschijnlijk,' antwoordde Pine.

'Hoe moeten we dat te weten komen, nu ze dood is?'

'Zij was niet de enige die meespeelde in de pornofilms. Er zijn altijd wel anderen aan wie we het kunnen vragen.'

'Dan moeten we maar hopen dat we eerder bij hen zijn dan deze man.'

40

Mijn hele verleden is een leugen. Nee, dat is een leugen. Het grootste deel van mijn verleden is een leugen.

Dat was niet bepaald opbeurend.

Het was de volgende dag en Pine zat op haar bed in de Cottage. Ze pakte het tijdschrift dat Myron haar had gegeven en sloeg het open op de bladzijde waar haar moeder stond. Pine zat heel lang naar de foto te staren. Ze streek met haar vinger over het opgestoken haar van de vrouw die haar op de wereld had gezet. Ze keek naar de tekst. Londen. Karl Lagerfeld. De catwalk. Amanda nog wat. Ze leek knap, maar misschien was ze te zwaar opgemaakt en droeg ze iets wat te onthullend was, zoals modellen tijdens modeshows vaak deden.

Van Londen naar Andersonville. Wat een vreemde reis. Pine kon er geen touw aan vastknopen.

Ze legde het tijdschrift weg, opende haar extra koffer, haalde haar oude pop eruit en streek over het haar, terwijl het buiten weer begon te regenen. Het had ook geregend toen ze terugreden naar Columbus, maar het was droog toen ze terugkwamen in Andersonville. Nu werd het bewolkter en het begon harder te waaien. Er werd slechter weer verwacht.

Tijdens de terugrit had ze Wallis gebeld en hem verteld wat er met Beth Clemmons was gebeurd. Hij had haar op zijn beurt verteld over de autopsie van Gillespie. Daarbij waren geen verrassingen geweest. Dood door pistoolschot. Geen sporen. Geen defensieve wonden. De smoking, hoed en corsage hadden nergens toe geleid. Het lijk had geen antwoorden gegeven, zijn moordenaar was niet dichter bij zijn arrestatie.

Ze had de politie van Columbus verteld over Gene Martins herinnering aan de arbeider die naar de goederenliften was gelopen. Dat spoor zouden ze volgen, maar tot nu toe was daar niets uitgekomen. Er hing een bewakingscamera buiten bij de ingang van de parkeergarage, maar die was stuk. Ze hadden vastgesteld dat Hanna Rebanes sleutelkaart inderdaad was gebruikt om vanuit de garage het gebouw binnen te komen. Er was geen twijfel aan dat de moordenaar via die deur erin en eruit was gegaan. En Pine was ervan overtuigd dat hij behalve de kaart ook de sleutel van het appartement had, die had gebruikt om naar binnen te gaan en daar op Beth Clemmons had gewacht.

Drie mensen waren dood, die allemaal een connectie met elkaar hadden. Rebane met Clemmons, als huisgenoten en vriendinnen, en de beide vrouwen en Layne Gillespie met de pornofilmwereld.

Ze keek naar de andere dingen op haar bed en legde de pop weg.

Barry Vincent. Waarom had die man ruziegemaakt met haar vader over wat er was gebeurd? Ze kon zich helemaal geen Barry Vincent herinneren. Maar Myron Pringle wel. Hij had een einde aan het gevecht gemaakt. Pine vroeg zich af wat er met Vincent was gebeurd. Niemand had zijn naam genoemd. Er had niets over hem in het onderzoeksdossier van de politie gestaan.

Nou, misschien kon ze daar wat aan doen. Ze liep naar beneden en klopte op een deur vlak bij de hal waar KANTOOR op stond.

'Ja?'

Pine opende de deur en zag dat Lauren Graham aan haar bureau zat met een laptop voor zich. 'Als ik je stoor kan ik later wel terugkomen,' zei Pine.

'Nee hoor, ik heb nu toch een writer's block.'

Pine deed de deur achter zich dicht. 'Ik vroeg me af of je me ergens mee kunt helpen.'

Graham zette haar leesbril af en legde die voor zich neer. 'Prima, maar heb je al over mijn verzoek nagedacht?' Toen zag ze de blauwe plek op Pines voorhoofd. 'Wat is er met jou gebeurd?'

'Tegen een muur gelopen. Luister, ja, in algemene bewoordingen kan ik met je over mijn zaken praten.'

'Uitstekend. Misschien vanavond tijdens een etentje?'

'In de Clink?'

'Nee. In Americus. Daar is een Italiaanse bistro die ik heel graag wil uitproberen.'

Pine aarzelde, maar heel even. 'Prima.'

'Geweldig. Wat wilde je vragen?'

Pine ging tegenover Graham zitten. 'Barry Vincent. Kun je je hem herinneren?'

'Barry Vincent?'

'Dat was de man die mijn vader ervan beschuldigde dat hij iets te maken had met de verdwijning van mijn zusje,' zei Pine. 'Dat heeft Myron Pringle verteld. Hij maakte een einde aan het gevecht tussen mijn vader en hem voor ons oude huis.'

Graham dacht even na en klemde haar lippen op elkaar. 'Ik kan me die naam absoluut niet herinneren. Weet je zeker dat hij uit Andersonville kwam?'

'Dat nam ik aan omdat Pringle zei dat hij voor ons huis ruziemaakte met mijn vader.'

'Misschien weet Agnes Ridley het.'

'Oké, ik zal het haar vragen.'

'Zo te horen maak je vorderingen,' zei Graham, waarbij ze Pine, volgens haar tenminste, met een vreemde blik aankeek.

'Een beetje. Weet je, je hoeft niet met me uit eten te gaan. Ik kan ook hier met je over een paar zaken van me praten.'

'Nee, volgens mij is het veel prettiger om dat te doen onder het genot van een goede maaltijd en iets te drinken.' Ze keek op haar horloge. 'We moeten om zes uur vertrekken.'

'Prima. Dan zie ik je hier weer om zes uur.'

Graham keek naar Pines kleren: spijkerbroek, trui, laarzen en haar FBI-windjack. 'Eh... Heb je ook een... jurk en... hoge hakken? In dat restaurant verwachten ze zakelijke kleding of een cocktailjurk.'

'Ik denk dat ik wel iets geschikts kan opscharrelen.'

'Het was niet mijn bedoeling arrogant te klinken of zo.'

Pine zei niets.

Graham keek haar aandachtig aan. 'Je bent heel aantrekkelijk, Atlee. Je lijkt op je moeder. Groot, lang bovenlichaam en lange benen. Zo ongeveer alles zou je goed staan. Als je er de tijd voor nam... misschien?'

'Ik heb andere dingen te doen met mijn tijd,' zei Pine ronduit. 'Als ik er goed uit moet zien, lukt me dat meestal wel.'

'Dat geloof ik graag. Ik wilde je niet beledigen. Ga je nu met Agnes praten?'

'Ja.'

'Denk je dat die Barry Vincent belangrijk is?'

'Dat is hij, tot hij dat niet meer is. Maar zo gaat dat met onderzoeken, in elk geval bij die van mij. Dat is misschien saai voor een boek,' zei Pine met een blik op de laptop op Grahams bureau.

'Het is mijn werk om het niet saai te maken.'

'Daar heb je fantasie voor nodig, lijkt me.'

'Hopelijk heb ik genoeg fantasie,' zei Graham een beetje weifelend.

Pine vertrok, liep naar buiten naar haar SUV en stapte in. Ze had Agnes Ridleys adres tijdens haar eerste gesprek met de vrouw gekregen. Ze woonde een paar kilometer buiten het dorp op de route naar Pines oude huis.

Op de gravel oprit van de vrouw stond een oude Buick. De auto bestond uit meer roest dan iets anders, en de Georgia-kentekenplaten waren al drie jaar verlopen. Het huis kwam Pine enigszins bekend voor, hoewel ze zich niet herinnerde dat ze hier ooit was geweest.

Ridley was thuis en deed even later de deur open. Ook zij vroeg naar Pines blauwe plekken en ook nu zei Pine dat die waren ontstaan door een muur en haar eigen onhandigheid.

Ze volgde Ridley naar de voorkamer, die vol stond met grote oude meubels en op elk vlak oppervlak stonden een heleboel breekbare snuisterijen. Een dikke kat lag op de armleuning van de haveloze bank. De kat keek met een ongeïnteresseerde blik in zijn grote ogen naar Pine.

'Dat is Boo,' zei Ridley.

'Ziet er vriendelijk uit.'

Ridley lachte terwijl ze ging zitten. 'Alleen als hij dat wil. O, wil je misschien iets drinken?'

Pine schudde haar hoofd en kwam meteen ter zake. 'Herinnert u zich een man die Barry Vincent heette?'

Ridley leunde naar achteren en drukte met haar vinger tegen haar kin. 'Barry Vincent?'

'Myron Pringle zei dat Vincent en mijn vader met elkaar vochten op de dag nadat Mercy verdween. Vincent had kennelijk beweerd dat mijn vader daar iets mee te maken had.'

'O, daar heb ik over gehoord, ja. Barry Vincent. Lieve help, die naam had ik al jaren niet meer gehoord. Hij heeft hier ooit gewoond. Misschien in het dorp, maar dat weet ik niet zeker.'

'Werkte hij in de mijn?'

'Niet dat ik weet.'

'Enig idee waar hij nu is?'

'Nee. Volgens mij is hij kort voordat jij en je ouders vertrokken weggegaan.'

'Wat was hij voor man? Hoe lang heeft hij hier gewoond? Waar kwam hij vandaan?'

Ridley leek overweldigd door deze serie vragen. 'Ik... Ik herinner me niet veel over hem, Lee. Hij heeft hier helemaal niet lang gewoond.'

'Geen vrouw of kinderen?'

'Dat herinner ik me niet. Waarom heb je belangstelling voor hem?'

'Ik check alleen een paar aanwijzingen. Ik vroeg me af waarom hij er zo van overtuigd was dat mijn vader iets te maken had met de verdwijning van mijn zusje dat hij daarover in gevecht ging met hem.'

'Maar andere mensen vermoedden dat ook.'

'Maar Vincent was kennelijk de enige die daarvoor de strijd aanging.'

'Dat weet ik niet. Misschien moet je dat aan Myron vragen. Als hij zich die vechtpartij herinnert, herinnert hij zich misschien meer van Vincent dan ik.'

'Hij is de volgende op mijn lijst. Maar ik wilde het eerst aan u vragen. Dat stelde Lauren Graham voor.'

'Nou, het spijt me dat ik je niet beter kon helpen. Hoe gaat het met de zaak?'

'Heel traag.'

41

Pine reed naar het huis van de Pringles en deze keer deed Myron open. Britta was de deur uit, vertelde hij. Hij droeg een kakikleurige lange broek en een feloranje poloshirt met canvas bootlaarzen. Hij leek niet van plan haar binnen te laten toen ze hem vertelde dat ze een paar vragen had.

'Ik heb het druk,' zei hij.

'Het duurt niet lang.'

'Volgens mij zeg je dat altijd.'

'Het is heel belangrijk,' zei ze met een smekende klank in haar stem waar ze zelf ongemakkelijk van werd. Als FBI-agent was ze gewend alle vragen te kunnen stellen die ze wilde stellen, wanneer dan ook, en antwoorden te krijgen. Maar dit was niet zo'n soort zaak. Hierbij moest ze behoedzaam te werk gaan. En dat kon ze wel, maar dat kostte moeite.

Myron stapte achteruit en liet haar binnen. Hij keek naar haar blauwe plek maar zei niets. Hij deed de deur achter zich dicht, bleef staan en keek haar aan. 'En?' vroeg hij.

'Barry Vincent?'

Hij keek haar verbaasd aan. 'Vincent? Wat is er met hem?'

'Wat kun je me over hem vertellen?'

'Waarom?'

'Omdat hij met mijn vader vocht. Ik wil graag begrijpen in welke context dat was.'

'Ik weet niet of die er wel was, behalve wat ik je al heb verteld. Hij dacht dat je vader schuldig was aan iets vreselijks. Hij maakte dat heel duidelijk en toen stompte hij je vader.'

'Wie was hij?'

‘Een buurman, neem ik aan.’

‘Oké. Wat nog meer?’

Myron zuchtte, sloeg zijn slungelige armen voor zijn magere borst over elkaar en leunde tegen de muur. ‘Zo gedenkwaardig was hij niet.’

‘Vrouw? Kinderen?’

Myron schudde zijn hoofd. ‘Niet dat ik weet. Als hij ze had, kwamen ze niet met hem mee hiernaartoe.’

‘Waar werkte hij?’

Nu leek hij een beetje geïnteresseerd. ‘Dat weet ik niet zeker. Niet in de mijn. Misschien deed hij overal en nergens wat klusjes. Dat deden heel veel mensen toen. En tegenwoordig ook nog.’

‘Je zei dat hij een buurman was. Waar woonde hij?’

‘Als ik het me goed herinner, woonde hij eerst in het dorp, in een pension. En daarna, dat weet ik niet. Ik was geen goede kennis van hem. Ik zag hem slechts af en toe.’

‘Wat was hij voor man? Beschrijf hem eens.’

Myron keek naar het plafond, duidelijk in gedachten terug in de tijd. ‘Achter in de dertig. Niet heel groot, maar gedrongen. Stoer. Hij kon vechten. Je vader was jonger en groter, maar als ik er niet tussen was gesprongen denk ik dat het slecht voor Tim was afgelopen.’

‘Wanneer kwam hij naar het dorp?’

Myron dacht hierover na. ‘Ik weet het niet zeker, maar niet lang voordat je zusje verdween. Een paar maanden of zo. In elk geval rond die tijd.’

‘En ik hoorde dat hij iets eerder vertrok dan wij.’

‘Dat zou kunnen,’ zei hij behoedzaam.

‘Wat zei hij die dag precies tegen mijn vader?’

‘Weet je zeker dat je dat wilt horen?’

‘Ik moet wel, Myron. Daarom ben ik hier.’

Myron ademde uit, maar het klonk meer als een kreun. ‘Hij zei dit niet letterlijk, maar het kwam erop neer dat Tim zijn ene dochter had vermoord en de andere bijna.’

‘En waarom uitte hij die beschuldiging?’

‘Dat weet ik niet. Hij deed dat gewoon. Ik bedoel, iedereen in het dorp wist wat er was gebeurd. Ze wisten dat Mercy verdwenen was en jij zwaargewond in het ziekenhuis lag.'

'Maar hij zei dat mijn vader een dochter had vermoord.'

'Volgens mij nam hij dat gewoon aan. En hij was niet de enige. Als een kind midden in de nacht verdwijnt en de andere tweelinghelft bijna dood is... Je hoeft geen genie te zijn om die gedachtesprong te maken.'

'Waren er nog andere mensen die dergelijke beschuldigingen tegen mijn vader uitten?'

'Niet dat ik weet.'

'Wat had Vincent tegen mijn vader?'

'Dat weet ik niet. Zoals ik al zei kende ik de man niet erg goed.'

'En jij maakte een einde aan het gevecht?'

'Ja. Ik was niet van plan toe te laten dat die vent je vader te pakken nam, vooral niet op zo'n verschrikkelijke dag. Hij had al genoeg om mee te dealen zonder dat die hufter van een Vincent deed wat hij deed.'

'Dus je geloofde dat mijn vader er niets mee te maken had?'

Myron zei kortaf: 'Dat heb ik je al verteld en ik ben niet van mening veranderd.'

'Weet je alweer hoe de vrienden heetten die die avond bij jullie op bezoek waren?'

'Nee. Het zullen wel geen bijzondere lui zijn geweest, want anders zou ik het nog wel weten. Herinner jij je nog waar je dertig jaar geleden in een bepaalde nacht was?'

'Ja. Ik lag in bed met mijn tweelingzusje en mijn schedel werd ingeslagen.'

Myron wendde zijn blik af.

'Luister, als jullie iets deden, iets illegaals, zoals hasj roken of zo, dat kan me niets schelen. Mijn ouders rookten ook hasj. En dat is allang verjaard.'

Myron haalde zijn schouders op. 'Ik weet niet wat ik je moet vertellen. Ik weet gewoon niet meer wie het waren. De volgende dag, ja, die kan ik me wel herinneren.'

'Heb je Vincent ooit gevraagd waarom hij mijn vader aanviel?'

'Nee, ik maakte een eind aan dat gevecht. En het leek me niet mijn taak om hem te vragen waarom hij dat had gedaan.'

'Heeft mijn vader het nog een andere keer met hem aan de stok gehad?'

'Niet dat ik weet.'

'Klein dorp. Je zou denken dat ze elkaar vaker tegenkwamen.'

'Als dat zo was, heb ik dat nooit gehoord. Na Mercy's verdwijning ging bijna niemand meer met je vader en moeder om. Je ouders sloten de gelederen, verlieten hun huis bijna niet meer. Tim ging nog wel naar zijn werk in de mijn, maar iedereen wist dat hij niet meer gemotiveerd was. En toen op een dag waren jullie allemaal gewoon verdwenen.'

'Dus jij en Britta zagen hen niet vaak meer nadat Mercy was meegenomen.'

'Nee. Maar we bleven hen steunen. Britta maakte eten klaar en bracht het naar jullie toe. Ze bracht zelfs onze kinderen een paar keer mee zodat jij iemand van je eigen leeftijd om je heen had. Maar volgens mij had je geen zin meer om te spelen, of om nog langer kind te zijn.'

'Je hebt daar veel begrip voor.'

'Jaren later verloor ik mijn beide kinderen. Dan ga je nadenken.'

'Kun je je nog iets anders herinneren?'

'Ik gaf Tim een lift naar het werk, bracht hem thuis, dat soort dingen. We gingen weleens bij elkaar op bezoek, maar je ouders hadden geen zin meer om te feesten. Het was alsof het licht voor hen was gedoofd.'

Pine knikte en keek naar haar laarzen. 'Dat begrijp ik denk ik wel.'

'Wat herinner jíj je van die tijd?'

'Ziekenhuizen, onderzoeken, artsen die in me prikten.'

'En je ouders?'

'Toen ze "de gelederen sloten", denk ik dat ze mij aan de buitenkant lieten staan.'

'Nee hoor, ik weet nog heel goed dat je moeder amper van je zijde week. Ze zou zelfs bij je in het klaslokaal zijn gaan zitten als dat had gekund.'

'Ik bedoel het ook niet fysiek. Nee, fysiek smoorden ze me. Maar emotioneel was er een muur opgetrokken die nooit meer is afgebroken.'

'Ze was doodsbang dat ze je zou kwijtraken.'

Pine keek hem aan, hield zijn blik een tijdje vast en zei: 'Nou ja, we zijn elkaar alsnog kwijtgeraakt, nietwaar?'

42

Weer zat Pine op haar bed naar haar kleine verzameling herinneringen uit haar kindertijd te staren. Carol Blum zat in een stoel naar haar te kijken. Pine had Blum bijgepraat over haar gesprekken met Agnes Ridley en Myron Pringle.

'Denkt u dat deze Barry Vincent op een bepaalde manier belangrijk is?' vroeg Blum.

Pine hield op met wat ze aan het doen was en zei: 'Ik weet het niet, maar het is gewoon vreemd dat niemand me veel over hem kan vertellen. Hij kwam hier later dan mijn ouders en vertrok eerder dan zij. Hij was de enige die erover in gevecht raakte met mijn vader. Myron dacht dat mijn vader de man niet eens goed kende. Dus waarom zou hij al die beschuldigingen uiten?'

'Misschien hadden ze een meningsverschil waar verder niemand iets van wist,' opperde Blum.

'Als dat zo is zal het heel moeilijk worden om te achterhalen waar het over ging.'

'Heeft uw moeder of vader het later nog over hem gehad?'

'Voor zover ik weet niet. Ik wist niet eens dat hij bestond tot Myron zijn naam noemde.' Ze keek naar de spullen op haar bed. 'Er is zoveel wat ik niet weet van mijn ouders, Carol. Mijn vader stierf niet daar waar dat volgens mijn moeder was gebeurd. Jack Lineberry vond hem. Ik heb geen idee of mijn moeder daar echt wel naartoe is gegaan om alles te regelen en zijn as uit te strooien. Ze ging gewoon weg en toen ze terugkwam vertelde ze me er eigenlijk niets over.'

'Je zou denken dat wanneer Lineberry uw vader vond en zij daarnaartoe ging, ze elkaar wel hadden gezien.'

'Hij zei dat dat niet het geval was. Maar dat kunnen we niet controleren.'

Blum keek naar de spullen op het bed. 'Dus dat is alles wat u nog hebt?' vroeg ze.

'Veel is het niet, hè?'

'Maar daardoor zijn ze stuk voor stuk wel belangrijker,' zei Blum verstandig.

'Ik zou willen dat ze me op de een of andere manier naar de waarheid leidden.'

'De pop van uw zusje...' zei Blum. Ze stond op en pakte de pop op.

'Wat is daarmee?'

'Britta Pringle zei dat uw moeder daar de ochtend nadat Mercy was verdwenen naar zocht.'

'Ze zei ook dat mensen vreemde dingen doen in stressvolle tijden, en daar heeft ze gelijk in. Misschien dacht mijn moeder dat wanneer ze de pop vond, ze Mercy ook kon vinden.'

'Misschien.' Blum legde de pop weer op het bed.

Pine pakte een van de bierviltjes. 'Deze gebruikten we als damschijven,' zei ze toen ze Blums nieuwsgierige blik zag.

'Heel creatief.'

Pine glimlachte bij de herinnering, maar haar glimlach verdween toen ze het bierviltje beter bekeek.

'Wat is er?'

'Deze was van mijn vader. Een bar in New York. De Cloak and Dagger.'

'Mooie naam voor een bar.'

Pine keek naar de andere bierviltjes. 'Maar waarom had mijn vader zoveel bierviltjes van dezelfde bar?'

'Kan hij daar barkeeper zijn geweest? Of vaste klant?'

'Ik weet niet eens zeker of hij toen al oud genoeg was om alcohol te mogen drinken.'

'Afhankelijk van de staat mag je al in een bar werken voordat je zelf alcohol mag drinken. Slaat nergens op natuurlijk. Ik weet niet hoe de wetten toen in New York waren.'

‘Hij wilde naam maken als acteur, is me verteld. Ik neem aan dat acteurs een bijbaantje nodig hebben om rond te komen.’

‘Dat is zo.’

‘De Cloak and Dagger Bar. Ik vraag me af waarom ze die naam hebben uitgekozen.’

‘U bedoelt of het gewoon goed klonk of dat het een andere betekenis had?’

Pine pakte haar telefoon en ging op zoek. ‘Er is een Cloak and Dagger Boutique in New York City en een Cloak and Dagger Bar in D.C. Maar in de jaren tachtig bestonden die allebei nog niet. Geen Cloak and Dagger Bar in New York, nu tenminste niet.’

‘En in de jaren tachtig waren er geen websites en tegenwoordig is er waarschijnlijk geen digitaal bewijs dat die bar toen bestond.’

‘Op dit bierviltje staat geen adres of telefoonnummer. Alleen de naam en dat de bar in New York was.’

‘Ik heb dat soort bierviltjes vaak gezien en dat soort informatie staat daar meestal niet op.’

‘Misschien is dit helemaal niet belangrijk.’

‘Vergeet uw eigen motto niet: alles is belangrijk tot bewezen is dat het dat niet is.’

Pine wilde haar telefoon weer wegleggen, maar bedacht zich. ‘Misschien is het wel mogelijk dit te controleren.’ Ze opende haar lijst met contactpersonen, koos een nummer en belde dat.

‘Hallo, Stan, met Atlee Pine. Ja, het is inderdaad lang geleden. Hoe gaat het met je? Ja, dat is goed. Inderdaad, de wegen van het Bureau zijn mysterieus. Nee, ik zit niet meer in Utah. Ik zit nu in Arizona, vlak bij de Grand Canyon. Ja, het is hier prachtig. Luister, ik wil je iets vragen. Wil je voor me op zoek gaan naar een bar uit de jaren tachtig in New York, de Cloak and Dagger?’ Pine zweeg toen de man aan de andere kant van de lijn iets zei. ‘Gewoon alles wat je me erover kunt vertellen. Ja, zo snel mogelijk. Oké, bedankt.’

Ze verbrak de verbinding en keek Blum aan. ‘Stan Cashings werkt bij het New York Field Office. Al twintig jaar. Als er iets over die bar te vinden is, vindt hij het.’

'Het zou u op z'n minst iets over het verleden van uw vader kunnen vertellen wat u nog niet wist.'

'Het zou ook kunnen verklaren waarom een model haar carrière beëindigt, zwanger wordt en met mijn vader trouwt, waarna ze kort daarna samen met twee peuters New York City verruilen voor Andersonville, Georgia.'

'Niets daarvan is erg logisch.'

Pine legde haar telefoon neer. 'Nee, het is wél logisch. We weten alleen nog niet hoe. Maar nu moet ik me klaarmaken.'

'Waarvoor?'

'Ik ga met Lauren Graham uit eten in Americus. Ik moet me een beetje optutten, heeft ze me niet bepaald subtiel verteld.'

'Nou, dat kunt u heel goed, dat weet ik.'

'We zullen zien.' Ze bekeek zichzelf in de draaispiegel die op de ladekast stond en controleerde haar blauwe plek. 'De zwelling is verdwenen, maar de huid is nog wat verkleurd.'

'Ach, met een beetje make-up is daar niets meer van te zien. Als u wilt help ik daar wel even mee.'

'Graag. Ik ben daar niet erg goed in.'

'Maar waaróm gaat u met haar uit eten?'

'Zogenaamd om haar iets te vertellen over hoe ik mijn zaken onderzoek. Maar in werkelijkheid omdat ik denk dat ze niet helemaal eerlijk tegen ons is geweest.'

'Dat lijkt eerder regel dan uitzondering in dit dorp,' antwoordde Blum.

43

'Wat heb je je mooi gemaakt,' zei Graham toen Pine de trap van de Cottage af kwam lopen. Zelf droeg ze een donkerrode rok tot op de knie en een witte blouse met een donkergroen jasje erover. Haar kousen en stiletto's waren zwart.

Pine had de enige jurk aangetrokken die ze bij zich had. Hij was zwart, had een eenvoudige snit en zat strak om haar lichaam. Ze had een turkooizen omslagdoek om haar schouders geslagen die Blum haar had geleend. Ze droeg pumps met een open teen, waardoor ze nu veel langer was dan 1 meter 80. Ze had haar haar gedaan: in plaats van de gebruikelijke paardenstaart viel het nu in donkere golven over haar schouders. Blum had haar geholpen om de blauwe plek op haar voorhoofd met een dikke laag foundation te bedekken.

'Bedankt. Jij ziet er ook fantastisch uit,' zei Pine.

'Weet je waar ik aan dacht toen ik je net zag? Aan je moeder. Een sprekend evenbeeld.'

'Dat is heel aardig, maar volgens mij ben ik lang niet zo mooi als zij. Of even glamoureus.'

'Misschien heb je je roeping gemist,' zei Graham.

'Ik denk dat ik de juiste heb gevonden. Ben je klaar? Ik kan wel rijden.'

Onderweg naar Americus zei Graham: 'En, heb je al bedacht wat je me allemaal kunt vertellen?'

'Onderzoeksmethoden, een paar bijzonderheden van zaken zonder erbij te vertellen op welke zaken die betrekking hebben. En ik kan eventueel algemene vragen van je beantwoorden.'

'Dat is heel aardig. Oké, de eerste vraag: wat zijn volgens jou de belangrijkste eigenschappen voor een rechercheur?'

Pine dacht na, hoewel dat niet echt nodig was om deze basale vraag te beantwoorden. 'Geduld en vasthoudendheid; die gaan hand in hand. De zaken kunnen zichzelf snel oplossen doordat de criminelen heel stom waren, of ze kosten jaren en heel veel voetenwerk en het steeds opnieuw bekijken van bekende feiten. Ik heb beide soorten zaken meegemaakt.'

'Zijn er bepaalde nuances waar je iets over kunt zeggen?'

'Kleine details kunnen belangrijker zijn dan grote. Criminelen gaan altijd de fout in met de kleine details: bloedspetters, vezels, vingerafdrukken, ballistische overeenkomsten, DNA. Ze denken dat ze met bleekmiddel alle bloedsporen kunnen verwijderen. Maar als je echt wilt proberen DNA te vernietigen, moet je gebruikmaken van een schoonmaakmiddel op zuurstofbasis dat zuurstofrijke belletjes produceert. Dat voorkomt dat de zuurstof in het DNA oplicht door de luminol die we gebruiken om bloedsporen te vinden. Of je kunt de zaak omdraaien door DNA-monsters te verzamelen van andere mensen die een relatie met het slachtoffer hebben en daar de plaats delict mee bevuilen. Dat zou een onderzoek kunnen ondermijnen en een advocaat speelruimte geven.'

'Wat fascinerend.'

'Dat hoort er gewoon bij.'

'Ben je altijd gewapend?'

Pine raakte haar avondtasje even aan. 'Beretta Nano, acht kogels. Gewoon voor het geval dat. In mijn werk is dat de beste vriend van een vrouw.'

'Als je het goedvindt gebruik ik die zin misschien wel in mijn boek.'

'Ga je gang.'

Twintig minuten en een heleboel vragen later waren ze bij het restaurant, een gezellige Italiaanse bistro met een dure wijnkaart en obers met een vlinderstrikje en gesteven overhemd. Ze kregen een tafeltje bij het raam.

'Je moet wel weten dat ik me zo'n restaurant als dit met mijn inkomen niet kan permitteren,' zei Pine nadat ze de prijzen had bekeken.

'Ik trakteer,' zei Graham. 'Sorry dat ik dat niet had gezegd.'

'Dat hoef je niet te doen. Ik wilde gewoon water en alleen een voorgerecht bestellen.'

'Nee, alsjeblieft, je hebt me al fantastisch materiaal gegeven. Daar ben ik echt heel blij mee.'

Ze bestelden en namen slokjes rode wijn uit Sonoma Valley toen een bekende stem riep: 'Dames, als ik had geweten dat jullie hier waren hadden jullie me gezelschap kunnen houden.'

Ze keken op en zagen Jack Lineberry naast hen staan.

Hij zag er goed uit in een antracietgrijze lange broek, gestreept overhemd, donkerblauwe blazer en instappers met kwastjes. In zijn borstzakje zat een gekleurde pochet. Zijn huid was een beetje zongebruind en zijn haar keurig geknipt. Misschien voor het eerst besefte Pine dat hij een bijzonder aantrekkelijke man was.

Graham keek stralend naar hem op. 'Jack, ik had geen idee dat je hier zou zijn.'

'Spontaan besloten. Ik ben net klaar, maar ik wil jullie niet storen.'

'Drink alsjeblieft een glas wijn met ons mee,' zei Graham.

Toen zijn blik op Pine viel, verstijfde hij.

'Gaat het wel?' vroeg Pine.

Hij verbleekte. 'Ik... Het spijt me,' zei hij met een zwakke glimlach en gedwongen. 'Ik dacht heel even...'

'... dat het Julia was,' zei Graham, terwijl haar overdreven blije blik snel betrok.

Lineberry ging langzaam naast Pine zitten en knikte, met zijn ogen van haar afgewend. 'Ja,' zei hij zacht. Hij was nog steeds bleek en zijn stem was schor.

'Het spijt me als ik je een vervelend gevoel heb gegeven,' zei Pine.

Hij keek haar aan. 'Nee, integendeel, het was een overweldigend positief gevoel.' Hij keek beschaamd nadat hij dit had gezegd en keek Graham aan. 'Zei je niet iets over een glas wijn, Lauren?'

Dat had de ober kennelijk gehoord, want hij kwam snel naar hun tafeltje en schonk een glas wijn voor hem in.

'Dank je, William,' zei Lineberry tegen de ober.

Toen de man wegliep zei Pine: 'Je komt hier dus vaker.'

Lineberry knikte, maar Graham zei: 'Jack heeft dit restaurant gefinancierd. Anders zou het hier niet eens zijn.'

'Goed eten en wijn zouden niet alleen in grote steden te vinden moeten zijn,' zei Lineberry. Hij keek naar Pine. 'Je ziet er fantastisch uit vanavond, Lee. Ik...' Hij wendde zijn blik af.

'Je wist niet dat ik meer potentie had dan een lange broek, een arrogante houding en een pistool?' Maar Pine zei dit glimlachend, waardoor ze haar harde woorden enigszins verzachtte.

Hij glimlachte hartelijk. 'Zoiets.'

Graham zei: 'Ze gaf me professionele informatie voor het boek dat ik schrijf.'

'Geweldig. Dat is heel aardig van je, Lee,' zei Lineberry.

Pine zei: 'Vergeet alleen niet dat je, wanneer je een historische thriller schrijft, niet over DNA en luminol en dat soort zaken kunt schrijven.'

'Dat weet ik. Maar ik ben van plan een tweede boek te schrijven dat in het heden speelt.' Graham stond op. 'Moet even naar het toilet.'

Pine dacht dat Graham misschien haar make-up en kapsel wilde bijwerken nu Lineberry hier was. Maar dit gaf haar ook een kans nu Graham, die zoveel roddelde, even verdwenen was. 'Nu je hier toch bent, Jack, zou ik je graag nog een paar vragen willen stellen,' zei Pine.

Hij keek geschrokken. 'Nóg een paar vragen?'

'Over mijn ouders.'

Hij knikte langzaam. 'Oké, ik zal je vertellen wat ik kan.'

Pine fronste inwendig toen hij dit zei, omdat ze niet goed wist hoe ze dit moest opvatten. 'Myron Pringle gaf me een tijdschrift waarin stond dat mijn moeder als tiener als model werkte en in Londen op de catwalk liep. En haar voornaam was toen kennelijk Amanda en haar achternaam onbekend.'

Lineberry keek haar verbaasd aan. 'Wist je de meisjesnaam van je moeder niet?'

'Verrassend genoeg niet. Ik weet dat het gek klinkt, maar ze heeft het nooit over haar familie gehad, nooit. Mijn vader ook niet. Ik ging er gewoon van uit dat ik geen levende familieleden had.'

'Oké.'

'Wist je dat? Dat ze model was?' vroeg Pine.

Hij nam een slokje wijn en zette zijn glas behoedzaam neer. 'Ik herinner me dat je moeder zoiets een keer zei.'

'En dat verbaasde je niet?'

'Dat je moeder model was? Nee, natuurlijk niet. Ze was de mooiste vrouw die ik ooit heb gezien. Ik...' Hij hoestte, keek gegeneerd en staarde in zijn wijnglas.

'Maar dat ze na dat alles naar Andersonville ging...'

'Ik kan niet zeggen dat ik dat helemaal niet vreemd vind, want dat vond ik wel. Maar je ouders hebben nooit willen vertellen waarom ze hiernaartoe waren gekomen en ik wilde er niet naar vragen. Ik bedoel, we hebben allemaal wel dingen waar we liever niet over praten.'

'Je gaf veel om haar,' zei Pine.

Lineberry wilde zijn glas weer pakken, maar trok zijn hand terug. Hij schraapte zijn keel en zei zonder haar aan te kijken: 'Ik gaf om je beide ouders. Wat er met hen is gebeurd had niet mogen gebeuren. Dat vond ik toen verschrikkelijk en dat vind ik nog steeds.'

'Je hebt geprobeerd mijn moeder te vinden?'

'Ik wilde weten of het goed met haar ging, ja.' Hij keek haar aan. 'Ik hoop dat de problemen waar jij het over had niet onoverkomelijk zijn.' Aan zijn gezicht was te zien dat hij het moeilijk vond dit te vragen.

'Eerlijk gezegd weet ik dat niet.'

Hij knikte. 'Het leven is erg vreemd, weet je.'

'Hoezo?' vroeg Pine.

'Je hebt een idee, een idee over hoe alles zal uitpakken, maar dat gebeurt dan allemaal niet.'

'Volgens mij zouden de meeste mensen vinden dat jouw toekomstbeeld helemaal werkelijkheid is geworden.'

Hij keek haar met een intens trieste blik aan die Pine uiterst verwarrend vond.

'Maar dingen zijn niet altijd zoals ze lijken,' zei hij. Daarna dronk hij zijn glas leeg en wenste haar een goede avond.

Terwijl ze hem nakeek kwam Graham terug naar hun tafeltje. Pine had gelijk gehad: Graham had haar lippenstift opnieuw opgebracht en haar haren geborsteld. 'Komt Jack nog terug?' vroeg ze met een hoopvolle klank in haar stem.

'Nee, hij gaat weg.' Pine vroeg zich opeens iets af en keek haar aan. 'Wist je dat hij hier vanavond zou zijn?'

'Wat? Nee hoor, ik had geen idee.'

Graham is een slechte leugenaar, dacht Pine.

Ze keken Lineberry na die naar de hoofdingang liep.

Pine dacht dat ze Jerry zag die buiten stond te wachten.

'Hij is zo'n geweldige man, maar hij ervaart alles altijd heel intens. Misschien wel te intens,' zei Graham.

Pine dacht aan iets anders.

Wanneer viel Jack Lineberry als een blok voor mijn moeder?

44

Voor de tweede keer die avond hoorde Pine iemand vlak bij zich 'wauw' zeggen. Ze was na het diner in Americus weer terug in de Cottage. Graham was al naar haar kamer gegaan, maar zelf was ze in de hal gebleven. Ze dacht na over het gesprek met Lineberry toen een man uit de schaduw stapte en wauw zei. Ze keek op en zag Eddie Laredo. 'Wat doe jij hier?'

Hij grijnsde. 'Mijn reiskostenvergoeding is verhoogd, wegens bijzondere omstandigheden. Dus heb ik hier vandaag een kamer genomen, er was nog één vrij. Veel mooier dan waar ik eerst zat.' Hij bekeek haar aandachtig. 'Waar ben jij zo opgetut naartoe geweest? Een internationaal bal of zo?'

'Dinertje met Lauren Graham.'

'Weet je wel dat ik je nooit eerder in een jurk heb gezien?'

'Waarom zou je ook? Tijdens mijn werk droeg ik nooit een jurk.'

'Juist,' zei hij snel. 'Hoe ging dat dinertje?'

'Ik heb niet genoeg gedronken.'

'Wat?'

Ze keek op haar horloge. 'Het is nog vroeg. Zin om naar de Clink te gaan?'

Hij leek verbaasd over haar aanbod, maar knikte snel. 'Prima. Wil je je eerst omkleden?'

Ze keek hem ernstig aan. 'Wil je dat?'

Nu leek hij zelfs nog nerveuzer. 'Wat! Nee… Dat is aan jou.' Hij liet zijn blik over haar lichaam dwalen. 'Je… Je ziet er… Eh, ik heb er geen mening over… Ik bedoel…'

Ze duwde hem opzij en liep langs hem heen naar de deur. 'Fijn dat dat nu duidelijk is.'

De Clink was voor driekwart vol, en iedereen keek naar Pine toen zij en Laredo binnenkwamen.

Toen hij naast haar stond moest hij naar haar op kijken.

'Wat is er?' vroeg ze toen ze zijn blik zag.

'Met pumps aan ben je langer dan ik.'

'Als je mannelijke trots gekrenkt is kan ik ze wel uittrekken.'

'Afhankelijk van het aantal glazen dat we nemen, zou het best eens zover kunnen komen.'

Ze snoof alleen.

Ze vonden een tafeltje achterin, vlak bij een zangeres en een gitarist die optraden op een provisorisch podium.

Pine bestelde een Budweiser en Laredo een gin-tonic met ijs en drie schijfjes citroen.

'Je drinkt nog steeds hetzelfde als vroeger,' zei ze.

'Jij ook.'

'Cocktails kon ik niet betalen.'

Nadat hun drankjes waren gebracht, tikte ze met haar blikje tegen zijn glas.

Ze dronken en luisterden naar de zangeres en de gitarist, terwijl hun hoofd meebewoog met het ritme.

Toen vroeg Laredo: 'Wat was de reden voor dat dinertje?'

'Een soort beloning voor mijn hulp aan Lauren Graham. Maar er was een interessante ontwikkeling.'

'Wat dan?'

Ze vertelde hem over Jack Lineberry.

'Dus hij was verliefd op je moeder?'

'Tenzij ik hem helemaal verkeerd inschat. Weet je, heel even...'

'Heel even wat?'

'Weet je, ze moet nu in de vijftig zijn, maar ik had heel even het idee dat hij echt dacht dat ik mijn moeder wás.'

Laredo keek naar haar. 'Ja, maar je ziet er ook uit als een supermodel.' En hij voegde er snel aan toe: 'Ik bedoel, je weet wel, nu je er zo uitziet.'

Ze keek hem ongelovig aan. 'Ik lijk absoluut niet op een supermodel. Ik kan ruim tweehonderdtwintig kilo heffen. Mijn bovenbenen zijn dikker dan het lichaam van een supermodel.'

Laredo keek naar haar lange, gespierde blote benen en toen snel weer naar haar gezicht. 'Ik ken je alleen met een pistool in je ene en een badge in je andere hand, dus daar laat ik het maar bij.'

'Lineberry is heel rijk. Heeft zijn vliegtuig en dat enorme huis. En een ex-Secret Service is zijn hoofd Beveiliging.'

'Dus?'

'Dus als zo'n man iemand wilde vinden, kan hij toch zeker het beste privédetectivekantoor inhuren en haar laten zoeken? Dat kan toch niet moeilijk zijn? Mijn moeder had haar naam niet eens veranderd toen ze in Andersonville kwam wonen. En ik ben bekend geworden door mijn gewichtheffen. Hoeveel Atlee Pines zijn er? Ik heb verdorie een Wikipedia-pagina die iemand heeft gemaakt waarop iets staat over mijn zusjes verdwijning.'

'Dat weet ik. Die heb ik gezien.'

'Ik had niets te maken met die webpagina, Eddie.'

'Dat weet ik ook.' Laredo nam een slok van zijn drankje terwijl hij hierover nadacht. 'Dus hij had jou en/of haar gemakkelijk genoeg kunnen vinden, maar hij heeft kennelijk niet gezocht. De vraag is dus waarom.'

'Jij vindt dat dus ook vreemd.'

'Alles hier is vreemd. Sinds ik hier ben hebben ze geprobeerd me bij het ontbijt iets te laten eten wat grits heet.'

'Ik heb je humor nooit kunnen waarderen, Eddie.'

'Ik ben serieus, Atlee.'

'Dat zie ik.'

'Hoe zit het met je assistente Blum?'

'Hoe bedoel je?'

'Ze onderwierp me aan een derdegraadsverhoor toen ik haar leerde kennen. Wilde weten wat er tussen ons had gespeeld.'

'Wat heb je haar verteld?'

'Dat het haar niet aanging. En toen vertelde ze me dat ze een 411 over me had aangevraagd.'

Pine lachte. 'Jeetje, ze heeft echt alle registers opengetrokken.'

'Vind je dat echt grappig?'

'Jij niet dan?'

Laredo grinnikte uiteindelijk. 'Misschien wel. Maar goed, ze zei dat ik er positief uit naar voren was gekomen.'

'Dan heeft ze kennelijk niet met de juiste mensen gepraat.' Maar Pine zei het glimlachend om aan te geven dat ze een grapje maakte.

Laredo dronk zijn glas leeg en stak zijn hand op om nog een gin-tonic te bestellen, en Pine bestelde nog een Bud.

'Maar nog even over Jack Lineberry,' zei hij toen hun drankjes waren gebracht. 'Ik heb een 411 voor hem aangevraagd.'

'Wat? Voor Lineberry? Waarom?'

'Hij is echt heel rijk en woont in de buurt.'

'Denk je dat hij mensen vermoordt en ze achterlaat in ouderwetse kleren?'

'Dat zei ik niet.'

'En wat heeft die 411 opgeleverd?'

'Dat hij écht heel rijk is. Zijn investeringsbedrijf is oké. Hij geeft heel veel aan liefdadigheid. Hij is geliefd.'

'Wanneer kwam hij naar Andersonville, of is hij hier geboren?'

'Hij is hier niet geboren, dat blijkt tenminste niet uit de bestanden die ik heb bekeken.'

'Waar dan wel?'

Laredo keek verward. 'Niet helemaal duidelijk.'

'Hoe kán dat, Eddie?'

'Dat weet ik niet zeker, eerlijk gezegd. Maar niet iedereen heeft een geboorteakte of weet waar hij of zij is geboren.'

Pine dacht hierover na. Zij had ook niet geweten waar ze was geboren tot ze haar geboorteakte zag die ze nodig had gehad om haar paspoort aan te vragen. 'Hij is in de zestig, dus hij is ergens in de jaren vijftig geboren. Als dat op het platteland was en hij thuis is geboren of met de hulp van een vroedvrouw in plaats van in een ziekenhuis...'

'Dat kan. Maar voor zover we zijn verleden konden nagaan heeft hij nooit problemen met de politie gehad.'

'Hij kwam hier dus op een bepaald moment en kreeg een baan bij het management van de bauxietmijn.'

'Klopt. Dat heb ik ook ontdekt.'

'Stond er wanneer hij hier kwam?'

Laredo pakte zijn telefoon en scrolde door een paar schermen. 'Ergens in de jaren tachtig. Ik heb geen exacte datum, maar die kunnen we denk ik wel krijgen.'

'Het is waarschijnlijk niet belangrijk.'

'Denk je dat hij iets te maken had met wat er met je zusje is gebeurd?'

'Dat is mogelijk, maar niet erg waarschijnlijk. Hij lijkt oprecht om mijn familie te geven, vooral om mijn moeder. En hij wilde mijn vader een baan bij zijn investeringsbedrijf aanbieden. Hij had een afspraak met mijn vader toen hij zijn lichaam vond.'

'Verdomme. Dat moet een hele schok zijn geweest.'

'Mijn moeder vertelde me dat het in Louisiana was gebeurd, maar volgens Lineberry was het in Virginia. Ik was toen negentien. Hij pleegde nota bene zelfmoord op mijn verjaardag.'

'O, wat verschrikkelijk, Atlee! Wat zal dat zwaar zijn geweest.'

Ze nam een slok bier. 'Het was... niet gemakkelijk. Maar ik was vooral kwaad. Omdat ik er niet was om het hem uit het hoofd te praten. Omdat hij misschien dacht dat ik niet van hem hield of om hem gaf.'

'Het is moeilijk om in het hoofd te kruipen van iemand die overweegt zelfmoord te plegen. Maar ik denk niet dat jij de schuld op je moet nemen. Als iemand echt zelfmoord wil plegen vindt diegene wel een manier. Dat weet je net zo goed als ik.'

'Ja, maar alleen als diegene niet mijn vader is.'

Laredo hief zijn glas. 'Snap ik.'

Ze bestelden nog een rondje en toen een paar gasten de dansvloer op gingen, vroeg Pine: 'Wil je ook?'

Hij keek verbaasd. 'Wat wil ik?'

Ze antwoordde door zijn hand te pakken en hem overeind te trekken. Voordat ze naar de dansvloer liepen, trok Pine haar pumps uit en zette ze op haar stoel. Nu moest zij omhoogkijken naar Laredo en ze vroeg glimlachend: 'Voelt het zo beter?'

Hij grijnsde. 'Hé, wat moet ik zeggen? Je bent hoe dan ook intimiderend.'

Ze dansten een tijdje, meestal los van elkaar, draaiend en zwaaiend, op voornamelijk countrymuziek.

'Je beweegt je best goed voor een FBI-agent,' zei Pine.

'Ik ben opgegroeid in Queens en toen wilde ik eigenlijk alleen maar lid van een boyband worden. Dat leek de snelste manier om aan geld en meisjes te komen.'

'Maar?'

'Ik kan geen toon houden. Dat was echt balen.'

'Deed je op college niet aan atletiek?'

'Volledige studiebeurs afhankelijk van hoe snel ik kon hardlopen. Goede deal.'

Het volgende nummer was langzaam. Aarzelend gingen ze dichter naar elkaar toe. Hij sloeg zijn arm om haar middel en Pine legde haar hand op zijn bovenarm.

Ze snoof zijn geur op en nam aan dat hij hetzelfde bij haar deed. Ze liet haar hoofd tegen zijn borst rusten, maar bedacht zich toen.

Soms keken ze elkaar even aan en wendden dan hun blik af.

Toen het nummer afgelopen was zei Pine: 'Het is laat. We kunnen maar beter teruggaan.'

'Ja.'

Ze liepen naar de Cottage. Het was warm en vochtig. Pine had haar schoenen in haar hand, en het trottoir voelde koel onder haar voeten. Ze kwamen niemand tegen; de straat was bijna helemaal donker, alleen de maan gaf licht.

'Ze zouden hier meer straatlantaarns moeten plaatsen, alleen al om te voorkomen dat iemand ergens tegenaan loopt,' zei Laredo.

'Kleine dorpen zijn geen grote steden.'

'Nee, dat klopt.'

Terug bij de Cottage liepen ze de trap op.

'Waar is jouw kamer?' vroeg Pine.

Laredo wees naar rechts. 'Daar.'

'De mijne aan de andere kant, daar.'

Hij knikte.

Pine knikte ook. 'Welterusten, Eddie. Bedankt voor een fijne avond.'

‘Het was echt fijn, Atlee. Welterusten.’

Ze keek naar hem, dacht een teleurgestelde blik te zien, maar misschien verbeeldde ze zich dat maar.

Ze liepen allebei naar hun eigen kamer.

Ze keek een keer achterom, maar Laredo niet. Hij liep naar zijn kamer en glipte naar binnen.

Nadat Pine de deur achter zich had gesloten, ging er een andere deur open.

Carol Blum keek naar buiten, eerst in de richting van Pines kamer en toen in die van Laredo. Haar ondoorgrondelijke blik hield het midden tussen een glimlach en een frons. Ze sloot haar deur en toen was het stil.

Pine trok haar jurk uit, hing hem op en stond midden in haar kamer in haar beha en slipje. Ze keek naar haar deur en schudde toen haar hoofd. *Ik heb niet genoeg gedronken om zo'n stom besluit te nemen.*

Maar Laredo was aardig en schuldbewust geweest; misschien was hij veranderd. En hij had teleurgesteld geleken dat ze hem niet had gevraagd mee te gaan naar haar kamer en naar haar bed, of had aangeboden naar die van hem te gaan. *En je hebt hem niet verleid, Atlee. Niet echt.*

Maar ze wist niet of ze daar echt van overtuigd was.

45

De volgende ochtend zat Wallis samen met Pine, Laredo en Blum in de ontbijtkamer van de Cottage, en Lauren Graham had hen voor haar vertrek van koffie voorzien. Hij zei: 'Het spoor van die arbeider loopt dood. We hebben niemand kunnen vinden die hem heeft gezien en er zijn geen videobeelden.'

'Net zoals bij Hanna Rebane,' zei Laredo.

'Ziet ernaar uit dat onze dader de blinde hoeken van de camera's kent,' zei Pine. 'En hij was in het bezit van Rebanes huissleutel en sleutelkaart, zodat hij naar believen kon komen en gaan. Wat hebt u ontdekt over dat pornobedrijf waar Rebane en Clemmons voor werkten?'

Wallis zei opgewekt: 'Daar hadden we wel geluk mee. Layne Gillespie werkte als acteur voor diezelfde productiemaatschappij.'

'Speelde hij in dezelfde films als Rebane en Clemmons?' vroeg Laredo.

'Ja, met allebei. Ze stuurden me een videobestand waarin ze een triootje deden,' zei Wallis blozend. 'Ik eh... heb genoeg gezien om te kunnen bevestigen dat ze het alle drie waren. Gillespie gebruikte de naam zz Shaft. Dat begreep ik tenminste uit de aftiteling.'

'Creatief,' zei Pine droog.

Laredo zei: 'Daardoor is de productiemaatschappij opeens van belang. Dat is onze enige connectie op dit moment.'

'Die productiemaatschappij blijkt een beetje moeilijk te vinden,' zei Wallis. 'Dat is een lege vennootschap die is ingeschreven in Bermuda. Alle informatie die ik tot nu toe heb kunnen vinden leidt helemaal tot niets. Ik heb gebeld en gemaild en berichtjes gestuurd, en geen enkele reactie ontvangen.'

‘Hoe zit het met de mensen die de films maken?’ vroeg Blum.

‘De acteurs weten kennelijk van niets. De producer die ik aan de telefoon kreeg kon me alleen de naam van het bedrijf geven. Hij heeft nooit iemand persoonlijk ontmoet. Het geld om de films te maken en de acteurs te betalen wordt overgemaakt vanuit het buitenland. De distributie van de films wordt gedaan door een derde bedrijf dat legitiem lijkt. De winsten verdwijnen in een zwart gat in het buitenland. Ik ben maar een gewone politieman en wij zijn niet opgeleid om door zo’n schild heen te breken.’

Laredo en Pine keken elkaar aan.

Pine zei: ‘Ook voor de FBI is dat niet altijd eenvoudig. Iedereen denkt dat de Feds alles kunnen. Vraag maar aan de belastingdienst wie meer geld heeft: zij of sommige miljonairs achter wie ze aan zitten. Dat is geen eerlijke strijd. De rijken bepalen de wedstrijd.’

‘Misschien is er een connectie met Andersonville,’ zei Blum. ‘Ik bedoel, daar zijn twee van de doden gevonden.’

‘Dat is zeker mogelijk,’ zei Pine. ‘En degene die hier achter zit moet iets met pornofilms te maken hebben.’

Laredo zei: ‘Misschien zijn ze antiporno en is dit hun manier om hun afkeuring te laten blijken, door pornoacteurs te vermoorden.’

‘Maar waarom worden de doden dan zo uitgedost?’ vroeg Wallis. ‘Wat is daar de zin van?’

‘Een sluier en een smoking,’ zei Pine peinzend. ‘Bruid en bruidegom. Dat moet ergens in dat scenario passen, want de moordenaar vond het belangrijk.’

‘Wat betekent dat we terug zijn bij af,’ zei Wallis. Hij stond op met een bezorgde blik. ‘Ik moet terug naar het bureau en mijn superieuren op de hoogte stellen. Niet iets waar ik naar uitkijk, omdat ik feitelijk niets heb bereikt. Laat het me weten als jullie nog iets te binnen schiet.’

Nadat hij was vertrokken keek Laredo Pine aan en zei: ‘Ik kreeg vanochtend een berichtje van Stan Cashings.’

Pines blik veranderde niet, terwijl Blum hem met grote ogen aankeek.

‘Oké,’ zei Pine.

'De Cloak and Dagger?' zei Laredo.

'Waar ken je Stan van?'

'Ik heb met hem samengewerkt. Dacht dat je dat wist.'

'Nee.'

'Waarom wil je iets weten over iets wat de Cloak and Dagger heet?'

'Volgens mij was dat vroeger een bar in New York, in de jaren tachtig. Ik denk dat mijn vader daar misschien werkte. Waarom heeft Stan daar contact met jou over opgenomen?'

'Omdat hij vorig jaar is overgeplaatst naar het WFO in D.C.'

'Dan heb ik misschien de verkeerde gebeld. Dat zei hij niet toen ik hem sprak.'

'Nee, hij was een goede bron. Hij kent New York heel goed. Als deze bar bestond, zal hij die kunnen vinden.'

'Dat verklaart nog steeds niet waarom hij contact met jou opnam.'

'Omdat ik hem had verteld waar ik naartoe ging en dat jij daar zou zijn.'

'Dat zei hij ook niet.'

'Stan houdt zich altijd op de vlakte. Dat is de FBI-manier. Wij doen dat immers ook.'

Ze keken elkaar een hele tijd ongemakkelijk aan.

Blum schraapte haar keel en zei: 'Goed, weer even over de moorden hier.'

Pine zei: 'We moeten deze connectie met de pornofilms natrekken. De moordenaar wist heel veel van de acteurs, zoals hun echte naam en waar ze woonden.'

'Dus jij denkt dat ze hem kenden?' zei Laredo.

'Clemmons wist niet dat Rebane een man in haar leven had. Dat hebben we ook niet over Gillespie gehoord, maar het is wel mogelijk dat hij een bepaalde relatie had met de moordenaar. Misschien heeft hij hen hier met een smoesje naartoe gelokt, vermoord en achtergelaten zodat wij ze konden vinden. Dan maakt hij zich om de een of andere reden zorgen om Clemmons, misschien omdat zij ons de connectie kan vertellen tussen Rebane en Gillespie, en daarom moest ze sterven.'

'Misschien heeft iemand hen ergens samen gezien,' zei Blum.

'Dat uitzoeken is een enorme taak voor een paar mensen,' zei Laredo.

'Verwacht je geen versterking van het Bureau?' vroeg Pine.

'Nu niet nee. Het Bureau is toch al overbelast.'

'Drie moorden zijn niet niks,' zei Pine.

'Dat weet ik en ik zal ook wel om versterking vragen, maar verwacht niet te veel.'

Ze hoorden snelle voetstappen in de hal en even later stormde Graham de ontbijtkamer binnen. Ze was lijkbleek en keek doodsbang, zodat Pine en Laredo tegelijk opstonden, met hun hand vlak bij hun pistool.

'Wat is er?' riep Pine.

'Jullie moeten... komen! Schiet op! O mijn god. Snel!' Ze draaide zich om en rende de hal weer in, gevolgd door Laredo, Pine en Blum.

Ze waren algauw in de hoofdstraat en renden achter Graham aan. Even later stond ze stil voor een van de gebouwen.

Het was het Drummer Boy Civil War Museum, een grijs geverfd stenen gebouw met zwarte luiken voor de ramen en een metalen dak boven de veranda. Aan de voorgevel hing de Confederate-vlag en er stonden grote houten figuren in een blauw-grijs uniform en kleinere van *drummer boys* in uniform. Elk gezicht was een zwart gat, zodat bezoekers hun eigen hoofd erin konden steken en zo op de foto konden. Datzelfde was mogelijk met de uitsnede van een dame in een hoepelrok.

Een vrouw van in de veertig met golvend bruin haar, gekleed in een donkerblauwe jurk, panty en schoenen met lage hakken, stond buiten met een nog meer ontdane blik dan Graham. Ze steunde met een hand tegen de stenen gevel, kennelijk om te voorkomen dat ze viel, en hield haar andere hand tegen haar borst geklemd.

'Lily,' riep Graham. 'Ik heb de FBI meegenomen.'

Laredo en Pine liepen snel langs Graham heen naar de vrouw die Lily heette.

'Wat is er gebeurd?' vroeg Laredo, met zijn hand op de kolf van zijn pistool.

Lily wees zwijgend en slapjes in de richting van het museum. ‘Het is… Het is daarbinnen,’ zei ze ademloos.

Laredo en Pine keken snel naar de hoofdingang.

‘Het?’ vroeg Pine.

‘Achterin. In… In het uniform. O, wat verschrikkelijk!’ Ze begroef haar gezicht in haar handen en begon te snikken.

Pine keek Blum aan en gebaarde dat zij bij Lily moest blijven. Zij en Laredo openden de deur van het museum en gingen naar binnen.

De ruimte was gevuld met herinneringen aan de Civil War. Er waren glazen vitrinekasten en er hingen wapens aan de muren. In het midden was een grote replica van de Andersonville Prison, compleet met de dubbele omheining van staken, gevangenen, bewakingstorens, tenten en zanderige aarde. Tegen de muren en achter zwarte hekken met ingelijste informatieborden stonden paspoppen gekleed in militaire uniformen. Tegen een andere muur stond een helemaal in het zwart geklede vrouw met een bonnet en een zwarte parasol. Naast haar stond een soldaat met pet, goudkleurige sjerp en zwaard.

Pine was de eerste die het zag, en zelfs haar geharde zenuwen maakten een sprongetje.

Laredo keek waar zij naar staarde en siste. ‘Verdomme, is dat…?’

Ze liepen ernaartoe. Achter een ander zwart hek stonden twee volwassen soldaten met hun musket tegen de schouder en Confederate-vlaggen op de muur achter hen.

Pine besteedde daar amper aandacht aan. Zij keek naar een kleine figuur die tussen hen in stond. Ze nam aan dat dit de drummer boy was, gekleed in de grijze kleren van de opstandelingen en met de trommel aan een witte band over de schouder en twee drumstokjes in de hand. Alleen was dit, in tegenstelling tot de andere tentoongestelde figuren, een mens van vlees en bloed geweest.

46

De ramen van het museum waren afgedekt met bruin papier zodat niemand naar binnen kon kijken, en voor de ingang was politietape gespannen. Buiten liep een groepje mensen heen en weer, iemand stond met de dienstdoende politieagent bij de deur te praten en iedereen leek ongerust en van slag.

Binnen was de sfeer gespannen.

Pine en Blum stonden naast het lijk. Het was nog steeds gekleed in het uniform, omdat de forensisch onderzoekers nog met hun onderzoek bezig waren en foto's maakten.

Het slachtoffer was een Latijns-Amerikaanse jongen van een jaar of tien.

Pine keek naar de grote bruine ogen die niets meer konden zien, hoewel het laatste beeld misschien dat van zijn moordenaar was geweest.

'Moord is altijd verontrustend,' mompelde Blum met afgewende blik. 'Maar als het een kind betreft...' Ze zweeg, meer hoefde ze niet te zeggen.

Laredo en rechercheur Wallis stonden te overleggen met een paar geüniformeerde hulpsheriffs.

Lily, de geschrokken museummedewerkster, had een volledige verklaring afgelegd en daarna toestemming gekregen om naar huis te gaan. Ze had verteld dat ze die ochtend zoals gebruikelijk naar binnen was gegaan, haar handtas had weggezet en een kop thee had gemaakt. Ze was begonnen aan een tafereel achter in de hoofdzaal toen haar blik ergens op viel. Ze had verteld: 'De pop was blank geweest. En deze... Deze was dat niet.'

Ze hadden ontdekt hoe het kon dat het lichaam rechtop bleef

staan. Onder het uniformjasje zat een tuigje dat aan een bout in de muur was bevestigd.

Pine moest steeds maar weer aan dat arme voetbalmeisje denken. Ze had Holly wel kunnen redden, maar dit jongetje niet. Ze wreef in haar ogen en probeerde zowel haar ogen als haar hoofd leeg te maken. Dat lukte niet.

Laredo kwam naar haar toe. 'Er is niet ingebroken. De vrouw is gisteravond rond halfzeven vertrokken. Dus moet de dader een sleutel hebben gehad.'

Pine knikte. 'Onder de overkapping van de hoofdingang hangt een bewakingscamera. Dat zag ik toen ik binnenkwam. Er is een achteringang. Daardoor moet hij naar binnen zijn gekomen, met het slachtoffer in zijn armen. Hij heeft meer dan genoeg tijd gehad om alles...' Pine maakte haar zin niet af en keek naar het kind.

'Ja,' zei Laredo, die haar blik volgde.

'Al iets bekend over het slachtoffer?' vroeg Pine.

'Nog niet. Het is nog vroeg dag.'

'We hébben geen dagen meer. Deze man stopt niet omdat we hem niet kunnen bijhouden.'

Wallis kwam bij hen staan en zei hoofdschuddend: 'Dit is verschrikkelijk! Een kind.'

Pine knikte. 'Ik heb Lily gevraagd of ze iemand heeft gezien die zich vreemd gedroeg of iemand in het museum die ze niet kende. Maar omdat die Civil War-re-enactment al heel binnenkort zal plaatsvinden stikt het hier natuurlijk van mensen van buiten het dorp. Ze vertelde me dat het de afgelopen dagen heel druk is geweest in het museum.'

Laredo zei: 'Wat denk je, heeft zijn vader of moeder misschien iets te maken met de porno-industrie?'

Pine zei: 'Als dat zo is, zou je denken dat het hun wel was opgevallen dat hun zoon weg is. Laat zijn foto maar overal rondgaan, dan zal iemand zich wel melden.'

Laredo zei: 'Eerst een verlaten plek in de hoofdstraat, slechts enkele straten hiervandaan. Daarna de begraafplaats. Nu hier.'

'En Beth Clemmons dan?' vroeg Blum.

'Zij past niet binnen het slachtofferpatroon,' zei Pine. 'Ze vormde een bedreiging en daarom is ze vermoord. Ze was niet verkleed of gepositioneerd. Ze is alleen vermoord om haar het zwijgen op te leggen.'

Laredo schudde zijn hoofd. 'Maar we hadden al van andere bronnen vernomen dat ze samen in films hebben gespeeld. Daar hadden we Clemmons niet voor nodig.'

'De logische conclusie is dus dat Clemmons iets ánders wist wat belangrijk is.'

'Daarom moest ze sterven,' zei Blum. 'Zodra Gillespie dood was. Want de moordenaar zou weten dat we een keer zouden terugkomen om haar daar vragen over te stellen.'

'Inderdaad.'

Wallis zei: 'Ik zal ervoor zorgen dat het signalement van deze jongen wordt verspreid, plus een tekening van zijn gezicht.' Hij keek naar de jongen.

'We zullen dit beeld van hem moeten gebruiken, we hebben immers niets anders.'

Laredo zei: 'Die tekening kunnen we ook in onze databases invoeren.'

'En naar het National Center for Missing and Exploited Children sturen,' zei Pine.

Wallis knikte en liep weg.

Blum kwam naast Pine staan, die zacht zei: 'De dader wijkt af van zijn oorspronkelijke thema.'

'U bedoelt eerst een sluier en daarna een smoking?'

'Maar hij heeft de jongen een kostuum uit dit museum aangetrokken, en...' Pine zweeg, keek naar het lichaam en knielde ernaast.

Een van de technici die een foto wilde maken zei luid: 'Hé, ik probeer schaalfoto's te maken, ga eens even opzij.'

Door de manier waarop Pine hem aankeek stapte hij snel achteruit en begon zenuwachtig aan zijn camera te frummelen.

'Wat is er?' vroeg Blum. Ze ging op haar hurken naast Pine zitten, terwijl Laredo over Pines schouder keek.

Pine had een paar latex handschoenen aangetrokken en maakte

voorzichtig de kraag van het uniformjasje open. Ze had net een dun zilveren kettinkje om zijn hals gezien. Ze haalde dat onder de kleren vandaan en hield het omhoog.

'Dat is een Christoffel-penning,' zei Blum.

Pine knikte. 'Klopt.' Ze streek met haar vinger over een beschadigd stukje van het metaal. 'Moet je dit gerafelde randje zien. Daar is het metaal door een harde klap gescheurd.'

'Weten we de doodsoorzaak al?' vroeg Blum.

'Nee, maar er zijn geen zichtbare verwondingen. En geen wurgsporen. In zijn hals zitten geen afdrukken van een touw of zo.'

'Gif dan?'

'Ik weet het niet.' Ze keek naar het hoofd van de jongen. 'Maar zijn nek heeft een vreemde stand.'

'Denk je dat zijn nek gebroken is?' zei Laredo.

'Zou kunnen.' Ze riep de fotograaf en vroeg hem een paar foto's van de penning te maken.

Inmiddels stond Wallis weer bij hen en Pine liet hem de penning zien. Hij vroeg: 'Denkt u dat deze penning bij het oorspronkelijke kostuum hoorde of was hij van de jongen?'

'Of heeft de dader hem omgedaan?' zei Pine.

Laredo zei: 'Lily vertelde dat het uniform van een opgestelde pop was. Die is achter in het museum teruggevonden.'

'Maar ik denk dat zij zal bevestigen dat deze penning niet bij het kostuum hoorde.'

'Is dat uw gevoel?' vroeg Wallis. 'Hij zou van de jongen kunnen zijn.'

'Nee,' zei Laredo. 'Pine volgt het patroon van de dader: hij heeft die twee volwassenen verkleed én hij heeft deze jongen verkleed, of hij de kleren nu wel of niet bij zich had.'

Pine zei: 'Maar dit heeft hij eraan toegevoegd. Hij heeft niets aan de andere slachtoffers toegevoegd, voor zover we weten tenminste niet. Hij heeft hen alleen verkleed als bruid en bruidegom.'

'Dus hij wijzigt op subtiele wijze zijn patroon,' zei Blum.

'Zo te zien wel.'

'Dat doen seriemoordenaars normaal niet als ze bezig zijn,' zei Laredo. 'Dat weet je.'

Pine knikte. 'De meeste niet, maar sommige wel. En vergeet niet dat we eigenlijk niet weten wat zijn patroon of motief is. Misschien is dat aan veranderingen onderhevig. Dus kunnen we naar deze dode en naar deze plaats delict kijken en zeggen dat de man zijn werkwijze heeft veranderd, terwijl hij misschien precies volgens zijn oorspronkelijke plan te werk gaat.'

Wallis zei: 'Ik begrijp waarom dit vroeger uw werk was. Het lijkt wel alsof u in hun hoofd kunt kruipen.' Zijn gezicht vertrok. 'U liever dan ik.'

'Ik zou daar liever ook niet zijn, maar ik ga daar wel naartoe als we daardoor de kans krijgen de man op te pakken.'

Laredo keek naar haar en knikte instemmend.

Wallis zei: 'Ik zal Lily naar die penning vragen. Maar wat betekent het dan als de dader hem heeft omgedaan?'

Pine liet de penning zien die zij aan een kettinkje om haar hals droeg. 'Christoffel was de beschermheilige van reizigers. De legende luidt dat hij een kind veilig over de rivier droeg en pas later ontdekte dat het Jezus was. Sindsdien staat hij bekend als een soort beschermer van mensen die op reis zijn.'

'Nou, dan heeft hij zich gruwelijk vergist met dit kind,' zei Blum op scherpe toon.

'Misschien kijk je er op de verkeerde manier naar, Carol,' zei Pine.

Laredo keek haar strak aan. 'Wat is de goede manier dan?'

'Als we kunnen ontdekken hoe deze penning beschadigd is geraakt, kan ik je vraag misschien beantwoorden.'

'Denkt u echt dat dat belangrijk is?' vroeg Wallis.

'Dat zou weleens het belangrijkste kunnen zijn wat we tot nu toe hebben ontdekt.'

47

Pine en Blum liepen terug naar de Cottage.

'Hoe komt u aan die Christoffel-penning, van iemand gekregen?' vroeg Blum.

'Van mijn moeder,' zei Pine. 'Dit is het laatste wat ik ooit van haar heb gekregen.'

'Bedoelt u dat ze hem aan u gaf voordat ze verdween?'

'Ze wist kennelijk dat ze me zou verlaten,' zei Pine nuchter. 'Het zal haar afscheidscadeau wel zijn geweest. Je weet wel, zoiets als: ik kan straks niet meer op je passen, dus neem in plaats daarvan dit stomme stukje metaal maar.'

'Als u er zo over denkt, waarom draagt u hem dan?' vroeg Blum.

'Omdat dit echt het enige is wat me aan haar herinnert, dus... daarom is hij belangrijk voor me. Een soort haat-liefde-iets... Soms raak ik hem aan en dan besef ik dat ze me heeft verlaten. Een andere keer raak ik hem aan en dan voel ik me warm en veilig, alsof ik weer zes ben en mijn moeder mijn hand vasthoudt.'

Blum knikte bedachtzaam. 'Moeder-dochterrelaties zijn ingewikkeld, misschien wel de ingewikkeldste van allemaal. Dat gold tenminste voor mij. Vergeleken daarmee waren mijn zoons een eitje.'

De penning die de jongen had gedragen was inmiddels onderzocht op vingerafdrukken, maar die waren niet gevonden.

Daardoor vond Pine de penning nog interessanter, want iemand had de tijd genomen hem schoon te vegen. 'Ik hoop dat de forensisch onderzoekers ons kunnen vertellen hoe die penning beschadigd is geraakt.'

'Denkt u echt dat dat belangrijk is? Zoals Wallis al suggereerde kan hij best van de jongen zijn en tijdens het dragen beschadigd zijn geraakt.'

'Nee. Als je naar de beschadiging kijkt zie je dat een scherpe rand van het metaal naar binnen is gebogen, zodat die in zijn huid zou prikken, maar daar was niets van te zien in de hals van de jongen. En je draagt echt geen ketting die in je huid snijdt.'

'Dan is hij dus echt door de moordenaar omgedaan.'

'Het was persoonlijk, Carol, daar ben ik van overtuigd. Dat kan niet anders. De penning is gedragen door iemand die op een bepaalde manier belangrijk is voor de moordenaar. Dit is een directe verwijzing, als we maar wisten waarnaar dan.'

'Lee?'

Ze keken op en zagen Agnes Ridley voor de Cottage staan.

'Is het echt waar?' vroeg Ridley. 'Weer een moord?'

Pine en Blum liepen naar haar toe.

'Ik ben bang van wel,' zei Pine knikkend. 'Deze keer een kleine jongen.'

'O mijn god!' riep Ridley. 'Een kind? Dat slaat toch nergens op?'

'We hebben geen idee wat de motivatie is van de moordenaar. Dus hebben we geen idee wie zijn doelwitten zijn.'

'Weten ze wie het kind is?' vroeg Ridley.

'Nog niet. Ze zullen een signalement en een tekening van hem verspreiden. Worden hier kinderen vermist?'

'Niet dat ik weet. En als het kind hier woonde, zouden de ouders hem al als vermist hebben opgegeven bij de politie.'

'Ja, dat is zo.'

'Kan ik iets doen?' vroeg Ridley.

'Uw ogen en oren openhouden. En als u iets verdachts ziet de politie bellen.'

Ze gingen naar binnen en zagen dat Graham in de hal op hen wachtte.

'Lieve help, wat gebeurt er allemaal in ons dorp?' jammerde ze zodra ze hen zag.

'Waarom kwam Lily eigenlijk meteen hiernaartoe?' vroeg Pine. 'Door alle drukte ben ik vergeten haar dat te vragen.'

'Lily wist dat je hier logeerde. Dat was het eerste wat ze dacht toen ze dat zag in het museum.'

'Wat zei ze precies tegen je?' vroeg Blum.

'Dat een dode jongen een van de uniformen droeg en in de tentoonstelling was geplaatst. Ze viel bijna flauw, zei ze. Daarna glipte ze het museum uit en is ze hiernaartoe gerend.'

'Hoe lang ken je Lily al?'

'Bijna mijn hele leven. Ze werkt al heel lang in het museum. Maar ik denk niet dat ze ooit weer naar binnen gaat.'

'De pop die de moordenaar weghaalde zodat hij de jongen op zijn plek kon zetten werd achter in het museum gevonden. Daar is de moordenaar volgens ons binnengekomen. Maar hij moet een sleutel hebben gehad, want er is niet ingebroken. Enig idee hoe hij daaraan kwam?'

'Misschien heeft iemand een sleutel van de achterdeur laten namaken. Ik denk niet dat Lily haar handtas altijd in het oog houdt. En ze heeft me een keer verteld dat het slot van de achterdeur niet betrouwbaar is. Dat wilde ze laten repareren, maar ik neem aan dat dat er niet van gekomen is.'

'Nu gaat ze dat waarschijnlijk wel doen,' zei Pine. 'Het museum heeft ook een alarminstallatie. We weten dat die aanstond toen Lily op haar werk kwam, want ze vertelde ons dat ze die had uitgeschakeld. Wat betekent dat de moordenaar de code kent. Zou het moeilijk zijn daaraan te komen?'

'Dat weet ik niet. Ik weet wel dat er nog nooit zoiets is gebeurd.'

'Nee, maar nu wel, hè?' zei Pine.

48

Laredo en Pine zaten in de ontbijtkamer van de Cottage. Blum was naar haar kamer gegaan.

'Luister, over gisteravond,' begon Laredo.

'Daar hoeven we niet over te praten,' zei Pine kortaf.

'Vind je van niet?'

'We hebben wat gedronken en gedanst. Nou en?'

Hij ademde diep uit, met een schuldbewuste blik. 'Sorry, Atlee. Ik gedraag me als een idioot.' Hij zweeg even. 'Maar het was...'

'Wat was het?'

'Ik denk dat het drinken en het dansen en...'

'Ik wilde je niet verleiden, hoor. Als dat wel zo voelde, bied ik je mijn excuses aan.'

'Waarvoor? Omdat je je mooi had gemaakt en er gewoon fantastisch uitzag? Nee, dat kunnen we echt niet hebben.'

'Daar gaat dit niet over. Gisteravond was iets eenmaligs. We waren allebei verstandig genoeg om het niet te laten uitmonden in iets waar we spijt van zouden krijgen. Laten we het daar dus maar bij laten. Vind je dat goed?'

'Ik denk niet dat ik een keus heb.'

Toen ze zijn gezicht zag betrekken legde ze een hand op zijn arm en zei: 'Luister, ik stelde voor om ergens iets te drinken. Ik vroeg of je wilde dansen. Misschien flirtte ik meer dan ik besefte. En toen we hier terugkwamen... Ik kon zien wat er volgens jou zou gebeuren. Dus dat was mijn schuld.'

'Wat dacht jíj dan dat er zou gebeuren?' vroeg hij ernstig.

'Waarschijnlijk bijna hetzelfde als jij, Eddie.'

'Wat gebeurde er toen?'

'Toen drong het tot me door dat we elkaar al ruim tien jaar niet hadden gezien of contact hadden gehad. En zo'n vrouw ben ik niet.'

'Dat heb ik ook nooit gedacht.' Hij stopte zijn handen in zijn zakken. 'Het is al heel lang geleden dat Denise vertrok. En daten is bijna onmogelijk met mijn werk.'

'Daar weet ik alles van.'

'Kom op, zeg! Ik weet zeker dat iedere man in Stunted Rock...'

Ze viel hem in de rede. 'Sháttered Rock, zoals je heel goed weet.'

Hij grijnsde, en zij ook.

'Oké, ik durf te wedden dat iedere man in Shattered Rock verliefd op je is. Je moet je pistool waarschijnlijk trekken om ze van je af te slaan.'

'Dat weet ik allemaal niet, maar misschien heeft er eentje belangstelling.' Ze dacht aan een parkranger in de Grand Canyon met wie ze uit was geweest, Sam Kettler.

'Nou, dan heeft hij geluk. Ik hoop dat hij de uitdaging aankan.'

'De tijd zal het leren.'

'Zolang hij je maar niet behandelt als een vrouw die gered moet worden.'

'Daar hoef je je geen zorgen over te maken.'

'Ik ben blij voor je, Atlee.'

'Je bent veranderd, Eddie. Hoe komt dat?'

'De manier waarop ik me gedroeg heeft ervoor gezorgd dat ik dat wat het allerbelangrijkst voor me was kwijtraakte. Ik had stom kunnen zijn en eronderdoor kunnen gaan, maar ik besloot mijn hersenen te gebruiken en mijn gedrag te veranderen. Want als je steeds weer hetzelfde doet, kun je toch geen andere uitkomst verwachten?'

'Er ís ergens een geschikte vrouw voor je, dus geef de moed niet op. Ik heb geen idee of het iets wordt met die man in Arizona; misschien blijven we altijd alleen vrienden. Maar daar is ook niets mis mee.'

'Ik hoop dat wij vrienden kunnen zijn.'

'Volgens mij zijn we dat aan het worden.'

Een jonge vrouw die in de Cottage werkte kwam binnen en vroeg of ze iets nodig hadden.

‘Nee hoor,’ zei Pine.

Toen ze weg was leunde Laredo naar voren, weer helemaal zakelijk. ‘Over die jongen...’

‘Ja.’

‘Ik heb zitten denken.’

‘Ik luister.’

‘Het klinkt misschien belachelijk.’

‘Je theorie kan niet belachelijker zijn dan de waarheid straks zal blijken te zijn, vertel dus maar.’

‘Tot nu toe hebben we de volgende slachtoffers: een bruid, een bruidegom en nu een jongen.’

‘Dat weet ik, Eddie,’ zei ze op scherpe toon. Toen bedacht ze zich. ‘Wacht eens, bedoel je...’

‘Ja. Inderdaad.’

‘Voor alle duidelijkheid, wil je zeggen dat deze man een gezin samenstelt? Van doden?’

‘Samenstelt of opnieuw samenstelt.’

‘Jezus.’

‘Hoe noemden ze zo’n gezin op school?’

‘Een kerngezin,’ zei Pine. ‘Een bepaalde sociale eenheid, in tegenstelling tot een eenoudergezin.’

‘Maar er is één verschil met onze zaak, in elk geval een verschil met wat ik daarover heb geleerd.’

Ze knikte. ‘Een kerngezin bestaat idealiter uit twee ouders.’

‘En als ik het me goed herinner heeft een traditioneel kerngezin meestal twee kinderen.’

Pine leunde weer naar achteren. ‘Waarmee je bedoelt dat er ten minste nog één slachtoffer komt?’

‘De volgende keer is het dus weer een kind.’

‘Dan moeten we ervoor zorgen dat er geen volgende keer komt,’ zei Pine gedecideerd.

‘Gemakkelijker gezegd dan gedaan. We weten echt niets over deze man.’

‘Is er in Quantico een patroon dat hierop lijkt?’ vroeg ze.

‘Niet dat ik heb gezien. En voordat ik vertrok heb ik dat gecontroleerd. Maar met deze nieuwe insteek ga ik er opnieuw doorheen. Maar ik verwacht geen overeenkomsten te vinden.'

'Dus misschien is deze man een nieuwe speler.'

Laredo haalde zijn schouders op. 'Of hij is een oude speler die zijn werkwijze heeft veranderd. Maar wat is zijn motivatie?'

'Als hij een gezin samenstelt is hij zijn gezin misschien kwijtgeraakt.'

'Vrouw en kinderen, bedoel je?'

Pine zei: 'Ja. Of wacht, het zouden ze alle vier kunnen zijn. Misschien kijkt deze man van buitenaf naar het verlies van een ander gezin waarmee hij een nauwe band had.'

'Shit, hoe moeten we dat aanpakken?'

'Dit is een klein dorp. Als de moordenaar hiervandaan komt zou dat niet moeilijk moeten zijn. Hier wonen gewoon niet zoveel mensen.'

'Maar als hij hier niet woont zou het weleens onmogelijk kunnen zijn. Jij hebt hier een tijdje gewoond, Atlee.'

'Maar ik was nog maar een kind toen ik vertrok.'

'Oké, heeft iemand sinds je terug bent iets gezegd over een heel gezin dat is weggevaagd?'

Terwijl ze hierover nadacht trok Pine opeens bleek weg.

'Wat is er?' vroeg hij toen hij dit zag.

'Ik neem aan dat het afhangt van je definitie van weggevaagd. Als je dat op een bepaalde manier definieert ken ik inderdáád een gezin van vier mensen van hier.'

'Wie dan?'

Ze keek naar hem op, met een angstige blik in haar ogen. 'Mijn gezin.'

49

Pine reed, Laredo zat achterin en Carol Blum naast haar. Ze stopten voor Pines oude huis.

De oude Roscoe lag op de veranda en krabbelde moeizaam overeind op zijn zwakke achterpoten om hen te begroeten met een vriendelijke blaf en gekwispel.

Cy Tanners oude verroeste pick-up stond voor het huis.

'Heb je hier gewoond?' vroeg Laredo, terwijl ze uitstapten.

'Een totaal andere wereld dan Queens,' antwoordde Pine.

'Nee, echt. Ik hou van de modder.'

Er kwam rook uit de afvalton en achter het huis hoorden ze geluiden.

Pine liep naar Roscoe toe en aaide hem even over zijn flaporen. 'Hoe gaat het, ouwe hond? Goed?'

Roscoe antwoordde door haar hand te likken.

'Cy!' riep Blum. 'Ben je thuis?'

Ze kregen geen antwoord en liepen om het huis heen naar achteren, op het geluid af. Daar stond een oud houten gebouw. De deur was open en ze hoorden dat het geluid van binnen kwam. Het klonk als een cirkelzaag.

Bij de deur klopte Pine één keer aan en daarna nog een keer, luider nu.

Het geluid van de cirkelzaag stopte en Tanner verscheen in de deuropening, terwijl hij zijn veiligheidsbril omhoogschoof. Hij droeg een wit T-shirt waarin zijn opbollende armspieren zichtbaar waren, en een corduroy broek die met zijn Budweiser-riem op zijn slanke heupen hing. 'Hallo, allemaal,' zei hij met een nieuwsgierige blik.

Tot hun verbazing kwam er een klein meisje achter hem vandaan. Zij droeg ook een veiligheidsbril, die echter te groot voor haar was. Ze keek knipperend naar hen op door de plastic glazen van haar bril.

'Wie is dit?' vroeg Blum, terwijl ze vriendelijk naar het kind keek.

Tanner bukte zich glimlachend naar het meisje. 'Dit hier is Jenny, de dochter van mijn jongste dochter. Net een maand geleden zeven geworden. Ze is hier op bezoek, ja toch, Jenny?'

Jenny, met blonde krullen en enorme blauwe ogen, keek verlegen naar de volwassenen en trok aan de broekspijp van haar opa.

Pine keek naar Tanner. 'Op bezoek? Is haar moeder er ook?'

Tanners glimlach verdween. 'Eh nee, zij moet een paar… dingen regelen.'

Blum keek naar het huis. 'En ze logeert hier? Maar hoef je dan niet weg om te werken?'

'Nee, ik hoopte dat Agnes kon komen en zo nodig kon oppassen.'

'Agnes is een beetje oud om op een klein kind te passen,' zei Pine.

'Was er niemand anders bij wie Jenny kon logeren?' vroeg Blum.

Tanner leek opeens van slag. 'Ik kan dit wel regelen, oké? En ik kan me niet herinneren dat ik jullie toestemming nodig heb.' Hij vroeg aan Pine: 'Wat willen jullie eigenlijk? Ik was bezig.'

Pine zei: 'Ik wilde je nog een paar vragen stellen, maar misschien niet waar Jenny bij is.'

Tanner keek verbaasd, maar Blum vroeg: 'Jenny, heb je al ontbeten?'

Het meisje keek op naar haar opa, die haar aankeek en aarzelend zei: 'Dat… wilde ik zo meteen regelen.'

'Wat heb je in huis?' vroeg Blum. 'Muesli en melk, misschien wat brood?'

'Ja, dat heb ik wel. Maar controleer de melk. Die zou weleens, je weet wel, eh… Ik wilde vandaag naar de winkel. Maar ik heb geen broodrooster.'

Blum ging op haar hurken zitten en keek Jenny aan. 'Ik heb een heleboel kleindochters en twee van hen lijken sprekend op jou, Jenny. Heb je broers en zussen?'

Jenny schudde haar hoofd.

'Wil je foto's zien van mijn kleindochters?'

Jenny keek naar Tanner, die knikte. Ze zei zacht: 'Oké.'

Blum stond op en stak haar hand uit naar Jenny. 'Kom mee, dan gaan we wat eten en misschien kunnen we iets vinden waar Roscoe op kan kauwen, oké?'

'Oké.'

Daarna liepen ze naar het huis.

Pine keek hen even na en draaide zich toen weer om naar Tanner. 'Cy, wat is er in vredesnaam aan de hand? Hoe is ze hier gekomen?'

Tanner zuchtte vermoeid, stopte de veiligheidsbril in zijn broekzak en streek met een hand door zijn dikke haar. 'De vriend van mijn dochter heeft haar hier vanochtend afgezet.'

'Verwachtte je haar?'

'Verdomme, nee. Ik wist niet eens dat ze een vriend had. Toen ik Jenny bij hem in de pick-up zag zitten rende ik naar hen toe en wilde hem verrot slaan. Ik had geen idee waarom hij Jenny bij zich had. Maar toen vertelde hij wie hij was en dat Linda wilde dat ik een tijdje voor Jenny zorgde.'

'Een tijdje? Waar woont ze?'

'Alabama. Vlak bij Tuscaloosa.'

'Tuscaloosa!' riep Pine. 'Dat is meer dan vier uur rijden.'

'Ja, ze zijn vroeg vertrokken.'

'Maar waarom bracht haar vriend haar hiernaartoe? Waarom Linda zelf niet?'

'De vriend... Verdomme, ik ben zijn naam vergeten. Hij zei dat Linda weer in het afkickcentrum zit.'

'Voor drugs?' vroeg Laredo.

Tanner knikte. 'Ze is lang geleden verslaafd geraakt. Dacht dat ze clean was. Ze begon weer toen Jenny twee was. Werd weer clean. Dacht dat alles oké was, tot vanochtend.'

'Is deze vriend de vader?'

'Nee. Verdomd, volgens mij weet Linda niet eens wie Jenny's vader is.'

'Hoe wist hij waar je woont?' vroeg Pine.

'Linda en Jenny zijn hier een paar keer op bezoek geweest. Zij heeft de vriend de weg gewezen.'

'Hoe lang moet je haar hier houden?' vroeg Laredo.

'Nou, dat was niet duidelijk.'

'En die vriend kon dat niet doen? Of Linda's andere vrienden?'

'Hij is een stomkop die amper voor zichzelf kan zorgen. Het verbaasde me dat-ie mijn huis kon vinden. Linda heeft geen vrienden, tenminste niet dat ik weet.'

'En Linda's moeder? Je vrouw?' vroeg Pine.

'Zes jaar geleden gestorven.'

'Wat erg,' zei Pine.

'We waren allang gescheiden. Vooral mijn schuld. Ze was een goede vrouw. Dronk soms te veel, maar dat doen we allemaal.'

Pine zei: 'Maar wat ga je doen? Je kunt niet in je eentje voor een kind van zeven zorgen. Ze kan niet samen met jou op die zitzak slapen. Heb je wel een wc die het doet? Een goede keuken? Een plek waar je kunt douchen? En ze moet natuurlijk ook naar school. Wilde je haar in het dorp naar school sturen?'

Tanner krabde aan zijn kin. 'Ja, ik weet dat er veel geregeld moet worden. Maar verdomme, dit is nog maar net op mijn bordje gelegd,' zei hij verdedigend. 'Ik heb haar wel een veiligheidsbril opgezet toen ze bij me in de werkplaats was.'

Pine en Laredo keken elkaar ongerust aan.

Pine zei: 'Ik zal eens kijken wat ik kan doen om te helpen. Misschien kunnen een paar mensen in het dorp je helpen met... deze situatie. Oké?'

Tanner keek opgelucht. 'Dat zou heel fijn zijn, ja.' Toen veranderde zijn blik. 'Maar waarom ben je hier eigenlijk? Je zei dat je een paar vragen had.'

Pine keek Laredo aan. 'Vertel hem je theorie over dat kerngezin.'

Dat deed Laredo.

Tanner zag eruit alsof hij moest overgeven. 'In wat voor wereld leven we, verdomme, waarin dat soort zieke klootzakken rondlopen?' riep hij woedend.

'Ik weet het, Cy. Maar als dit op de een of andere manier iets met mijn familie te maken heeft, moeten we weten of je hier iemand hebt gezien. Misschien een auto of een pick-up die hier vlakbij geparkeerd stond, iemand die belangstelling toonde voor dit huis of het terrein…'

Tanner leunde tegen de deurpost en dacht na. Ten slotte schudde hij zijn hoofd. 'De enigen die hier zijn geweest waren jij en Agnes. Wacht even, die Graham kwam een paar keer langs.'

'Lauren Graham? Waarom?'

Hij grinnikte. 'Ze kwam me een blauwebessentaart brengen en daarna wat koekjes.' Hij grijnsde. 'Ik kan me vergissen, hoor, maar ze leek een oogje op me te hebben. Maar ik ben veel te oud voor haar.' Hij keek om zich heen naar het vervallen huis. 'Misschien heeft ze het op mijn geld gemunt.' Hij lachte.

'Nog iemand anders?' vroeg Laredo. 'Wie dan ook? Iemand die de weg kwam vragen of zo?'

'Nu ik erover nadenk, er stond een auto in de buurt geparkeerd. Een week of drie geleden. Ik stond heel vroeg op en keek naar buiten en zag hem staan.'

'Wat voor auto?' vroeg Laredo.

'Een dure. Zo rood dat het pijn deed aan je ogen. Leek op die verdomde Batmobile. Nooit eerder zo'n auto gezien.'

'Geen naam of logo of zoiets op die auto?'

'Weet je, ik ben door het bos geslopen om dat ding beter te kunnen bekijken. Ik bedoel, dit is het platteland van Georgia. Zo'n auto hier was net zoiets als een verdomde Rolls-Royce op de maan.'

'Wat zag je toen je dichterbij kwam?' vroeg Pine.

'Er zaten vier uitlaten onder wat eruitzag als de kofferbak.'

'Zag je een naam op die auto?'

Tanner fronste. 'Ja, nooit eerder van gehoord. Pag nog wat.'

'Pag?' vroeg Pine met een blik naar Laredo.

'Wacht even, een Pagani Huayra?' riep Laredo.

'Die laatste naam weet ik niet, maar ja. Pa-gannie, dát was het.'

'Ken je dat merk?' vroeg Pine aan Laredo.

Hij knikte, nog steeds vol ongeloof.

'Is die duur?' vroeg Pine.

'Afhankelijk van het model ongeveer drie miljoen.'

'Dat méén je niet!' riep Tanner verbijsterd. 'Voor iets waarmee je van A naar B gaat?'

'Tja, wat moet ik zeggen? Dat komt door het "ik heb te veel geld"-syndroom. Je moet het ergens aan uitgeven, maar ik zal dat probleem nooit hebben.'

Pine wendde haar blik langzaam van Laredo af. 'Zat er iemand in die auto, Cy?'

'Kon ik niet zien. De ramen waren donker en ik was bang dat-ie me zou zien.'

'Waarom?'

Tanner zei met een schaapachtige blik: 'Luister, ik woon hier alleen omdat ik geen andere plek heb. Ik dacht dat die man het huis misschien kon claimen of zo. Ik bedoel, waarom zouden ze hier anders zijn? Ja toch? Daar wilde ik geen discussie over.'

'Weet je het kenteken misschien nog?'

'Dat was zo gek. Hij had geen kentekenplaat, in elk geval niet aan de achterkant.'

'Oké, als die auto terugkomt of als je nog iets te binnen schiet laat je het ons weten, oké?'

'Doe ik.'

Ze liepen met z'n allen terug naar de voorkant van het huis. Pine keek naar de afvalton, waar nog steeds vlammen in brandden. 'Een vuurtje in die ton stoken is geen goed idee als hier een klein kind rondloopt.'

'Dat verdomde vuur laait steeds weer op. Er zitten zeker nog wat gloeiende kooltjes in. Ik zal er wat water op gooien.'

'Goed idee.'

Binnen zagen ze dat Blum Jenny en Roscoe te eten gaf.

Blum ruimde de boel op en nam Pine even apart. 'Dat kind kan hier echt niet blijven, hoor. Die is binnen een week dood, door ondervoeding, doordat de trap boven op haar is gevallen of door een heel leger ziektekiemen.'

'Ik zal het regelen,' zei Pine. Ze pakte haar telefoon en toetste een nummer in. Nadat ze een paar minuten met iemand had gepraat borg ze haar telefoon weer op en keek Blum aan. 'Ze belt me terug.'

'Wie?'

'Lauren Graham. Ze denkt dat zij misschien een oplossing weet.'

Dat bleek inderdaad zo te zijn. Later zouden ze Jenny en haar tasje met haar weinige spulletjes meenemen, maar eerst moesten ze het aan Tanner uitleggen.

Jenny zou gaan logeren bij een gezin dat twee dochters van Jenny's leeftijd had en dat een straat van de hoofdweg af woonde. De vader was de predikant van de kerk; zijn echtgenote werkte niet en stond bekend als een heel zorgzame vrouw.

Tanner verzette zich eerst, maar hij legde zich hierbij neer nadat Pine en Blum met hem hadden gepraat.

Blum had gezegd: 'Jenny's welzijn is het belangrijkst, Cy. Ik weet dat je van haar houdt, maar ook dat je niet in staat bent haar de verzorging en de aandacht te geven die ze nodig heeft. Dat betekent niet dat je een slechte man bent. Maar op dit moment is Jenny het belangrijkst.'

Tanner had een tijdje gezwegen en knikte toen. 'Toen ik nog op school zat vertelde mijn leraar ons het verhaal van Salomon. Nou, ik ga een kind niet in tweeën hakken. Ze moet ergens naartoe waar ze goed wordt verzorgd.' Hij keek achterom naar het vervallen huis. 'Ik kan hier prima wonen, maar een klein kind niet.'

Blum glimlachte. 'Weet je, je hebt net laten zien dat je een heel verstandige opa bent.'

'Ik kom je elke dag opzoeken, Jenny,' zei hij door het open raampje tegen zijn kleindochter, die achter in Pines SUV zat.

'Oké, Pop-pop.'

'Lief zijn voor die mensen, oké?' Hij boog zich naar binnen en gaf haar een kus op de wang.

Ze giechelde en wreef over het plekje waar hij haar had gekust. 'Je kriebelt, Pop-pop.'

'Ik zal me goed scheren voordat ik je kom opzoeken. Dat beloof ik, kindje.'

Blum legde een hand op zijn schouder. 'We zullen vaak gaan kijken hoe het met haar gaat. Maar er zal goed voor haar worden gezorgd.'

Tanner keek haar aan en zei zacht: 'Dat weet ik. Ik wilde alleen dat het niet zover was gekomen.'

'Ach, dit soort dingen gebeuren nu eenmaal. En dan pas je je aan en overleef je het weer. Maar als ik jou was zou ik naar je dochter gaan en controleren of ze echt in een afkickcentrum zit.'

'Ja, dat had ik ook al bedacht, Carol.'

Ze keken elkaar met een veelbetekenende blik aan.

Ze zei: 'We willen nooit iets slechts denken van onze kinderen, maar soms is dat wel zo verstandig. Soms is dat de enige manier om hen te helpen.'

Tanner stapte achteruit en Blum stapte in en ging naast Jenny op de achterbank zitten. Pine startte de SUV.

Laredo, die naast haar zat, zei: 'Hier wonen niet veel mensen die een Pagani kunnen betalen.'

'Ik kan er eigenlijk maar één bedenken,' zei Pine. 'Jack Lineberry.'

50

Pine en Laredo zetten Blum en Jenny af bij haar nieuwe tijdelijke thuis, en reden daarna terug naar de Cottage.

Onderweg belde Laredo iemand en verstuurde een paar mailtjes. Daarna stopte hij zijn telefoon weg, maar hij leek niet tevreden. 'Ik kan geen Pagani vinden die op Jack Lineberry's naam geregistreerd staat, maar het is mogelijk dat hij hem op naam van een bedrijf heeft gekocht.'

'Dat is heel goed mogelijk.'

'Maar waarom zou iemand zo'n opvallende auto gebruiken om jouw oude huis te bespieden?'

'Wist ik het maar.'

'Ik neem aan dat we dit gaan uitzoeken.'

'Dat gaan we inderdaad. Maar eerst moeten we daar voorbereidingen voor treffen.'

'Als ik het me goed herinner ging je vroeger altijd gewoon op je gevoel af.'

Ze keek hem aan. 'Ik bereid me net als ieder ander altijd goed voor. Maar daar is niet altijd tijd voor.'

'Ik denk dat je in Arizona vaak snel moet handelen.'

'Dat heb je goed gedacht. Meestal ben ik de enige FBI-agent daar.'

'Vind je dat echt prettig?'

Ze keek hem scherp aan. 'Waarom niet?'

'Ik vind het juist prettig dat ik maar hoef te bellen en een paar minuten later de steun krijg van een team. Of dat ik saai werk kan overlaten aan een agent of de afdeling Administratie.'

'Ik vind saai werk niet erg als dat tot een arrestatie leidt.'

'Je assistente Blum heeft niet alleen een 411 gedaan, maar me ook behoorlijk de les gelezen.'

'Hoezo?'

'Ze verdedigde je. Ze vertelde me hoe hoog je de lat legt en wilde zeker weten dat ik je hier niet slecht zou behandelen.'

'Ze is een goede collega.'

'Ze heeft me ook heel duidelijk gemaakt dat zij als administratief medewerker de zaak feitelijk leidt.'

'Daar wil ik niets tegen inbrengen.'

'Ik weet dat Clint Dobbs het Phoenix Field Office leidt en heb gehoord dat hij een echte lastpak kan zijn.'

Pine zei: 'Maar hij gaf me de kans met alles in het reine te komen en daar ben ik hem dankbaar voor.'

'En als je daar niet in slaagt?'

'Dat zie ik dan wel weer, áls het zover komt.'

Ze stopten voor de Cottage en stapten uit. Aan de overkant was een klein grasveld waar een groep kinderen met een oude voetbal aan het voetballen was.

'Geen school vandaag?' vroeg Laredo.

'Zal wel niet.'

Hij liep naar de voordeur van de Cottage, maar toen hij zag dat Pine naar de kinderen stond te kijken liep hij naar haar toe. 'Denk je aan je zusje, of misschien aan Jenny?'

'Misschien aan allebei.'

Laredo zag dat de twee grootste kinderen het opnamen tegen de rest van de groep. 'Soms zou het fijn zijn als we altijd jong en onschuldig konden blijven en eeuwig konden voetballen.'

'Dan zouden we ons toch zeker stierlijk vervelen?'

'Maar serieus, deze kinderen zullen heel veel moeten overwinnen als ze opgroeien. Niet omdat ze uit een dorp komen, maar omdat de wereld veel te snel verandert.'

'Maar die blijft in bepaalde opzichten hetzelfde en dan zijn er nog steeds slechte mensen die slechte dingen doen.'

'Volgens mij zitten we nooit zonder werk.'

'Hoewel het fijn zou zijn als we overbodig werden.'

Pine wilde zich net omdraaien en naar de Cottage lopen toen de kinderen haar aandacht weer trokken.

'Iene miene mutte,' zei het grootste kind en hij wees afwisselend naar twee kleinere kinderen. Hij eindigde het rijmpje bij het rechterkind, dat blij glimlachte omdat hij voor het team was uitgekozen. Het andere kind stapte met een teleurgestelde blik achteruit.

'Shit,' mompelde Pine.

'Wat is er?' zei Laredo.

'Het kind bij wie dat rijmpje eindigde was de duidelijke winnaar. Hij werd uitgekozen voor het team.'

'Klopt.'

'Maar ik ben er altijd van uitgegaan dat het rijmpje eindigde bij de verliezer.'

'Het kan op twee manieren gaan, afhankelijk van wie de regels bepaalt. In de films *Pulp Fiction* en *Natural Born Killers* gebruikten ze dat rijmpje om te bepalen wie zou sterven. Degene die werd aangewezen bij het laatste woord van dat rijmpje was de klos. Die zou ik dus de verliezer noemen.'

Toen ze niet reageerde, vroeg hij: 'Waarom vind je dat belangrijk?'

Ze vertelde hem over de indringer die datzelfde rijmpje had gebruikt voor haar en Mercy.

'Hij eindigde het rijmpje bij Mercy. Ik weet het nog precies. Maar ik heb altijd gedacht dat dit betekende dat zij de verliezer was. Zij werd meegenomen. Ik bleef achter en was dus de winnaar.'

'Wat gebeurde er met jou?'

'De man sloeg me zo hard dat mijn schedel brak. De artsen zeiden dat het een wonder was dat ik die nacht overleefde. Maar ik overleefde het wel. Daarom heb ik altijd gedacht dat Mercy de klos was, dat hij haar had meegenomen om haar te vermoorden.'

'Dus volgens jou betekent het feit dat het rijmpje bij je zusje eindigde...'

Ze keek hem aan. 'Misschien betekent het feit dat hij haar koos dat Mercy nog leeft.'

51

Pine ging naar haar kamer, kleedde zich uit en stapte onder een hete douche.

Je bent een stomkop. Je bent verdomme dertig jaar lang een stomkop geweest. En dat is inclusief dertien jaar als een FBI-stomkop.

Ze drukte haar hoofd tegen de glazen douchewand. Ze kon wel huilen en juichen tegelijk. Huilen om de ongelofelijke stommiteit dat ze nooit zelfs maar had overwogen dat het rijmpje een ander doel had gehad. Maar ze wilde ook juichen omdat als het de bedoeling was geweest dat zij die nacht de verliezer werd, Mercy dus de winnaar was.

En je vermoordt geen winnaars.

Pine wist dat ze heel erg en misschien ook heel erg stom aan het speculeren was. Haar 'bewijs' was dat ze had gezien dat een kind een ander kind uitkoos voor een potje voetbal. En in de twee films waar Laredo het over had gehad, was degene bij wie het rijmpje eindigde vermoord. Dit alles was zo absurd dat ze wel kon gillen.

Ze likte het water van haar lippen en sloot haar ogen. In haar herinnering zag ze dat de vinger eerst haar voorhoofd raakte en daarna dat van haar zusje. De vinger had eerst haar aangeraakt en daarna Mercy. Toen was de vuist neergekomen, misschien vaker dan één keer. Dat wist ze niet zeker, doordat ze kennelijk al door de eerste vuistslag bewusteloos was geraakt.

Maar ik moest de verliezer zijn. Mercy werd als laatste aangeraakt en hij wilde mij doden. Waarschijnlijk dacht hij dat hij me had gedood. Hij nam Mercy mee.

Maar waarom? Er was nooit om losgeld gevraagd. Dat had ook geen zin gehad, want haar ouders hadden geen cent.

Waarom had hij Mercy dan meegenomen, als hij haar niet wilde vermoorden?

Mensenhandel kwam natuurlijk al sinds onheuglijke tijden voor. Maar in 1989, even buiten het dorp Andersonville... Was het iemand die geobsedeerd was door tweelingen? Iemand die hun gezin in de gaten had gehouden? En van plan was geweest Pine te vermoorden? Waarom?

Ik was zes. De man was gemaskerd. Ik kon hem niet herkennen. Als hij wilde voorkomen dat ik ging schreeuwen, of mijn ouders zou gaan waarschuwen, had hij van alles kunnen doen zonder mijn schedel kapot te slaan.

Ze stapte onder de douche vandaan, droogde zich af en ging met een handdoek om zich heen geslagen op haar bed zitten. Toen pakte ze haar telefoon, want toen ze onder de douche stond – waar ze het liefst nadacht – had ze iets bedacht. Een mogelijke aanwijzing.

Ze had foto's gemaakt van alle rapporten van het politieonderzoek naar de verdwijning van haar zusje. Er was één foto bij die haar nu intrigeerde.

Zes uur 's ochtends. Volgens de politie was dat het tijdstip waarop haar moeder hun slaapkamer was binnengekomen en had ontdekt dat Pine zwaargewond en Mercy verdwenen was. Ze keek naar de aantekeningen van de rechercheur waarin dat stond. Dat tijdstip werd bevestigd door andere getuigen.

Het probleem was echter dat haar moeder een vaste routine had met haar dochters. Ze bracht hen elke avond om negen uur naar bed. Om tien uur ging ze nog even bij hen kijken om te controleren of ze nog in bed lagen en niet aan het spelen waren. Pine was hierbij zo vaak betrapt dat ze deze regel goed kende. Daarna wekte Julia Pine haar dochters precies om halfacht zodat ze konden opstaan, zich aankleden, ontbijten en om halfnegen naar de halte van de schoolbus konden lopen. Ook al was het tientallen jaren geleden, deze routine had een belangrijk deel uitgemaakt van Pines leven, elke dag weer, en stond daardoor in haar geheugen gegrift.

Dus was de vraag: waarom was haar moeder om zes uur 's ochtends naar hun kamer gekomen? Nu Pine erover nadacht kon ze zich niet herinneren dat haar moeder om tien uur bij hen was komen kijken.

Pine hield van afwijkingen en haatte ze. Ze haatte ze omdat ze onverklaarbaar konden zijn, maar ze hield ervan omdat ze tot een doorbraak konden leiden.

Ze hoopte dat dit een van die keren was.

Het was mogelijk dat haar moeder wakker was geworden nadat ze die nacht had gedronken en hasj had gerookt en toen snel bij de kinderen was gaan kijken. Misschien had ze niet geweten hoe laat het was doordat ze een kater had. Misschien had ze gedacht dat ze zich had verslapen en de meisjes te laat zouden zijn voor school.

Pine schudde haar hoofd.

In die tijd van het jaar zou het om zes uur 's ochtends nog donker zijn geweest. Dus hoe kon haar moeder hebben gedacht dat het uren later was?

Terwijl Pine zich aankleedde wist ze het antwoord. Haar moeder had dat niet gedacht, dus moest er een andere verklaring zijn.

Pine liep naar beneden.

Blum zat in een stoel en zei: 'Jenny is in goede handen. Ik heb het goed gecheckt voordat ik haar daar achterliet.'

'Dat geloof ik meteen.'

'Mevrouw Quarles heeft me hier met de auto naartoe gebracht en we hebben leuk met elkaar gepraat. Ze is een heel zorgzame vrouw.'

'Fijn.'

'Jenny is een heel leuk kind. Zodra ze me vertrouwde praatte ze aan één stuk door.'

'Dat geloof ik meteen.'

'Dus waarom denk ik dat u net een openbaring hebt gehad?'

'Is dat aan mijn gezicht te zien?'

'Niet voor iedereen, maar wel voor mij. Vertel dus maar.'

Pine ging tegenover haar zitten en vertelde haar over de afwijking van de routine.

'Dat kun je wel een openbaring noemen. Hebt u al een verklaring?'

'Niet echt. Er kunnen verschillende redenen voor zijn geweest. Sommige onschuldig, andere problematisch.'

'Vertel op.'

Pine schudde haar hoofd. 'Nog niet. Ik moet erover nadenken.'

'Logisch.'

'Ik ben echt blij dat Jenny goed is ondergebracht.'

'Wie had gedacht dat Cy Tanner zo'n schattige kleindochter zou hebben? Natuurlijk wist hij niet wat hij met haar aan moest. Volgens mij kan hij amper voor zichzelf zorgen.'

'Het was aardig van de dominee en zijn vrouw om haar in huis te nemen.'

'Over kinderen gesproken, is al bekend wie de jongen was?'

'Voor zover ik weet niet. Maar we hebben wel een aanwijzing die we kunnen natrekken.' Pine vertelde haar over de Pagani bij haar vroegere huis.

'Denkt u echt dat die met Jack Lineberry in verband kan worden gebracht?'

'Denk je soms dat Pagani's hier aan de bomen groeien?'

'Maar waarom zou hij uw oude huis in de gaten houden?'

'Ook al was het zijn auto, dan betekent dit niet dat hij erin zat.'

'Dat is zo. Hoe wilt u deze zaak aanpakken?'

'Dat heb ik nog niet besloten. Eddie kon niet bewijzen dat de auto op Lineberry's naam staat, maar dat is op allerlei manieren te omzeilen.'

Pines telefoon zoemde. Ze keek ernaar en kromp in elkaar. 'Berichtje van Stan Cashings.'

'Over de Cloak and Dagger waar u hem naar hebt gevraagd?'

Pine knikte, terwijl ze het mailtje las.

Blum zag de blik op Pines gezicht veranderen, van nieuwsgierig naar geschokt en ongeloof. 'Volgens mij heb ik u niet eerder zo zien kijken,' zei ze ongerust.

Pine keek haar aan. 'Maar ik had ook nooit gedacht dat het zoiets kon zijn als dit.'

'Wat is de Cloak and Dagger dan? Een bar, zoals u dacht?'

'Ja en nee,' was Pines verrassende antwoord.

'Dat snap ik niet. Het moet toch het een of het ander zijn?'

'Niet volgens Stan. Hij heeft grondig gezocht en zegt in zijn mailtje dat hij niet de volledige antwoorden kon krijgen. Niet alleen doordat het zo lang geleden is en er niet veel mensen meer zijn die het kennen, maar ook dat veel ervan nog altijd geheime informatie is.'

Nu keek Blum geschokt. 'Wát, geheime informatie? Wat voor soort bar wás dat dan?'

'Het was een undercoveroperatie, opgezet door de IC,' zei Pine, waarmee ze verwees naar de Amerikaanse *intelligence community*, de inlichtingendienst.

'Een undercoveroperatie? In een bar? Wie wilden ze dan in de val laten lopen?'

'Van het weinige wat Stan kon achterhalen, denkt hij dat het iets met internationale spionnen te maken had.'

'En ze noemden het de Cloak and Dagger? Lag dat er dan niet een beetje te dik bovenop?'

'Hij vroeg het iemand die daar iets vanaf weet en die zei dat het spottend bedoeld was. Dat er in die omgeving andere bars waren met dat soort namen en thema's. Je weet wel, oude clandestiene kroegen waar je door een verborgen deur mag nadat je een geheime code hebt genoemd of naar een oude telefooncel gaat en een bepaald nummer belt waarmee je een bepaalde deur opent. De Koude Oorlog was nog in volle gang, ook al liep die ten einde, en de Berlijnse Muur zou aan het eind van dat decennium worden neergehaald.'

'Hebben ze iemand opgepakt?'

'Kennelijk wel. Zonder namen te noemen kon Stan achterhalen dat het erg succesvol was.'

'Maar wat hebben uw ouders daarmee te maken? En waarom had uw vader die bierviltjes?'

'Dat heeft Stan niet kunnen achterhalen. Niemand wilde hem de namen vertellen van wie daar aan werkte.'

'Dus?'

Pine werd bleek. 'Volgens mij komt het er dus op neer dat mijn vader daar werkte en mensen van de goede kant hielp om mensen van de foute kant op te pakken.'

'Of?' vroeg Blum nerveus.

Pine keek vertwijfeld naar haar handen. 'Of mijn vader was iemand van de foute kant en is op de vlucht geslagen, en zijn we daarom hier terechtgekomen.'

52

Het mortuarium.

Alweer.

Pines maag kwam in opstand zoals in deze omstandigheden nooit eerder was gebeurd. De reden daarvoor was duidelijk: deze dode was een kind.

Zij, Wallis en Laredo stonden bij de metalen tafel waar het lichaam van de dode jongen op lag.

De lijkschouwer, dezelfde vrouw als de vorige keer, stond aan de andere kant met een iPad in de hand en keek naar het scherm.

Blum had ervan afgezien vandaag met hen mee te gaan en Pine was daar blij om. Een moeder van zes kinderen met meer dan twaalf kleinkinderen zou dit niet moeten zien.

Verdomme, niemand zou dit moeten zien.

'Doodsoorzaak?' vroeg Wallis, die er hondsberoerd uitzag.

'Als u de gebruikelijke term wilt weten, dit is een *hangman's fracture*,' zei de lijkschouwer.

'Daardoor lag de hals in zo'n vreemde hoek,' zei Laredo.

'Hij is opgehangen?' vroeg Wallis. 'Dood door verstikking dus?'

'Nee. De hangman's fracture kán leiden tot verstikking, maar deze jongen is niet opgehangen. De technische term is een fractuur van beide *partes interarticulares* van de tweede halswervel. Maar eigenlijk is het niet meer dan een rampzalige overstrekking van de nek. Het gevolg was dat zijn ruggengraat tussen de C1 en C2 is vernield. De dood zal onmiddellijk of bijna onmiddellijk zijn ingetreden.'

'Maar hoe is dat gebeurd?' vroeg Pine.

'Dit soort verwondingen zie je bij auto-ongelukken, bij skydiving en zelfs bij contactsporten. Je rent tegen iets of iemand op, maar met je kin omhoog en je hoofd naar achteren gebogen tot aan de bovenste ruggenwervel. Als dat waar je tegen opbotst niet meegeeft en je er maar hard genoeg tegenaan klapt, kan je ruggengraat breken.'

'Hoe is dit gebeurd, denkt u?' vroeg Pine.

'Ik weet het niet zeker, maar gezien de andere verwondingen is het meer dan giswerk. U ziet dat de kin gekneusd en verkleurd is. Het kaakbeen is zelfs gebroken, en dat is helemaal niet gemakkelijk, want dat is het sterkste bot in het gezicht.'

'Wacht eens even,' zei Laredo. 'Kan hij door een auto-ongeluk zijn omgekomen?'

De lijkschouwer schudde haar hoofd. 'Denk het niet, want dan zouden we ook een paar andere dingen zien, had hij geen gordel gedragen en had hij een heleboel andere verwondingen. Maar dit kan ik u wel vertellen: degene die dit heeft gedaan wist wat hij deed. Het is een schone breuk.'

'Misschien iemand met een militaire achtergrond,' opperde Wallis. 'Gillespie heeft in het leger gezeten. Misschien had iemand die hem toen kende nog een rekening met hem te vereffenen.'

'De jongen is dus nog steeds niet geïdentificeerd?' vroeg Pine met een blik op Wallis.

'Nog niet. We hebben zijn signalement en een tekening van hem openbaar gemaakt en het publiek en de media om hulp gevraagd.'

'Hij is ook niet bekend bij het Center for Missing and Exploited Children,' zei Laredo.

'Alsof hij helemaal niet heeft bestaan,' zei Pine. Ze keek naar het lichaam. 'Maar dat was wel zo. Hij had nog een heel leven voor zich. En dat heeft iemand hem afgenomen en daar zal diegene voor boeten.'

Tijdens de rit terug naar Andersonville keek Laredo naar Pine, die achter het stuur zat. 'Voel je je wel goed?' vroeg hij.

'Ja hoor, Eddie. Niks aan de hand. Ik voelde daar helemaal niets. En jij? Laten we lekker gaan lunchen, met een biertje erbij misschien. Een beetje plezier maken.'

'Je weet dat ik het niet zo bedoelde.'

Ze antwoordde niet.

'Ik kan die vent ook wel vermoorden, Atlee. Nou en? Dat kan dus niet. Het is ons werk om die klootzak op te pakken, niet om hem te executeren.'

'Ik ben geen groentje hoor, ik heb dus echt geen lesje politie-ethiek nodig. Ik reageer me alleen maar af. Is dat een misdaad?'

'Nee. Dat is zelfs gezond. Dus ga je gang.'

'We kunnen niet toelaten dat er nog iemand doodgaat, Eddie. Niet nog een kind.'

'Denk je dat hij dit kind uitkoos omdat het gemakkelijk was? Misschien geen familie, niemand die op hem paste...'

'Waarom zou je moeilijk doen als het gemakkelijk kan? Maar je moet wel heel ziek zijn om een kind dat aan te doen, of niet soms?'

'We hebben meestal met zieke mensen te maken, Atlee. Dat is gewoon zo.' Hij trommelde op de armleuning van zijn stoel. 'Denk je aan dat meisje van dat amber alert dat je hebt gered?'

Toen ze niet antwoordde zei hij: 'Je mag het niet persoonlijk maken. Dat weet je net zo goed als ik. Daar heb je me in D.C. zelfs nog de les over gelezen, dat herinner je je misschien nog.'

'De zaak-McAllister,' zei Pine gedachteloos.

'Die man heeft ruim vijftien jaar meisjes verkracht, gevangengehouden en kinderen bij hen verwekt. En zodra ze achttien werden vermoordde hij ze. Zieker kan niet. Ik wilde hem een kogel in zijn kop schieten toen ze hem eindelijk te pakken hadden. Dat heb jij me uit mijn hoofd gepraat.'

'Dat weet ik, Eddie,' zei Pine langzaam. 'Ik weet dat alles wat je zegt klopt. Dat accepteer ik ook. En ik zal niets doen om de boel te verkloten als we deze man hebben gevonden.'

'Daar heb ik ook geen seconde aan getwijfeld,' zei Laredo vol overtuiging.

Ze keek hem verbaasd aan. 'Echt niet, zelfs niet na dat akkefietje met die amber-alertman?'

'Ach, iedereen moet zich ten minste één keer afreageren.'

Pines blik verzachtte. 'Ik vind Eddie 2.0 veel beter dan de vorige versie.'

'Ja, zelfs mijn ex zei dat. Denise zei dat ik dat verdomd slecht had getimed.'

'Ja, timing is alles.'

Laredo's telefoon ging. Hij nam op en luisterde. Nadat hij de verbinding had verbroken zei hij niets.

Pine keek hem ongerust aan. 'Zeg alsjeblieft niet dat...'

'Nee. Dat was Wallis. Het was goed nieuws. Ze hebben een tip over die jongen. Met een adres.'

'Waar?' vroeg ze.

'Je moet terug naar Columbus, Georgia.'

Pine maakte een U-bocht en gaf plankgas.

53

Francisco Gomez.

Hij werd Frankie genoemd, werd Wallis, Pine en Laredo verteld, waarschijnlijk omdat die naam beter bij zijn nieuwe leven paste.

Ze zaten in de woonkamer van een klein huis ver verwijderd van het luxeappartement waar Hanna Rebane en Beth Clemmons tot kort geleden hadden gewoond en waar Clemmons was gestorven. Het huis stond in een buurt die betere tijden – en betere nachten – had gekend. Het was een arbeiderswijk, een slechte buurt, een stukje achtergebleven Amerika.

De vrouw die tegenover hen in een stoel zat was in de veertig, had muisgrijs haar en droeg een bedrukte katoenen jurk en zwarte platte schoenen. Ze heette Genie Duncan en had dikke tranen in haar ogen. 'Frankie was een goede jongen,' zei ze, terwijl ze met een zakdoek haar ogen droogdepte.

Boven hoorde Pine haar kinderen schreeuwen en lachen, en rennende voetstappen die een aanslag waren op de vloerbalken.

'Wanneer nam u hem in huis?' vroeg Wallis, met zijn officiële notitieboekje opengeslagen om aantekeningen te kunnen maken.

'Ongeveer zes maanden geleden. Hij kwam uit Texas, volgens mij. Maar daar waren ze niet heel duidelijk over. We vangen kinderen op. Er wonen er nu drie bij ons.' Ze onderdrukte een snik. 'Frankie niet meegerekend.'

'We?' zei Pine. 'U en uw man dus?'

'Ja. Roger is nu aan het werk. Hij heeft een baan bij een plaatselijke autodealer.'

'Als verkoper?' vroeg Laredo.

'Nee. Hij is monteur. Verkopers krijgen alleen commissie, maar wij hadden behoefte aan een vast inkomen. Hij is goed in zijn werk en verdient goed. Maar als je ziet wat zij per uur rekenen voor zijn diensten, zou hij veel meer moeten verdienen,' zei ze nors. 'We kunnen maar net rondkomen.'

'Hebben jullie zelf ook kinderen?' vroeg Laredo.

Ze schudde haar hoofd. 'Nee, mijn schuld. Daarom werden we pleegouders. Deze kinderen hebben behoefte aan volwassenen in hun leven, die hen leiden.'

'Ja, dat is zo,' zei Wallis. 'Dat is heel goed van jullie.'

'We doen het via onze kerk. Zij krijgen kinderen uit andere delen van het land. We zijn op allerlei manieren gescreend, maar dat is ook logisch, want kinderen zijn belangrijk. En ze betalen ons natuurlijk. Het grootste deel van dat geld gaat op aan uitgaven voor de kinderen en zo, maar er blijft wel iets over. Het is heel veel werk.'

'Dat geloof ik graag,' zei Wallis. Hij haalde iets uit zijn zak. 'Weet u, mevrouw, iemand moet Frankie identificeren. Ik eh... Ik heb hier een foto.'

Duncan verstijfde. 'Ik zag de tekening op het nieuws. Daarom belde ik dat nummer. Moet ik... Moet ik daarnaar kijken?'

Wallis zei vriendelijk: 'Als u wilt, mevrouw. Gewoon voor de zekerheid.' Hij gaf haar de foto.

Duncan keek ernaar, kromp in elkaar, verbleekte en gaf de foto snel terug. Ze knikte. 'Dat is... Frankie.'

Wallis stopte de foto in zijn zak en zei: 'Gecondoleerd.'

De geluiden boven werden sterker.

Duncan zei: 'De andere kinderen weten het niet. Ze zijn nog zo jong. Ik heb overwogen om hun niet te vertellen wat... wat er is gebeurd. Ik dacht dat ik hun gewoon kon vertellen dat Frankie naar een ander gezin is gegaan.'

'Wat u maar het beste lijkt, mevrouw Duncan,' zei Wallis.

Pine vroeg: 'Wanneer was de laatste keer dat u Frankie zag?'

Duncan leunde naar achteren in haar stoel, waar de helft van de vulling uit was en waar een gerafeld kleed overheen hing. 'Drie dagen geleden. Hij ging naar school en toen hij niet thuiskwam heb ik een paar mensen gebeld of ze hem hadden gezien. Hij had hier in de buurt al vrienden gemaakt, dus ik dacht dat hij misschien met een van hen mee naar huis was gegaan.'

'Hoe ging hij naar school en terug?'

'Met de bus. Ik bracht hem 's ochtends meestal naar de bushalte. Maar 's middags liep hij naar huis. Dan zijn er ook veel andere kinderen, en ouders.'

'Bent u die ochtend ook met hem naar de bushalte gelopen?' vroeg Wallis.

Ze schudde haar hoofd en haar ogen vulden zich opnieuw met tranen. 'Nee. Hij... Hij zei dat hij de weg kende en nu alleen wilde. Ik denk... dat hij zich schaamde omdat ik met hem meeliep. Weet u, de meeste andere kinderen liepen er zelf naartoe. Misschien hebben ze hem er wel mee gepest.'

'Weet u of hij die dag op school was?'

'Ja, hij heeft geen lessen gemist.'

'En zat hij in de bus naar huis?'

'Ja.'

'En stapte hij bij zijn eigen halte uit?'

Nu keek Duncan onzeker. 'Het probleem is dat de kinderen en de ouders die ik sprak daar niet zeker van waren. En de politie vroeg het aan de buschauffeur, maar die laat bij zoveel haltes zoveel kinderen uitstappen dat hij er niet altijd op let wie waar uitstapt. En... En er zijn heel veel kleine jongens die op Frankie lijken.'

'Latijns-Amerikaanse jongens?' vroeg Pine.

'Ja.'

'Het is dus niet zeker dat hij bij zijn eigen halte is uitgestapt?'

'Nee, dat klopt. Maar hij wist wat zijn halte was, dus waarom zou hij ergens anders uitstappen?'

'Misschien als iemand hem dat had gevraagd.'

'Maar wie zou dat doen? En ook al had iemand dat gedaan, Frankie zou dat nooit doen. Ik zei dat hij niet met vreemden mocht praten.'

'Maar misschien was het geen vreemde,' zei Pine.

'Ik kan niet geloven dat iemand die ons kent Frankie zoiets zou aandoen,' zei ze koppig.

'Liep hij samen met een paar van uw andere kinderen naar huis?'

'Nee, die zitten nog in de onderbouw en hebben andere schooltijden. Frankie zat in de vierde. Ik heb er nooit aan getwijfeld dat hij zelf met de bus kon gaan. Zijn Engels was heel goed. Hij zei dat zijn moeder hem dat had geleerd.'

'Waar zijn zijn ouders?' vroeg Laredo.

'Dat weet ik niet. Dat heeft niemand me verteld. Frankie had geen foto's van hen. Ik denk dat Frankie hier is geboren.'

Laredo keek naar Pine.

Ze vroeg: 'Wat deed u toen u hem niet kon vinden?'

'Ik heb iedereen gebeld die ik maar kon bedenken, ook de school. Daarna belde ik de politie.'

'En zij kwamen bij u en maakten rapport op?' vroeg Wallis.

'Ja. Daarna heb ik niets meer van ze gehoord. Tot ik... Tot ik op het nieuws die tekening en dat signalement zag. Ik wist meteen dat het Frankie was.' Ze klemde haar lippen op elkaar. 'Mag ik... Wilt u me vertellen wat hem is overkomen?'

Wallis keek naar de beide FBI-agenten en zei toen: 'Hij is geen natuurlijke dood gestorven, moet ik helaas zeggen.'

Ze kreeg tranen in haar ogen. 'Iemand... heeft hem iets aangedaan?'

'Helaas wel.'

Pine zei: 'Daarom is het zo belangrijk dat u ons alles vertelt wat u zich herinnert. Zijn vrienden. Iedereen over wie hij het heeft gehad. Iemand die u hier rond hebt zien hangen misschien.'

'Zoiets kan ik me niet herinneren. Zo lang woont Frankie nog niet hier.'

'Hoe was hij die dag gekleed?'

'Spijkerbroek, rode trui en sportschoenen. Is... hij daarin gevonden?'

'Nee, dat niet. En uw man? Zou hij iets nuttigs kunnen weten?'

'Roger bracht niet veel tijd door met Frankie. Ik bedoel, hij kan goed met de kinderen omgaan en zo. Hij is net zo betrokken bij hen als ik, maar hij maakt lange dagen.'

'Heeft hij Frankie weleens meegenomen naar zijn werk?' vroeg Laredo. 'Kleine jongens zijn gek op auto's.'

'Ja, nu u het zegt. Een of twee keer. In het weekend.'

'Wat voor soort auto's verkoopt die dealer?' vroeg Pine met een blik naar Laredo.

'Mercedes-Benz.' Ze glimlachte. 'Het is grappig...'

'Wat is grappig?' vroeg Pine.

'Roger rijdt in een tien jaar oude GMC-pick-up en ik heb een derdehands Kia.' Ze keek hen aan en glimlachte door haar tranen heen. 'Maar als je een mooie auto nodig hebt om je gelukkig te maken, nou, dan is er iets mis.'

'Dat herinnert me aan een nummer van Janis Joplin waarin ze zong over God die een Mercedes-Benz voor haar kocht,' zei Laredo. 'Maar in tegenstelling tot Janis rijden mijn vrienden ook niet in Porsches.'

'U zei dat uw man nu aan het werk is,' zei Pine.

'Ja. Hij was helemaal van slag door Frankie. Hij en een paar andere vaders uit de buurt hebben hem gezocht en mensen gevraagd of ze hem hadden gezien. Maar dat had niemand.'

'We moeten met hem praten.'

'Ik kan u het adres wel geven. Het is aan de andere kant van het dorp.'

'Dank u. Kent u misschien iemand die Hanna Rebane heet, of Beth Clemmons?'

Pine keek aandachtig naar de reactie van de vrouw, maar die leek oprecht verbaasd.

'Nee, wie zijn dat?'

'Gewoon een paar andere mensen die bij deze zaak betrokken kunnen zijn. Hebt u een foto van Frankie?'

'Ja, ik heb een foto van hem gemaakt toen hij hier kwam. Die heb ik laten afdrukken en zelf ingelijst. Dat doen we voor alle kinderen, om hun het gevoel te geven dat ze lid zijn van het gezin.'

'Dat is heel aardig. Mogen we die lenen? U krijgt hem zeker terug,' zei Wallis.

Ze haalde de foto voor hen en gaf hem aan Wallis, waarna ze hen naar de deur begeleidde. 'Ik kan Roger wel even bellen en hem vertellen dat jullie naar hem toe komen.'

‘Dat is niet nodig,’ zei Pine snel. ‘Het komt wel goed. We hoeven waarschijnlijk niet lang met hem te praten.’

‘Oké,’ zei Duncan met een verwarde blik.

Wallis zei: ‘O, ja.’ Hij haalde de Christoffel-penning uit zijn zak en liet hem zien. ‘Herkent u deze penning? Droeg Frankie deze?’

‘Nee, zoiets heeft hij nooit gedragen.’

‘Goed, dank u wel.’

Ze liepen terug naar de auto.

Wallis zei: ‘Nou, dan heeft Frankie die penning ergens gevonden of de moordenaar heeft hem omgedaan. Ik gok op de laatste mogelijkheid.’

‘Waarom wilde je niet dat mevrouw Duncan haar man belde?’ vroeg Laredo aan Pine.

‘Gewoon een gevoel. Ik vraag me af hoeveel dealers in Georgia Pagani’s verkopen.’

‘Pagani’s?’ riep Wallis. ‘Wat zijn dat in vredesnaam?’

‘Italiaanse auto’s die ongeveer drie miljoen dollar kosten,’ antwoordde Laredo.

Wallis keek de FBI-agent ongelovig aan. ‘Drie miljoen dollar! Voor een auto?’

‘Er zijn mensen die dat ervoor betalen.’

‘In Georgia?’ vroeg Wallis vol ongeloof.

‘Je weet maar nooit.’

‘Maar Duncans man werkt bij een Mercedes-dealer, niet bij zo’n Pagani-dealer,’ zei Wallis.

‘Klopt,’ zei Pine afwezig. Het was wel duidelijk dat ze diep nadacht.

‘En wat heeft een Pagani met dit alles te maken?’ vroeg Wallis.

‘Iemand met zo’n auto heeft Atlees oude huis in de gaten gehouden,’ zei Laredo.

Wallis zei hoofdschuddend: ‘Een auto van drie miljoen in Andersonville? Ik had niet verwacht dat ik dat ooit zou zien.’

‘Nou, ik zou die Pagani en degene die hem bestuurde graag willen zien,’ zei Pine. ‘Maar voorlopig moeten we ons maar met Mercedes-Benz bezighouden. En met Roger Duncan.’ Ze keek Laredo aan. ‘Mijn vrienden hebben ook geen Porsches.’

'Ach, misschien kan God geen Mercedes voor ons kopen, maar ons wel een aanwijzing geven in deze zaak.'

'Willen jullie daar amen op zeggen?' zei Wallis.

'Amen,' zeiden Pine en Laredo tegelijk.

54

Roger Duncan veegde langzaam zijn handen af aan een vettige doek en gebaarde dat ze met hem mee moesten lopen naar een klein vertrek naast de werkplaats waar hij had gewerkt aan een matgrijze Mercedes. Hij was groot en slungelig, en had dikke, gespierde onderarmen.

Ze hadden uitgelegd waarom ze hier waren.

Hij stond tegen de muur geleund, streek een lok blond haar uit zijn gezicht, sloeg zijn armen over elkaar en zuchtte. 'Shit. Hij is echt dood? De kleine Frankie? Hoe komt dat?'

'Bang van wel,' zei Wallis. 'Uw vrouw zei dat hij weleens met u mee hiernaartoe ging.'

'Een paar keer. Ze hebben strenge regels voor dat soort dingen, om veiligheidsredenen. Maar dit was in een weekend. Ik nam hem mee naar de werkplaats en legde iets uit van wat ik deed. Ik liet hem zelfs in een paar auto's zitten. Hij vond het ontzettend cool. Ik heb hem niet verteld hoeveel ze kostten, want hij zou zo'n auto waarschijnlijk nooit kunnen betalen, net zomin als ik.'

'Hebt u hem hier aan iemand voorgesteld?' vroeg Laredo.

'Ja, aan een paar andere monteurs. En aan Don, van kantoor. Hij en Frankie hebben even met elkaar gekletst toen ik ergens mee bezig was. En aan een van de verkoopsters. Hoezo?'

'We proberen uit te zoeken hoe hij in Andersonville terechtkwam, dus moeten we al zijn contacten met andere mensen natrekken.'

'Maar ik kan niet geloven dat iemand hier hem iets zou aandoen. Waarom zouden ze? Ze werken hier al heel lang, net als ik.'

'Wanneer hebt u Frankie voor het laatst gezien?' vroeg Pine.

Duncan dacht even na. 'Ik was al weg voordat hij die dag naar school ging. De avond daarvoor hadden we met z'n allen gegeten. Hij ging naar bed en de volgende dag ging hij naar school.' Hij voegde er verdedigend aan toe: 'Genie is een fantastische moeder. Ze past als een havik op die kinderen. Maar ze moeten natuurlijk wel naar school.'

'En uw vrouw werd ongerust toen hij na school niet thuiskwam?'

'Verdomme, ja. Genie was in alle staten. De bushalte is maar een paar straten verderop. Veel kinderen stappen daar uit, dus maakten we ons nooit zorgen. Ze belde me op mijn werk. Daarna belde ze de organisatie die Frankie bij ons had geplaatst, maar die konden niet echt helpen, volgens Genie. Daarna heeft ze iedereen gebeld die ze maar kon bedenken, maar niemand had hem gezien nadat hij de school had verlaten. Dus belde ze de politie. Ik ben eerder van mijn werk vertrokken en ging hem zoeken, met een paar andere vaders uit de buurt.'

'Dat vertelde uw vrouw al,' zei Wallis.

'Hoe kwam hij in vredesnaam in die andere plaats? Hoe ver is dat hiervandaan?'

'Ongeveer anderhalf uur rijden,' zei Wallis.

'Dit is belachelijk! Denkt u dat de een of andere creep hem heeft ontvoerd? Hé, de vent die hem heeft meegenomen, heeft hem toch niet... U weet wel...'

'Hij is niet aangerand, als u dat soms bedoelt,' zei Wallis.

'Wat je tegenwoordig niet allemaal hoort,' zei Duncan vol walging. 'Ik bedoel, hoe kun je lieden die dat soort rotzooi uithalen menselijk noemen?'

'Hebt u enig idee wat er gebeurd kan zijn?' vroeg Pine. 'Hebt u misschien een onbekende auto door uw wijk zien rijden? Een onbekende zien rondhangen?'

'Nee, niets van dat alles. Onze wijk is een hechte kleine gemeenschap. We passen op elkaar. Als zoiets was gebeurd, had iemand dat verteld.' Hij zweeg even en sloeg zijn blik neer. 'Ik neem aan dat we... moeten zorgen voor zijn... stoffelijk overschot.'

'Klopt. We zullen u laten weten wanneer we het lichaam kunnen vrijgeven, meneer Duncan,' zei Wallis. 'Dat zal waarschijnlijk niet lang meer duren.'

‘Oké. Verdomme! Ik bedoel, wie wil nou een kind kwaad doen?’

‘Het antwoord op die vraag zou u weleens kunnen verbazen,’ zei Pine, terwijl ze aandachtig naar hem keek. ‘Werkt u hier alleen met Mercedessen?’

‘Ongeveer negentig procent van de tijd, ja.’

‘En die andere tien procent?’

‘Dat zijn wat ze bijzondere auto’s noemen.’

‘Zoals?’

‘Aston Martin. Rolls-Royce. Heb zelfs een keer een Lamborghini Veneno gerepareerd. Dat was cool.’ Hij grijnsde schaapachtig. ‘Die auto kostte veel meer dan ik in mijn hele leven zal verdienen.’

‘Misschien ook weleens een Pagani?’ vroeg Pine.

‘Een Pagani,’ snoof hij. ‘Hier heb je geen Pagani’s.’

‘U kent dat merk dus wel?’ vroeg Laredo.

‘Verdomme, heb ze alleen in tijdschriften gezien. Verdomd mooie auto’s. Zou er graag eens aan sleutelen.’

‘Hoe heette die man op kantoor over wie u het had ook alweer?’

‘Don, Don Bigelow. Hij werkt hier al eeuwen.’

‘Bedankt.’

Pine ging de twee mannen voor naar het kantoor, waar ze Bigelow vonden.

Don Bigelow was een grofgebouwde man van begin zestig met een dikke buik die gelijktijdig met papieren rommelde en op het toetsenbord van zijn computer zat te typen. ‘Wat kan ik voor u doen?’ vroeg hij, met zijn bril op zijn voorhoofd geschoven. ‘Komen jullie een auto kopen of willen jullie een lening? Meestal komen ze eerst de papieren brengen.’

Pine liet haar badge zien, net als Laredo en Wallis. ‘We willen niets kopen, maar informatie hebben,’ zei ze.

Bigelow keek hen nerveus aan. ‘FBI? Vertel me alsjeblieft niet dat een paar lui hier geld hebben gestolen of zo. Luister, jullie mogen al mijn boeken inzien. Ik ben brandschoon.’

‘Nee, daarom zijn we hier niet. We hoorden dat Roger Duncan een van zijn pleegkinderen hier onlangs mee naartoe heeft genomen.’

Bigelow keek even niet-begrijpend. 'O, u bedoelt dat Mexicaanse jongetje?'

'Ja.'

'Dat klopt. Leuk joch. Hij is gek op auto's. Verdomme, wie wil er nou geen Mercedes op zijn oprit hebben staan?' Hij zweeg en keek hen argwanend aan. 'Waarom vragen jullie naar die jongen? Er is hem toch niets overkomen, hè?'

'Hebt u het niet gehoord?' vroeg Pine.

'Wat?'

'Er is hem inderdaad iets overkomen,' zei Wallis.

'Wat dan?'

'Iemand heeft hem vermoord.'

Bigelow stond zichtbaar ontdaan op. 'Lieve god. Dat leuke jochie? Wie heeft dat verdomme gedaan?'

'Dat proberen we dus uit te zoeken,' zei Pine. 'Hebt u met hem gepraat toen hij hier was?'

'Ja, Roger bracht hem naar me toe. Ik heb zes kleinkinderen en mijn vrouw en ik passen heel vaak op. Het was een aardige jongen. Sprak heel goed Engels. Je kon wel zien dat hij en Roger een goede relatie hadden opgebouwd, ze maakten grapjes met elkaar en zo.'

'Is hij hier lang geweest?'

'Ik heb hem een minuut of tien gezien. Roger moest weg om iets te doen. Ik heb hem verteld wat ik hier voor werk deed, maar daar had hij geen belangstelling voor.' Hij glimlachte gelaten. 'Te saai om de aandacht van een kind vast te houden. Hij wilde liever in de auto's zitten en doen alsof hij ze bestuurde dan horen hoe je ze moest kopen. Dat kun je hem natuurlijk niet kwalijk nemen. Dat zou ik ook liever doen. Ik gaf hem een metalen replica van een Mercedes-racewagen. Die krijgen we voor promotiedoeleinden. Er lag er een in mijn la. Je zou denken dat ik hem een miljoen dollar had gegeven.'

'Roger zei dat jullie hier behalve Mercedes ook andere merken repareren,' zei Pine.

'Klopt, meestal voor Mercedes-klanten die ook andere auto's hebben.'

'Bijzondere merken?'

'Ja, inderdaad. Voor die auto's vind je hier niet zomaar gekwalificeerde monteurs. Dan moet je naar Atlanta. Dus we besparen hun een reis. Onze monteurs zijn eersteklas, gecertificeerd voor allerlei merken en modellen.'

'Roger vertelde dat hij een keer een Lamborghini Veneno had gerepareerd,' zei Laredo.

'Ja. Van meneer Driscoll, die heeft er een. De enige die ik ken met zo'n auto. Hij heeft bakken met geld verdiend met bedrijfsvastgoed. Hij doet ook zaken met de mensen van Fort Benning.'

'Hebben die misschien een Pagani?' vroeg Laredo.

Hij schudde zijn hoofd. 'Nee, we hebben hier nog nooit een Pagani gehad. Ik heb er zelfs nog nooit een met eigen ogen gezien.'

'Weet u waar ze die in deze omgeving verkopen?' vroeg Pine.

'Er is een dealer in Atlanta die Ferrari's en Maserati's verkoopt. Misschien verkopen ze ook Pagani's. Dat zijn immers allemaal Italiaanse auto's.'

Pine zei: 'Hebt u ooit een auto aan Jack Lineberry verkocht? Of heeft hij hier weleens een auto laten repareren?'

Wallis keek naar Pine, maar hield zijn mond, net als Laredo.

'Lineberry? Die naam zegt me niets. Maar ik kijk het wel even na. Ik kan me niet iedereen herinneren.' Hij ging aan zijn bureau zitten en typte iets in op zijn computer. 'Nee. Nooit een auto verkocht aan iemand die zo heet.'

'En gerepareerd?'

Bigelow drukte nog een paar toetsen in, maar toen schudde hij zijn hoofd. 'Nee, niets.'

'Oké, dank u.'

'Wie heeft de jongen vermoord, volgens jullie?' vroeg Bigelow.

'Dat proberen we te achterhalen.'

'Hoop dat jullie die klootzak vinden.'

'Wij ook,' zei Pine.

Wallis' telefoon zoemde. Hij nam op en liep naar een hoek van het kantoor om het gesprek te voeren. Toen hij klaar was kwam hij weer naar hen toe. 'We hebben een aanwijzing.'

‘Wat dan?’ vroeg Pine.

‘Een kind heeft een man met Frankie zien praten, onderweg naar de bushalte, op de dag waarop hij verdween. En volgens dat kind gaf die man Frankie misschien een briefje in een envelop en wat geld.’

55

Sarah Toomey was een jaar of tien. Ze zat met een doodsbange blik in haar ogen naast haar sombere ouders. Ze had donkere vlechten, sproeten en grote ogen, was tanden aan het wisselen en droeg een vale denim overall met een wit T-shirt eronder en roze Crocs.

Pine, Laredo en Wallis zaten tegenover hen.

Pine zei: 'Sarah, lieverd, wil je ons alles vertellen wat je je herinnert van toen je Frankie laatst met die man zag?' Ze zat voorovergebogen in haar stoel in de kleine woonkamer, zodat ze op ooghoogte was met het kind.

Met een trillend stemmetje zei Sarah zacht: 'Oké, ik zal het proberen.'

'Dat is fijn. Kende je Frankie goed?'

'Best wel. Ik vond hem aardig. We volgden soms dezelfde lessen. En we hadden dezelfde klassenleraar. Hij was grappig, hij vond het leuk om grapjes uit te halen en hij sprak Spaans. Hij heeft me een paar woorden geleerd.'

'Dat geloof ik graag. Zo te horen konden jullie het uitstekend met elkaar vinden.'

'Ik vond hem aardig,' zei ze. 'Hij was leuk.'

'Natuurlijk. We hoorden dat hij heel aardig was. Maar kun je ons nu vertellen wat je die dag hebt gezien en gehoord?'

Sarah keek naar haar moeder, die knikte en zei: 'Vertel hun alles wat je je herinnert, Sarah. Toe maar, dat kun je best, lieverd.'

Ze knikte en vouwde haar handen in haar schoot. 'Frankie liep die ochtend voor me uit. We liepen naar de bushalte. We hoefden nog maar één kruising over. Ik wilde Frankie net inhalen en iets in het Spaans tegen hem zeggen toen die man zomaar verscheen en naar Frankie toe liep.'

Pine vroeg: 'Kun je hem beschrijven, Sarah? Alles wat je je kunt herinneren. Neem rustig de tijd. We hebben helemaal geen haast.'

'Hij was groot, groter dan u en uw vrienden. Een heel grote man.'

'Kon je zien of hij blank was, of zwart...?'

'O, hij was blank.'

'Leeftijd?'

'Ouder. Hij had wit haar. Dat was vrij lang en dik. Het kwam onder zijn hoed vandaan.'

'Zijn hoed? Wat voor hoed?' vroeg Pine, waarna ze Wallis en Laredo even aankeek.

'Zoals een cowboyhoed, u weet wel. Zoals je op tv ziet.'

'Wat voor kleren droeg hij?'

'Spijkerbroek en shirt. Een donker shirt, volgens mij.'

'Schoenen?'

'Dat weet ik niet meer.'

'Oké. Wat deed hij toen hij bij Frankie was?'

'Hij zei iets tegen hem en toen gaf hij hem een envelop.'

'Kon je zien wat erin zat?'

'Nee, maar het was een gewone witte envelop.'

'Oké, wat nog meer?'

'Toen gaf hij Frankie wat geld. Een paar bankbiljetten. Ik weet niet wat het waren. Ik bedoel, hoeveel het was. Dat kon ik niet zien.'

'En wat deed Frankie?'

'Hij zei iets tegen de man, en die man klopte hem op de schouder en zei iets terug. Frankie glimlachte. Dat weet ik nog.'

'Wat gebeurde er toen?'

'Toen liep die meneer weg. Ik keek hem even na. Eerst was ik ongerust. Ik bedoel, we mogen niet met onbekenden praten en ik weet zeker dat Frankie dat ook niet mocht. Maar toen liep die man gewoon weg, dus wist ik niet wat er aan de hand was. Ik dacht dat Frankie hem misschien kende.'

'Wat deed Frankie met die envelop en dat geld?'

'Hij stopte het geld in zijn zak. Toen maakte hij de envelop open en haalde er een vel papier uit. Het leek alsof hij het las, terwijl hij doorliep. Ik was te ver weg om te zien wat erop stond. Toen stopte hij het papier in zijn zak.'

'Heb je hem later gevraagd wat die man wilde? Waarom hij hem dat geld had gegeven en wat er in die envelop zat?'

Sarahs gezicht betrok. 'Dat wilde ik wel, maar toen reed de bus ons voorbij onderweg naar de halte. We zouden hem missen, dus begonnen we allemaal te rennen. Frankie was sneller dan ik. Dus toen ik er aankwam, stond hij al in de rij om in te stappen. Hij kletste met een paar andere kinderen en ging bij hen zitten. Ik moest achterin zitten. Ik wilde het hem later vragen toen we op school waren, maar… toen kreeg ik het druk, dus heb ik het niet gedaan.'

'Ging je die dag met de bus naar huis?' vroeg Wallis.

Sarahs moeder antwoordde: 'Sarah moest die dag naar de dokter. Dus ben ik naar school gegaan en heb haar een uur voor het einde van de schooldag opgehaald. Na ons doktersbezoek zijn we meteen naar huis gereden, dus heeft ze Frankie niet meer gezien.'

Sarah keek hen aan met trillende lippen en tranen in haar ogen. 'Als… Als ik Frankie had gevraagd wat die man wilde, dan was hij misschien niet…'

Pine legde een hand op haar schokkende schouder. 'Niets van dit alles was jouw schuld, Sarah. Jij hebt niets verkeerd gedaan. Dit heeft iemand anders gedaan. En jij hebt ons goed geholpen en ons veel verteld wat we niet wisten, en dat ons zal helpen die persoon te vinden. We zijn echt heel blij met je hulp, Sarah. Oké?'

'Oké,' zei Sarah. Daarna drukte ze haar gezicht tegen de schouder van haar moeder en begon te huilen.

Terwijl ze terugliepen naar de auto zei Laredo: 'Oké, die man geeft dat joch een briefje en wat geld. Wedden dat er in dat briefje stond: "Stap bij een andere halte uit en dan word je opgewacht door iemand die je meeneemt naar…" Ik weet het niet, naar huis, of naar de dealer omdat je een ritje in een van die Mercedessen mag maken misschien?'

Pine zei: 'Of ze hebben hem verteld dat hij door zijn ouders zou worden opgewacht.'

'Denkt u dat ze écht op hem wachtten?' vroeg Wallis.

‘Genie Duncan leek oprecht van slag. Haar man leek me hier ook niet bij betrokken te zijn. Maar die man heeft hun namen misschien gebruikt om Frankies vertrouwen te winnen.’

‘Die informatie had hij op allerlei manieren kunnen krijgen,’ zei Wallis.

‘Grote, oudere man met een cowboyhoed,’ zei Pine somber.

‘Ik weet het,’ zei Laredo. ‘Zou op heel veel mensen kunnen slaan, maar het klinkt ook heel erg als je vriend, die Cy Tanner. Dat had ik absoluut niet verwacht.’

‘Ik ook niet,’ mompelde Pine.

56

'Hoe wilt u dit aanpakken?' vroeg Wallis.

Ze zaten in zijn auto voor Cy Tanners huis.

Tanners pick-up stond voor de deur en Roscoe lag op de veranda te slapen.

'We moeten een foto van hem maken en die aan Sarah laten zien,' zei Pine. 'Maar ik wil niet dat hij weet wat we doen.'

'Oké,' zei Wallis. 'Maar Carol zei dat deze Tanner in de Clink was toen Rebane werd gevonden.'

'Misschien wist ze de tijd niet precies. Hij zou het lijk hebben kunnen plaatsen en daar meteen daarna naartoe kunnen zijn gegaan om een alibi te hebben. Hij had maar twee minuten nodig om van de plaats waar het lijk werd gevonden naar de Clink te lopen. Carol kan onmogelijk tot op de minuut weten hoe laat hij binnenkwam, net zoals we niet precies weten wanneer het lijk daar is gedumpt.'

'Inderdaad, goed punt,' zei Wallis.

'Ik kan doen alsof ik met mijn telefoon foto's van het huis maak en hem er ook op zetten,' zei Laredo.

'Goed plan,' zei Pine afwezig.

'Denk je dat hij het gedaan kan hebben?' vroeg Laredo.

'Geen idee. We moeten veel meer weten dan nu, dat is zeker. Maar als hij onze man is, willen we hem niet bang maken.'

Ze stapten allemaal uit en even later hoorden ze een geluid.

'Hij is in zijn werkplaats achter het huis,' zei Pine. 'Dat is het geluid van een zaag.'

'Ik vraag me af wat hij aan het zagen is,' zei Wallis gespannen.

Pine liep naar Roscoe toe en aaide hem over zijn oren. 'Hoi Roscoe, hoe gaat-ie?'

‘Volgens mij loopt die ouwe Roscoe op zijn laatste poten,’ zei Laredo. ‘Zijn ademhaling klinkt helemaal niet goed.’

Pine liep naar Tanners pick-up.

‘Haal het niet in je hoofd om die zonder doorzoekingsbevel te doorzoeken,’ zei Laredo waarschuwend.

‘Maak je maar geen zorgen, ik ga echt geen bewijzen verpesten.’ Ze keek achter in de pick-up en verstijfde.

Laredo, die dit had gezien, vroeg: ‘Wat is er?’

‘Kom maar kijken.’

De mannen liepen snel naar haar toe en keken naar binnen.

‘Waar moeten we naar kijken? Daar is niets,’ zei Wallis.

‘Kijk eens naar de bouten in de bekleding op de vloer.’

Laredo en Wallis keken beter.

Laredo begreep het als eerste. ‘De afdrukken op Hanna Rebanes rug en benen. Ik heb de autopsiefoto’s bekeken toen ik hiernaartoe kwam. De vorm komt overeen met waar we nu naar kijken.’

‘Inderdaad.’

Laredo keek naar de oude ton waar Tanner afval in verbrandde. Er kwam nog steeds wat rook uit. Hij rende ernaartoe en begon er met een lange stok die hij van de grond had opgeraapt in te wroeten.

Pine en Wallis liepen naar hem toe.

‘Denk je…?’ vroeg Pine.

‘Pas vijf minuten geleden.’ Hij haalde er met de punt van de stok dingen uit en legde ze op de grond.

‘Hebt u daar geen gerechtelijk bevel voor nodig?’ vroeg Wallis gespannen.

‘De koppen van de bouten in de pick-up die overeenkomt met Sarahs signalement geeft ons voldoende waarschijnlijke betrokkenheid,’ zei Pine. ‘Bovendien had hij me eerder al toestemming gegeven om rond te kijken, ook in het huis. Ik denk dus dat we de gok wel kunnen wagen.’

Wallis leek niet overtuigd, maar hij ging er ook niet tegenin zodra Laredo weer iets uit de ton haalde.

Pine griste het van de stok, liet het op de grond vallen en trapte een paar gloeiende kooltjes uit met de zool van haar laars. Daarna bukte ze zich en raapte het op.

'Vinden jullie dat dit op een rode Nike-trui lijkt?'

'Wat ervan over is,' zei Wallis.

'Hé, wat doen jullie daar?'

Ze draaiden zich om en zagen Tanner bij de hoek van zijn huis staan, met een veiligheidsbril op zijn voorhoofd geschoven.

Pine hield de restanten van de trui achter haar rug. 'Hallo Cy, hoe gaat het?'

Hij liep naar hen toe. 'Carol kwam op bezoek. Ze zei dat Jenny zich al helemaal thuis voelde bij die mensen. Ik wilde er later nog naartoe.'

'Klinkt goed.'

'Mogen we even naar binnen?' vroeg ze. 'Ik wilde een paar foto's maken van het huis. Misschien roept dat herinneringen op.'

'Tuurlijk.' Toen keek hij naar het afval dat Laredo net uit de afvalton had gehaald. 'Wat gebeurt hier?'

'Zoals ik je laatst al zei,' zei Pine, 'dat afval is weer gaan branden. Laredo stampte alles net uit.'

'O, oké. Bedankt, vriend.'

'Graag gedaan.' Laredo haalde zijn telefoon uit zijn zak. 'Hé, ik maak even een foto van jullie samen, om te controleren of ik alles goed heb ingesteld.' Hij maakte een foto van Tanner en Pine. Daarna liepen ze achter Tanner aan naar binnen.

Pine gaf de trui aan Wallis, die hem onder zijn regenjas stopte.

Ze liepen door het huis heen, terwijl Laredo met zijn telefoon foto's maakte.

'Schieten jullie al een beetje op met het onderzoek naar die klootzak die al die mensen heeft vermoord?' vroeg Tanner, terwijl ze allemaal weer naar beneden gingen.

'Zijn ermee bezig. We hebben de jongen al geïdentificeerd en met zijn pleegouders gepraat.'

'Die zullen er wel kapot van zijn.'

Pine keek Laredo even aan. 'Iemand heeft misschien een man gezien.'

‘Echt? Wie dan?’ riep Tanner.

‘Een getuige in Columbus die de man heeft zien praten met die vermoorde jongen.’

‘Nou, verdomme, dat is geweldig! Dan kunnen jullie die vent oppakken.’

‘We gaan ons best doen. Ga je nu naar Jenny toe?’

‘Ja, moet me eerst even opfrissen. Kijk, ik heb dit voor haar gemaakt. Wat vind je ervan?’ Hij pakte een pop van de enorme zitzak en gaf hem aan Pine.

Ze bekeek hem. ‘Heb jij deze gemaakt? Waarvan?’

‘Wat spulletjes die ik overal en nergens had liggen.’

‘Hij is echt prachtig, Cy.’

‘Hoop dat ze hem leuk vindt.’

‘Ze vindt hem vast mooi.’ Pine gaf de pop aan hem terug en hij legde haar weer op de zitzak. ‘We wachten wel op je, wil je dat? Dan rijden we er samen met je naartoe.’

‘Oké, ben zo weer beneden. Kan niet douchen of zo, was me gewoon even in de gootsteen.’

‘Waarom niet?’

‘Geen heet water.’ Daarna ging hij naar boven.

Pine keek Laredo en Wallis aan. ‘En?’

Heel zacht zei Wallis: ‘Als hij de moordenaar is, heb ik nooit eerder zo’n koele kikker gezien. Ik bedoel, hij vermoordt drie mensen en maakt dan een pop voor zijn kleindochter… Daar geloof ik niks van.’

Ze keek Laredo aan. ‘En jij?’

‘Ik weet het nog niet. We moeten deze foto aan dat meisje laten zien.’

‘Mee eens. Maar tot we hem met zekerheid hebben geïdentificeerd, verliezen we hem geen seconde meer uit het oog.’

57

De Quarleses waren een heel aardig gezin. Dat was Pines eerste indruk.

Hun huis was groot en omvangrijk en oud en bouwvallig, met een heel grote tuin waar een heleboel kinderen in konden rondrennen. Er waren ook twee honden met flaporen, drie katten – tenminste, de katten die ze kon zien – een varken dat Oinks heette en een parkiet in een kooi in de woonkamer.

Ted Quarles en zijn vrouw Emma hadden hen bij de voordeur begroet en gevraagd of ze binnen wilden komen. Pine had haar SUV op de oprit zien staan en wist dat dit betekende dat Blum er ook was. Tanner was hier, op voorstel van Pine, samen met hen in Wallis' Crown Vic naartoe gereden.

Toen Tanner op zijn knieën ging zitten en Jenny de pop gaf die hij had gemaakt, keek Pine naar Blum, die eruitzag alsof ze zou gaan huilen. Pine liep naar haar toe en begon in haar oor te fluisteren; ze vertelde haar over het ooggetuigenverslag en wat ze bij Tanners huis hadden gevonden.

Blums blik veranderde amper. Ze keek naar Pine en toen naar Laredo, en daarna weer naar Tanner, die net door Jenny werd omhelsd.

'Mag ik iets proberen?' vroeg Blum aan Pine.

'Wat dan?'

'Vertrouwt u me?'

'Ja.'

'Oké.'

Nadat ze wat hadden gekletst en Jenny wegrende om haar pop aan de andere kinderen te laten zien, liep Blum naar Tanner, die een glas limonade van Emma Quarles had aangenomen.

'Jenny lijkt echt gelukkig,' zei Blum tegen hem.

Hij knikte, maar keek ook een beetje verdrietig. 'Maar weet je, ik ben haar *grandpop*, ik zou voor mijn familie moeten kunnen zorgen.'

'Het is niet zo dat je haar niet zult zien, Cy. Je kunt hier zo vaak je wilt naartoe komen. Ik weet zeker dat de Quarleses dat goedvinden.'

'Ja, dat zal wel. Maar ik wil hen betalen, of op z'n minst dingen voor hen repareren als een soort vergoeding. Ik wil geen aalmoes.'

'Dat kan vast wel geregeld worden.'

'Nou, oké dan,' zei hij ongemakkelijk.

'Maar het is wel goed dat zij voor Jenny zorgen.'

'Wat bedoel je?'

'Ik kan me voorstellen dat je je dochter in dat afkickcentrum wilt opzoeken.'

'O ja, dat is waar. Ik wil er volgende week naartoe. Ik wacht even tot Linda zich daar een beetje geïnstalleerd heeft. Ze zal daar een maand of twee blijven. Dat zei haar vriend.'

'Ga je er met je pick-up naartoe?'

'Ja natuurlijk, ik kan niet lopend naar Tuscaloosa. Het is niet de meest betrouwbare auto, maar iets anders heb ik niet.'

'Je bent er die avond mee naar de Clink gereden, toch? Toen ik daar was en jij en Agnes binnenkwamen. Die avond waarop ze die dode vrouw vonden.'

Tanner schudde zijn hoofd. 'Nee, dat is niet zo.'

'Waarom niet? Zeg niet dat je was komen lopen. Dat is een hele afstand.'

Pine stond een meter of zo bij hen vandaan en luisterde aandachtig naar hun gesprek.

'Nee, dat stomme ding wilde niet starten.'

'Wilde hij niet starten? Was dat al eens eerder gebeurd?'

'Nee. Ik bedoel, dat stomme ding heeft problemen, dat is zo, maar niet starten was er daar niet een van. Tot die avond tenminste.'

'Hoe kwam je dan in het dorp?'

'Liep naar Agnes en toen zijn we er samen in haar auto naartoe gereden. Ze rijdt niet vaak. Sterker nog, volgens mij rijdt ze er nooit in. Sprankelend schoon. Hij was van haar man. Het is een Buick. Prachtige auto. Hoewel het kenteken al heel lang geleden verlopen is, maar ach.'

Blum keek met een steelse blik naar Pine. 'Dus daarom kwamen jullie samen binnen. Dat weet ik nog.'

'Klopt. Vond het onbegrijpelijk.'

'Wat?'

'De pick-up. De volgende morgen ging ik ernaartoe omdat ik dacht dat ik hem moest checken en repareren, maar toen ik de sleutel omdraaide startte hij meteen.'

Blum keek weer naar Pine. 'De wonderen zijn de wereld nog niet uit.'

'Heb daar echt een auto nodig. Dat is de enige manier waarop ik naar mijn klussen kan. Klanten willen meestal dat ik naar hen toe kom. Of iets wat gerepareerd moet worden meeneem naar mijn werkplaats.'

'Wanneer kwam je die avond terug van dat restaurant?'

'Wat? O, ik bracht Agnes naar huis en toen hebben we nog even gekletst. Ze heeft koffie gemaakt en toen ben ik teruggelopen. Om een uur of elf. Roscoe lag diep in slaap op de zitzak, dus heb ik op de grond geslapen. Was niet goed voor mijn oude rug, dat kan ik je wel vertellen.'

Blum glimlachte. 'Je houdt echt van die hond.'

Tanner kreeg tranen in zijn ogen. 'Hij is alles wat ik heb, tot Jenny op het toneel verscheen.'

Blum gaf een klopje op zijn schouder. 'Nou ja, nu moet je voor hen allebei zorgen.' Daarna liep ze terug naar Pine.

'Goed gedaan, Carol.'

'Volgens mij doet iemand zijn uiterste best om Cy Tanner te laten boeten voor iets wat hij niet heeft gedaan.'

Pine ademde uit. 'Je kon weleens gelijk hebben. Hij zou een uitstekende zondebok zijn. Misschien hebben ze zijn pick-up die avond gesaboteerd zodat zij die konden gebruiken. En de keer daarna hebben ze zich verkleed zodat ze op hem leken, spraken Frankie Gomez aan en rekenden erop dat iemand hen zou zien.'

'Wat betekent dat de echte moordenaar de boel goed in de gaten houdt en manipuleert.'

Pine zei: 'De man in die Pagani... Denk je dat hij daarom Cy's huis in de gaten hield?'

'Om zijn routine te leren kennen, bedoelt u? Dat is zeker mogelijk.'

'We moeten Cy's foto nog wel aan onze getuige laten zien.'

'Dat weet ik. En ik weet ook dat de verklaring van een ooggetuige vaker niet dan wel klopt.'

'Toch moet het. En dan zijn er nog die andere bewijzen die we hebben gevonden.'

'Denkt u echt dat hij genoeg geld heeft om ergens een sluier, een smoking en een corsage te kopen? En nu u hebt gezien hoe hij met zijn kleindochter omgaat, denkt u echt dat hij een klein jongetje kan vermoorden?'

'Ik zeg niet dat je geen goede argumenten aanvoert, want dat doe je wel. Maar ik kan hem niet als verdachte uitsluiten, alleen om wat ik van hem vind. Ik moet naar de harde bewijzen kijken.'

'Maar wat gaat u doen als uw ooggetuige hem identificeert?'

Pine keek weer naar Tanner, die nu een liefhebbend klopje op de kop van een van de honden gaf. Met een ellendig gevoel zei ze: 'Ik weet het niet, Carol. Ik weet het echt niet.'

58

‘Sarah wist het niet zeker,’ zei Laredo door de telefoon tegen Pine. Het was de volgende dag en hij was teruggegaan naar Columbus om Tanners foto aan Sarah te laten zien. ‘Ze zei dat ze hem alleen op de rug had gezien.’

‘Oké,’ zei Pine, die in haar SUV voor haar oude huis zat. ‘Wat betekent dat voor ons?’

‘Dat we er niets mee opschieten,’ zei Laredo. ‘Maar we moeten de trui die we hebben gevonden nog laten checken op DNA en een afdruk maken van de bouten in de bodem van de pick-up om ze te kunnen vergelijken met de afdrukken op Hanna Rebanes lichaam.’

‘Daar hebben we een gerechtelijk bevel voor nodig.’

‘Dat zal geen probleem zijn. Wallis is daar al mee bezig. We hebben er meer dan genoeg redenen voor.’

Pine zei niets.

‘Wat?’ vroeg hij.

‘Ik denk niet dat hij het heeft gedaan. Ik sta de hele ochtend al voor zijn huis. Ik heb een paar keer gekeken wat hij doet. Hij ligt diep in slaap op die zitzak met Roscoe boven op hem en vijf bierblikjes om hen heen. En de draagbare radio speelt non-stop Charlie Daniels. Dus jij wilt me vertellen dat dit de man is die erin is geslaagd om vier mensen te vermoorden, hen te verkleden en die het ons moeilijk maakt hem te betrappen? Maar dan verbrandt hij heel handig bewijsmateriaal in zijn afvalton en denkt er niet aan om het lichaam ergens in te wikkelen om te voorkomen dat de bouten op de bodem van zijn pick-up een afdruk maken op het lichaam van het slachtoffer?’

Laredo zuchtte. ‘Tja, als je het zo stelt…’

'En er is meer.'

'Wat dan?'

'Roscoe.'

'Wie?'

'Tanners hond. Hoeveel seriemoordenaars ken jij die een hond hadden waar ze gek op waren?'

Laredo antwoordde niet meteen. 'Ik kan even niemand bedenken.'

'Seriemoordenaars beginnen hun carrière meestal door dieren te martelen en te doden, niet door er vriendjes mee te worden.'

'Ja, dat is wel zo, maar op elke regel zijn uitzonderingen.'

'Toch is de kans klein dat onze moordenaar een hondenliefhebber is. Vooral niet een hond met nierproblemen die het hele huis onderplast. Dus ik stel voor dat gerechtelijk bevel nog even ongebruikt te laten. We moeten Cy wel in de gaten blijven houden, maar ook een paar andere aanwijzingen checken.'

'Welke aanwijzingen?'

'Dat zal ik je vertellen zodra ik die gevonden heb.' Ze verbrak de verbinding, zette haar auto in de versnelling, reed weg en liet Tanner slapend en met Charlie Daniels achter.

De duivel is naar Georgia gekomen. Ik hoef hem alleen maar te vinden. En ik weet verdomd zeker dat hij niet in dat huis ligt te slapen.

Impulsief reed ze naar Jack Lineberry's huis. Om de een of andere reden stond het hek open, dus reed ze door en stopte voor het hoofdhuis. Zodra ze uitstapte kwam er een man naar haar toe.

Het was Jerry, de niet bepaald vriendelijke bewaker. Hij droeg een donker pak, wit overhemd en stropdas, en had een oortje in zijn rechteroor. 'Wat wil je?' vroeg hij nors.

'Ik wilde Jack spreken.'

'Heb je een afspraak met menéér Lineberry?'

'Nee, ik wil hem gewoon even een bezoekje brengen. Is hij thuis?'

'Dat hoef jij helemaal niet te weten.'

Pine stapte achteruit en keek hem onderzoekend aan. 'Wat is je achternaam?'

'Waarom?'

'Moet alles een reden hebben?'

'Bij mij wel.'

'Waar was je gestationeerd toen je bij de Secret Service zat?'

'Gaat je niets aan.'

'Ooit de president bewaakt?'

'Zelfde antwoord.'

Pine knikte en keek hem geamuseerd aan. 'Oké, Jerry. Wacht even.' Ze pakte haar telefoon en toetste een nummer in. 'Hallo, Jack, met Atlee. Ja, ik sta voor je deur. Maar Jerry wil dat ik hem vertel waarom ik naar je toe wil. Wat? O, natuurlijk. Graag.'

Ze gaf de telefoon aan Jerry. 'Hij wil met je praten.'

Jerry keek naar de telefoon alsof het een cobra was die op het punt stond aan te vallen. Hij griste hem uit haar hand, schraapte zijn keel en zei: 'Ja, meneer?' Hij luisterde en knikte. 'Ja, meneer,' zei hij weer en hij gaf de telefoon terug aan Pine.

'En?' vroeg ze.

'Deze kant op.' Hij draaide zich om en beende naar het huis met Pine op zijn hielen, die niet eens probeerde haar vrolijke blik te verhullen.

Lineberry verwelkomde haar bij de voordeur en nam haar mee naar zijn kantoor.

Hij droeg een blauwe lange broek, een wit overhemd dat openstond bij de kraag, en instappers met franje.

Weer viel Pine op hoe knap hij was. Maar ze zag ook iets anders onder zijn sterke trekken; ze wist het niet zeker, maar het leek een soort intens verdriet.

Hij zei: 'Sorry van Jerry, hij is soms iets te voorzichtig.'

'Hoe is zijn achternaam?'

'Van Jerry? Danvers. Jerry Danvers.'

'Je zei Secret Service?'

'Ja. En, waar heb ik je bezoek aan te danken?'

Ze keek naar de stapels papieren op zijn bureau. 'Zo te zien heb je het druk.'

'Niets wat niet kan wachten. Ga alsjeblieft zitten. Wil je iets drinken?'

'Nee, ik hoef niets. Dank je.'

Ze gingen zitten en hij keek haar afwachtend aan.

'Bezit je een Pagani?' vroeg ze.

Hij keek verbaasd. 'Een Pagani? Wat is dat?'

'Een auto. Een ontzettend dure auto. Kost ongeveer drie miljoen.'

'Nee, ik heb geen Pagani.'

'Ik wil niet te persoonlijk worden, hoor, maar zou je die kunnen betalen?'

'Jawel, maar dat is heel veel geld voor iets wat al in waarde daalt zodra je bij de dealer wegrijdt.'

'Oké.'

'Ik rij meestal in een Jag. Donkergroen.'

'Is dat je enige auto?'

'Nee, ik heb de Porsche-SUV waar je laatst in hebt gereden, en een zilverkleurige Aston Martin-cabrio. Hoezo?'

'Vroeg het me gewoon af.'

Hij keek haar onderzoekend aan. 'Waarom geloof ik dat niet?'

'Heb je een man gekend die hier vroeger woonde, Barry Vincent? Hij kende mijn ouders kennelijk.'

Lineberry's blik verhardde een heel klein beetje, zag Pine, en hij leunde naar achteren in zijn stoel. 'Barry Vincent? Die naam ken ik wel ergens van.'

Pine vertelde hem dat Myron Pringle een einde had gemaakt aan het gevecht tussen Vincent en haar vader.

'O ja, zoiets herinner ik me wel. Dat heeft Myron me toen verteld, volgens mij. Maar om je vraag te beantwoorden, ik kende deze Vincent niet. Ik weet het niet zeker, maar volgens mij heeft hij niet lang in het dorp gewoond.'

'Waarom zou hij hiernaartoe zijn gekomen? Waar kwam hij vandaan?'

'Geen idee.'

'Hij had schijnbaar iets tegen mijn vader. Wat zou een man die hier niet lang woonde en niet in de mijn werkte tegen mijn vader kunnen hebben?'

'Dat moet je denk ik aan Vincent vragen.'

'Dat zou ik wel doen, als ik wist waar hij was. Het is bijna dertig jaar geleden.'

‘Ja, dat is lastig.’

Hij zweeg en ze zaten elkaar een tijdje aan te kijken.

‘Weet je, je lijkt echt opvallend veel op je moeder.’

‘Dat zal ik maar opvatten als een compliment.’

‘Zo was het ook bedoeld.’

Even hing er een ongemakkelijke stilte.

Opeens vroeg hij: ‘Wil je vanavond met me uit eten? In Atlanta?’

‘Dat is een uur rijden hiervandaan! Een lange rit om ergens te eten.’

‘Het is een mooie dag en de weersverwachting voor vanavond is goed. De Aston Martin is al een tijdje niet naar buiten geweest. Als we om zes uur vertrekken, zijn we om elf uur of om middernacht weer terug. Ik kan je wel ophalen.’

Ze dacht erover na. ‘Oké. Maar dan kom ik hiernaartoe. Dat ligt op de route. En om helemaal eerlijk te zijn, misschien heb ik dan nog een paar vragen voor je.’

‘Dan heb ik hopelijk meer antwoorden voor je dan zojuist.’

Pine vertrok en liep bij de voordeur langs Jerry. De andere bewaker was er nu ook en hield haar goed in de gaten.

‘Meneer Danvers, fijn u weer te zien.’

Jerry werd nijdig en zei: ‘Juist.’

Pine keek naar de andere man. ‘En jij bent Tyler, nietwaar?’

Hij glimlachte en stak zijn hand uit. ‘Tyler Straub. Fijn u officieel te ontmoeten, agent Pine.’

Pine nam zijn hand aan en zei: ‘Het is fijn om te weten dat een van jullie manieren heeft.’

‘Ga je weg?’ vroeg Danvers chagrijnig.

‘Even, maar vanavond kom ik terug. Ik ga met je baas uit eten in Atlanta.’

Hij bekeek haar kleren. ‘Ik hoop dat je iets anders hebt om aan te trekken. Meneer Lineberry bezoekt alleen de beste gelegenheden.’

‘Hé, Jer,’ zei Straub fronsend. ‘Even dimmen. Geen enkele reden je zo te gedragen. Ze is cool. En ze is bevriend met de baas. Rustig aan dus.’

Pine keek naar Straub. ‘Goed advies. Ik ben de vijand niet.’

Straub knikte langzaam. 'Meneer Lineberry heeft een hoge dunk van je.'

'Nou, dat is wederzijds.'

'Vergeet niet je op te doffen,' zei Danvers. 'Want meneer Lineberry zal dat wel doen.'

'Maak je geen zorgen, Jerry, ik zal je versteld laten staan vanavond.'

Hij keek haar aan alsof hem dat onmogelijk leek.

'En glimlachen kan nooit kwaad,' zei Pine nog toen ze doorliep naar haar auto.

Terwijl ze wegliep hoorde ze Danvers uitvallen tegen Straub omdat hij zich tegen hem had gekeerd.

Jack Lineberry heeft interessant personeel, dacht ze.

59

Op de terugweg naar Andersonville belde Pine Max Wallis. 'Ik heb informatie nodig over ene Barry Vincent die hier in de jaren tachtig woonde. En ik vroeg me af u me daarmee kon helpen.'

'Oké. Waar houdt dit verband mee? Met die moorden?'

'Nee, met de verdwijning van mijn zusje. Ik hoopte dat u dit voor me zou kunnen doen.'

'Tja, gezien het feit dat u mij hebt geholpen kan ik dat niet weigeren,' zei hij opgewekt.

'Dat waardeer ik echt.'

'Natuurlijk. Wat wilt u van hem weten?'

'Alles wat u maar over hem kunt vinden, ook een foto van hem.'

'Ik zal zien wat ik kan doen, dat moet wel lukken.'

'Dat zou fantastisch zijn.'

'Nog even iets anders. Laredo belde me en zei dat u Cy Tanner voorlopig met rust wilt laten.'

'Ja, maar dat is mijn mening, maar de beslissing is aan u. Als u dat huiszoekingsbevel wilt uitvoeren en hem wilt arresteren, dan kan ik u niet tegenhouden.'

'Maar u denkt dat het een verkeerde zet zou zijn?'

'Ik denk dat het nú de verkeerde zet zou zijn. Dat zou kunnen veranderen.'

'Oké,' zei hij, niet overtuigd. 'Wat gaat u vandaag doen?'

'Ik ga uit eten met Jack Lineberry in Atlanta. We gaan met zijn Aston Martin naar een dure tent, dat weet ik zeker.'

'Wat een chique tante bent u geworden,' zei Wallis plagend.

'Maar behalve die mooie auto en dat eten wil ik zo veel mogelijk te weten komen over die nacht in 1989.'

'Denkt u dat hij dingen voor u heeft achtergehouden?'

'Ik denk dat dit hele dorp dingen voor me achterhoudt. En daar begin ik genoeg van te krijgen.'

Blum zat die avond in Pines kamer, terwijl haar baas zich klaarmaakte voor het dinertje. 'Die zwarte jurk die u laatst droeg zou succes moeten hebben.'

'Dat zal ook wel moeten, want dat is de enige die ik bij me heb. Maar ik kan je wel zeggen dat pumps zwaar worden overschat.'

'Waarom zou u ze dan aantrekken, met uw lengte?'

'Ik kijk graag op mannen neer,' zei Pine glimlachend, terwijl ze de jurk aantrok. Toen Blum om Pines opmerking haar wenkbrauwen optrok zei ze: 'Dat was een grapje.'

Ze bekeek zichzelf in de passpiegel. 'Niet dat het me iets uitmaakt, maar Lineberry heeft me hier al in gezien.'

'Wanneer dan?'

'Toen ik met Lauren Graham in Americus zat te eten. Hij was er ook, kwam naar ons toe en is aangeschoven om iets te drinken.'

'En u droeg deze jurk nog steeds toen u later die avond met Eddie Laredo uitging.'

'Hoe weet je dat?'

'Hoorde jullie terugkomen.' Aarzelend zei ze: 'Maar ik weet niet waar jullie daarna naartoe gingen.'

'We gingen naar onze eigen kamers en bleven daar,' zei Pine gedecideerd. Hoewel ze tegelijkertijd dacht dat het heel anders had kunnen lopen als ze meer had gedronken en niet bezig was geweest met het onderzoeken van ernstige misdrijven.

'Geen seconde aan getwijfeld.'

Pine keek haar aan. 'Je zou niet slagen voor een leugendetectortest.'

Blum glimlachte. 'Ik heb nog een andere omslagdoek, daarmee zou u er totaal anders uitzien in de ogen van meneer Lineberry.'

'Ik probeer mezelf niet aan die man te verkopen, Carol.'

'Nee, maar u wilt informatie. En om dat voor elkaar te krijgen mag u daar binnen de grenzen van redelijkheid en betamelijkheid alles voor uit de kast trekken.'

Pine keek haar aan. 'Waarom denk ik dat je de term "vrouwelijke listen" wilt gebruiken?'

'Volgens mij was dat niet nodig. En er is niets mis mee om dat wat u hebt in uw eigen voordeel te gebruiken.' Ze keek naar Pines oorlelletjes. 'Hebt u nog andere oorbellen dan die diamanten knopjes? Turkoois zou prachtig staan bij de omslagdoek die ik in gedachten heb.'

'Nee. Ik was veertien toen ik gaatjes in mijn oren liet schieten, veel later dan mijn vriendinnen. Ik denk dat ik het niet belangrijk vond. Ik heb alleen deze knopjes.'

Blum stond op, verliet de kamer en kwam even later terug met een paar oorringen met turkooizen steentjes erin. 'Deze zullen u prachtig staan en uw lange hals accentueren.'

Pine bedankte haar en toen het haar niet meteen lukte om ze in te doen hielp Blum haar.

Pine zei gegeneerd: 'Mijn… Mijn moeder deed dit soort dingen… nooit.'

'Misschien vond ze het na haar carrière als model niet leuk meer om zich op te tutten. Bovendien, u was toch de wildebras van de twee?'

'Ja, maar toch zou het leuk zijn geweest… Soms.'

Blum streek een paar lokken van Pines dikke haar glad. 'Dat kan ik me voorstellen, agent Pine. Dat kan ik me voorstellen.'

Terwijl Pine zich opmaakte zei ze opeens: 'Jack Lineberry was verliefd op mijn moeder.'

'Hoe weet u dat?'

'Daar hoef je geen genie voor te zijn. Ik denk dat heel veel mannen verliefd op haar waren.'

'Zo moeder zo dochter.'

Pine keek haar even aan. 'Carol, waarom zeg je dat? Ik lijk helemaal niet op mijn moeder. Zij heeft in haar hele leven geen gewicht opgetild. En ze zou niet weten wat MMA is. En als je haar zou vertellen dat ik een FBI-agent ben…'

'Wat zou ze dan zeggen?'

Pine was klaar met haar make-up en stopte haar poederdoos en lippenstift in haar kleine avondtasje. 'Dat weet ik niet,' zei ze achteloos. 'Wat maakt het ook uit?'

'U maakt het wel iets uit, en dat hoort ook zo.'

'Ik wil het hier echt niet over hebben.'

'Misschien gaat dat vanavond wel gebeuren.'

Pine keek haar scherp aan. 'Wat bedoel je daarmee?'

'Lineberry was verliefd op uw moeder. Nu heeft hij u gevraagd met hem uit eten te gaan.'

'En?'

'En u bent weliswaar een goede onderzoeker, maar wat mannen betreft is uw intuïtie iets te weinig ontwikkeld.'

Pine borstelde haar haar en zei: 'Ik snap niet wat je bedoelt.'

'Dat bedoel ik dus. U snapt het niet.'

'Denk je dat Jack Lineberry een oogje op me heeft?'

'U niet dan?'

Pine legde de borstel neer en keek Blum aan. 'Er was even een ongemakkelijk moment in zijn huis toen...'

'Toen wat?'

'Toen het leek alsof hij mijn moeder zag zitten in plaats van mij. Je weet wel, net als laatst.'

Blum klapte zwijgend in haar handen. 'Zie je wel!'

'Het was inderdáád een beetje vreemd.'

'Wat betekent dat u voorzichtig moet zijn.'

'Carol, jij zou moeten weten dat ik wel op mezelf kan passen.'

'Als het erom gaat mannen die groter zijn dan u te vloeren, uit vrijwel niets een aanwijzing te ontdekken of de angel uit een gespannen situatie te halen, heb ik alle vertrouwen in u. Maar dit is iets totaal anders.'

Pine ging op het bed zitten om haar pumps aan te trekken en keek Blum aan. 'Ja, wat dan? Wat moet ik dan doen als het lijkt alsof...?'

'... hij zich tot u aangetrokken voelt? Niets. Hij is een volwassen man. Wat zijn gevoelens ook zijn, u hoeft zich niet gedwongen te voelen zijn behoefte te bevredigen of erop in te gaan. Toen ik zei dat u alles uit de kast mocht trekken bedoelde ik niet dat u meegaand moest zijn of zo om te krijgen wat u wilt. Wees gewoon uzelf. En laat het hem gewoon merken als hij iets doet of zegt waardoor u zich ongemakkelijk voelt. En ga weg als hij de boodschap niet begrijpt.' Ze zweeg even en glimlachte. 'Maar sla hem alstublieft niet in elkaar.'

Pine snoof.

Blum zei: 'Ik weet wel dat u dat allemaal al weet, maar soms kan een opfriscursus geen kwaad. U moet dus duidelijk zijn. Laat hem weten dat uw belangstelling strikt professioneel is. Maar pak hem niet te hard aan als hij iets zegt wat u stoort.'

'Waarom niet?'

'Omdat u hem nog steeds nodig hebt voor informatie. We zijn hier om een mysterie op te lossen, agent Pine. Vergeet dat niet.'

Pine glimlachte en gaf een klopje op Blums hand. 'Wat zou ik toch zonder je moeten?'

'Laten we maar hopen dat het nog heel lang duurt voordat we dat te weten komen.'

60

‘Is dit te veel frisse lucht?’ vroeg Lineberry.

Ze reden naar Atlanta met de kap van de Aston Martin naar beneden.

‘Nee hoor, dit is wel prettig. Dit is het Georgia dat ik me herinner. Warm en vochtig.’

Hij grijnsde.

Hij droeg een donkerbruin colbert, een donkere lange broek en een bedrukt overhemd met pochet.

‘Je hebt dus een goed leven?’ zei Pine.

‘Geen klachten.’ Hij keek haar aan. ‘En jij? Jij hebt met een paar problemen moeten dealen die ik nooit heb gehad.’

Ze streek wat haar uit haar gezicht en keek naar de rechte weg voor hen. ‘Problemen hebben oplossingen. Die hoef ik alleen maar te vinden.’

‘Dat is de goede instelling,’ zei hij bewonderend. ‘Zijn jullie al een beetje opgeschoten met het onderzoek naar al die afschuwelijke moorden?’

‘Verder dan we waren, maar we hebben nog een lange weg te gaan. Het laatste slachtoffer was een klein jongetje.’

‘Dat heb ik gehoord,’ zei hij grimmig. ‘Maar ik snap niet waarom dat nu allemaal gebeurt. En waarom hier? Dit zou wel de laatste plek zijn waar je dit zou verwachten.’

‘Moorden kunnen overal plaatsvinden doordat moordenaars overal vandaan komen. En overal naartoe gaan.’

‘Misschien wel,’ zei hij twijfelend.

‘Waar gaan we eten in Atlanta?’

‘Een restaurantje dat ik een jaar geleden ongeveer heb ontdekt. De menukaart is niet erg uitgebreid, maar er zit geen enkel slecht gerecht bij. En de wijnkaart is echt fantastisch.'

'Ik ben bang dat ik meer van bier hou.'

'Weet je, je moeder zei precies datzelfde toen ze een keer bij me kwamen eten.'

'Echt?' zei Pine weinig enthousiast, terwijl ze voor zich uit bleef staren.

'Maar ze begon wijn lekker te vinden. Eerst witte en toen rode wijn. Ze was een snelle leerling en kreeg een verfijnde smaak. Ik zie ernaar uit datzelfde bij jou te doen.'

Pines hartslag versnelde een beetje toen ze aan Blums waarschuwing dacht. 'Waardoor ben je zelf wijn gaan waarderen? Toch niet door je werk in de bauxietmijn?'

'Eh... Nee,' zei hij, alsof hij te veel had gezegd. 'Gewoon door wat rond te reizen.'

Juist, dacht Pine. Toen herinnerde ze zich dat Laredo niet had kunnen achterhalen waar Jack Lineberry vandaan was gekomen toen hij in Andersonville opdook.

'Dat is denk ik zo leuk aan reizen, je leert dingen,' zei Pine raadselachtig. 'Ik probeer dat ook te doen.'

Hij keek haar onderzoekend aan, maar zei niets.

Het restaurant was intiem, maar elke tafel was bezet door zo te zien een rijke clientèle. De eigenaar kende Lineberry kennelijk, want hij verwelkomde hem enthousiast, noemde zijn naam en bracht hen naar een tafel in een alkoof achterin vol boeken, die kon worden afgesloten met gordijnen.

'De reservewijnkaart,' zei de man, en hij gaf hem een zwarte iPad.

'Bedankt, Ben.'

Zodra de man weg was kwam er snel een serveerster naar hen toe, jong en knap en zichtbaar geïntimideerd door Lineberry, om hun glazen te vullen met flessenwater. 'Dag, meneer Lineberry. Fijn u weer te zien.'

'Ook fijn jou weer te zien, Wendy. Dank je. Dit is een vriendin van me, mevrouw Pine.'

'Mevrouw Pine,' zei Wendy, ook met een bewonderende blik op Pine. Daarna liep ze snel weg.

Lineberry scande langzaam de pagina's van de iPad met behulp van een leesbril die hij uit het borstzakje van zijn colbertje had gehaald. 'Heb je een bepaalde voorkeur? Italiaans, Frans, Spaans, Argentijns, misschien Napa of Sonoma?'

'Ik vind alles best, als het maar nat is.'

Lineberry grinnikte en maakte een keus, die hij invoerde op de iPad. Hij borg zijn bril op en leunde naar achteren toen Wendy naar hen toe kwam en hun allebei een menukaart gaf.

'Uw wijn komt er zo aan. Wilt u dat we hem decanteren?'

'Deze wel, ja. Deze moet even ademen.'

'Ja, meneer.'

Ze kwam terug met twee wijnglazen en warm vers brood met olie, en liep daarna snel weer weg.

'Ze lijkt een beetje zenuwachtig in jouw gezelschap,' zei Pine.

Hij haalde zijn schouders op. 'Ik weet niet waarom. Ik ben echt geen veeleisende klootzak die een hoge dunk heeft van zichzelf.'

'Als je dat wel was, had ik je uitnodiging niet aangenomen.'

'Ik behandel mensen zoals ik zelf behandeld wil worden: met respect.'

'Ik weet zeker dat mijn ouders dat waardeerden.'

Hij pakte een stukje brood en doopte dat in de olie. 'Ik denk graag dat ze dat deden,' zei hij bedachtzaam.

'Dit is een prachtig afgezonderd plekje. Eet je meestal in deze alkoof?'

'Ik hou van privacy,' zei hij eenvoudig.

'Kunnen die gordijnen dicht?' vroeg Pine, waarna ze zich meteen afvroeg waarom ze dat had gevraagd.

'Dat weet ik niet. Ik heb nooit de kans gehad dat te ontdekken.'

'Hoe was het om mijn vader te vinden?'

Dit overviel hem zo dat hij zich een beetje verslikte in zijn brood. Hij dronk wat water en schraapte zijn keel.

Pine zei: 'Oké, sorry, mijn vraag overviel je natuurlijk.'

'Nee... Het is al goed. Het is heel begrijpelijk dat je je dat afvraagt.'

Hij leunde naar achteren en veegde zijn vingers af aan zijn servet. ‘Dat was gruwelijk, Lee, als je het echt wilt weten. Ik had nog nooit een dode gezien. Niet zo. En ik hoop dat ook nooit meer te zien.’

‘Dat kan ik me voorstellen.’

‘Ik denk dat je in jouw werk veel… dode mensen ziet.’

‘Klopt, helaas wel.’

‘Wordt het ooit gemakkelijker?’

Pine dacht aan de dode Frankie Gomez. ‘Nee, niet echt.’

‘Misschien is dat maar goed ook. Ik bedoel, als je ongevoelig wordt voor dat soort dingen dan, nou ja, ik denk niet dat dat goed voor je is.’

‘Dat ben ik met je eens.’

Hij keek haar met een intense blik aan. ‘Ik heb je nog niet verteld dat je er heel mooi uitziet. Ik bedoel, heel knap.’

‘Dank je.’

Hij wendde zijn blik af, zichtbaar niet op zijn gemak door zijn eigen opmerking. ‘Ik… aarzel soms om dat nog tegen een vrouw te zeggen. Ik bedoel, er zijn zoveel mannen die te ver gaan… Ach, ik weet zeker dat je dat veel meemaakt in je werk. De FBI is zeker nog steeds vooral een mannenwereld?’

‘Ja. Maar dat verandert langzaam ten goede. En we zouden nooit het punt mogen bereiken waarop iemand een ander niet op een respectvolle manier een compliment kan geven.’

‘Mee eens,’ zei hij en hij glimlachte weer.

‘Daarom vertel ik jou dat je er bijzonder gedistingeerd uitziet.’

Hij glimlachte gelaten. ‘Dat is een goed woord: gedistingeerd. Dat komt zeker door mijn grijze haar.’

‘Mannen worden gedistingeerd. Vrouwen worden alleen ouder.’

‘Ook zo oneerlijk.’

Toen de wijn kwam en werd ingeschonken, toostten ze met elkaar.

Pine nam voorzichtig een slokje. ‘Wauw, wat een pop!’ Gegeneerd zei ze: ‘Dat is vast geen correcte wijnterm.’

‘Het is correct als je het zo voelt. En weet je, ik heb die term zelf ook weleens gebruikt.’

‘Wat is dit voor wijn?’

‘Een Amarone, uit Verona in Italië. Deze druif wordt op een speciale manier geplukt en gedroogd. Daardoor ontstaan de tannine en smaakintensiteit in de wijn.' Hij glimlachte, niet op zijn gemak. 'En dat is het einde van mijn kleine college over wijn.'

'Nee, het is fascinerend. Ik wou dat ik er meer van wist.'

'Wacht maar even tot de wijn heeft geademd en meer opent. Dan krijg je een zelfs nog heftiger pop!'

Ze bestelden en hun gerechten werden ongehaast opgediend. De eigenaar kwam twee keer vragen of ze tevreden waren en na afloop werd er geen rekening gepresenteerd.

Pine vroeg: 'Krijg je hier soms gratis te eten?'

'Ik heb een rekening. Dat is gewoon handiger.'

'Oké.'

'Als je ooit in Atlanta bent en onderdak nodig hebt, ik heb hier een appartementje, in Buckhead. Ik hoop dat je daar dan gebruik van zult maken.'

'Dat is heel vriendelijk van je,' zei Pine, zonder hem aan te kijken.

'Dat zeg ik niet zomaar. Ik zou me vereerd voelen.'

Pine zweeg even, terwijl ze de vraag die ze de hele avond al had willen stellen in gedachten formuleerde. 'Wanneer was de laatste keer dat je mijn moeder hebt gezien?'

Hij nam een slok wijn en depte zijn mond met zijn servet. Hij verplaatste het peper-en-zoutstel voordat hij antwoordde: 'De dag voordat jullie drieën het dorp verlieten.'

'Ze vertelden je niet waar ze naartoe gingen?'

'Nee,' zei hij gespannen. 'En ik moet toegeven dat dat me kwetste.'

'Maar uiteindelijk kreeg je weer contact met mijn vader?'

'Ja.'

'Maar niet met mijn moeder. Waarom niet? Hij wist waar we waren.'

'Nou, hij besloot kennelijk dat voor zichzelf te houden.'

'Maar jullie waren vrienden.'

'Dit was nadat je ouders gescheiden waren. Misschien wilde Tim niet dat ik haar weer zag. Ik weet niet waarom.'

'Ik kreeg het idee dat je een heel nauwe band met haar had.'

'Ik had een nauwe band met je beide ouders,' zei hij. 'Zoals ik al zei had ik je vader een baan bij mijn bedrijf aangeboden.'

'En toen pleegde hij zelfmoord.'

'Ja, dat is zo. Afschuwelijk. Vreselijk. Ik... Ik kon het bijna niet geloven.'

'En toen kwam mijn moeder daarnaartoe om alles te regelen. Heb je haar toen niet gezien?'

'Ze nam geen contact met me op.'

'Maar je bleef niet wachten om te zien of ze misschien kwam?'

Hij haalde zijn schouders op en ontweek haar blik. 'Ik had het druk met het opbouwen van mijn bedrijf. Ik reisde de hele wereld rond om klanten te werven en meer personeel en middelen te krijgen. Twintig jaar lang was het een gekkenhuis en toen was ik nooit langer dan een week of zo op dezelfde plek. Maar alles is nu gelukkig minder hectisch.' Hij grijnsde, meer in zichzelf dan tegen haar. 'Ik ben immers niet meer zo jong als vroeger.'

'Dat is niemand. De mensen die nog leven tenminste.'

'Ja, natuurlijk. Ik zou dankbaar moeten zijn voor alles wat ik heb.' Het leek alsof hij dit niet echt meende.

Toen de parkeerhulp de Aston Martin voorreed vroeg Lineberry: 'Zin in een slaapmutsje?'

'Waar?'

'Mijn appartement is hier vlakbij.'

Pine aarzelde. 'Is het niet beter om terug te gaan?'

'Als we moe worden kunnen we daar altijd overnachten. Ik heb een logeerkamer.'

Ze keek hem strak aan. 'Ik heb niets bij me voor een overnachting.'

'Ik heb wel dingen die je kunt gebruiken.'

Pine wendde haar blik af, zichtbaar niet op haar gemak.

Hij zei: 'Je zou me meer vragen kunnen stellen, als je wilt. En dan zal ik mijn best doen ze te beantwoorden.'

Pine keek hem weer aan. 'Laten we dan maar gaan.'

61

Lineberry's 'appartementje' in Buckhead bleek een penthouse van twee verdiepingen in een splinternieuwe wolkenkrabber vlakbij. De beveiligde privélift kwam uit in de hal van het appartement.

'Oké, alweer wauw,' zei Pine toen hij haar meenam naar de woonkamer met een weids uitzicht op de hoofdstad van Georgia. Ze liep naar de voorgevel, die alleen uit glas bestond, en keek naar buiten. 'Maar geen gordijnen of zo? Dat kan niet erg privé zijn.'

'Dit is speciaal behandeld glas. Ik kan naar buiten kijken, maar niemand naar binnen.'

'O, daar kan ik me iets bij voorstellen. Maar ik denk niet dat het minder duur was dan gordijnen.'

'Dat denk je goed,' zei hij glimlachend. Hij had zijn colbert uitgetrokken en over een van de leunstoelen gehangen. 'Wat wil je drinken? Ik heb een goed voorziene bar.'

'Heb je misschien nog meer van die Amarone?'

'Dat heb ik inderdaad. Ik kon zien dat je het lekker vond in het restaurant. Kom, dan laat ik je de wijnkelder zien.'

Hij nam haar mee door een lange gang met houten wanden en sloeg rechts af. Ze bleven staan voor een stenen muur met in het midden twee enorme halfronde houten deuren met ramen erin.

Lineberry drukte op een knopje in de muur, waarna het licht achter de deuren aanging. Hij opende een van de deuren en gebaarde dat ze naar binnen kon gaan. Hij liep achter haar aan en sloot de deur weer.

Pine rilde een beetje.

'Ongeveer veertien graden en een constante luchtvochtigheid,' vertelde hij. 'Ik heb hier een paar zeldzame flessen en het zou zonde zijn die te laten bederven door een verkeerd klimaat.'

Pine zag dat de stenen van het plafond en de vloer hergebruikt leken, en de houten balken waren donker en oud. De ingebouwde kasten waren door vaklieden gemaakt; elke zaagsnede, houtverbinding en ronding was perfect. 'Dit is schitterend. Ik heb het gevoel dat ik terug ben in de middeleeuwen.'

'Dat is opvallend dicht bij het effect dat ik wilde bereiken toen ik het bedrijf opdracht gaf dit te maken.'

Hij schoof een wijnrek open en bekeek de flessen die daar lagen. 'Volgens mij is deze goed.' Hij haalde de fles eruit en hield hem omhoog. 'Deze is niet van dezelfde wijngaard als de wijn die we in het restaurant hebben gedronken, maar volgens mij heeft deze fles zelfs nog meer pop!'

'Ik vertrouw je.'

'Is dat zo?' vroeg hij.

'Is er een reden waarom ik dat niet zou moeten doen?'

'Nee, maar vanaf het moment dat ik je zag toen je terug was in Andersonville voelde ik een bepaalde mate van onzekerheid.'

'Dat moet je niet persoonlijk opvatten, want zo ben ik bij iedereen.'

Ze dronken de wijn op een van de terrassen aan drie gevels van het appartement. Ze zaten op een paar beklede gevlochten stoelen bij een glazen tafel. De wind was warm en speelde met Pines loshangende haar.

Rondom het terras stonden grote potplanten en er was zelfs een kleine green. Ze keken naar een aantal vliegtuigen die naar of van Atlanta Hartsfield vlogen; de lichtjes van de toestellen knipperden als kerstverlichting in de lucht.

'Dit is echt heel bijzonder, Jack. Je hebt goed geboerd.' Ze hief haar glas. 'Op heel rijk en geslaagd zijn, en bovendien een aardige vent.' Ze glimlachte. 'Je weet vast wel dat dat niet altijd het geval is.'

'Dat weet ik inderdaad. Maar dit alles betekent niets als je niet iemand hebt met wie je het kunt delen.'

'Je hebt dus nooit de ware gevonden?'

Lineberry schonk zijn lege glas weer vol en vulde haar glas ook weer bij. 'Dat wel.'

Pine zette haar glas neer. ‘Over wie hebben we het?’

‘Volgens mij weet je dat al, Lee.’

Ze leunde weer naar achteren. ‘Hoe lang hield je al van mijn moeder?’

‘Vanaf het eerste moment dat ik haar zag.’

‘Maar ze was getrouwd en ze had twee kinderen,’ zei Pine.

‘Je gaat ervan uit dat ik haar pas in Andersonville heb leren kennen.’

‘Dat heb je me verteld.’

‘Nee, ik heb nooit gezegd dat we elkaar in Andersonville hebben leren kennen,’ zei hij hoofdschuddend.

‘Waar heb je mijn ouders dan ontmoet?’

‘Ik leerde je moeder eerst kennen. Tim ontmoette ik pas later, toen hij op het toneel verscheen.’

‘Wacht even. Zeg je nu dat je mijn moeder eerder leerde kennen dan mijn vader?’

‘Ja.’

‘Waar? Hoe?’

‘Dat kan ik je niet vertellen.’

‘Onzin!’ snauwde ze. ‘Je kunt daar niet over beginnen en dan je mond houden.’

‘Als ik het voor het zeggen had zou ik je meer vertellen, maar dat is niet zo.’

‘Wie heeft het dan voor het zeggen?’

‘Dat kan ik je niet vertellen.’

‘Waarom ben je hier dan verdomme over begonnen?’

‘Omdat je vroeg hoe lang ik al van je moeder hield. En ik dacht dat het nu het juiste moment was om die vraag te beantwoorden. Daarom stelde ik ook voor om hier na ons etentje naartoe te gaan.’

‘Waarom dan?’

‘Omdat ik misschien niet nog een keer de kans krijg om het uit te leggen.’

‘Ik begrijp hier niets van. Wacht eens even, als je mijn moeder al kende voordat ze naar Andersonville kwam, betekent dit dat je haar hiernaartoe bent gevolgd.’

'Dat is zo.'

'Waarom?'

'Dat was mijn verantwoordelijkheid.'

'Hoezo? Waarom zou jij daar verantwoordelijk voor kunnen zijn?'

'Wat heeft je moeder je over haar verleden verteld?'

'Dat maakt niet uit, omdat het allemaal leugens waren.'

'Hoe weet je dat?'

'Omdat ik een onderzoeker ben. Ik ontdek dingen.' Pine pakte haar tasje en haalde er iets uit. Ze legde een van de bierviltjes die haar vader haar had gegeven op de tafel zodat hij dat kon zien.

Lineberry reageerde daar niet zichtbaar op. Hij nam alleen een slokje van zijn wijn en keek uit over de stad.

'Dus nu hou je je mond? Je zei dat je me hier mee naartoe had genomen om dingen uit te leggen.'

'Nee, ik hou mijn mond niet. Ik denk alleen na voordat ik iets zeg. Dat vind ik prettig. Dat voorkomt dat ik mezelf belachelijk maak.'

Pines blik verzachtte, net als haar toon. 'Waarom zou je dat doen?'

'Iedereen kan zichzelf op een bepaald moment in zijn leven belachelijk maken. Ik vorm daar geen uitzondering op.'

Pine zette haar glas neer. 'Ben je expres zo vaag, of hoe zit het?'

'Je moeder had je alles kunnen vertellen,' zei hij opeens, met een hardere klank in zijn stem dan daarvoor. 'Het feit dat ze dat niet heeft gedaan betekent dat ik haar vertrouwen niet mag beschamen. Daarvoor heb ik te veel respect voor haar. Ik hoop dat je dat kunt begrijpen, Lee. En als je dat niet kunt… Nou ja, dan ben je niet de persoon die ik dacht.'

Pine leek even van slag. Ze pakte haar glas weer. 'Oké, ik denk dat ik dat wél kan begrijpen.' Ze keek naar het bierviltje. 'Ik heb een vriend van me gevraagd meer over de Cloak and Dagger Bar uit te zoeken.'

'Is dat zo? En?'

'Het was niet echt een bar, maar een contraspionage-operatie.'

'Nee, dat niet precies.'

Ze leunde naar achteren en keek hem verbaasd aan. 'Je was er dus bij betrokken? Wat was het dan?'

'Lee…'

'Alsjeblieft, Jack, ik moet dit begrijpen. Dit was mijn familie, ik heb het recht de waarheid te kennen. Het is dertig jaar geleden! Het is de hoogste tijd, snap je dat dan niet?'

Hij dacht hierover na en knikte ten slotte. 'Zoals je al zei ben je opgeleid als onderzoeker. Laten we dus teruggaan naar New York City van begin tot midden jaren tachtig. Waar denk je aan bij een geheime operatie?'

Pine dacht hierover na. 'De Koude Oorlog liep toen ten einde. En contraspionage-operaties vonden toen vooral plaats in het buitenland of in D.C.' Ze keek hem aandachtig aan. 'Er is maar één antwoord mogelijk. De jaren tachtig? De Big Apple? Georganiseerde misdaad.'

'In 1985 werden de leiders van alle vijf maffiafamilies die in New York opereerden schuldig bevonden onder de RICO Act en veroordeeld tot meer dan honderd jaar gevangenisstraf. Daardoor vielen ze bijna helemaal uit elkaar. Latere vervolgingen en de getuigenverklaring van Sammy "the Bull" Gravano, die de eerste voetsoldaat werd die zijn mond opendeed, hielpen mee met het ten val brengen van John Gotti in 1992. Maar het balletje begon pas echt te rollen door 1985 en wat er daarvoor gebeurde.'

'Hoe komt het dat je dat allemaal weet?' vroeg ze.

'Ik lees, ik interesseer me voor geschiedenis.'

Ze keek hem aan en zei sceptisch: 'Juist. En mijn vader heeft daar op een bepaalde manier bij geholpen? Mij is verteld dat hij acteur wilde worden. Hoe kwam hij in de Cloak and Dagger terecht?'

'Wie zei dat dit iets met Tim te maken had?'

Pine keek verbijsterd. 'Wat probeer je me te vertellen?'

Hij stond op en liep met zijn glas wijn naar de glazen balustrade.

Ze liep snel achter hem aan. 'Jack?'

Hij weigerde haar aan te kijken. Hij zette zijn glas op de balustrade en liet zijn ellebogen erop rusten.

Ze pakte hem bij de arm en draaide hem naar zich toe. 'Wat wil je zeggen?'

Hij keek haar ongemakkelijk lang aan. Ze zag allerlei emoties op zijn gezicht, maar de emotie die uiteindelijk bleef hangen was tederheid, vermengd met iets van opluchting of berusting; Pine wist niet zeker welke, misschien wel een mix van beide. 'Je moeder was een model en als jonge vrouw reisde ze de hele wereld over. In die tijd leerde ze een paar interessante mensen kennen. Mensen die haar aardig vonden, mensen die in haar gezelschap wilden verkeren.'

'Over wat voor soort mensen heb je het?' vroeg Pine langzaam, ook al was ze bang dat ze het antwoord al wist.

'Mensen met heel veel geld en een twijfelachtige achtergrond. Maar uiteindelijk deed ze het juiste, Lee, met groot gevaar voor haar eigen leven.'

'Zeg je dat ze het vriendinnetje was van gangsters? Zeg je dat soms?'

'Ze was niet eens oud genoeg om te stemmen! Hoe wereldwijs was jij op die leeftijd?'

'Ik wist genoeg om me niet met gangsters in te laten.'

'Dat weet je niet. Wat zij hadden kon heel prikkelend zijn. En het is niet zo dat een van hen zelf iemand had vermoord. Daar hadden ze hun voetvolk voor. Die kant heeft ze nooit gezien. Ze wist eerst niet eens dat het criminelen waren. Ze hadden geen bord bij zich waarop stond: GANGSTERS.'

'Waarom deed ze dan "het juiste", zoals je net zei?'

'Op een bepaald moment zag ze hun duistere kant wel. En toen ze dat zag, walgde ze ervan.'

'En wie zorgde ervoor dat ze het licht zag? Jij? Waarom? Hoe? Hoe was jij daar dan bij betrokken? En nu moet je niet liegen en zeggen dat je dat in een geschiedenisboek hebt gelezen.'

'Ik heb niet altijd voor een bauxietmijn gewerkt. Of andermans geld geïnvesteerd.'

'Was je een agent? Was je een spion voor onze kant?'

'Ik was een… informant. Meer zeg ik niet.'

'En jij rekruteerde mijn moeder om wat te doen?'

'Ze heeft nooit getuigd, als je dat soms wilde weten. Maar ze was onze mol. Ze droeg soms een microfoontje. Ze vertelde ons dingen die ze had gehoord of gezien. Ze heeft ons geholpen veel moorden en veel andere slechte zaken op heel veel verschillende plaatsen te voorkomen.'

'Maar dat ontdekten de gangsters? En toen moest ze verdwijnen?'

'Weet je, hoewel de belangrijke processen in 1985 begonnen, werd de zaak al jaren voorbereid, voordat jij en je zusje waren geboren. De operatie Cloak and Dagger was een fantastische manier om te krijgen wat we nodig hadden, boven op de andere onderzoeken die plaatsvonden. Je moeder maakte daar ten volle gebruik van. Ze had het vertrouwen al gewonnen van een paar hooggeplaatste mensen in verschillende maffiafamilies.'

'En mijn vader?'

'Ze leerde Tim kennen in de Cloak and Dagger. Toen was die undercoveroperatie bijna afgelopen. De processen zouden algauw beginnen. Hij had daar niets mee te maken en werkte alleen als hulpkelner tussen zijn audities door. Ze... Ze werden verliefd op elkaar.'

'En toen?'

'Je moeder vertelde hem wat er aan de hand was, wat ze moest doen. Dat vertelde ze me pas later, want ik zou daarop tegen zijn geweest. Hij steunde haar. Hij trouwde met haar. Dat moet ik hem nageven. En toen "verdwenen" ze.'

'Maar jij wist waar ze waren. Jij kwam hiernaartoe om op hen te passen.'

'Ja, we hebben hen geholpen te "verdwijnen". Nogmaals, dat was mijn werk.'

'Maar ook omdat je nog altijd van mijn moeder hield?'

Hij keek uit over de stad. 'Zoiets, ja. Maar ik deed mijn best hen te beschermen. Nadat er een paar jaren waren verstreken leek het alsof ze veilig waren. De maffia was enorm verzwakt. De bazen zaten in de gevangenis. De nieuwe bazen hielden zich niet bezig met het verleden, maar probeerden hun eigen toekomst veilig te stellen.'

'En toen?'

'Toen verdween je zusje en werd jij bijna vermoord.'

'Weet jij wie daar verantwoordelijk voor was?'

'Nee.'

'Als je tegen me liegt...'

'Ik vertel je de waarheid, Lee. Ik wéét het niet,' zei hij op scherpe toon.

'Maar je vermoedde dat het iets te maken had met mijn moeders verleden.'

'Natuurlijk. En ik heb dat vermoeden aan onze meerderen gemeld. Toen is geprobeerd uit te zoeken wat er was gebeurd en je zusje te vinden.'

'Maar dat heb je nooit aan de politie verteld, of aan de FBI? Dan hadden ze daar een onderzoek naar ingesteld. Dan was de kans om Mercy te vinden veel groter geweest.' Pines gezicht was rood en de adrenaline stroomde door haar lichaam. 'Je hebt informatie achtergehouden die mijn zusje het leven kan hebben gekost!'

'Die beslissing was niet aan mij.'

'En mijn ouders zeiden ook niets? Dit is belachelijk!'

'Dat had jullie allemaal in gevaar kunnen brengen.'

'We waren al in gevaar! Ik was bijna dood.'

'Dat weet ik,' zei hij somber. 'Dat weet ik, Lee.'

Ze haalde diep adem om rustiger te worden en zei toen: 'En toen je dat aan je meerderen vertelde, werd er toen iets bekend over mijn zusje?'

'Dat was in duisternis gehuld. Niemand kon iets ontdekken.'

'Nou, mij lijkt het nogal duidelijk. Hebben jullie de moeite genomen een onderzoek naar de maffia in te stellen?'

'Ze zaten allemaal in de gevangenis. In elk geval iedereen die iets te maken had gehad met de Cloak and Dagger. Er was al jaren helemaal geen activiteit meer geweest met betrekking tot je ouders. Ik denk niet dat het daarvandaan kwam.'

'Van wie dan wel?' snauwde Pine. Ze pakte Lineberry bij zijn arm. 'Wie?'

Lineberry's ogen glinsterden door de tranen. 'Het spijt me. Ik wou dat ik je antwoord kon geven, maar dat kan ik niet.' Hij keek haar meelevend aan, wat haar woedend maakte. 'Ik weet dat dit heel moeilijk voor je moet zijn.'

'Je weet helemaal niets!' snauwde ze.

Hij dronk zijn glas leeg. 'Misschien is dat wel zo.'

'Hoe heette mijn moeder echt?'

'Hoezo?'

'Hoezo? Omdat ik haar dochter ben en het recht heb dat te weten.'

'Nee, dat heb je niet. Je denkt misschien dat je dat recht hebt, maar dat is niet zo.'

Pine zag eruit alsof ze hem wilde slaan.

'Dat zeg ik niet uit kwaadwillendheid, Lee.'

'Ik heet Átlee,' snauwde ze.

'Oké, Atlee. Ik zeg dit omdat je moeder alles op het spel zette – ook haar eigen leven – om het juiste te doen, op een leeftijd waarop de meeste mensen niet eens op tijd uit bed kunnen komen. Ik heb haar beloofd dat ik haar geheim zou meenemen naar het graf en heb die belofte al verbroken door je te vertellen wat ik je net heb verteld, maar meer zeg ik niet.'

Hij zei dit allemaal zo oprecht en zo loyaal dat Pine, hoe kwaad ze ook was, toch even zweeg. Ze stapte achteruit en keek uit over Atlanta. 'Ik begrijp wel hoe moeilijk dit allemaal voor je is geweest,' zei ze, iets rustiger.

'Dat waardeer ik, maar ik heb het veel minder moeilijk dan jij en je moeder het hebben gehad.' Hij keek naar zijn lege glas. 'Je hebt dus echt geen idee waar ze is?'

'Nee. En zelfs met mijn vaardigheden en bronnen als FBI-agent heb ik haar niet kunnen vinden.'

'Dat is mijn schuld.'

'Hoezo?'

'Omdat ik haar heb geleerd mensen voor de gek te houden, zich te verschuilen. Dat deed ik zodat ze zichzelf in veiligheid kon brengen, want de mensen die achter haar aan zouden komen, zouden slim én meedogenloos zijn. Maar ze werd paranoïde, vooral met twee dochters.'

'Waarom zetten jullie haar niet in een getuigenbeschermingsprogramma? Die mensen zijn echt goed.'

'Waarom denk je dat we dat niet hebben geprobeerd?' was zijn verrassende antwoord.

'Wat... Wat is er dan gebeurd?'

‘Jullie en jullie ouders zijn bijna gedood. Twee keer. Volgens mij waren jullie net een jaar.’

‘Wát?’ zei Pine, verbijsterd. ‘Het is… Het lijkt wel of je het over het leven van iemand anders hebt. Niet over míjn leven.’

‘Ik begrijp je totale verbazing helemaal. Dus toen bemoeiden anderen, het “element” waar ik bij hoorde, zich ermee en stelden een plan op.’

‘En gingen mijn ouders naar Andersonville met Mercy en mij?’

‘Ja. Dat leek ver weg genoeg en geen plek waarvan iemand zou denken dat daar een voormalig model dat de hele wereld over had gereisd naartoe zou gaan. Het andere voordeel was dat het gemakkelijk zou zijn om vreemdelingen in het dorp te signaleren.’ Hij liep terug naar zijn stoel en ging zitten, net als Pine. Hij keek haar aan. ‘Sorry hoor, voor dit alles.’

‘Ik neem aan dat je moest doen wat je moest doen. Net als mijn moeder.’

‘Wat ga je nu doen?’

‘Ik ga doen wat ik moet doen,’ zei Pine gedecideerd. ‘Wil je me nu terugbrengen? Ik heb veel om over na te denken en dat kan ik hier niet doen.’

Toen ze naar de garage beneden liepen vroeg Pine: ‘Heb je er bezwaar tegen dat ik rij?’

‘Nee, maar waarom?’

‘Ik wil op dit moment graag érgens de controle over hebben. Want anders…’

Hij gaf haar de sleutels. ‘Ik begrijp het.’

Tijdens de rit terug naar Andersonville zeiden ze geen van beiden iets.

Tot er werd geschoten.

62

Pine wilde impulsief haar Beretta Nano uit haar avondtasje halen. Haar tweede impuls was het stuur stevig vasthouden en ontwijkende manoeuvres maken.

'Jack, ben je in orde? Jack!'

Ze keek opzij en zag dat hij met een lijkbleek gezicht en in elkaar gezakt in zijn stoel zat. Hij boog zich opzij en gaf over; zijn ademhaling versnelde. Ze zag de rode vlek die zich over zijn overhemd verspreidde.

Shit.

Ze stuurde de Aston Martin een eind van de weg af, opende zijn overhemd en gebruikte haar omslagdoek om het bloed uit de schotwond te stelpen. De wond zat aan de rechterkant van zijn bovenlichaam. Daar zaten veel belangrijke ingewanden, wist ze, maar hij was gelukkig niet in zijn hart of hoofd geraakt.

Ze duwde hem een beetje naar voren en voelde aan zijn rug. Er was geen uitgangswond.

Ze scande het terrein waar de schoten vandaan waren gekomen, pakte haar telefoon en belde Laredo. De telefoon was twee keer overgegaan toen hij opnam en ze vertelde hem alles wat hij moest weten.

Zijn enige antwoord was: 'Oké.'

Ze waren niet eens erg ver van Andersonville. Ze hoopte dat het dichtbij genoeg was.

Ze keek naar Lineberry, die nu roerloos zat. 'Jack! Kom op, Jack, volhouden.'

Ze voelde zijn pols. Die was zwak, maar nog aanwezig.

'Jack, blijf bij me. Er komt hulp aan. Gewoon vol...'

De kogels vlogen nog geen twee centimeter boven haar hoofd. Ze dook naar beneden en trok Lineberry met zich mee.

Pine wilde haar pistool pakken en terugschieten, maar besloot dat niet te doen.

Ze hoorde een auto starten.

Oké, dat was interessant en vertelde haar heel veel.

Ze rook dat de geur van Lineberry's braaksel samensmolt met de zoetige, vochtige lucht van Georgia en haar eigen met adrenaline vermengde zweet.

Ze opende haar portier, trok haar pumps uit, liet zich op haar knieën vallen en gebruikte de auto als dekking.

De koplampen verschenen ongeveer honderd meter verderop. Ze kon niet zien wat het automerk was. En ze kon de chauffeur ook niet zien.

Ze haalde de Nano uit haar tasje. Ze had acht patronen; ze hoopte dat dit voldoende was.

Ze gebruikte de zijkant van de Aston Martin als steun en richtte haar pistool op de naderende auto. Ze wisten niet dat ze gewapend was. Zij dachten misschien dat zij en Lineberry uitgeschakeld waren. De schoten die op haar waren afgevuurd, waren misschien bedoeld om daarachter te komen.

Daarom had ze niet eerder teruggeschoten, want dan had ze geen doelwit gehad. Maar nu wel.

De auto reed steeds sneller.

Afwachten, Pine. Afwachten... Ze streek een haarlok voor haar rechteroog weg. Ze ademde uit en bewoog niet meer, fysiek de perfecte toestand om te raken waar ze op richtte, precies zoals haar was geleerd.

De chauffeur besloot kennelijk in de aanval te gaan, want hij gaf gas en nu zag ze een grote SUV op zich afstormen, duidelijk bereid om de klus af te maken.

Pine wachtte tot de auto nog geen twintig meter bij haar vandaan was.

Haar eerste schot sloeg in de voorruit voor de chauffeur. Het tweede schot maakte een zelfs nog groter gat op dezelfde plek in de voorruit. Ze verplaatste de loop van haar Nano een heel klein beetje en schoot twee keer op de plek naast de bestuurder. Daarna schoot ze een gat in de grille en vervolgens in de rechtervoorband. Ze had twee schoten over en die wilde ze bewaren.

Na de eerste schoten zwenkte de SUV naar rechts en daarna naar links. Toen stopte hij ongeveer tien meter bij haar vandaan.

Ze wachtte. Zij wachtten kennelijk ook.

Haar Nano was op de auto gericht. Ze zou op iedereen schieten die uitstapte.

Minuten verstreken.

Toen ze de sirenes hoorde schreeuwde Pine het bijna uit van opluchting.

De mensen in de SUV hadden ze ook gehoord. De auto reed achteruit, terwijl de achterwielen ronddraaiden om grip op het asfalt te krijgen en toen dat gelukt was scheurde hij weg, terug in de richting waar Pine en Lineberry vandaan waren gekomen.

Ze rende de weg op, richtte en schoot haar laatste twee kogels op de zigzaggende SUV. Er kwam stoom onder de motorkap vandaan door het schot in de radiator.

Die SUV kon onmogelijk ver komen.

Ze rende terug naar de auto en keek hoe het met Lineberry was.

Hij ademde nog steeds en zelfs zijn ogen gingen even open.

'Er komt hulp aan, Jack. Hou vol.'

'L-Lee.'

'Ik ben hier.'

Zijn ogen bleven open en keken haar aan. Hij stak een hand uit en raakte Pines gezicht even aan. 'A-Aman-da.'

Amanda?

Zijn ogen gingen dicht terwijl zij opkeek en zag dat een patrouillewagen gevolgd door een ambulance naar hen toe scheurde.

Pine rende zwaaiend naar hen toe.

De politieauto draaide naar haar toe en stopte. Ze wachtte niet eens tot ze uitgestapt waren, rende naar hen toe, liet haar badge zien en keek door het open raampje naar de beide geschrokken hulpsheriffs. 'Schutter zit in een SUV en reed die kant op. Ik heb geschoten op de voorruit, een band en de radiator. Hij is gewapend. Ga ze achterna en roep versterking op om ze tegen te houden. Ik vang de ambulance wel op.'

'Goed, mevrouw.'

De patrouillewagen scheurde weg en Pine stuurde de ambulance naar de Aston Martin, terwijl ze er zelf naartoe rende. Ze kwamen er tegelijk aan.

'Schotwond,' riep ze tegen het ambulancepersoneel toen ze uit hun wagen sprongen. 'Rechts in het bovenlichaam. Hij heeft veel bloed verloren. Hij is bewusteloos. Schiet op.'

Snel pakten de ambulanceverpleegkundigen hun spullen, renden naar de auto en gingen meteen met hem aan de slag. Pine had bewondering voor de snelle en efficiënte werkwijze van de twee jonge vrouwen. Ze controleerden zijn vitale functies, dienden hem vloeistof en plasma toe terwijl ze ook de wond behandelden en de externe bloeding stelpten.

Pine keek op toen Laredo er in zijn huurauto aankwam, samen met Blum. Ze kwamen eraan gerend en bleven bij haar naast de Aston Martin staan.

'Is hij...?' vroeg Blum.

Een van de verpleegkundigen keek op. 'Hij is stabiel, kritiek maar stabiel. We hebben het bloeden gestopt en zijn vitale functies zijn oké. We moeten hem naar Americus brengen.'

Een van hen haalde een brancard achter uit de ambulance en ze hielpen allemaal mee om Lineberry erop te tillen. Net toen ze de achterdeuren wilden sluiten zei Pine: 'Ik rij met hem mee.'

Terwijl ze achterin klom vroeg Laredo: 'De schutter?'

'De politie zit achter hem aan. Ik heb de chauffeur misschien geraakt en hun SUV behoorlijk vernield.'

'Ik ga uitzoeken hoe het ervoor staat,' beloofde Laredo. 'We rijden wel achter jullie aan naar het ziekenhuis.' Hij keek naar haar arm. 'Shit, Pine, jij bent ook geraakt.'

Pine keek naar haar bebloede en donkere blote arm. 'De kogel heeft me niet echt geraakt, alleen geschampt. Ik vraag wel een pleister.'

'U krijgt meer dan een pleister,' zei Blum gedecideerd en ze keek naar de verpleegkundige achterin, die het allemaal had gehoord.

Ze knikte naar Blum. 'Komt in orde, mevrouw.'

De deuren gingen dicht en even later vertrokken ze met gillende sirene.

Pine zat naast Lineberry, terwijl de verpleegkundige zijn vitale functies steeds controleerde en haar patiënt goed in het oog hield. Daarna maakte ze Pines wond schoon en verbond die.

'Denkt u dat hij het redt?' vroeg Pine zacht.

'Hij heeft een goede kans. Ze zullen meer weten nadat ze röntgenfoto's hebben gemaakt. Ik heb alles wat we van zijn toestand weten naar het ziekenhuis in Americus gemaild, zodat ze voorbereid zijn als we daar aankomen. Ze zullen hem meteen moeten opereren. Het hangt ervan af of de kogel inwendige schade heeft veroorzaakt en of hij een inwendige bloeding heeft. Maar voor nu is zijn toestand stabiel. En dat is een goed teken.'

Pine pakte Lineberry's hand. 'Ik wil dat je blijft leven, Jack, om allerlei redenen.' Ze streek haar haar uit haar gezicht, bukte zich nog meer en drukte een kus op zijn voorhoofd. Toen ze weer rechtop ging zitten was er iets wat haar verbaasde. Er rolde een traan over haar wang. Ze kon zich de laatste keer dat dat gebeurd was niet herinneren. Ze had sinds ze haar zusje was verloren nooit meer echt gehuild, maar toen had ze voor haar gevoel maanden gehuild.

Ze veegde de traan niet weg, maar liet hem over haar wang glijden tot hij haar lippen bereikte.

Pine ademde diep uit, bleef in Lineberry's hand knijpen en probeerde zich te vermannen terwijl ze naar het ziekenhuis scheurden.

63

De piepjes van de monitoren boorden zich als schoten hagel in Pines hoofd. Ze zat op de intensive care van het ziekenhuis.

Lineberry was met spoed geopereerd. Hij lag nog steeds buiten bewustzijn aangesloten op een hele rits buisjes en snoeren. Pine merkte dat haar blik steeds weer naar de monitor dwaalde die de bloeddruk, ademhaling en hartslag controleerde en ze wachtte tot het alarm afging. Dat was al twee keer gebeurd, waarna verpleegkundigen en artsen naar binnen renden en deden wat ze moesten doen zodat het alarm stopte.

Ze stond op en keek zenuwachtig naar Lineberry. Ze had een kort gesprek gevoerd met de chirurg en de dienstdoende arts. De kogel had inwendige schade veroorzaakt, botten en bloedvaten kapotgemaakt. Ze hadden de kogel verwijderd en de schade gerepareerd. Ze waren er voorzichtig optimistisch over dat Lineberry helemaal zou genezen als hij wakker werd en er geen complicaties waren.

Blum, Wallis en Laredo waren gekomen en weer vertrokken.

De SUV die Pine had beschoten was gevonden, kilometers verderop achtergelaten. Er was niemand te zien geweest, maar er had bloed op de voorstoel gezeten. Dat werd nu onderzocht.

'De SUV is even buiten Atlanta als gestolen opgegeven, ongeveer drie uur voordat die vlak bij Andersonville verscheen,' had Laredo haar verteld.

'Ze wachtten ons op,' had Pine hem verteld. 'Ze achtervolgden ons niet, maar stonden voor ons op de weg.'

'Dus ze wisten dat jullie zouden terugkomen uit Atlanta?' zei Laredo. 'Maar hoe kan dat?'

Daar had Pine geen antwoord op.

Jerry Danvers bewaakte de deur, samen met een politieagent uit Sumter County.

Danvers was helemaal van streek geweest toen hij het ziekenhuis binnenkwam. Hij gaf zichzelf de schuld omdat hij hen niet naar Atlanta had gebracht. 'Dat is mijn werk,' zei hij steeds weer tegen Pine.

'En hij is jouw baas en hij wilde zelf rijden,' zei ze tegen hem, maar dat kwam niet aan.

Ze stond op toen Lineberry zich bewoog en zacht kreunde. Haar blik schoot naar de monitor, maar alle getallen daar bleven identiek.

Ze bukte zich en keek naar hem. Ze kon bijna niet geloven dat ze kort daarvoor in zijn fantastische penthouse dure wijn hadden gedronken en naar de skyline van Atlanta hadden gekeken.

En daar was haar verteld dat haar moeder betrokken was geweest bij de maffia.

Haar hoofd tolde door deze onthulling. Ze had het gevoel dat iemand haar midden op de oceaan van een schip had geduwd. Ze wist niet hoe ze het had. Maar ze had Lineberry. Hij wist alles. En ze mocht hem niet kwijtraken.

'Jack, kun je me horen? Je bent geopereerd. Ze hebben je opgelapt. Je wordt weer helemaal gezond.' Ze legde een hand op zijn goede schouder en kneep zacht.

Ze was verbaasd toen zijn ogen openvlogen en hij wild om zich heen keek.

'Jack?' zei ze. 'Het is oké. Je bent in het ziekenhuis. Je bent buiten levensgevaar. Je wordt weer gezond.'

Eindelijk vond zijn blik haar. Hij keek naar haar en zijn mond ging open, zijn kaak bewoog en ze besefte dat hij iets probeerde te zeggen.

Ze leunde naar hem toe. 'Jack, wat is er?'

'A-Aman-da? Ik... Aman-da?'

Pine wist niet wat ze moest doen of zeggen. Zijn blik was zo wanhopig smekend dat ze zijn hand pakte en knikte. 'Ik ben... Ik ben het, Amanda, Jack. Ik ben er voor je.'

Ze voelde zijn vingers steviger om de hare. Hij knikte en zei: 'Hou van je.' Hij keek haar onderzoekend aan, wachtte op een antwoord.

‘Ik… Ik hou ook van jou,’ zei ze.

Hij glimlachte zwak, knipperde even en verloor het bewustzijn.

Langzaam liet Pine zijn hand los en ze ging weer zitten. Ze rilde onwillekeurig door wat er net was gebeurd. *Ik deed alsof ik mijn moeder was en hem troostte.*

Dat was het enige wat ze had kunnen bedenken in deze moeilijke situatie, maar toch had ze er geen goed gevoel over. Het was gewoon weer een soort bedrog, ongeacht of de reden ervoor wel of niet goed was geweest. Maar Pine had het helemaal gehad met alle leugens die ze sinds ze hier was gekomen had ontdekt.

Ze verliet de ziekenkamer en liep naar Danvers, die op de gang stond. Zijn pak en stropdas waren gekreukeld, en hij leek vreemd onverzorgd.

‘Heb je tijd voor een kop koffie?’ vroeg ze hem.

Op dat moment kwam Tyler Straub de hoek om. Hij zag er netjes en verzorgd uit en leek lang niet zo emotioneel over wat er was gebeurd als Danvers. ‘Hé, Jerry, ik kom je aflossen. Hoe gaat het met hem?’

‘Meneer Lineberry wordt weer beter,’ zei Danvers vol overtuiging, met zijn gezicht vertrokken van woede.

Straub keek Pine ongerust aan. ‘O-ké. Hé, maar dat is geweldig. Dan houden we onze baan dus.’

Danvers riep: ‘Die opmerking gaat echt te ver!’

Straub maakte een quasiverontschuldigend gebaar. ‘Hé, ik probeer je gewoon op te vrolijken. En weet je, ik heb al met de verpleegkundige gepraat en ze vertelde me goed nieuws. Ik mag die man, oké?’

Danvers kalmeerde, keek Pine aan en vroeg: ‘Waar wil je over praten?’

‘Gisteravond.’

‘Ik heb verder niets te zeggen. En ik verlaat mijn post niet.’

Pine keek naar Straub. ‘Oké, heb jíj dan tijd voor een kop koffie?’

Straub keek weer ongerust naar Danvers, maar die ontweek zijn blik. ‘Ja hoor. Vind je dat goed, Jerry?’

Danvers knikte alleen even.

Pine nam Straub mee naar een keukentje waar een tafel en stoelen stonden, en een koffiepot en een paar koffiekopjes. Ze schonken koffie voor zichzelf in en gingen aan de tafel zitten.

Pine keek naar Straub. Hij was iets ouder dan zij, misschien achter in de dertig. Hij was ongeveer 1 meter 90 en slank, maar hij leek sterk met zijn brede schouders. Een bobbel onder zijn colbert gaf aan waar zijn pistool zat. Zijn haar was lichtblond, dik en golvend. Hij had een onregelmatig maar aantrekkelijk gezicht en Pine kon zich voorstellen dat hij de dames voor het uitkiezen had.

'Wat is er aan de hand met Jerry?' vroeg Pine.

Straub haalde zijn schouders op en leek niet op zijn gemak. 'Hij is ontzettend loyaal aan Lineberry. Daar is niets mis mee.'

'Ja, maar sommige mensen zouden het een beetje té vinden. Hij was bij de Secret Service, heb ik begrepen.'

'Geüniformeerde Secret Service,' corrigeerde hij haar.

Pine leunde naar achteren. 'Echt? Dat wist ik niet.'

'Dat zie ik.'

'Wat is er dan gebeurd? Wanneer is hij daar vertrokken? Hij is te jong om voldoende dienstjaren te hebben voor een pensioen.'

'Ik klap liever niet uit de school.'

'Maak dan maar een uitzondering. Dat zou weleens belangrijk kunnen zijn.'

'Er werd gefluisterd dat Jerry bezig was een echte Secret Service-agent te worden. Maar dat ging mis en hij redde het niet.'

'Waarom niet?'

'Geen idee. Jij bent een Fed. Eén foutje en je krijgt geen promotie. Maar ach, het pakte goed uit voor hem. Hij verdient veel meer geld met dit werk dan hij had verdiend door het beschermen van de president of het oppakken van valsemunters.'

'Wat vind je van hem?'

'Hij kan heel lichtgeraakt zijn, zoals je zelf kon zien. En hij is heel beschermend naar Lineberry toe. Ik ben ook een professional, maar ik beschouw het als mijn werk. Jerry beschouwt het als zijn...'

'... zijn levenswerk?'

Straub nam een slok koffie en zei zacht: 'Ja, zoiets.'

'Vertel me over jullie securityplan.'

‘Soms hebben we allebei dienst, afhankelijk van de situatie, zoals toen jij naar het huis kwam. ’s Nachts hebben we elektronische surveillance rondom het hele terrein en die is verbonden met alerts naar onze mobiele telefoons. We hoeven dus niet de hele nacht te patrouilleren of naar een beeldscherm te kijken. Ik bedoel, de man is wel rijk, maar hij is geen beroemdheid of zo.’

‘Slapen jullie op het terrein?’

‘Ja, slechts een paar honderd meter van het hoofdhuis.’

‘En vannacht?’

‘Meneer Lineberry zei dat hij met jou naar Atlanta zou rijden en onze diensten niet nodig had.’

‘Wat vond Jerry daarvan?’

‘Hij heeft het nooit prettig gevonden als meneer Lineberry alleen uitging.’

‘Heeft hij iemand die zijn penthouse in Atlanta bewaakt?’

‘Ja, een fulltimehuisbewaarder en een dienstmeisje. Zij hebben daar een slaapkamer.’

‘Ik was daar gisteravond samen met hem en heb niemand gezien.’

Straub leunde naar achteren. ‘Wat? Jij was in het penthouse?’

‘Op zijn voorstel.’

‘Dan heeft hij de hulp die avond misschien vrijaf gegeven. Dat weet ik niet.’ Hij keek haar nieuwsgierig aan. ‘Misschien wilde hij alleen met je zijn.’

‘Wat hebben jij en Jerry gisteravond gedaan?’

‘Ik ben gaan slapen. Zoals ik al zei hebben we ieder een cottage achter het hoofdhuis. Nee, geen cottage, het is mooier dan welk huis ook waar ik ooit heb gewoond.’

‘En Jerry?’

Straub schudde bezorgd zijn hoofd. ‘Hij zei dat hij meneer Lineberry wilde traceren met de app.’

‘De app?’

‘Ja, dat stelt niet veel voor. Maar alle auto’s hebben een zendertje en de app gebruikt een gps-verbinding die de locatie van de Aston Martin laat zien.’

‘Dus Jerry kon weten wanneer we terugkwamen?’

'Ja, dat is het hele punt van zo'n app.'

'Wanneer hoorde je wat er was gebeurd?'

'Toen Jerry me gisteravond belde. Nee, het was toen al nacht. Hij zei dat meneer Lineberry was beschoten en naar Americus werd gebracht. Daarom is hij zo ontdaan. Hij vindt dat hij er had moeten zijn voor meneer Lineberry. Die vent zou een kogel voor die man opvangen, dat kan ik je wel vertellen. Wat dat betreft zou hij een uitstekende Secret Service-agent zijn geweest.'

Pine zei niets. Ze dacht alleen dat Jerry hen met een dergelijke app had kunnen opwachten en het vuur had kunnen openen. Maar waarom zou hij proberen de man die hij aanbad te doden? En, zoals Straub had gezegd, als Lineberry leefde hadden ze een baan. Als hij dood was, waren ze werkloos.

Dus Jerry had de kans en de middelen. Maar wat zou zijn motief zijn?

'Agent Pine?'

Ze keek op en zag dat Straub ongerust naar haar keek.

'Gaat het?' vroeg hij.

'Dat weet ik niet zeker. Echt niet. Maar ik wil dat je iets voor me doet.'

'Oké.'

'Zodra iets niet in orde lijkt, moet je me bellen.' Ze gaf hem een visitekaartje.

'Niet in orde hoe?'

'Ga op je gevoel af, je intuïtie. Het is belangrijk.'

'Oké.'

Pine vertrok, terwijl er honderden gedachten door haar hoofd schoten.

64

Pine en Blum zaten in de ontbijtkamer van de Cottage koffie te drinken, en Pine had Blum bijgepraat over wat Lineberry haar over haar ouders had verteld.

Blum bleef heel lang sprakeloos zitten. Ten slotte leunde ze naar voren en zei: 'Dat is heel uitzonderlijk en verklaart eerlijk gezegd veel.'

Pine nam een paar slokjes van haar koffie en zette het kopje behoedzaam neer, ook al trilden haar vingers een beetje. 'Maar ik heb het gevoel dat ik onder een trein ben gekomen.'

Blum schonk Pine nog wat koffie in en gaf een klopje op haar hand. 'Maar dat is toch niet vreemd? U hebt gisteravond te horen gekregen dat uw moeder een spion was, of een informant of hoe je het ook maar wilt noemen, en de maffia bespioneerde. En dat uw ouders met jullie moesten vluchten omdat jullie alle vier bijna waren vermoord terwijl jullie in het getuigenbeschermingsprogramma zaten. Bovendien bent u gisteravond bijna vermoord én gewond geraakt. Ik bedoel, dat is meer dan de meeste mensen in hun hele leven meemaken.'

'Dat was natuurlijk de reden dat Mercy werd weggehaald en ik bijna werd vermoord. Maar zoals ik al eerder zei, denk ik dat Mercy de winnaar was van dat kinderrijmpje. Dat móét wel. Waarom had hij anders niet geprobeerd ons allebei te doden? Waarom zou hij de moeite nemen haar mee te nemen?'

'Dat weet ik niet, agent Pine. Maar wat u zegt klinkt logisch,' zei Blum langzaam.

'Maar je gelooft het niet,' zei Pine lusteloos.

'Zoals ik al zei, wil ik niet dat we op de zaken vooruitlopen.'

'Je hebt gelijk, ik lóóp op de zaken vooruit.'

'Eén ding is volgens mij wel duidelijk.'

'Wat dan?' vroeg Pine.

'Dat Daniel Tor hier niet bij betrokken was.'

Pine vertrok haar gezicht. 'Hij heeft me de hele tijd aan het lijntje gehouden. Ik kan er niet bij dat ik zoveel tijd heb verspild met die klootzak.'

'Maar u moest dat pad wel volgen, omdat het een waardevolle aanwijzing leek te zijn. Alleen was het dat niet, zoals meestal het geval is met aanwijzingen.'

'Achteraf gezien paste het niet in zijn werkwijze. Hij zei zelf tegen me dat hij nooit op zo'n manier een kind zou hebben meegenomen. En wat we over zijn misdaden weten komt daarmee overeen. Maar ik probeerde een vierkante balk in een rond gat te slaan. Omdat ik een boeman wilde die ik de schuld kon geven.'

'Dat begrijp ik wel. Maar er is toch iets positiefs.'

Pine dacht terug aan haar laatste gesprek met Tor, toen hij eiste dat ze hem Dan noemde. 'Ik hoef die klootzak nooit meer te zien.' Ze grijnsde.

'Inderdaad.'

'Oké, we moeten hiermee verder, maar wel op een logische manier.' Ze schoof haar kopje opzij en leunde naar voren. 'Als wat mij en mijn zusje is overkomen verband houdt met waar mijn moeder toen in New York bij was betrokken, dan betekent dit dat iemand uit die wereld hen hier heeft gevonden.'

'Maar in zo'n klein dorp zou iemand van de maffia uit New York toch opvallen?'

'Het is niet zo dat alle gangsters eruitzien als Al Pacino of Marlon Brando en praten alsof ze meespelen in een aflevering van *The Sopranos*.'

'Maar hoe kon iemand langs uw ouders komen, ook al waren ze dronken? Ze zouden toch zeker geen onbekende gewoon laten doorlopen en naar boven laten gaan, tenzij ze bewusteloos waren? Dat heb ik nooit begrepen.'

'Daar heb ik een theorie over.'

'Wat dan?'

'Mijn moeders routine die avond week af van het normale. Weet je nog dat ik je dat vertelde?'

'Ja. Ik neem aan dat u daarover hebt nagedacht. Hebt u al bepaalde conclusies getrokken?'

'Dat heb ik inderdaad.' Pine zweeg even om haar gedachten op een rij te zetten. 'Ze bracht ons op de gewone tijd naar bed, maar kwam tussendoor niet bij ons kijken. Ze kwam pas de volgende ochtend om zes uur naar ons toe, veel vroeger dan anders. Dat stond in het politieverslag.'

'Wat leidt u daaruit af?'

Pine keek op. 'Dat zij en mijn vader die avond helemaal niet thuis waren. Ze waren ergens anders.'

'Ergens anders? Waar dan?'

'Bij de Pringles, waar ze dronken en stoned werden. Ze moeten allemaal bewusteloos zijn geraakt. Dan wordt mijn moeder wakker, realiseert zich wat er is gebeurd en gaat snel naar huis om bij ons te kijken. En dan ziet ze dat ik bijna dood ben en Mercy verdwenen is.'

'Maar dat zouden de Pringles toch nog wel weten?'

'Ze logen,' zei Pine eenvoudig. 'Myron zei dat hij aan het werk was toen zijn vrouw hem belde met het nieuws nadat ze bericht van mijn moeder had gehad. Maar ik denk dat hij thuis was, nog steeds dronken. Hij is misschien later naar zijn werk gegaan, maar wie zou zich dat nu nog herinneren? Nee, ze logen omdat ze zich schaamden voor wat er was gebeurd. En ze wilden niet in verband worden gebracht met wat er was gebeurd. Daarom zeiden ze allebei dat ze zich niet konden herinneren wat ze die avond hadden gedaan, tot Myron eindelijk toegaf dat ze vrienden op bezoek hadden. Hij vertelde ons alleen niet dat mijn ouders die vrienden waren.'

'Dus uw moeder ziet dat u bijna dood bent en uw zusje is verdwenen. Dan raken ze in paniek.'

'Daar was het een beetje te laat voor,' zei Pine, terwijl ze diep uitademde. 'Toen was de schade al aangericht.'

'Maar waarom dat kinderrijmpje als een manier om te kiezen?'

'Geen idee. Misschien was dat het enige wat de ontvoerder kon bedenken. Misschien herinnerde hij zich dat rijmpje uit zijn jeugd, toen hij werd uitgekozen of anderen uitkoos voor een team.'

'Wat gaat u nu doen?'

'Ik moet informatie zien te krijgen over die Barry Vincent en elke connectie met die mensen in New York. Als die er is, krijg ik eindelijk wat grip op de zaak. Zo niet, dan ben ik terug bij af.'

Op dat moment kwam Lauren Graham binnen, bleek en volkomen van slag.

'Gaat het wel?' vroeg Pine.

'Ik maak me zoveel zorgen om Jack.'

'Toen ik het ziekenhuis verliet ging het goed met hem. De chirurg was er om hem te onderzoeken en uit de laatste foto's bleek dat ze alle schade hebben hersteld. Het zal tijd kosten om te herstellen, maar hij is niet meer in levensgevaar. En hij kan de beste zorg betalen. Dus volgens mij komt het wel goed met hem.'

'Heeft hij... nog naar me gevraagd?'

Pine keek naar Blum voordat ze antwoordde: 'Eh... Hij was bewusteloos, Lauren. Hij kon naar niemand vragen.' Ze wilde de vrouw niet vertellen dat Lineberry haar Amanda had genoemd, twéé keer.

'Mag hij bezoek ontvangen?'

'Hij wordt nu streng bewaakt vanwege wat er is gebeurd, maar dat zou je aan rechercheur Wallis moeten vragen. Hij heeft misschien meer informatie.'

Graham bedankte haar en vertrok.

'Ze is smoorverliefd op hem,' zei Blum.

'Klopt. Maar hij is knap, belachelijk rijk en aardig. Ik kan me voorstellen dat heel veel vrouwen deel zouden willen uitmaken van zijn wereld.'

'Dat is een aantrekkelijke combi,' zei Blum.

Pine dacht aan de tijd die ze de vorige avond met Lineberry had doorgebracht. Hoe hij naar haar had gekeken. 'Misschien maakt Graham wel een kans, want hij lijkt van jongere vrouwen te houden.'

Blum wilde net iets zeggen toen Pines telefoon zoemde.

'Hallo?' zei ze.

Het was Don Bigelow van het kantoor van de Mercedes Benz-dealer. 'Agent Pine, ik heb net iets ontdekt wat u misschien kan helpen,' zei hij.

'Wat dan?' vroeg Pine, terwijl ze afwachtend rechterop ging zitten.

'Ik heb die naam, Jack Lineberry, ingevoerd in een paar andere bestanden en kreeg een match.'

'U kreeg een match? Dus Lineberry heeft inderdáád iets bij jullie gekocht?'

'Nee, hij niet. Een andere man die een AMG S63 kwam brengen. Schitterende auto. Met alles erop en eraan kan hij wel twee ton kosten. Het is natuurlijk geen Pagani, maar toch een fraaie auto.'

'Wat heeft dat met Lineberry te maken?'

'Weet u, die man betaalde contant voor die wagen, maar we vragen altijd meer informatie van de klant zodat we hem het garantiebewijs en dat soort dingen kunnen sturen. Hij noteerde Jackson Lineberry and Associates als zijn werkgever. Dacht dat dat misschien dezelfde Jack Lineberry was naar wie u me vroeg.'

'Dat is ook zo. Hoe heet de man die de AMG kocht?'

Pine dacht dat ze het antwoord wist: Jerry Danvers. Maar Bigelows antwoord zou haar verbazen.

'Myron Pringle.'

65

'Myron Pringle, meen je dat?' Eddie Laredo zat voorin naast Pine in haar SUV.

'Dat zei die autodealer tenminste.'

'Hoeveel betaalt Lineberry die man, dat hij een auto van tweehonderdduizend dollar kan betalen?'

'Myron vertelde me dat hij een keer een algoritme heeft verkocht voor een bedrag van zes cijfers. Misschien komt het daardoor.'

'Maar toch. Ik zou weleens willen weten hoeveel die man verdient.'

'Dat probeer ik uit te zoeken. Ik kan het Jack natuurlijk niet vragen, maar ik heb een onderzoek aangevraagd naar zijn bedrijf.'

'Wat gaan we nu doen?'

'We gaan ernaartoe om met hem te praten, zonder hem bang te maken.'

'Het is niet verboden om een auto te kopen.'

'Hij heeft een connectie met een autodealer waar Frankie Gomez is geweest.'

'Denk je dat hij onze moordenaar is?'

'Hij is iets langer dan Cy Tanner, maar waarschijnlijk zou hij in vermomming wel voor hem door kunnen gaan. In elk geval voor iemand die Tanner niet echt kent.'

'En zijn motief?'

'Daarom gaan we op onderzoek uit.' Ze trapte het gaspedaal in, waarna ze snel wegreden.

Onderweg ging haar telefoon. Ze nam op en luisterde even. 'Ontzettend bedankt.' Ze verbrak de verbinding en keek Laredo aan. 'Dat was iemand van Lineberry's bedrijf. Jack heeft daar kennelijk een paar mensen over mij verteld. Ik vroeg niet naar Myrons salaris, maar wel of hij genoeg had om een auto van twee ton te kunnen kopen.'

'En?'

'Dat kan hij.'

'Verdomme! Ik heb de verkeerde baan.'

'Daar kom je nu pas achter? Ik dacht dat je een snelle leerling was.'

Bij het huis van de Pringles nam Pine gas terug. Toen ze de bocht om kwamen en het huis konden zien zei Laredo: 'Wauw, ik heb echt de verkeerde baan!'

'Je zou Jack Lineberry's huis moeten zien. Vergeleken daarmee is dit maar een gastenverblijf.'

'Oké, wrijf het er maar in.'

Niemand deed open toen ze aanbelden en aanklopten.

'Niemand thuis?' zei Laredo en hij keek omhoog.

'Laten we even achter kijken. Daar staat een grote garage. Misschien kunnen we zien of er auto's in staan.'

Ze liepen links om het huis heen en kwamen bij een binnenplaats met een garage voor zes auto's met grote houten deuren met ramen op een hoogte van ongeveer twee meter.

'Help me even omhoog,' zei Pine.

Laredo maakte een bruggetje van zijn handen en tilde Pine omhoog, zodat ze door een van de ramen naar binnen kon kijken.

'Verdomme!'

Haar heup knalde tegen zijn hoofd, zo opgewonden was ze.

'Wat is er? Zie je de Mercedes?' Hij liet haar zakken en keek haar aan. 'Wat is er? Vertel!'

'Ik weet het niet zeker, maar volgens mij heb ik de Pagani net gevonden.'

'Wat?'

Ze maakte een bruggetje met haar handen. 'Kijk zelf maar.'

'Weet je zeker dat je me…'

Ze legde hem met een ongelovige blik het zwijgen op.

'Oké, laat maar,' zei hij.

Ze tilde hem moeiteloos op en hij keek naar binnen. 'Dat is inderdaad een Pagani,' zei hij.

Ze liet hem zakken, waarna ze allebei naar de garage stonden te kijken.

'Wat denk je?' zei Laredo.

'Ik denk dat ik die garage in wil, en het huis.'

'We hebben geen huiszoekingsbevel.'

'Voldoende aanwijzingen?'

'Waarvoor?' vroeg hij.

Ze draaiden zich om toen ze een auto hoorden aankomen.

Het was de Mercedes AMG. Britta Pringle liet haar raampje zakken. 'Agent Pine? Ik dacht al dat ik de SUV voor het huis herkende. Wat is er aan de hand?'

'Is Myron thuis?'

'Nee, hij is op reis.'

'Op reis? Waarnaartoe?'

'Zakenreis. Hij vertelt me niet veel, ben ik bang.'

'Heb je het gehoord van Jack Lineberry?'

'Nee, wat dan?'

'Hij is gisteravond beschoten.'

'Lieve help!' Britta zag eruit alsof ze ging flauwvallen. 'Is hij...?'

'Hij leeft en het ziet ernaar uit dat hij het overleeft.'

Britta haalde een paar keer diep adem. 'Maar hoe? Wie? Was dat bij hem thuis? Maar hij heeft bewakers.'

'Het gebeurde terwijl hij in zijn auto zat. Ik was bij hem.'

'Ben jij gewond?'

'Een schampschot maar. Wanneer komt Myron thuis?'

'Dat weet ik niet, dat heeft hij niet gezegd.'

'Is dat zijn Pagani, in de garage?' vroeg Laredo. 'We hebben even naar binnen gekeken.'

Britta keek gepast vol afkeer. 'Kun je je voorstellen dat je zoveel voor een auto neertelt? Ik voel me al schuldig genoeg dat ik in deze auto rij. We hebben hem net vorig jaar gekocht en nu wil Myron hem alweer inruilen. Maar waar is Jack?'

'In het ziekenhuis in Americus.'

‘Hebben ze de dader al te pakken?’

‘Daar is de politie mee bezig. Eh… Mogen we even naar binnen?’

‘Natuurlijk. Dan zet ik eerst de auto in de garage.’

‘En ik zou de Pagani graag willen bekijken,’ zei Laredo. ‘Ik ben gek op auto’s.’

‘Oké,’ zei Britta, een beetje verbaasd. Ze opende de deur van de garage en reed naar binnen.

Ze liepen achter haar aan en Laredo liep meteen door naar de Pagani.

‘Wauw!’ zei hij en hij knielde achter de auto. ‘Dit is een Pagani BC. Genoemd naar Benny Caiola.’

Pine liep naar hem toe. ‘Waarom wordt hij zo geëerd?’

‘Hij is een belangrijke autoverzamelaar en een goede vriend van Horacio Pagani, die deze auto’s bouwt. Dit is een V12 met ongeveer 800 pk, zeven versnellingen en hij weegt nog geen veertienhonderd kilo doordat hij bijna helemaal van koolstofvezel is gemaakt.’

‘Je hebt echt verstand van auto’s.’

‘Ben er al sinds mijn jeugd gek op. Ik ga ook naar autoveilingen. Alleen maar om te kijken, hoor, want ik kan het me niet permitteren er een te kopen.’

‘Nou, Cy Tanner heeft deze auto opvallend goed beschreven. Hij lijkt inderdaad op de Batmobile.’

‘Cy Tanner?’

Ze draaiden zich om en zagen dat Britta met een boodschappentas in de hand naar hen toe kwam.

‘Ja, hij woont in mijn oude huis. Op een ochtend heel vroeg zag hij de Pagani voor zijn huis staan.’

‘Maar dat kan niet!’

‘Waarom niet?’ vroeg Pine.

‘Omdat Myron de enige is die hierin rijdt, en dat doet hij vrijwel nooit. En als hij er al mee ging rijden, waarom zou hij dan naar jouw oude huis gaan?’

‘Dat wil ik hem dus vragen. Maar ik heb ook een vraag voor jou. Ik hoorde dat deze auto zo’n drie miljoen kost. Ik geloof meteen dat

Jack Myron goed betaalt, maar ik kan me niet voorstellen dat hij drie miljoen voor een auto kan neertellen.'

'Maar Myron is altijd al heel handig geweest en weet vooral hoe hij geld moet verdienen.'

'Hij vertelde me dat hij in Vegas heeft gegokt en volgens een bepaald systeem speelde.'

'Ja, maar dat is al jaren geleden. Dan ging hij daarnaartoe en kwam terug met enorme geldbedragen, tot ze hem duidelijk maakten dat hij niet meer terug mocht komen.'

'Heeft hij naast zijn baan nog andere inkomstenbronnen?' vroeg Laredo.

'Voor zover ik weet niet.'

'Mogen we een kijkje nemen in zijn kantoor?'

'Dat kan niet.'

'Waarom niet?'

'Omdat ik niet naar binnen kan.'

'Bedoel je dat hij de enige is die langs die irisscanner kan?' vroeg Pine, wat haar een scherpe blik van Laredo opleverde.

'Ja. Ik bedoel, ik heb geen enkele reden om daar naar binnen te gaan. Ik weet niets van techniek en heb er al moeite mee de tv aan te zetten.'

'En zijn kleine werkkamer? Die liet hij me laatst zien en die was niet beveiligd.'

'Waarom wil je daarnaartoe?' vroeg ze met een argwanende blik.

'Omdat ik graag grondig werk.'

'Ik weet het niet, hoor, Lee. Ik bedoel, dat is Myrons kamer. Ik vind niet dat ik het recht heb...'

Pine viel haar in de rede. 'Het is belangrijk, Britta. Anders vroeg ik het niet. Misschien is er wel iets met Myron gebeurd.'

Britta verbleekte en haar hand vloog naar haar keel. 'Wat? Zit Myron in de problemen?'

'Dat weet ik niet zeker, maar misschien ontdek ik daar iets wat me kan helpen hem te vinden. En die hulp heeft hij misschien wel nodig.'

Britta leek even onzeker, maar knikte toen. 'Goed.'

Ze liepen het huis in.

66

Britta nam hen mee naar de werkkamer van haar man en liet hen daar alleen.

Pine en Laredo bleven midden in het vertrek staan en keken om zich heen.

'Waar zijn we precies naar op zoek?' vroeg Laredo.

'Dat weten we zodra we het zien. Hoop ik.'

Pine liep heen en weer door de kamer.

Laredo keek naar de computer op het bureau. 'Dus die man is een soort technisch genie?' vroeg hij. Hij ging voor de computer zitten en drukte een paar toetsen in.

'Kennelijk wel.'

'Enig idee wat zijn wachtwoord is?'

'Geen i...' Pine bleef staan, liep naar hem toe en bleef achter hem staan.

'Wat is er?' vroeg hij.

'Probeer... 1, 3, 5, 7, 9, 7, 5, 3, 1.'

'Hoe kom je daarbij?'

'Sommige genieën denken dat ze te slim zijn om fouten te maken.'

Hij typte de cijfers is. 'Nou, dat werkte dus niet, genie. Weet je nog iets?'

Ze dacht snel na. 'Probeer wat ik net zei, maar typ in plaats van die laatste 1 een 0.'

Dat deed Laredo, waarna het scherm oplichtte. 'Jeetje, hoe wist je dat?'

'Door iets wat Myron me vertelde. Hij houdt van oneven cijfers, tot een bepaald punt. Snap je?'

‘Een punt dat wordt vertegenwoordigd door het cijfer nul?’

‘Inderdaad.’

Laredo drukte wat toetsen in en scrolde door een paar schermen. ‘Ik check zijn zoekgeschiedenis en kijk even naar een paar dingen die hij heeft gestreamd.’

Enkele titels met prikkelende foto’s vulden het scherm.

‘Maar dat is allemaal porno,’ zei Pine.

‘Hoe kom je op dat idee? Door *Een paar dikke mannen, goed en geil*, of door *De natte dromen van de leraar*?’

‘Myron is dus verslaafd aan porno.’

‘Dat zijn heel veel mannen.’ Toen ze hem vragend aankeek zei hij snel: ‘Met uitzondering van je huidige gezelschap.’

Pine keek naar een inbouwkast. Ze liep ernaartoe en probeerde hem te openen. ‘Op slot.’

‘Ja, maar de eigenaar van het huis liet ons naar binnen, dus...’

Pine pakte haar zakmes, trok er een lemmet uit en maakte het slot open. ‘Zo, kijk eens wat we hier hebben!’ Ze stapte achteruit zodat Laredo de planken vol dvd’s kon zien en haalde er een paar uit. ‘Porno, porno en nog eens porno.’ Ze bekeek de achterkant van de dvd-hoesjes. ‘Wacht.’

‘Wat is er?’

Ze haalde er nog meer hoesjes uit. ‘Op allemaal staat Stardust Productions.’

‘Oké, nou en?’

‘Stardust is de naam van het softwareprogramma waar Myron een patent op heeft. Hij heeft dat zo genoemd omdat hij vroeger naar het Stardust Casino in Vegas ging om te gokken.’ Ze keek Laredo aan. ‘En over gokken gesproken, wedden dat Stardust Productions het geld was achter de films waar Rebane, Clemmons en Gillespie in meespeelden?’

‘Maar ik kan me niet herinneren dat we die naam hebben gezien toen we ons daarin verdiepten.’

‘Er was een lege vennootschap waar we niet bij konden om te achterhalen wat erachter zat. Waarom denk ik dat we dat dus net wel hebben gedaan?’

'Jij zegt dus dat Myron Pringle die pornofilms financiert?'
'Dat denk ik inderdaad.'
'Verdomme!'
'Misschien is dat winstgevender dan we dachten.'
'Waarom denk je dat?'
'Omdat de man een Pagani in zijn garage heeft staan.'
Laredo keek verbijsterd. 'Gaat er zóveel geld om in porno?'
'Ze betaalden Hanna Rebane en Beth Clemmons heel veel geld. Ik denk dus dat hun baas veel meer verdiende dan zij. En zij waren slechts twee actrices die voor hem werkten. Hij had er waarschijnlijk tientallen.'
'Wacht even, wat is je theorie nu? Dat hij zijn eigen acteurs vermoordde?'
'Frankie Gomez was zeker weten niet een van zijn acteurs,' antwoordde Pine.
'Dat is zo, maar Rebane, Clemmons en Gillespie wel.'
'Denk je dat Clemmons niet is vermoord omdat ze een pornoactrice was, maar omdat ze ons iets kon vertellen over de connectie tussen Rebane en Gillespie? Maar waarom Rebane en Gillespie vermoorden?'
'Het meest voor de hand liggende antwoord is dat Rebane en Gillespie iets wisten wat belastend was voor Myron en hem daarmee bedreigden.'
'Je zegt dus dat hij hen vermoordde en om de een of andere reden verkleedde? En daarna Frankie te pakken nam en datzelfde deed?'
'Misschien heeft hij dat gedaan om het eruit te laten zien alsof er een seriemoordenaar aan het werk was, om ons op het verkeerde spoor te zetten. En hij heeft die connectie met die autodealer. Daar kan hij Frankie hebben gesproken of in elk geval gezien.'
'Kom op, zeg. Dat is wel heel vergezocht,' zei Laredo weifelend.
'De man is een genie. Hij denkt niet zoals andere mensen. En als dat de reden niet is, moet de reden al even onlogisch zijn.'
'Ja, dat is zo.'
'De grote vraag is dus: waar is Myron? Is hij op stap om nog ie-

mand te vermoorden? Is hij in South Florida om toezicht te houden op zijn porno-imperium?'

'Denk je dat zijn vrouw het weet van die porno?'

'Daar lijkt ze me niet het type voor. Maar misschien heeft iemand hem daarmee gechanteerd. Betaal ons, anders vertellen we alles aan je vrouw.'

'We moeten die man vinden, en snel ook!'

Pine keek afwezig naar het plafond.

'Wat?'

'Iemand heeft op Jack Lineberry geschoten.'

'Zeg nu niet dat jij denkt dat Lineberry zich ook met porno bezighoudt. Ik heb hem nagetrokken en die man hoeft geen porno te verkopen. Hij verdient meer dan genoeg met zijn legale bedrijven.'

'Dat is niet wat ik dacht.'

'Wat dan wel?' vroeg Laredo geïrriteerd.

'Stel dat ik gisteravond het doelwit was en niet Jack?'

'Jij?'

'Degene die op ons schoot kende onze route, kende onze plannen. We kwamen terug uit Atlanta. Tyler Straub, Jacks andere bewaker, vertelde me dat Jerry Danvers een app op zijn telefoon heeft die de bewegingen van zijn baas volgt.'

'Hij wist dus waar jullie waren.'

'En de schutter achtervolgde ons niet, maar wachtte ons op. Ik hoorde die auto pas starten nádat hij op ons had geschoten.'

'Maar waarom zou Danvers jou willen vermoorden?'

'Ten eerste is hij een klootzak die me niet mag. Ten tweede heeft hij een vreemde relatie met zijn baas. En als iemand te dichtbij komt? En hij werkte bij de geüniformeerde eenheid van de Secret Service, maar was niet goed genoeg om een Secret Service-agent te worden.'

'Dus jij denkt dat hij de pest inheeft?'

'Misschien. Maar het is ook mogelijk dat hij samenwerkt met Myron en dat ze van me af wilden omdat ik te veel vragen stelde.'

'Dat is wel een heel grote gedachtesprong met heel veel hiaten.'

'Dat weet ik wel, Eddie. Ik denk gewoon hardop.'

Ze gingen naar beneden en vonden Britta in de keuken.

Ze stond op en vroeg: 'Hebben jullie gevonden wat je zocht? Hebben jullie iets gevonden waar je Myron mee kunt helpen?'

'Misschien,' zei Pine.

'Je móét me vertellen wat er aan de hand is, Lee.'

'Dat zou ik wel doen als ik kon, maar ik heb niet veel antwoorden.'

'Ik kan Myron niet eens bellen,' zei Britta, zichtbaar wanhopig. 'Hij heeft geen telefoon!' Ze zag eruit alsof ze elk moment kon gaan huilen.

Pine aarzelde. Ze werd verscheurd. Aan de ene kant wilde ze meteen achter Myron aan gaan voordat hij misschien weer toesloeg, maar aan de andere kant wilde ze Britta een vraag stellen die haar de hele tijd al bezighield. Uiteindelijk koos ze voor het laatste. 'Britta, mag ik je iets vragen?'

'Wat?' vroeg Britta behoedzaam.

'De nacht waarin mijn zusje verdween.'

'Ja?' Britta leek verbaasd over dit nieuwe onderwerp.

'Mijn ouders waren bij jullie, hè?'

Britta sloeg haar blik neer. 'Ik...'

Pine liep naar haar toe. 'Weet je, ik heb daarover nagedacht en niets klopte. Mijn moeder deed niet wat ze elke avond deed nadat ze ons naar bed had gebracht. Jouw herinnering aan die nacht was vaag. Myron gaf toe dat jullie die avond vrienden op bezoek hadden, maar kon zich niet herinneren wie het waren.'

Britta keek haar aan, met tranen in haar ogen. 'Ze hadden nooit gedacht dat zoiets zou gebeuren, Lee. Nooit. Niemand van ons.'

'Ze lieten ons alleen, twee kleine kinderen.'

Britta keek naar de grond. 'Toen ze wakker werd, rende ze ons huis uit. Ze rende naar jullie huis om te kijken hoe het met jullie was. En... toen ze daar aankwam...'

'Zag ze dat Mercy verdwenen was en ik bijna dood. Nee, dat had ze nooit verwacht.'

Britta keek op, met droge ogen en een harde blik.

Dat verbaasde Pine.

'Je moeder hield van jullie, van jullie allebei. Dat doen moeders, weet je, ze houden van hun kinderen. Ze doen alles om hen te beschermen.'

'Nou, dat is haar dan niet gelukt,' zei Pine bot. 'Terwijl ze gewaarschuwd was.'

Nu keek Britta verbaasd. 'Hoezo? Zoiets was hier nog nooit gebeurd.'

'Nee, maar we hadden hier ook niet altijd gewoond, hè?' zei Pine. Ze begon snel over iets anders en zei: 'Zeg zodra je iets van Myron hoort tegen hem dat hij zo snel mogelijk contact met ons moet opnemen. En laat het ons weten zodra je weet waar hij is.'

'Maar je zei dat hij in moeilijkheden kon zitten.'

'Dat weet ik niet zeker. Ik probeer alleen de waarheid te achterhalen.' Ze zweeg even. 'Wie bracht die opgerookte joints en lege bierflesjes naar ons huis?'

Britta keek haar wezenloos aan.

'Dat heeft iemand gedaan, zodat het leek alsof mijn ouders die avond thuis waren. Anders klopte het verhaal immers niet.'

Britta zei met een holle klank in haar stem: 'Dat was Myrons idee. Hij was bang dat hij in de problemen zou komen. Ik denk niet dat het je ouders zelfs maar is opgevallen.'

Toen Pine vol afkeer het huis wilde verlaten, vroeg Laredo aan Britta: 'Heeft je man hobby's?'

Pine bleef staan en draaide zich om, nieuwsgierig naar Britta's antwoord.

'Hij houdt van auto's, maar dat heb je zelf gezien. Daar geeft hij veel te veel geld aan uit, vind ik. Maar het is zijn geld.'

'Houdt hij van films?' vroeg Pine.

'Films? Nee, niet echt.'

'Gaat hij weleens naar South Florida?' vroeg Laredo.

'South Florida? Ik... Daar heeft hij het nooit over gehad.'

'Is hij daar nu misschien?'

'Hij heeft niet gezegd dat hij ging vliegen.'

'Heeft hij een weekendtas meegenomen?'

'Misschien, maar ik was nog niet opgestaan toen hij wegging.'

'Maar je hebt hem wel horen weggaan?'

'We... slapen in aparte slaapkamers.' Snel voegde ze eraan toe: 'Zoals je weet is hij een nachtmens, en ik ga graag vroeg naar bed.'

'Met welke auto is hij vertrokken? Niet met de Pagani natuurlijk.'

Britta keek verward. 'Dat weet ik niet zeker. Ik... Volgens mij ontbraken er geen andere auto's uit de garage.' Britta legde een hand op Pines arm. 'Wat is er aan de hand?'

'Wist ik het maar.'

67

Op de terugweg naar Andersonville kwamen ze in een file terecht. Ze zagen campers, auto's, SUV's en zelfs een Hummer met het gezicht van verschillende Confederate-leiders op Stone Mountain op de zijkant geschilderd.

'Wat is hier aan de hand?' zei Laredo. 'Ik had nooit gedacht dat er in Andersonville ooit spitsuur zou zijn.'

'De Civil War-re-enactment is morgen,' zei Pine. 'Dan marcheren de "legers" het dorp binnen.'

'Wist niet dat het zo belangrijk was.'

'Je bent nu in het Zuiden en hier zal de Civil War altijd belangrijk blijven. En het geeft onvolwassen mannen de kans soldaatje te spelen.'

'Oké.'

'Er is een parade door de hoofdstraat, en zaterdag- en zondagmiddag zijn er nagespeelde veldslagen op de Civil War Village Grounds.'

In de Cottage zat Blum in de ontbijtkamer iets op haar laptop te typen.

Blum keek op en vroeg: 'En, wat hebben jullie gevonden in het huis van Myron Pringle?'

Ze gingen zitten en praatten haar om beurten bij.

'Nooit gedacht dat hij een pornoproducer zou zijn,' zei Blum, zichtbaar verbaasd.

'Ik betwijfel of Britta het wist, maar ze bevestigde wel dat mijn ouders bij hen waren toen Mercy werd ontvoerd. Mijn moeder werd de volgende ochtend wakker en rende terug naar ons huis.'

'Ze zal wel vreselijk geschrokken zijn,' zei Blum.

'Ja, maar ze had erom gevraagd.'

'Dat is wel heel kil,' zei Laredo, terwijl hij naar haar keek.

Pine keek terug. 'Nee, wat kil is, is dat ze dat nooit heeft toegegeven. Ze heeft jaren de tijd gehad om me de waarheid te vertellen, maar dat heeft ze niet gedaan. En ze hebben ook tegen de politie gelogen en daarmee het onderzoek tegengewerkt. Ze hebben de plaats delict vervuild. De politie is er altijd van uitgegaan dat de man van buiten kwam, omdat mijn ouders beneden waren. Alleen waren ze daar niet.'

Blum zei zacht: 'Je moeder heeft vast nooit gedacht dat er iets met jullie zou gebeuren.'

'Ja, dat zei Britta ook al. Zij kwam ook voor haar op.'

'Britta voelt zich waarschijnlijk ontzettend schuldig vanwege wat er met haar eigen kinderen is gebeurd. Ze had kennelijk niet veel kunnen doen, maar een moeder voelt zich altijd schuldig als haar kinderen iets overkomt. Doordat ze zich afvraagt wat ze anders had kunnen doen. Dat kan vreselijk aan je vreten.'

Pine keek Blum met een schuldbewuste blik aan. 'Ik heb geen seconde aan Britta's situatie gedacht toen ik met haar praatte.'

'Nee, doordat u gefocust was op uw eigen situatie. Dat doen de meeste mensen.'

Pine zei: 'Ik vraag me af of ze alleen bij de Pringles waren om te feesten of dat daar een andere reden voor was.'

'Beide stellen hadden jonge kinderen, dus misschien gingen ze om en om bij elkaar op bezoek als de kinderen sliepen en was het die avond hun beurt om naar de Pringles te gaan.'

'Leuke, gedachteloze routine,' zei Pine verbitterd, omdat ze verbitterd was. 'Lekker gaan feesten en je kinderen alleen thuislaten.'

'Ze dachten waarschijnlijk dat Andersonville de minst waarschijnlijke plek was voor zo'n actie,' zei Laredo.

'Het was gewoon… een ramp, van begin tot eind,' snauwde Pine.

'Denkt u eigenlijk echt dat het toeval was?' vroeg Blum opeens.

'Wat bedoel je?'

'Dat er, de avond waarop uw ouders besloten om nadat ze hun dochters naar bed hadden gebracht naar het huis van hun buren te gaan, iemand toevallig naar jullie huis ging, u bijna vermoordde en Mercy meenam?'

Pine ademde langzaam uit. 'Misschien hield hij het huis in de gaten.'

'Dat weet ik wel bijna zeker.'

Blum klonk zo zeker van haar zaak dat Pine haar bevreemd aankeek. Toen viel haar blik op de geopende laptop. 'Wat heb je ontdekt?'

Blum draaide haar computer om. 'Na ons gesprek heb ik wat onderzoek gedaan naar de maffiawereld in New York in de jaren tachtig. Zien jullie deze man?'

Ze bogen naar voren en keken aandachtig naar de foto van een stoer uitziende man in een donker pak. Hij stond op de trap van een federale rechtbank in New York City.

'Wie is dat?' vroeg Laredo.

'Bruno Vincenzo.'

'Bruno Vincenzo? Wat heeft hij hiermee te maken?'

Blum scrolde naar de tekst onder de foto. 'Vincenzo was een belangrijke voetsoldaat voor de criminele familie Castellano. Hij werd veroordeeld, verraadde een paar mensen, ging naar de gevangenis en kreeg nog geen twee maanden later een mes in zijn halsslagader voor zijn verraad. Hij was al doodgebloed voordat ze hulp konden bieden.'

Pine keek Blum wezenloos aan. 'Ben ik dom of ben jij dat?'

'Barry Vincent? Bruno Vincenzo? Ziet u de overeenkomsten niet?'

Pine scande een deel van het artikel. 'Jawel, maar Vincent kan Vincenzo niet zijn. Hier staat dat hij in 1987 in de gevangenis stierf. Wat mij en Mercy is overkomen gebeurde twee jaar later.'

'Maar Bruno had een jongere broer, Ito. Ik heb ook een foto van hem gevonden.' Blum opende een ander scherm.

'Die broers lijken niet op elkaar,' zei Pine.

'Maar dit is een gelijkenis die u interessant zult vinden.' Ze opende een mailtje. 'Ik weet dat u Max Wallis hebt gevraagd een onderzoek in te stellen naar Barry Vincent. Nadat ik dit over de gebroeders Vincenzo had ontdekt nam ik contact met hem op. Hij had de DMV-bestanden bekeken en een match gevonden met Vincent. Hij stuurde me wat hij had gevonden, namelijk een fotokopie van een rijbewijs dat begin 1989 is uitgegeven door de staat Georgia. Dit is Barry Vincent. De man die met uw vader heeft gevochten. Komt hij u bekend voor?'

Pine vergeleek de fotokopie met de foto van Ito Vincenzo. 'O mijn god! Ito Vincenzo is Barry Vincent.' Ze keek Laredo aan. 'Waarom heeft niemand dit verdomme eerder gezien?'

'Moet je mij niet aankijken, ik zat toen in groep drie.'

Blum zei: 'Ito hield zich denk ik gedeisd. En hij is hier niet lang geweest. Bovendien was hij zo op zichzelf dat bijna niemand zich hem herinnerde, alleen Myron Pringle.'

'Hij kwam hiernaartoe om zijn broer te wreken,' zei Pine.

Blum knikte. 'Kennelijk.'

'Maar hoe heeft hij hen gevonden? Hoe wist hij zelfs dat mijn moeder bij alles betrokken was? Lineberry vertelde me dat ze nooit heeft getuigd. Ze werkte alleen als undercoveragent en droeg een microfoontje.'

'Wat?' riep Laredo.

'O ja, dat is waar ook! Ik had je nog niets verteld over mijn gesprekken met Jack Lineberry.'

Dat deed ze dus alsnog.

'Ik betwijfel of we met zekerheid kunnen achterhalen of hij ontdekte dat je ouders hier waren. Tenzij we deze Ito vinden en het hem vragen, en dan moet hij ons ook nog eens de waarheid vertellen.'

'Maar waarom heeft hij ons niet gewoon vermoord? Dat had de maffia kennelijk al eerder geprobeerd.'

Blum zei: 'Misschien was Ito Vincenzo niet in staat iemand te vermoorden. Ik heb niets kunnen vinden waaruit bleek dat hij banden had met de maffia. Volgens mij deed hij dit alleen maar voor zijn broer. Hij gaf je moeder kennelijk de schuld van wat Bruno was overkomen.'

'Wat Bruno is overkomen had Bruno helemaal aan zichzelf te danken,' zei Pine op scherpe toon. 'Maar als zijn broer me niet wilde vermoorden, maar alleen bewusteloos wilde slaan… Dan was hij misschien ook niet in staat om Mercy iets aan te doen.'

'Dat kan,' zei Blum. 'Maar dat weten we niet zeker.'

'Je mag hopen, Atlee,' zei Laredo. 'Maar hoop niet te veel.'

'Want we hebben nog een lange weg te gaan. Ja, dat weet ik. Dat heb ik al vaker meegemaakt.'

Blum zei: 'We moeten Ito Vincenzo vinden. Ik kan in een paar databases duiken, een paar telefoontjes plegen en mailtjes versturen.'

'Daar kan ik mee helpen,' bood Laredo aan, maar Pine stak haar hand op.

'Jij bent hier officieel aan het werk, Eddie. Ik wil niet dat je door mij in de problemen komt. Dus laat Carol haar ding maar doen, terwijl wij een paar dingen natrekken gebaseerd op wat we vandaag hebben ontdekt.'

'Zoals waar Myron Pringle in vredesnaam is,' zei Laredo.

Maar Pine hoorde hem niet. Want nu het erop leek dat Barry Vincent/Ito Vincenzo Mercy had meegenomen en haar bijna had vermoord, dacht ze aan wat de man volgens Myron Pringle had gezegd. *Hij zei dat mijn vader zijn ene dochter had vermoord en de andere bijna. Heeft hij Mercy dus vermoord?*

Pine zat daar maar, verstijfd van angst.

68

Pine werd de volgende ochtend na een bijna slapeloze nacht wakker. Ze kwam net onder de douche vandaan toen haar telefoon zoemde.

Het was een mailtje van de lijkschouwer met het antwoord op een van haar vragen.

Ze ging op haar bed zitten en las het korte, maar gedetailleerde mailtje snel door.

De schade aan de Christoffel-penning was volgens de lijkschouwer veroorzaakt door een kogel. De vrouw had kruitsporen gevonden en de gedeeltelijke indruk van iets wat eruitzag als een hagelkorrel. Bovendien had ze spontaan besloten de penning te onderzoeken met luminol, waarmee bloedsporen konden worden aangetoond, en die had ze gevonden. En dat bloed kwam niet overeen met Freddie Gomez' bloedgroep. Daar had ze geen verklaring voor.

Pine belde het ziekenhuis om te vragen hoe het met Jack Lineberry ging.

Zijn toestand was niet veranderd en dat was goed, zeiden ze. Ze verwachtten dat hij elke dag sterker zou worden.

Ze legde haar telefoon weg en dacht na over wat ze nu ging doen.

Ze moesten Myron vinden, en snel ook. Ze was bang dat hij had vermoed dat hij in de problemen zou komen en misschien was gevlucht. Hij had zoveel geld dat hij in zijn eentje met een privévliegtuig naar een ander land kon zijn gegaan. Maar de laatste keer dat ze hem sprak, had hij er helemaal niet uitgezien alsof hij nerveus was of zich bedreigd voelde. Nee, het had juist geleken alsof hij zich zorgen maakte over Pine en over alle informatie over haar familie die ze ontdekte, vooral over haar moeder.

Dus misschien was hij niet vertrokken omdat hij het gevoel had dat hij in het nauw werd gedreven. Maar als hij hun moordenaar was, kon hij nu bezig zijn met het beramen van zijn volgende moord.

Ze liep naar het raam en keek naar de hoofdstraat. Ze zag mannen in Civil War-uniform heen en weer lopen. Sommigen hadden een musket bij zich, anderen een opgerolde slaapzak en weer anderen zo te zien opgevouwen strijdvlaggen. Mensen verzamelden zich al langs de straat. De parade zou die ochtend plaatsvinden.

Ze had gelezen dat veel acteurs heel precies waren met betrekking tot hun uniform en attributen, zelfs wat betreft de kleinste details zoals de stof of de knopen van hun uniform. Ze had nooit begrepen waarom het zo aantrekkelijk was om deze veldslagen na te spelen, maar er was niets mis mee als het de dringend benodigde toeristendollars opbracht. Een dorp moest alles doen wat nodig was om te overleven.

Net als mensen.

Ze ging weer op haar bed liggen en staarde naar het plafond. Haar moeder had al die jaren de waarheid gekend. Ook al had Julia of Amanda, of wat haar echte naam ook was, niet geweten wie Barry Vincent was of waarom hij daar was, ze wist wel alles over haar eigen verleden. Ze wist dat ze allemaal een doelwit waren. Kennelijk had zelfs de U.S. Marshals Service hen niet kunnen beschermen. Maar toch had ze haar huis verlaten om te feesten met de buren en haar dochtertjes de hele nacht onbeschermd thuisgelaten.

Pine ging opeens rechtop zitten, alsof iemand haar een klap had gegeven. Niet omdat ze een inval had of iets nieuws had bedacht, maar omdat ze kwaad was. Woedend, witheet, kwader dan ze ooit eerder was geweest. Op haar moeder.

Langzaam, veel langzamer dan ze prettig vond, kalmeerde ze weer. Maar ze voelde zich nog steeds zwak, en ziek. Ze griste de gratis waterfles van het nachtkastje en dronk het water zo snel op dat er wat langs haar mond stroomde en op haar trui druppelde. Ze veegde de druppels weg met haar hand en zette de fles weer neer.

Beheers je. Hier schiet je niets mee op. Je bent geen hulpeloos meisje meer. Je bent een FBI-agent, begin je dus als zodanig te gedragen.

Haar telefoon zoemde weer. Ze herkende het nummer niet, maar nam toch op.

'Agent Pine?' Het was een man.

De stem kwam haar bekend voor, maar door haar gemoedsgesteldheid kon ze hem niet plaatsen. 'Met wie spreek ik?'

'Tyler Straub. Ik werk voor meneer Lineberry. We hebben laatst met elkaar gesproken.'

'Hij is toch niet…'

'Nee, hij is oké. Hij is nu bij bewustzijn en de artsen zijn bij hem om hem te onderzoeken.'

'Waarom bel je me dan?'

'Je zei dat ik je moest bellen als er iets niet in orde leek.'

'En dat is nu zo?'

'Ja, ik kan Jerry niet vinden.'

'Hoe bedoel je? Hij was gisteren in het ziekenhuis. Ik had het idee dat hij nooit zou weggaan.'

'Hij was er inderdaad, maar niemand heeft hem gezien, al een hele tijd niet.'

'Heb je in Jacks huis gezocht?'

'Ik heb overal gezocht.'

'Wanneer heb je hem voor het laatst gezien?'

'Niet lang nadat je was vertrokken. Maar weet je, ik heb de hele tijd dienst gehad en wil graag even vrij. Maar ik heb niemand om mijn dienst aan over te dragen.'

'De politie bewaakt Jacks kamer ook.'

'Ja, maar de man is mijn verantwoordelijkheid. Hij betaalt mijn salaris. Dus…'

'Misschien is Jerry om de een of andere reden teruggegaan naar het huis.'

'Misschien. Maar ik kan hem niet bereiken. En ik kan hier niet weg om hem te zoeken.'

'Ik ga er wel naartoe om te kijken.'

'Heel graag. Laat het me even weten als je iets ontdekt. Het blauwe huisje is van hem en staat ongeveer driehonderd meter achter het hoofdhuis, naast mijn huisje.'

Pine verbrak de verbinding en liep snel naar haar SUV.

Ze verliet Andersonville meteen en reed naar het noorden. Ze stopte bij de plek waar zij en Lineberry waren beschoten.

Verschillende plaatsen waren afgezet met politietape. De Aston Martin stond er nog, maar om de auto heen stonden oranje pylonnen met politietape eraan. Twee forensisch onderzoekers onderzochten de auto en een agent van de countypolitie stond naast zijn patrouillewagen.

Ze stapte uit en liet haar FBI-badge aan de dienstdoende agent zien. 'Ik werk aan deze zaak samen met rechercheur Wallis van de GBI,' zei ze.

Hij knikte tegen haar en leunde weer tegen zijn auto.

Ze liep onder de politietape door naar de forensisch onderzoekers die met de auto bezig waren. 'Al iets ontdekt?' vroeg ze.

'Hebben een kogel uit het dashboard gehaald,' zei een van hen, een jonge vrouw.

'Wat voor een?'

'Een 5,65.'

'Dat is een NAVO-kogel,' zei Pine. 'Zeer betrouwbaar voor langeafstandsschoten.'

Lineberry had zelfs nog meer geluk gehad dan ze eerst dacht.

'Ook heel veel bloed,' zei de andere onderzoeker, een man van in de veertig.

'Ja, dat was er inderdaad,' zei Pine.

'Is de man in orde?' vroeg de vrouw.

'Hij overleeft het.'

Ze liep terug naar haar SUV en reed verder. Ze stopte bij de plek waar de kapotgeschoten auto op een lepelwagen was gezet. Nadat ze haar badge aan de agent daar had laten zien vertelde hij haar dat de auto naar een politiegarage werd gebracht om grondig te worden doorzocht op sporen, zoals meer bloed, DNA en vingerafdrukken.

Ze bekeek de kogelgaten in de voorruit, de grille en de vernielde band.

De agent zag dat en zei: 'Degene die dat heeft gedaan is een verdomd goede schutter.'

'Bedankt.'

De verbaasde hulpsheriff zei niets, maar keek haar argwanend aan.

Pine reed door en was ongeveer een uur later bij Lineberry's huis. Het enorme landgoed was griezelig stil, maar Lineberry was hier natuurlijk niet, Tyler Straub was in het ziekenhuis en het was de vraag waar Jerry Danvers was.

Het hek was dicht en niemand reageerde toen ze op de videobel drukte. Ze reed om het hoofdhuis heen naar de achterkant. Ook daar was alles omheind, maar ze klom over de muur en liet zich aan de andere kant op de grond vallen.

Ze stond op en keek om zich heen. Het terrein achter het huis was groot, er stonden bijgebouwen en er lag een uitstekend verzorgd terrein met muurtjes en paden, en formele en informele tuinen. Lineberry had nergens op bezuinigd om van zijn thuis een uitzonderlijke plek te maken.

Ze liep over een grindpad en verbaasde zich erover dat ze niemand tegenkwam. Ze nam aan dat Lineberry ook mensen in dienst had die het terrein onderhielden, en verder was er huispersoneel. Toch was ze hier nu helemaal alleen, en dat gaf haar niet bepaald een beter gevoel.

Toen zag ze de beide huisjes, eentje blauw en eentje groen. Straub had gelijk gehad, het waren geen echte cottages. Ze schatte dat de huisjes zo'n driehonderd vierkante meter besloegen.

Ze liep om de blauwe cottage heen en keek door de ramen naar binnen. Maar alle gordijnen waren dicht, dus daar schoot ze niets mee op.

Ze klopte op de voordeur. Geen reactie. Ze klopte weer, maar hoorde binnen geen enkel geluid.

Ze liep naar de achterkant, ramde met haar elleboog een ruitje in de achterdeur in, stak haar hand erdoorheen, draaide de sleutel om en duwde de deur open. Ze verwachtte het gepiep van een alarminstallatie te horen, maar het bleef stil.

Pine deed de deur achter zich dicht en keek om zich heen. Dit was de keuken. Die was keurig netjes en schoon, en alles stond op zijn plek. Dus misschien was Danvers niet alleen een seriemoordenaar, maar had hij ook een dwangstoornis.

Ze checkte de kamers beneden en liep toen de trap op. Boven waren drie slaapkamers, waarvan de laatste was ingericht als werkkamer.

In de slaapkamers vond ze niets van belang.

Het kantoor was een ander verhaal. Een dossierkast was een schatkist: een oude stetson, een pruik met grijs lang haar en, zelfs nog belastender, foto's van Frankie Gomez, Hanna Rebane, Beth Clemmons en Layne Gillespie.

Pine ging aan het houten bureau zitten dat tegen de muur stond en keek naar de foto's van de dode mensen.

Daarna keek ze om zich heen en vroeg zich af of ze nu in het woonhuis was van een seriemoordenaar die ten minste vier en misschien wel meer mensen had vermoord. Opeens viel haar blik op een snoer dat onder het bed verdween. Het was bijna onzichtbaar, maar nu te zien doordat het daglicht precies in de juiste hoek naar binnen viel. Ze bukte zich om te kijken waar het snoer naartoe liep en zag het rode lampje.

Meteen daarna sprong ze op, trok de matras van het bed, rende met de matras naar de badkamer en dook in de badkuip, waarna ze de matras over zich heen trok.

Even later ontplofte de bom die ze onder het bed had gezien.

69

'Lee, Lee, kom binnen. Kom uit die boom. Straks val je en doe je je pijn.'

'Mama, niet boos op haar zijn. Ze is gewoon Lee. Ze klimt graag in dingen. Ze vindt wel een manier om er weer uit te komen.'

Pine keek eerst naar haar moeder en toen naar haar zusje. Ze stonden op de bouwvallige veranda van hun huis. Julia Pine leek kwaad op haar kwajongensachtige dochter, terwijl Mercy Pine blij leek dat haar zusje gewoon zichzelf was.

Zo was het altijd geweest: Lee deed wat ze graag deed en kwam daardoor vaak in de problemen, en haar zusje verdedigde haar altijd.

Pine kreeg nog meer tranen in haar ogen toen de twee belangrijkste mensen in haar leven verdwenen.

Even later ging ze rechtop zitten en toen kwam er met zoveel geweld een golf lucht uit haar borstkas dat ze dacht dat ze ook haar beide longen had vernietigd. Ze had het gevoel alsof ze net na een diepe duik boven water kwam. Ze duwde de matras van zich af, kuchte en hoestte allemaal viezigheid uit. De badkamer was volledig verwoest en de matras lag vol puin.

Maar ik leef nog.

Toch ademde ze de rook in en de brand die de rook veroorzaakte, dus was ze nog niet buiten gevaar. Ze klom uit de badkuip en ging op wankele benen staan, met suizende oren door het lawaai van de explosie. De badkamerdeur was uit de scharnieren geblazen en op de overloop zag ze een muur van vlammen.

Ze keek naar de enige ontsnappingsroute die ze had: één raam boven de badkuip. Ze hoefde het glas niet te breken, want dat was al verbrijzeld door de explosie. Met een handdoek haalde ze de laatste stukjes glas eruit, ze klom naar buiten en stapte op het dak.

Ze liet zich naar het einde van de dakspanen glijden, zwaaide haar benen over de dakrand terwijl ze zich vasthield aan de rand van de dakgoot en bleef daar even hangen, terwijl ze naar beneden keek en de afstand schatte die ze zou vallen.

Toen liet ze los, viel op de grond, rolde en begon te rennen.

Het vuur had kennelijk een gasleiding in het huis bereikt, want even later volgde er een tweede, veel grotere explosie. De daardoor ontstane luchtgolf raakte haar van achteren, zodat ze zeker drie meter door de lucht vloog. Ze rolde nog wel vijf meter door voordat ze tot stilstand kwam. Ze ademde moeizaam en kreunde door de ruwe behandeling die ze zojuist had ondergaan.

Ze stond langzaam op, met haar hand tegen haar onderrug en haar linkerarm slap langs haar zij. Die was uit de kom geschoten.

Verdomme!

Dat was haar al eens eerder overkomen, tijdens een gewichthefwedstrijd die verschrikkelijk verkeerd afliep doordat een van de sluitstukken van een halter met gewichten die ze probeerde te heffen losschoot. De gewichten aan de ene kant waren eraf gegleden, waardoor ze in de richting van de andere kant werd gegooid. Ze was tegen de grond geklapt en haar schouder was uit de kom geschoten. Daarna was die op zijn plek geduwd door de dienstdoende arts. Dat was de meest doordringende pijn die ze ooit had gevoeld, maar dat had maar een seconde geduurd. Wat ze nu voelde was bijna even erg en zou niet ophouden tot ze had gedaan wat ze wist dat ze moest doen. De arts had haar namelijk laten zien hoe dat moest, gewoon voor het geval dat het haar ooit weer overkwam.

Pine liep naar een boom, drukte haar schouder er in precies de juiste hoek tegenaan, sloot haar ogen, haalde drie keer snel adem en duwde de gewonde kant van haar lichaam keihard tegen het stevige hout.

Ze gilde het uit van de pijn. En van woede.

En toen was het voorbij. De pijn was meteen verdwenen, al voelde het nog wel beurs. Ze schudde met haar arm, draaide zich om en keek naar de restanten van Jerry Danvers' kleine cottage. Er was bijna niets meer van over. Ze pakte haar telefoon, belde de politie en de brandweer en keek toen naar het hoofdhuis. Er was niemand naar buiten komen rennen na het kabaal van de explosies, dus vroeg ze zich af waar het personeel in vredesnaam was.

Langzaam liep ze terug naar haar auto. Ze kon nog niet over de muur klimmen, daar was ze nog te slap voor, maar ze slaagde er wel in het hek vanbinnen open te maken.

Ze stapte in haar auto en bleef even stilzitten, terwijl ze probeerde alles te verwerken.

In gedachten zag ze steeds weer het beeld van haar moeder en zusje die naar haar keken terwijl ze in een boom klom.

'Mama, niet boos zijn op haar. Ze is gewoon Lee. Ze klimt graag in dingen. Ze vindt wel een manier om er weer uit te komen.'

Daar ben ik goed in: oplossingen vinden.

Haar zusje had altijd vertrouwen in haar gehad. Pine hoopte dat dat vertrouwen nu niet werd beschaamd.

Ze belde Tyler Straub en vertelde hem wat er was gebeurd.

'Jezus, ben je oké?' riep hij uit.

'Amper. Waar is Jerry?'

'Hij was daar dus niet?'

'Nee.'

'Dan heb ik echt geen idee. Dan is hij spoorloos verdwenen.'

Pine verbrak de verbinding. Tegen alle standaardprotocollen van de FBI in wachtte ze niet tot de hulpdiensten er waren, maar ze liet het hek openstaan.

Terwijl ze terugreed naar Andersonville haalde ze een paar keer diep adem, dwong zichzelf rustig te worden en na te denken.

Lee zal het wel uitvogelen, mama, dat doet ze altijd.

Ze besloot terug te gaan naar de basis om 'het uit te vogelen'.

Ze hadden één zekere connectie: Myron Pringle en de vermoorde pornosterren. En ze hadden een andere, iets vagere connectie: Myron Pringle en Frankie Gomez via de Mercedes Benz-dealer.

Ze stopte in de berm en scrolde door haar recente telefoongesprekken. Ze vond het gesprek dat ze zocht en belde.

'Don Bigelow,' zei de stem.

'Don, met agent Pine van de FBI.'

'Hallo, agent Pine. Ik hoop dat u de man hebt gevonden die dat kind heeft vermoord.'

'We komen steeds dichterbij. Luister, ik weet dat Myron Pringle vorig jaar die AMG bij jullie heeft gekocht, maar heeft hij hem dit jaar een beurt laten geven, in het afgelopen halfjaar of zo? Dat is echt belangrijk.'

'Ik vraag het even na bij die afdeling. Blijf aan de lijn.'

Ze hoorde ongeveer een minuut goede ouderwetse muzak voordat hij weer aan de lijn kwam.

'De auto is hier inderdáád geweest, ongeveer een maand geleden.' Hij vertelde haar de datum.

'Oké, dan mijn volgende vraag. Was dat op een van de dagen dat Frankie Gomez bij jullie was?'

'Wacht nog even, dat moet ik aan Roger Duncan vragen. Ik weet het niet uit mijn hoofd, maar hij waarschijnlijk wel.'

'Je mag hem ook wel met mij doorverbinden, dan hoef je niet als tussenpersoon te fungeren.'

'O ja, goed idee. Wacht even.'

Ongeveer dertig seconden later kwam Roger Duncan aan de lijn. 'Don zei dat u vroeg wanneer Frankie hier was.'

'Ja. Weet u dat nog?'

'Hij was hier twee keer. Dat weet ik nog doordat dat de enige twee zaterdagen waren waarop ik de afgelopen maanden heb gewerkt.' Hij vertelde haar de data. De laatste kwam overeen met de datum waarop Pringles Mercedes een beurt had gehad.

'Dat is geweldig, heel erg bedankt.'

'Wat heeft dit met Frankie te maken?'

'Ik probeer een connectie te vinden tussen hem en de man die die dag zijn AMG bij de garage bracht voor een servicebeurt.'

'Een AMG S63?'

'Ja, u weet het nog.'

'We verkopen niet veel AMG's. Die zijn behoorlijk duur. Het is vrijwel hetzelfde model en heeft dezelfde wielbasis als de S560, maar met veel meer vermogen onder de motorkap.'

‘Herinnert u zich de man, Myron Pringle? In de vijftig, heel lang.’

‘Nee, zo iemand herinner ik me niet. Maar zij was echt heel aardig voor Frankie. Kocht zelfs snoep voor hem uit de automaat.’

‘Zij?’

‘De vrouw die de auto kwam brengen. Ze zag Frankie en vroeg naar hem. Ik vertelde haar dat we op hem pasten. Ze was aardig voor hem, kocht snoep voor hem en zo, zoals ik al zei.’

‘Wacht even, zegt u nu dat een vrouw en niet een man de S63 kwam brengen voor die beurt?’

‘Ja.’

Het beeld van Lauren Graham flitste door haar hoofd. ‘Beschrijf haar eens.’

Toen hij klaar was bedankte ze hem, reed de weg weer op en scheurde naar een nieuwe bestemming.

Maar die bestemming was niet Lauren Graham. De beschrijving die hij had gegeven was precies die van Britta Pringle.

70

Onderweg belde Pine Laredo. Ze vertelde hem wat ze had ontdekt en dat ze bijna was opgeblazen. 'Ik heb niet op de hulpdiensten gewacht. Ik weet wel dat dat niet hoort, maar ik kon niet anders.'

'Volgens mij heb je het goed gedaan,' zei Laredo. Hij beloofde net als zij naar het huis van de Pringles te gaan en Wallis ook op de hoogte te brengen.

Ze reed snel over de met bomen omzoomde weg en was algauw bij het schitterende moderne huis. Ze stopte, stapte uit en scande het terrein, terwijl er allerlei gedachten door haar hoofd schoten.

Britta had de auto naar de garage gebracht. Britta had Frankie Gomez gezien en zelfs snoep voor hem gekocht. Waarom had ze dat gedaan? Waren Myron en Britta hier allebei bij betrokken? Of zij alleen? Als dat zo was, waar was Myron dan in vredesnaam? Pine wilde net naar de voordeur lopen toen ze zich bedacht.

Ze liep naar achteren en keek niet naar de achterkant van het hoofdhuis, maar naar Britta's Cape Cod. Ze keek om zich heen, maar zag en hoorde niemand.

Ze trok haar pistool, liep langs het zwembad, rende de trap op naar Cape Cod en keek door het raam naar de kamer die uitkeek op het zwembad.

Ze voelde aan de deur naast het raam en die ging open. Ze liep naar binnen en deed de deur dicht. De enige verlichting was afkomstig van de zon die naar binnen scheen.

Snel doorzocht ze het huis. Het was prachtig ingericht en leek onbewoond, iets wat haar verbaasde. Dit zou de plek zijn waar Britta kon nadenken. Ze vroeg zich af waar Britta dan wel over dingen nadacht.

Op de bovenverdieping en in een kamer aan de achterkant van het huis met uitzicht op het zwembad vond ze het. Dat wist ze, doordat dit de enige deur in het huis was die op slot zat.

Met haar Glock schoot ze het slot kapot.

Toen Pine de kamer binnenliep zag ze dat alle gordijnen dicht waren, waardoor het er pikdonker was.

Ze vond een lichtknopje en deed het licht aan. Het was een steriele omgeving. Eenvoudig gemeubileerd en helemaal niet gezellig. En toen zag ze de kast. Ze maakte hem open en daarin zag ze iets wat alleen maar de relikwieënkast van Britta's dode kinderen kon worden genoemd.

Behalve ontelbare herinneringen aan hun jeugd en hun leven als jongvolwassenen, lagen er een heleboel foto's van Mary en Joey Pringle. Pine herkende hen van de foto's die Britta hun eerder had laten zien.

Op een van de foto's zaten ze naast het zwembad. Mary droeg een bikini en Joey alleen een spijkerbroek. Pine keek aandachtiger naar Joey. Ze pakte de foto en nam hem mee naar het raam, waar ze de gordijnen opentrok om het daglicht binnen te laten. Toen zag ze dat ze het goed had gezien: Joey had een Christoffel-penning om zijn hals. Hij was doodgeschoten. Een ongeluk, had Britta gezegd. De Christoffel-penning die Frankie Gomez had gedragen was beschadigd door een kogel. De lijkschouwer had er bloed en de restanten van een hagelkorrel op gevonden.

Nu wist Pine zeker dat de penning van Joey was geweest. Hij had hem gedragen toen hij werd doodgeschoten, kennelijk met een geweer. De vraag was nu: was het een ongeluk geweest, zoals Britta had gezegd? Was hij vermoord of had hij zelfmoord gepleegd?

En zo ja, waarom?

In de kast stond ook een televisie en in een lade onder de tv lag een dvd. Op het hoesje had iemand met een pen geschreven: *Dorothy and the Ruby Red Nipples.*

Ze haalde de dvd uit de hoes en stopte hem in de dvd-speler die aan de tv was gekoppeld. Ze pakte de afstandsbediening en spoelde snel door de intro en openingsscènes. Daarna drukte ze op *play*, waarna de film op normale snelheid werd afgespeeld. Het duurde ongeveer drie minuten voordat ze haar zag.

Mary Pringle kwam in beeld. Ze was ongeveer net zo gekleed als Judy Garland in *The Wizard of Oz*, compleet met robijnrode slippers, hoewel haar kleding veel onthullender was dan Garland had gedragen. Er werd aangebeld. Mary deed de deur open en daar stonden drie mannen, gekleed als de Vogelverschrikker, de Blikken Man en de Leeuw. Nog geen twee minuten later, en na een korte gekunstelde dialoog, hadden ze geen kleren meer aan en waren ze druk bezig op de bank, drie op een. Mary kreunde en jammerde, maar Pine betwijfelde of de vrouw er ook maar één minuut van had genoten. De scène leek pijnlijk en vernederend.

Pine drukte op *terugspoelen* en ging terug naar de intro. Dorothy werd gespeeld door Desiree Debauchery, duidelijk Mary's alias.

Ze zette de film uit en legde de afstandsbediening neer.

In dezelfde lade als de dvd lag een verbleekt krantenartikel van een krant uit Florida. Ze pakte het, vouwde het open en las de kop: PORNOACTRICE NEEMT OVERDOSIS. Het artikel was kort, maar er stond dat Joey Pringle het lichaam had ontdekt.

En kort daarna stierf Joey Pringle aan een schotwond.

Zelfmoord?

Met haar telefoon maakte Pine overal foto's van, ook van een paar filmbeelden.

Ze legde alles net terug toen ze het geluid hoorde.

Een plons.

Ze stopte de dvd en het krantenartikel in haar zak, sloot de kast en rende de trap af. Ze liep snel door de kamer en keek door het raam naar het zwembad.

Naast het zwembad stond een rode steekwagen. Het wateroppervlak rimpelde.

Pine trok haar pistool en liep naar buiten.

Ze keek om zich heen, maar zag niemand. Ze sloop naar de zijkant van het zwembad en keek in het water. Toen het water niet meer bewoog zag ze iets.

Myron Pringle keek naar haar op. Hij had een ontbloot bovenlichaam en droeg zijn zwembroek. Een geel luchtbed botste tegen de rand van het zwembad.

Pine legde haar pistool neer, haalde haar telefoon, de dvd en het krantenartikel uit haar zak, legde ze op een ligstoel en dook in het water. Ze was algauw bij de bodem, pakte Myron onder de schouders en zette zich af. Moeizaam zwom ze met hem omhoog, maar ze slaagde er uiteindelijk in hem toch boven het wateroppervlak te krijgen. Ze haalde diep adem voordat ze weer onder water dook. Ze trappelde met haar voeten en zwom naar de zijkant van het zwembad.

Toen ze daar eindelijk was sleepte ze Myron de trap op en legde hem naast het zwembad.

Ze checkte zijn pols, maar voelde niets. Zijn ogen waren gesloten en zijn borstkas was roerloos. Ze begon hem te reanimeren en duwde in gedachten tellend op zijn borst.

Kom op, kom op, niet doodgaan!

Ze bleef drukken, ze wilde zijn hart dwingen om weer te gaan kloppen zodat hij ging ademen, er lucht in zijn longen kwam en het water eruit werd geduwd.

Eindelijk hapte hij naar adem, schokte met zijn bovenlichaam en ademde weer.

Ze legde hem op zijn zij en drukte tegen zijn middenrif tot hij het water dat hij binnen had gekregen uitbraakte. Pine legde hem weer op zijn rug en voelde zijn pols. Die was zwak, maar zijn hart klopte dus nog.

Als hij in het water was gevallen toen ze de plons hoorde, dacht ze dat ze hem er op tijd uit had gekregen om hersenschade te voorkomen.

Nu moest ze hem zo snel mogelijk naar een ziekenhuis zien te krijgen. Ze draaide zich om om haar telefoon te pakken.

Dat was het laatste wat ze zich herinnerde voordat ze door een keiharde klap tegen haar hoofd het bewustzijn verloor.

71

Pine kwam langzaam bij en keek om zich heen. Ze had een brandende pijn in haar hoofd en voor haar gevoel wogen haar natte kleren honderden kilo's. Ze zag dat ze in Cape Cod was.

Ze keek naar de vrouw die tegenover haar zat en haar eigen Glock op haar richtte.

Britta leek opvallend beheerst. Haar kapsel zat perfect en er zat geen kreukel in haar crèmekleurige lange broek. Haar lichtblauwe blouse en de witte trui die ze eroverheen droeg waren smetteloos. Ze had onderweg kunnen zijn naar een tuinfeestje of een lunch in een leuk restaurant.

'Waar is Myron?' vroeg Pine.

'Terug waar hij hoort te zijn,' zei ze bedaard.

'In het zwembad?'

'Waar hij hoort te zijn.'

'Hij is dus dood?'

'Dat hoop ik. Een verschrikkelijk ongeluk. Dat komt ervan als mensen die niet kunnen zwemmen van hun luchtbed vallen als er niemand in de buurt is, vooral nadat ze hebben gedronken. Tijdens de autopsie zullen ze tot de ontdekking komen dat hij een heel hoog alcoholpercentage in zijn bloed heeft. Dan raak je in paniek, komt er water in je longen en is het snel afgelopen.'

Pine keek met enige bewondering naar haar. Dit was een totaal andere vrouw dan de op het oog angstige en overweldigde vrouw die zij en Laredo kortgeleden hadden ondervraagd. 'Je hebt een hele show voor ons opgevoerd in je huis,' zei Pine. 'Je had me er echt van overtuigd dat je niets wist en je echt zorgen maakte om Myron.'

‘Ik maakte me ook zorgen, alleen niet om Myron.’

‘Je wílde dat we die pornofilms vonden,’ zei Pine.

Toen Britta niet antwoordde vroeg ze: ‘Heb je dit allemaal gedaan om wraak te nemen? Ik heb de video van Mary gezien. En het “ongeluk” van je zoon was in werkelijkheid zelfmoord, hè?’

Britta keek naar het pistool in haar hand alsof ze het nu pas zag en begon langzaam en zacht te praten. ‘Kun je je een man voorstellen die zijn dochter in pornofilms laat spelen omdat een paar klootzakken haar ervan hebben overtuigd dat dat geweldig is en dat diezelfde klootzakken haar verslaafd maken aan drugs, en dat die man vervolgens besluit dat het produceren van pornofilms kennelijk zo lucratief is dat hij daarin springt? Nota bene nadat zijn enige nog in leven zijnde kind zijn dode zus vindt en een kogel door zijn eigen hoofd schiet? Verdient die man het wel om te leven? Mijn antwoord op die vraag was nee.’

Pine ging iets rechterop zitten. Britta had niet de moeite genomen haar vast te binden en ze hoopte dat dat een grote fout van haar zou blijken te zijn en een manier om te ontsnappen voor haar. ‘Ik begrijp je woede jegens Myron. Maar waarom heb je die andere moorden gepleegd?’

‘Ik was een moeder, Lee. Ik had twee fantastische kinderen. Ik dacht dat ik een fantastische echtgenoot had. Een beetje vreemd, iets minder empathisch dan me lief was, maar een briljante man die voor een geweldig leven zorgde.’

‘Tot je besloot dat die ruil onvoldoende was?’

Britta leunde naar voren. ‘Tot hij diezelfde rotzooi ging produceren en met dezelfde mensen samenwerkte die mijn fantastische dochter hadden vermoord en ervoor hadden gezorgd dat mijn zoon zelfmoord pleegde.’

‘Frankie Gomez maakte geen deel uit van die wereld. Hij was maar een kind.’

Britta leunde naar achteren en perste haar lippen op elkaar. Ze antwoordde niet meteen. ‘Zodra ik die jongen zag, wist ik wat voor leven hij zou krijgen. Hij was waarschijnlijk een illegaal. Hij zou in armoede opgroeien en sterven voordat hij van de highschool af was door gedonder met een bende. Ik heb hem gewoon een heleboel ellende bespaard.'

'Wie gaf jou het recht dat voor hem te beslissen?'

'Ik ga echt niet met je in discussie.'

'Waarom die sluier en die oude smoking, en waarom heb je Frankie die kleren aangetrokken? Deed jij dat of je handlanger?'

'Handlanger?'

'Je hebt Layne Gillespie onmogelijk zo ver kunnen dragen. En jij hebt niet gedaan alsof je Cy Tanner was toen hij met Frankie praatte.'

'Dat is niet van belang.'

'Maar waarom koos je ervoor die pornoacteurs te vermoorden?'

'Layne Gillespie ontmoette Mary in een bar. Hij vond kennelijk dat ze er leuk uitzag. Hij vertelde haar wat zijn werk was, hoeveel geld ze kon verdienen. Hij koos haar uit en rekruteerde haar voor deze smerigheid.' Vol walging vertrok Britta haar mond.

'En Hanna Rebane?'

'Ze was de "ster" in films met mijn prachtige, onschuldige dochter. Ze hadden seks samen. Daarna introduceerden ze haar in de drugswereld en werd mijn dochter onherkenbaar. Ze hebben haar van mij gestolen.'

'En Beth Clemmons?'

Britta maakte een wegwerpgebaar. 'Nogmaals, niet belangrijk.'

'Hoe weet je dit allemaal?' vroeg Pine.

'Mijn kinderen stierven. Dus zorgde ik ervoor dat ik het wist,' zei ze heftig. Wat rustiger zei ze: 'Dit is heel moeilijk voor me geweest.'

'Veel minder moeilijk voor jou dan voor de mensen die nu dood zijn.'

'Ik dacht dat je meer begrip zou hebben. Jij bent je zusje verloren.'

Pine brulde: 'Hoe durf je wat er met mijn zusje is gebeurd te vergelijken met alle moorden waar jij bij betrokken bent! En als je de politie toen de waarheid had verteld, hadden ze mijn zusje misschien kunnen vinden.'

Britta wreef over haar voorhoofd. 'Ik zie wel dat je geen begrip voor me kunt opbrengen.'

Pine dacht snel na. 'Jij had een zoon en een dochter. Alleen de "zoon" is vermoord. Maar de dochter? Wie zal dat zijn?'

Britta zei zacht: 'Binnenkort is alles voorbij. Dan is de nachtmerrie eindelijk afgelopen.'

Pines stem trilde een beetje toen ze zei: 'Zo hoeft het niet te gaan, Britta. Je kunt er nu mee stoppen.'

'Nee, dat kan ik niet. Ik moet het afmaken.'

'Je had een probleem met Myron. Je hebt met hem afgerekend. Hij is dood. Dus geef mij dat pistool en dan houden we ermee op. Dat zou beter zijn, dat weet jij ook wel.'

'Ik hield ontzettend veel van mijn kinderen. Ik wilde het beste voor hen. En… En toen waren ze opeens dood. Dus moet ik dit afmaken. Voor hen.'

'Ik weet dat je samenwerkt met Jerry Danvers. Bel hem alsjeblieft op en zeg dat hij niet nog iemand moet vermoorden. Alsjeblieft.'

Ze schudde haar hoofd. 'Er is zoveel wat je niet weet.'

Pine zei gefrustreerd: 'Vertel het me dan. Wat wil je bijvoorbeeld bereiken? Strijk je een enorme levensverzekeringsuitkering op of krijg je al het geld dat Myron heeft verdiend?'

Britta zei vol afkeer: 'Ik wil geen cent hebben van dat bloedgeld.' Even sloeg ze haar blik neer. 'Als dit voorbij is heb ik niets meer om voor te leven.'

'En ik dan?'

'Het spijt me heel erg, echt waar. Ik dacht dat ik je nooit terug zou zien. Ik mocht je ouders heel graag, en jij en Mercy waren zo lief. Jullie speelden met mijn kinderen, weet je. Misschien, als alles anders was gelopen, waren jullie samen opgegroeid en was alles goed gekomen. Maar dat zat er dus niet in.'

'Wie is je vierde slachtoffer, Britta? Vertel me dat alsjeblieft.'

'Daar kun jij niets aan veranderen.'

'Als je me toch gaat vermoorden, kun je me dat best vertellen.'

'Nee, dat neem ik mee in mijn graf.'

'Wil je echt dat het zo eindigt?'

'Ik ben bang van wel.'

'Atlee!'

De stem kwam van buiten.

Het was Eddie Laredo.

'Agent Pine!'

Dat was rechercheur Max Wallis.

Britta keek naar het raam.

En dat was de kans waar Pine op had gewacht.

Ze trok haar Nano, maar in plaats van dat ze ermee schoot gooide ze hem naar Britta.

Het pistool was nat geworden toen ze in het zwembad was gedoken, zodat het waarschijnlijk toch niet zou afgaan. Maar ze kon er prima mee gooien, want het wapen raakte Britta in haar gezicht en ze gilde het uit van de pijn.

Pine sprong over de rugleuning van de bank. Haar voeten raakten de grond op hetzelfde moment als waarop Britta op haar schoot. De kogels van de Glock drongen door de bank heen en sloegen in de muur achter Pine.

Terwijl Pine achter de rugleuning van de bank langs sloop, hoorde ze dat Laredo en Wallis buiten riepen en hun kant op renden.

Bij de hoek van de bank pakte ze een lamp die daar stond en smeet hem in de richting van Britta.

Maar omdat ze geen reactie van Britta hoorde, keek ze even boven de rugleuning van de bank uit en scande de kamer.

Britta was er niet, maar haar Glock lag op de grond.

Pine rende ernaartoe, raapte hem op en rende naar de deur die naar het zwembad leidde. Ze trapte hem open en stond oog in oog met Laredo en Wallis die beiden hun wapen hadden getrokken.

'At...' begon Laredo.

Maar ze rende langs hem heen en keek in het zwembad.

Myron lag weer op de bodem en deze keer kwam hij niet meer bovendrijven. Het was duidelijk dat hij dood was; zijn ogen waren geopend en hij lag roerloos op de bodem.

'Shit!' riep ze.

Laredo keek ook en zag het lichaam. 'Is dat Pringle?'

Ze knikte. 'Ik heb hem één keer kunnen redden, maar geen tweede keer.'

‘We hoorden een schot.’

Meteen daarna hoorden ze een auto starten, maar het was geen gewone auto.

‘Dat is de Pagani!’ riep Laredo.

‘De wat?’ brulde Wallis.

Pine rende naar de garage, met Laredo in haar kielzog, terwijl Wallis hijgend achter hen aan kwam. Ze waren net bij de binnenplaats voor de garage toen de Pagani uit een van de deuren schoot en zo snel accelereerde dat het leek alsof er een vliegtuig opsteeg.

Pine veranderde van richting en rende naar haar SUV. Zij en Laredo bereikten die tegelijkertijd; zij sprong achter het stuur en hij klom naast haar. Ze startte de motor en ze scheurden al achter de Pagani aan, terwijl Wallis zich nog steeds twintig meter achter hen bevond.

‘In dit ding haal je haar dus nooit in,’ zei Laredo.

‘Dat zullen we nog weleens zien.’

Voor zich konden ze alleen de stofwolk zien die was opgeworpen door de Pagani. Het was alsof ze in een tornado reden.

‘Hou je vast!’ zei Pine. Ze rukte het stuur naar rechts, reed de weg af, scheurde tussen twee enorme eiken door, trapte het gaspedaal nog dieper in, reed dwars door een heg heen en rukte het stuur weer naar rechts.

De Pagani reed zo’n zeven meter rechts van hen, maar nu reden ze er bijna naast in plaats van door de stofwolk erachter.

Pine zei: ‘Probeer een band lek te schieten.’

‘Van een Pagani?’

‘Ja verdomme, van een Pagani! Maar zorg wel dat je haar niet raakt. Ze moet ons vertellen wie het laatste slachtoffer is.’

Laredo trok zijn pistool en richtte met tegenzin.

Maar vlak voordat hij kon vuren trok de Pagani met een verbluffende snelheid op.

‘Jezus!’ zei Pine, die al plankgas reed.

De Pagani had de weg bereikt en accelereerde zo snel dat hij al bijna uit het zicht verdwenen was toen Pine de weg eindelijk bereikte.

‘We halen haar nooit in.’

Laredo pakte zijn telefoon. 'We kunnen wegafzettingen plaatsen. En de Pagani heeft één zwak punt: hij zuipt als een tierelier. Ze kan deze snelheid niet heel lang handhaven voordat de tank leeg is.'

Daar hoefden ze zich echter geen zorgen meer over te maken.

Want toen ze een bocht om kwamen en de Pagani konden zien, stak er een hert voor de Pagani de weg over.

'O, shit!' riep Pine.

De Pagani zwenkte naar rechts en toen naar links. Maar het was te laat. De achterwielen begonnen te slingeren.

'Ze is de macht over het stuur kwijt,' riep Laredo.

Even later verloren de achterwielen het contact met het wegdek. De voorwielen zwenkten naar rechts en naar links, en toen werd de hele auto gelanceerd.

De zwevende Pagani miste het hert, dat stokstijf midden op de weg was blijven staan, en zeilde langs het dier heen. Het hert rende onmiddellijk door en verdween in het dichte bos.

De Pagani knalde tegen een groep eiken. De benzinetank raakte beschadigd en vloog in brand, en de vuurbal was zo intens dat Pine keihard remde, achteruitreed en gas gaf om te voorkomen dat ze erbovenop botsten en werden opgeslokt door de vuurzee.

Ze zaten in de SUV naar de rook te kijken die omhoogwolkte.

'Hij is weg. Die hele auto is verdomme weg.' Laredo keek alsof hij moest overgeven.

'En zíj is dood,' zei Pine. 'En dat betekent dat het laatste slachtoffer dood is.' Ze sloeg met haar vuisten tegen het stuur.

72

Nadat ze de politie en de brandweer hadden gebeld en verteld hadden waar ze naartoe moesten, reden ze terug naar Britta's huis. Daar vertelden ze Max Wallis wat er allemaal was gebeurd.

Toen de politie en de forensisch onderzoekers een paar minuten later arriveerden, haalden zij Myrons lichaam uit het zwembad en legden het ernaast. Ze gingen er allemaal omheen staan en keken op hem neer.

Pine had Laredo en Wallis verteld wat ze had ontdekt over Mary en Joey Pringle, en ook wat Britta haar had verteld.

'Financierde hij echt pornofilms?' vroeg Wallis.

'Ja,' zei Pine.

'Na wat er met zijn dochter was gebeurd?' vroeg Laredo. 'En met zijn zoon? Wat een klootzak.'

'Hij was een te logisch denkend mens,' zei Pine. 'Hij wilde te graag geld verdienen. Zo graag dat hij meedogenloos werd. Ik kan me wel voorstellen dat Britta daar moeilijk mee kon leven.'

'Maar dat is geen excuus voor wat ze heeft gedaan,' zei Wallis.

'Daar is nooit een excuus voor,' antwoordde Pine.

Haar telefoon zoemde en ze nam op.

Carol Blum was aan de lijn en haar anders zo rustige houding was verdwenen.

'Cy Tanner was hier net.'

'Wat is er mis?'

'Het is Jenny, zijn kleindochter.'

'Wat is er met haar?'

'Ze is verdwenen.'

Pine was in recordtijd terug in het dorp.

Blum stond voor de Cottage op haar te wachten.

Pine, Laredo en Wallis sprongen uit de SUV en renden naar haar toe.

'Waar is Cy?' vroeg Pine.

'Op zoek naar Jenny.'

'Hoe is ze verdwenen?' vroeg Laredo.

'Ze was in de achtertuin aan het spelen. Toen mevrouw Quarles even ging kijken hoe het met haar ging, was ze weg. Ze hebben overal gezocht en toen de politie gebeld.'

'Hoe lang is dat geleden?'

'Twee uur ongeveer,' zei Blum.

Laredo keek Pine aan en zei: 'Ze zou nog kunnen leven. Rebane, Gillespie en Gomez zijn lang voor hun dood ontvoerd.'

Pine keek naar de verlaten straat en opeens hoorde ze schoten. 'Wat is dat?' riep ze.

Blum zei op scherpe toon: 'Nee, dat is de re-enactment maar. Ze beginnen net. De parade was vanochtend. Iedereen is in het Civil War Village.'

'De Civil War-re-enactment,' zei Pine, bijna in zichzelf.

'Wat?' vroeg Laredo toen hij haar vreemde blik zag.

'Rebane in een oude sluier gepositioneerd in de hoofdstraat. Gillespie in een oude smoking op een Civil War-graf. Frankie in het drummer boy-uniform in een museum in de hoofdstraat. En nu de re-enactment?'

'Maar daar zijn veel te veel mensen om iets te proberen,' zei Wallis.

'Dat is zo,' zei Laredo.

'Maar deze man houdt van risico's nemen,' zei Pine.

'Weet je dan wie het is?' vroeg Blum.

'Ik denk van wel,' zei Pine, die opeens iets bedacht. Ze toetste een nummer in op haar telefoon, maar niemand nam op, wat haar verbaasde.

Daarna belde ze het ziekenhuis in Americus en werd doorverbonden met Jack Lineberry's kamer.

Toen er iemand opnam kon Pine het bijna niet geloven. 'Jerry?'

'Hallo, met wie?'

'Atlee Pine.'

'Wat wil je?'

'Ik hoorde dat je ervandoor was.'

'Wie heeft je dat verteld? Ik ben hier al sinds vanochtend vroeg.'

'Waarom belde je collega me dan om te vragen waar je was?'

'Straub? Die is hier de hele dag niet geweest. Ik ben pisnijdig. Ik zou hier wel wat hulp kunnen gebruiken.'

Pines mond viel open. 'Wat?! Je hebt hem gesproken?'

'Hij belde vanochtend en wilde dat ik terugging naar het landgoed. Hij zei dat ik de boel daar moest bewaken. Hij wilde dat ik naar mijn huisje ging en van daaruit de zaak in de gaten hield.'

'Maar je bent niet gegaan?'

'Nee, op het laatste moment besloot ik dat niet te doen. Ik vond dat ik hier bij meneer Lineberry moest zijn.'

Pine dacht aan de bom. 'Dan heb je geluk gehad. Heb je dat al tegen Straub gezegd?'

'Nee, dat niet. Hoezo?'

'Laat maar. Blijf gewoon bij Jack en zorg dat hem niets overkomt.'

'Wat ga jij nu doen?'

'Wat ik moet doen.'

Pine verbrak de verbinding en keek Laredo aan. 'Het is Jerry Danvers niet, maar die andere bewaker, Tyler Straub.'

'Wat? Werkt hij met Britta samen?' riep Laredo.

'Denk je dat hij Jenny heeft ontvoerd?' vroeg Blum.

'Ik weet het niet. Maar Britta kan op verschillende manieren hebben gehoord dat Jenny bij de Quarleses was. Volgens mij hield Straub in de Pagani Cy's huis in de gaten om het eruit te laten zien alsof het Myron was.'

'Denkt u dat ze hem de schuld van al die moorden in de schoenen wilden schuiven?' vroeg Wallis.

'Dat denk ik inderdaad. Maar daar gaat het nu niet om. We moeten Jenny zoeken.'

Op dat moment rende Lauren Graham vanuit de Cottage naar hen toe.

'Dit moeten jullie zien!' riep ze.

Snel liepen ze met haar mee naar binnen.

Graham liep snel naar de vitrinekast met haar poppenverzameling en opende een van de deuren.

Pine bleef naast haar staan. 'Wat is er?'

Graham wees naar een van de poppen. Dat was de grootste, die meer op een etalagepop leek dan op een gewone pop. Nu droeg de pop geen kleren meer. Ze zei: 'Iemand heeft haar kleren meegenomen.'

'De kleren?' Pine keek naar de pop. 'Wanneer is dat gebeurd?'

Graham leek helemaal ontdaan. 'Dat weet ik niet. Ik zag het nu pas.'

'Ken je Tyler Straub?' vroeg Pine.

'Tyler?'

'Je kent hem dus?'

'We zijn een paar keer samen uit geweest. Waarom vraag je naar hem?'

'Wanneer was de laatste keer dat je hem hebt gezien of gesproken?'

'Een paar dagen geleden. Hoezo?'

'Heb je enig idee waar hij nu is?'

'Nee, maar ik kan hem wel bellen.'

Pine schudde haar hoofd. 'Nee, dat heb ik al gedaan. Hij nam niet op.'

'Waarom belde je hem dan?'

'Is iedereen bij de re-enactment?' vroeg ze aan Graham.

De vrouw leek verbijsterd door die vraag. 'Natuurlijk. Waar zouden ze anders moeten zijn? Dat is het belangrijkste evenement van het jaar. Je kunt nergens je auto nog kwijt. Het was heel druk vanochtend langs de route van de parade en nu kijkt iedereen naar die nagespeelde veldslagen. Je kunt de schoten horen.'

Iedereen kijkt naar die nagespeelde veldslagen.

'Is de Historic Site nog steeds open?' vroeg ze.

'Officieel wel, maar ik betwijfel of daar iemand is. Zelfs de meeste werknemers en rangers die daar werken kijken naar de re-enactment. Sommigen van hen verkleden zich ook en doen zelf mee.'

Laredo keek Pine aan en zei: ‘Iedereen is hier.’
‘En niemand is daar,’ zei Pine. ‘Dat is pas de perfecte afleiding.’
Ze renden naar de SUV.

73

De parkeerplaats van de Historic Site stond vol, maar ze beseften algauw dat hier alle auto's stonden die niet meer vlak bij de locatie van de re-enactment konden staan.

Het terrein leek verlaten.

Op de parkeerplaats overlegden ze even en ze besloten zich op te splitsen, zodat ze meer terrein konden doorzoeken.

Wallis zei: 'Ik heb versterking opgeroepen, maar het duurt nog wel een halfuur voordat ze er zijn.' Hij keek Pine aan. 'Maar als u zich vergist, zou dat de dood van dat kleine meisje kunnen betekenen.'

'Dit is de enige kans die we hebben,' zei Pine. Ze keek langs hem heen en riep: 'En ik denk echt dat ik gelijk heb.'

Ze rende naar een plek vlak bij de parkeerplaats waar achter een paar struiken een stukje van een autobumper te zien was. Toen ze bij de auto was, buiten adem, bekeek ze de Porsche-SUV.

Toen de anderen bij haar waren, vertelde ze: 'Dit is Jack Lineberry's Porsche. Ik heb erin gezeten toen ik met hem ging lunchen. Danvers reed en Straub zat naast hem.'

'Dus hij is hier écht,' zei Wallis. Hij wilde het bestuurdersportier openmaken, maar dat zat op slot.

Blum riep: 'Kom eens kijken.' Ze keek door de achterruit naar binnen.

Toen ze bij haar waren wees ze naar een paar bloemblaadjes die op de vloer lagen. 'Die herken ik. Die bloemen staan in de tuin van de Quarleses.'

'Ze zaten zeker aan Jenny's schoenen toen Straub haar ontvoerde,' zei Laredo.

Pine verdeelde het terrein in drie delen en gaf de mannen opdracht ieder een deel te controleren. 'Carol gaat met mij mee. Als jullie iets zien, wat ook, moeten jullie roepen. Oké, we gaan.'

Ze verspreidden zich.

Toen Pine en Blum naar hun deel van het terrein liepen keek Blum om zich heen. 'Waarom zou hij haar hiernaartoe brengen? Op klaarlichte dag?'

'Ik weet het niet, Carol. Maar ze is hier écht. Dat weet ik zeker. En jij zag de bloemblaadjes in de Porsche, dus is Jenny hier.'

De replica van het omheinde deel was verlaten, net als het krijgsgevangenenmuseum.

Er was één vrouw aan het werk, maar zij had niets gezien en leek ervan te balen dat ze de re-enactment misliep.

Ze lieten haar alleen en liepen snel naar de rijen graven.

'Mijn god!' riep Blum. 'Ik heb een zoon in het leger. Stel dat we weer oorlog gaan voeren? Ik moet er niet aan denken dat ik hem kwijtraak.' Ze keek om zich heen. 'Maar al deze jonge mannen hadden een moeder die dat verlies heeft geleden, dat verdriet.'

Toen Blum dat zei veranderde er iets in Pine. Ze keek om zich heen. 'Moeder!'

'Wat?'

'Moeder!' Pine rende weg.

'Agent Pine,' riep Blum haar achterna. 'Waar gaat u naartoe?'

Pine antwoordde niet. Ze rende alsof haar leven ervan afhing.

Wat ook zo was.

Toen Pine bij het standbeeld kwam dat de staat Michigan had geplaatst ter ere van de gesneuvelde soldaten en zeelieden, keek ze omhoog naar de treurende vrouw die volgens de parkranger 'moeder' werd genoemd. Ze was bang dat de dode Jenny in de kleren van de pop aan de voeten van het beeld zou liggen, maar dat was niet zo.

Hoe zou Straub haar hier moeten krijgen zonder gezien te worden? Hij kon het meisje natuurlijk niet dragen. Pine keek om zich heen en zag in de verte een paar bezoekers.

Het was ontzettend riskant om op klaarlichte dag een lijk op een openbare plek neer te leggen. Ze vroeg zich af hoe Straub dat wilde doen.

Wat zou ik doen?

Een antwoord schoot haar te binnen: *je zou proberen één te worden met je omgeving, maar er ook uitzien alsof je hier hoort zodat iemand die je ziet dat niet vreemd vindt.*

Ze keek naar het gebouw verderop, het kantoor van de Park Service. Ze rende ernaartoe en pakte ondertussen haar telefoon. Ze belde Laredo en vertelde hem waar ze naartoe ging en waarom.

Hij zei dat hij naar haar toe kwam en Wallis zou bellen om hem dit te vertellen. Wallis was al in dat gedeelte.

Toen ze vlak bij het gebouw was zag ze een man in een kakikleurige lange broek, licht overhemd en strooien hoed die met een kruiwagen de hoek om kwam. Er lag een deken over de inhoud van de kruiwagen.

Even later rende Max Wallis de andere hoek van het gebouw om. Daardoor was hij maar een meter van de man met de kruiwagen verwijderd. Wallis hijgde en zag eruit alsof hij zo kon omvallen. 'Hé jij!' riep Wallis tegen de man. 'Staan blijven, nu!'

Pine zag het al voordat Wallis het zag. Ze richtte haar pistool, maar de man had al op Wallis geschoten. De kogel raakte de rechercheur in de borst en hij viel meteen.

'Straub!' schreeuwde Pine.

Voordat ze kon schieten bukte hij zich, dook achter de kruiwagen, tilde de deken op en haalde er iets uit.

Dat iets was Jenny. Ze was slap.

Met zijn vrije hand hield Straub het pistool vast waarmee hij Wallis net had neergeschoten.

'Straub, leg haar neer en gooi je wapen weg,' riep Pine.

Hij antwoordde door op haar te schieten.

Ze dook weg, maar schoot niet terug omdat hij Jenny als een schild voor zich hield. Pine wist niet of het kind leefde of dood was, maar ze kon het risico niet nemen.

Straub rende naar links en verdween om de hoek van het bijgebouw, met Jenny over zijn schouder.

Pine rende naar voren en knielde naast Wallis. Ze voelde aan zijn hals, maar er was geen hartslag. Ze rolde hem opzij en zag de wond midden in zijn borst. Zijn ogen waren open maar die zagen niets. Pine stak haar hand uit en sloot ze. 'Verdomme. Het… spijt me, Max.'

'Pine!'

Ze keek achterom en zag dat Laredo naar haar toe kwam rennen. Ze stond op. 'Wallis is dood. Straub heeft hem doodgeschoten. Hij heeft Jenny. Kom mee!'

Samen renden ze achter Straub aan.

74

Ze hadden de hele begraafplaats gecheckt, maar toch was Straub er op de een of andere manier in geslaagd te verdwijnen.

Met Jenny.

Pine en Laredo renden om een bijgebouw heen en scanden de omgeving, maar zagen niemand.

'Denk je dat Jenny nog leeft?'

'Ja.'

'Waarom denk je dat?'

'Hij nam haar mee. Dat zou hij niet doen als ze dood was.'

'Dat klinkt logisch.'

'Jij gaat naar rechts, ik ga naar links,' zei Pine.

Laredo knikte en rende naar rechts.

Nadat Pine een meter of vijftig had gerend, bleef ze staan. Hoe was het mogelijk dat hij zomaar was verdwenen?

Toen begreep ze het. Hij had een ontsnappingsplan gehad. Gewoon voor het geval dat.

Maar wat was dat plan?

Ze keek naar de grond, herinnerde zich opeens iets wat haar over dit terrein was verteld.

Ontsnappingstunnels die door Union-soldaten waren gegraven.

Ze rende naar de plek die de parkranger haar tijdens haar eerste bezoek hier had laten zien.

Het stalen hek was met geweld opengemaakt. Ze zocht Laredo, maar zag hem nergens. Ze pakte haar telefoon, belde hem en vertelde hem wat ze wilde gaan doen. Hij was helemaal aan de andere kant van het park, dus zou ze dit alleen moeten doen.

Pine klemde een zaklamp op de loop van haar Glock en klom het gat in.

Ze landde op haar voeten en struikelde even. De tunnel liep zo'n anderhalve meter onder de grond en het was hier zeker zeven graden kouder dan boven de grond. Nadat ze haar evenwicht had hervonden luisterde ze aandachtig of ze ergens in de tunnel iets hoorde. Ze liep de tunnel in, eerst langzaam, maar toen ze een meisje hoorde gillen versnelde ze haar pas.

Jenny. Ze was weer bijgekomen.

Pine liep door, haar zaklamp maakte zwaaiende bewegingen in het donker. Ze wist niet of Straub in een hinderlaag lag om haar op te wachten, maar uiteindelijk zag ze het spreekwoordelijke licht aan het einde van de tunnel. Pine liep behoedzaam naar buiten en hoorde toen een stem.

'Laat me los!'

Dat was Jenny.

Pine begon te rennen en zag een ruwe stapel keien. Ze kroop erop en keek om zich heen, terwijl ze haar pistool heen en weer zwaaide. Ze nam even de tijd om zich te oriënteren.

Ze bevond zich op een kleine open plek in het bos.

Toen hoorde ze links een geluid.

Ze zag een figuur tussen de bomen door rennen en rende daar zelf ook naartoe. Ze kwam bij een pad dat door het bos liep. 'Straub!'

De figuur bleef staan en draaide zich om.

Straub zette Jenny neer en hurkte, waarbij hij haar als schild gebruikte.

Het meisje droeg inderdaad de kleren van de etalagepop. 'Laat me los!' riep ze weer.

Hij drukte het pistool tegen haar hoofd en Jenny verstijfde. Straub keek naar Pine, die haar Glock op hem richtte. 'Staan blijven, Pine,' zei Straub bedaard. 'Ik moet ontsnappen en jij moet dit meisje hebben. Volgens mij kunnen we wel een deal sluiten. Ik neem aan dat je wel ervaring hebt met dit soort dingen.'

'Vrij recent zelfs,' zei ze grimmig.

'Ik heb hier vlakbij nog een auto staan. Als je me laat gaan geef ik je mijn woord dat ik haar veilig ergens achterlaat en je bel met aanwijzingen waar je haar kunt vinden.'

'Je wilt dat ik een man die vijf mensen heeft vermoord op zijn woord geloof?'

'Je vergist je. Ik heb die jongen niet gedood, dat was Britta.'

'Onzin!'

'Die vrouw heeft een duistere kant, Pine, maar dat heb je misschien niet gezien. Ik heb haar wel verteld hoe ze het moest doen.' Hij tikte tegen zijn nek. 'Als je iemand onder zijn nekwervel raakt is het einde verhaal.'

'Waar heb je dat geleerd?'

'Heb een tijdje in het leger gezeten. Daar leren ze je dat soort dingen. Maar dat heb ik nooit op een kind toegepast.'

Pine keek naar Jenny. Het meisje was zichtbaar bang, maar had ook laten zien dat ze pit had. 'Waarom zou Britta Frankie willen vermoorden?'

'Ze zei dat het haar plicht was en ze leek te denken dat ze dat joch een plezier deed. Maar verwacht niet dat ik het gedrag van die vrouw verklaar. Dus, hebben we een deal?'

'Echt niet.'

Met een indringender klank in zijn stem zei Straub: 'Dat is dan jammer. Want als je me niet laat gaan, is zij dood. Als je me wel laat gaan, heeft ze een kans. Lijkt me eerlijk.'

'Je gaat hier niet weg met Jenny.'

Straub werd kwaad. 'Denk na! Ik heb niets te verliezen. Georgia kent de doodstraf en volgens mij kom ik daar nu al voor in aanmerking.'

'Wat zou je hiermee verdienen?'

'Een verzekering van tien miljoen op het leven van Myron. Britta wilde hem vermoorden.'

'Dat heeft ze al gedaan. Maar zij is ook dood.'

'Nou, jammer dan, maar ik heb mijn eigen problemen.'

In de verte waren sirenes te horen.

'De politie komt eraan.'

'Kan me niet echt iets schelen,' zei Straub. 'Doden of gedood worden, dat is zeg maar mijn hele leven al zo. Dus de gebruikelijke tactiek om iemand bang te maken werkt echt niet.'

'Je hebt eerst geprobeerd Cy Tanner en daarna Jerry Danvers de schuld te geven.'

'Ja, want ondanks alle bewijzen die we hadden gefabriceerd, arresteerde je Tanner niet.'

'Dat was te goed gefabriceerd. Inclusief iemand die zijn huis in de Pagani in de gaten hield. Ik denk dat jullie Myron er ook in wilden luizen.'

'Dat was Britta's idee. Zelf vond ik het een beetje te veel van het goede, maar zij was de baas.'

'De nacht waarin Jack Lineberry werd beschoten. Dat was jij zeker. Maar je schoot op mij. Want je had niet verwacht dat hij mij liet rijden.'

Hij keek naar zijn arm. 'Kreeg een schampwond van een van je kogels. Maar ja, jij was een probleem. En toen je Tanner niet wilde arresteren stapten we over op plan B.'

'Jerry Danvers heeft je instructies niet opgevolgd, dus is hij niet opgeblazen, maar ik wel bijna. Ik neem aan dat je daarom wilde dat ik daarnaartoe ging.'

'Twee vliegen in één klap als ik echt geluk had, en daardoor liet ik bewijzen achter waaruit bleek dat Jerry de moordenaar was.'

'En het personeel?'

'Had hun die dag vrij gegeven. Zei dat Lineberry dat goedvond.'

'Maar zodra ik besefte dat Jerry het ziekenhuis helemaal niet had verlaten, viel je verhaal in duigen.'

'Ja, nou ja, ik had een strak tijdpad, omdat Britta erop stond dat dit meisje het laatste slachtoffer moest zijn.' Straub drukte het pistool harder tegen Jenny's hoofd. 'En als je me niet laat gaan, denk ik dat ik geen keus heb en...'

De kogel raakte hem in de zijkant van zijn been, verbrijzelde bot en sneed aderen door.

Straub gilde het uit, liet zijn wapen vallen en greep naar zijn been.

Pine rende erheen, greep Jenny's hand en trok haar weg nadat ze Straubs pistool had opgeraapt.

Laredo kwam met een geweer in de hand naar hen toe rennen.

Pine gaf Jenny aan hem en knielde naast Straub.

'Shit,' brulde hij met een verwrongen gezicht. 'Help me, ik bloed dood!'

Ze deed haar riem af en gebruikte die als een tourniquet om zijn bovenbeen. Het bloeden werd meteen veel minder. Ze belde het alarmnummer en vertelde hun haar locatie.

Daarna stopte ze haar telefoon in haar zak en keek neer op Straub, wiens gezicht nog steeds vertrokken was van de pijn. 'De kogel heeft je dijbeenslagader niet geraakt.'

'Hoe weet je dat?' snauwde hij.

'Dan zou je al dood zijn.'

'Schiet… Schiet me gewoon dood. Doe het! Ik ben toch al dood. Bespaar iedereen de moeite.'

'Hoe graag ik het ook zou doen, ik kan het niet.'

'Waarom niet, verdomme?' schreeuwde hij.

'Zo werken we niet bij de FBI.'

De ambulance arriveerde een paar minuten later en ze legden Straub erin.

Een politieman stapte met een grimmige blik achterin en reed met hem mee.

Toen de ambulance wegreed keek Pine Laredo aan, die Jenny's hand vasthield. Het geweer hing over zijn schouder.

'Hoe kom je daaraan?'

'Kwam een parkranger tegen. Zij gebruiken ze om gevaarlijke beesten weg te jagen of te doden. Ik mocht het lenen, omdat ik het vriendelijk vroeg en mijn badge liet zien.'

'Het was heel riskant om te schieten,' zei ze.

'Eerste in mijn jaar op Quantico voor schietvaardigheid. En dit weet je niet, maar ik heb twee jaar als scherpschutter bij Hostage Rescue gewerkt. Bovendien ben jij niet de enige bij het Bureau die risico's neemt,' zei hij.

'Hoe kwam je hier zo snel?'

'Herinner je je het hardloopteam op college?'

Pine glimlachte. 'Juist. Nou, bedankt.' Ze hurkte voor Jenny. 'Gaat het?'

Jenny knikte.

‘Je bent nu veilig. Ga je mee naar je opa? We kunnen maar beter naar hem toe gaan en hem vertellen dat je oké bent. Goed?’

Jenny knikte en begon te snikken.

Pine wilde haar optillen, maar Jenny klemde haar hand steviger om die van Laredo en keek met grote ogen naar hem op.

Pine stond op en fluisterde tegen Laredo: ‘Misschien ben je beter met kinderen dan je denkt.’

Langzaam verlieten ze de begraafplaats en liepen terug naar de levenden.

75

'Ze hebben elkaar leren kennen tijdens een techshow in Las Vegas,' vertelde Pine aan Laredo, Blum en Graham.

Ze zaten in de voorkamer van de Cottage. Jenny was achtergelaten bij haar opa en de Quarleses. Pine was net terug nadat ze Straub in het ziekenhuis had verhoord.

'Straub en Britta hadden daar een affaire,' zei Pine. 'Dat klinkt logisch, want Britta en haar man hielden absoluut niet van elkaar. Toen er bij Jack Lineberry een baan vrijkwam gaf Britta hem een seintje en een aanbeveling. Dus kreeg hij die baan. Straub heeft als militair gediend en is uitgezonden geweest naar Afghanistan, maar werd toen ontslagen voor drugsgebruik. Hij kickte af, ging als beveiliger werken en kreeg deze baan.'

'Je zei dat hij voor geld al die mensen heeft vermoord,' zei Blum vol afschuw.

'Tien miljoen dollar. Hij bedwelmde Jenny met chloroform en wilde haar achterlaten aan de voeten van het standbeeld. Gelukkig was de chloroform uitgewerkt toen we zijn plan dwarsboomden.'

'Koos hij de plaatsen uit waar hij de lijken achterliet, of Britta?'

'Hij zegt dat hij dat deed, behalve bij de laatste. Op die manier kon hij zijn komst en vertrek plannen.'

'Hoe kwam hij in het Drummer Boy-museum?' vroeg Blum.

'Hij had een soort relatie met Lily en maakte stiekem een afdruk van de sleutel van het museum en de code van het alarm.'

'En die bizarre kleren?' vroeg Graham.

'Hij verkleedde ze op die manier om ons op het verkeerde spoor te zetten. Hij wilde dat wij dachten dat het een seriemoordenaar was met een Civil War-fetisj. En de sluier en smoking verwezen naar een man en vrouw, het gezin dat Britta symbolisch vermoordde. Hij vertelde me dat hij het graf van een van de Raiders had uitgekozen omdat hij het wel grappig vond om daar een zwarte man achter te laten. Maar ik kon daar de humor niet van inzien. Britta kende de Quarleses en hoorde van hen over Jenny. Straub zei dat Britta, nadat ze had gehoord dat Jenny's moeder een drugsverslaafde was, vond dat Jenny maar beter kon sterven. Ze zei dat een slechte moeder geen kind verdiende en dat Jenny dan op een betere plek was. Straub moest echt snel werken om haar te ontvoeren, omdat ze altijd van plan waren om het laatste slachtoffer te ontvoeren en te vermoorden, en tijdens een van de re-enactments op de begraafplaats achter te laten.'

Graham zei: 'Waarom heeft Straub je dat allemaal verteld?'

'Hij heeft een deal gesloten met de autoriteiten. Vertel alles, dan eisen wij niet de doodstraf.'

'Waarom heeft Britta al die verschrikkelijke dingen gedaan?' vroeg Graham.

'Straub zei dat Britta haar kinderen wilde wreken. Ze gaf Gillespie er de schuld van dat Mary in pornofilms acteerde en verslaafd raakte aan drugs. En ze gaf Hanna Rebane de schuld omdat zij in heel veel films Mary's minnares speelde.'

'En Clemmons?' vroeg Blum. 'Waarom moest zij dood?'

'Straub was de "nieuwe man" in Hanna Rebanes leven op wie Clemmons zinspeelde. Daardoor kon hij dicht bij haar in de buurt komen en daarna vermoorden. Hij zorgde er wel voor dat niemand, vooral Clemmons niet, hen samen zag. Maar uiteindelijk was hij bang dat Rebane hem misschien had beschreven tegenover Clemmons of haar bepaalde informatie had verteld waardoor wij hem konden vinden. Dus toen we op zoek gingen besloot hij dat ze moest sterven.' Ze keek Laredo aan. 'En ik betwijfel of het een ongeluk was toen Britta die Pagani total loss reed. Straub vertelde me dat ze altijd van plan was om zodra dit allemaal voorbij was zelfmoord te plegen.'

'Die vrouw was echt gestoord!' zei Laredo.

'Jouw uitstekende schietvaardigheid was een geluk, Eddie. Want zonder jou was Jenny nu dood.'

'Ach, daar heb je een collega voor.'

Later die dag, toen Pine in haar slaapkamer was, klopte Blum op de deur.

Blum zei: 'We moeten nog een geheim ontsluieren.'

Pine stond op en keek door het raam naar buiten. 'Nee, niet één geheim, maar verschillende. Zoals waar Ito Vincenzo is. En waar mijn moeder is. En, het allerbelangrijkst, wat er met Mercy is gebeurd. En ik vraag me af of ik dat allemaal ooit zal ontsluieren.'

'Maar u denkt dat het mogelijk is dat Mercy nog leeft, nietwaar?'

Pine ging weer op haar bed zitten. 'Dat *wíl* ik graag. Maar Ito zei tegen mijn vader dat hij er verantwoordelijk voor was dat één dochter dood was en de andere zwaargewond. Dus...'

'Nou ja, als ze leeft, zijn er tegenwoordig zeker bepaalde manieren die nuttig kunnen zijn.'

'Zoals?' vroeg Pine.

'Genealogiewebsites. Zij kunnen met je DNA aan het werk gaan.'

Pine maakte een afwijzend gebaar. 'Dat heb ik al geprobeerd. In mijn geval is dat niet zo eenvoudig, omdat de procedure die ze normaal gebruiken mij niet noodzakelijkerwijs zal helpen een match met Mercy te vinden.'

'Maar wel als het Bureau een handje helpt.'

'En jij denkt dat het Bureau dat zou doen?'

'U hebt zojuist weer een meisje voor een zekere dood behoed en de moord op verschillende mensen opgelost. Ik zou denken dat het Bureau u alles wat u nu zou willen wel wil geven.'

'Waarom denk ik dat je dat al hebt nagevraagd?'

'Vertrouwt u me?'

Pine ademde lang en ongelukkig uit. 'Dat zal ik wel moeten.'

76

Twee dagen nadat Pine het DNA-monster had ingeleverd en de FBI dat had vergeleken met miljoenen andere op verschillende websites was er een soort match.

Alleen had die match niets te maken met Mercy Pine.

En zou die match zorgen voor de tweede grote schok in Pines leven, nadat ze haar zusje was verloren.

Toen het Pine werd verteld zat ze in haar kamer in de Cottage naar de muur te staren. Ze had het gevoel dat haar identiteit van haar werd gestolen, een diefstal die niets te maken had met de cyberwereld en alles met eenvoudig vlees en bloed.

Ten slotte stond ze op en verliet haar kamer.

In de hal zag ze Blum, die kennelijk had gewacht tot Pine beneden kwam.

Blum zei: 'Wilt u dat ik met u meega? Dat doe ik graag.'

Pine schudde haar hoofd. 'Ik denk dat ik alleen moet gaan.'

'Dan wacht ik hier tot u terug bent.'

Buiten kwamen ze Eddie Laredo tegen, die zijn spullen in zijn huurauto laadde.

'Nou, ik zie je vast wel weer, Atlee.'

In gedachten was ze hier mijlenver vandaan, maar ze legde een hand op zijn schouder. 'Je hebt mijn leven hier meer dan één keer gered.'

'Zoals ik al zei, daar heb je een collega voor.'

'Alles is dus oké tussen ons?'

'Wat mij betreft wel. Ik heb Denise al gebeld en we zijn in gesprek over dat ik meer tijd met mijn zoons kan doorbrengen.'

'Dat zou geweldig zijn. Ze hebben hun vader nodig. Hun échte vader.'

Hij keek haar aandachtig aan. 'Hoe zit het met jou? Terug naar Shattered Rock, waar je weer de enige FBI-agent in de Grand Canyon bent?'

'Nadat ik hier iets heb afgerond.'

'Misschien kom ik je wel een keer opzoeken.'

'Dat zou ik leuk vinden.'

'Maar gewoon als vrienden,' zei hij glimlachend.

'Daar is niets mis mee, Eddie.' Ze omhelsde hem, drukte een kus op zijn wang en keek hem na toen hij wegreed.

Daarna stapte ze in haar SUV en reed ook weg.

Gelukkig was de rit naar Americus kort, want ze wist niet hoe lang ze zich nog kon beheersen. Ergens had ze het gevoel dat ze de laatste kilometer naar haar eigen executie aflegde.

Jerry Danvers zat voor Jack Lineberry's privéziekenkamer. Lineberry was twee dagen geleden overgeplaatst van de IC en zou over een paar dagen waarschijnlijk worden ontslagen.

Danvers keek haar met nieuw respect aan en zei berouwvol: 'Volgens mij heb je mijn leven gered, en hoe!'

'Inderdaad,' zei ze afwezig.

'En wie zou dat hebben gedacht van Straub?'

'Ik moet Jack spreken. Nu.'

Hij keek haar bevreemd aan.

Pine wist dat ze zich vreemd gedroeg, maar dat kon haar niets schelen.

'Oké, ga maar naar binnen. Hij is net klaar met zijn lunch. Ik weet zeker dat hij blij zal zijn je te zien.'

'Daar ben ik nog niet zo zeker van,' zei Pine.

Ze ging naar binnen en deed de deur achter zich dicht.

Lineberry zat in zijn bed en leek veel sterker.

Ze liep langzaam naar hem toe en ging in de stoel naast het bed zitten zonder haar blik van hem af te wenden.

Hij keek haar aan, met een angstige maar tegelijk verdrietige blik. En misschien ook wel een beetje opgelucht. Hij zei: 'Ik kan aan je zien dat je het eindelijk weet.'

'Jij bent mijn vader,' zei Pine.

'Dat ben ik inderdaad,' zei hij, terwijl er tranen over zijn wangen stroomden.

Pine wilde nog iets zeggen en daar was het nu het juiste moment voor. 'Maar je hebt ergens anders nog een dochter, en mijn moeder, de moeder van je kinderen. Misschien kunnen we hen vinden als we dat samen proberen.'

Lineberry stak aarzelend zijn hand uit. 'Denk je echt dat we dat kunnen?'

Pines sterke vingers sloten zich om de zijne toen ze vrij gedecideerd zei: 'Ik denk niet dat we een keus hebben.'

Dankwoord

Aan Michelle, Atlee Pine is terug. Bedankt dat je me altijd steunt.

Aan Michael Pietsch, omdat hij een uitstekende uitgever is.

Aan Ben Sevier, Andy Dodds, Elizabeth Kulhanek, Jonathan Valuckas, Brian McLendon, Karen Kosztolnyik, Beth deGuzman, Albert Tang, Bob Castillo, Kristen Lemire, Anthony Goff, Michele McGonigle, Cheryl Smith, Andrew Duncan, Joseph Benincase, Tiffany Sanchez, Morgan Swift, Matthew Ballast, Alison Lazarus, Rachel Hairston, Karen Torres, Christopher Murphy, Ali Cutrone, Tracy Dowd, Martha Bucci, Rena Kornbluh, Jeff Shay, Carla Stockalper, Thomas Louie, Sean Ford, Laura Eisenhard, Mary Urban, Barbara Slavin, Kirsiah McNamara en iedereen bij Grand Central Publishing, omdat jullie zoveel voor me doen.

Aan Aaron en Arleen Priest, Lucy Childs, Lisa Erbach Vance, Frances Jalet-Miller, John Richmond, en Juliana Nador, omdat jullie me op het goede pad houden.

Aan Mitch Hoffman, omdat je doet wat je zo goed kunt!

Aan Anthony Forbes Watson, Jeremy Trevathan, Trisha Jackson, Alex Saunders, Laura Sherlock, Sara Lloyd, Claire Evans, Sarah Arratoon, Stuart Dwyer, Jonathan Atkins, Anna Bond, Leanne Williams, Natalie Young, Stacey Hamilton, Laura Ricchetti, Charlotte Williams, en Neil Lang bij Pan Macmillan, omdat je een briljante uitgever bent en zo'n positief element in mijn leven.

Aan Praveen Naidoo en het team van Pan Macmillan in Australië, omdat jullie de Baldacci-trein naar Down Under hebben gebracht!

Aan Caspian Dennis en Sandy Violette, omdat jullie verbazingwekkend zijn en even gek op wijn als ik!

Aan Mark Steven Long, voor je redactiewerk.

Aan de veilingwinnaars Beth Clemmons (Gloucester-Mathews Humane Society) en Max Wallis (Light of Christ Anglican Church) voor jullie steun aan zulke fantastische organisaties.

En aan Kristen White en Michelle Butler, omdat jullie al het andere doen, en dat is heel veel!